El caso Paternostro

Carlo F. De Filippis
El caso Paternostro

Traducción de Carlos Gumpert

Papel certificado por el Forest Stewardship Council®

Título original: *Il paradosso di Napoleone. Un'indagine del commissario Vivacqua*
Primera edición en castellano: febrero de 2020

© 2017, Mondadori
Esta edición se ha publicado con acuerdo con Grandi & Associati
© 2020, Penguin Random House Grupo Editorial, S. A. U.
Travessera de Gràcia, 47-49. 08021 Barcelona
© 2020, Carlos Gumpert Melgosa, por la traducción

© Diseño: Penguin Random House Grupo Editorial, inspirado en un diseño original de Enric Satué

Penguin Random House Grupo Editorial apoya la protección del *copyright*.
El *copyright* estimula la creatividad, defiende la diversidad en el ámbito de las ideas y el conocimiento, promueve la libre expresión y favorece una cultura viva. Gracias por comprar una edición autorizada de este libro y por respetar las leyes del *copyright* al no reproducir, escanear ni distribuir ninguna parte de esta obra por ningún medio sin permiso. Al hacerlo está respaldando a los autores y permitiendo que PRHGE continúe publicando libros para todos los lectores.
Diríjase a CEDRO (Centro Español de Derechos Reprográficos, http://www.cedro.org)
si necesita fotocopiar o escanear algún fragmento de esta obra.

Printed in Spain – Impreso en España

ISBN: 978-84-204-3340-0
Depósito legal: B-27541-2019

Compuesto en MT Color & Diseño, S. L.
Impreso en Unigraf, Móstoles (Madrid)

AL33400

Penguin
Random House
Grupo Editorial

Esta novela es fruto exclusivo de la fantasía de su autor. Los personajes y lugares mencionados son invenciones del autor con la única finalidad de conferir veracidad a la narración. Cualquier analogía con hechos, lugares y personas, vivas o fallecidas, ha de considerarse completamente fortuita.

Las citas que aparecen en el curso de la novela proceden de Sunzi, *El arte de la guerra,* en traducción de Albert Galvany (Trotta, Madrid, 2001; novena edición, 2017).
    En algunas ocasiones, los fragmentos aparecen en boca de los personajes, que pueden alterarlos apartándose por lo tanto del original.

Se quel guerrier io fossi!
Se il mio sogno si avverasse!

¡Si fuera yo ese guerrero!
¡Si mi sueño se cumpliese!

A. Ghislanzoni, G. Verdi
Aida, Acto I - Escena I

1.
Jueves, 3 de junio

15.45 horas. Finca de las Margaritas, Castillo Corveglia

... lo mejor es atacar los planes del enemigo; en segundo lugar, atacar sus alianzas; a continuación, atacar sus tropas; y en último lugar, atacar sus fortificaciones.

Una molesta llovizna empapaba los campos sin pausa. Resonaba en el aire el concierto de las gotas en las hojas, de sus pequeños rebotes en los charcos, en la grava, en la techumbre que en otros tiempos cubría el abrevadero. El castillo de la finca estaba justo a las afueras del pueblo, como un paquidermo exhausto, demasiado indolente para buscar refugio, demasiado viejo para imaginar un futuro. Por detrás de la verja, surcos del tamaño de rieles marcaban el empedrado que conducía al interior. A un lado del postigo, el buzón. Por encima, las iniciales G. P. pintadas en esmalte con motivos florales. Debajo estaba escrito: ARTISTA.

Giò Paternostro.

Artista.

En el pueblo lo llamaban el Loco. El pintor, el ladrón. No faltaba quien lo llamaba Maestro. Otros decían: el de las Margaritas. Hubo un tiempo en el que nadie sabía a ciencia cierta cuánta gente vivía en el castillo. Fue en la época posterior a la de los psicodélicos, las obras blasfemas, los Caravaggios fluorescentes, por no hablar de las Vírgenes atadas como cabras, de las santas en éxtasis equívocos. Llegaban modelos de todas las edades para posar y hombres con las pupilas abiertas como toldos. Un ir y venir de perturbados al límite en busca de inspiración. Por la noche recorrían el pueblo pintados como cuadros, gritando, bailando en la plaza, borrachos, colocados. Al final llegaba la policía y desaparecían hasta el arresto sucesivo.

Hace treinta años, la finca era lo que se dice una propiedad rural, con su estupendo pajar, su establo, los animales y todo lo demás. Pero ese era un aspecto secundario, porque lo que realmente causaba impresión a quienes entraban por la puerta principal era la vista del espectacular campanario del siglo XII, con el edificio anexo construido entre los siglos XIII y XIV.

G. P. había instalado allí su atelier.

G. P.

El artista.

Hace treinta años. Más o menos.

Se decía que usaba poco los pinceles. Los dedos más que nada.

También hacía tatuajes.

Obras de arte grabadas en la piel, decía él.

Desde entonces la agricultura brillaba por su ausencia, a excepción de algunas plantas. De marihuana, en su mayoría.

Nada de arados, cosechadoras, semillas. Nada. En el patio yacía un tractor soldado al suelo por un monolito de herrumbre. Por todos lados, restos de algo carente ya de significado: esculturas antropomórficas, instalaciones abstractas, dólmenes de metal.

Y un automóvil alemán, nuevo y caro. Aparcado de cualquier forma.

No era el de Paternostro, que sin embargo estaba en la casa, desde donde llegaban las notas de una cancioncita gitana.

En la entrada, la luz de una bombilla que estaba a punto de rendirse a lo ineluctable se despedía de la vida a su manera: la claridad disminuía, se estremecía de repente, se iluminaba un instante por encima de su capacidad y volvía a un azul lívido para oscilar con pequeños respingos, a la espera de una nueva ráfaga de energía. En las paredes de ladrillo esmaltado, esas variaciones provocaban un eco de reflejos estroboscópicos siempre iguales; del techo descendía un velo al que no le daba tiempo a caer del todo porque un nuevo relámpago llenaba la habitación, se estrellaba contra el cristal y lanzaba un cono de luz hacia la pared opuesta, en un juego de rebotes cada vez más desgastados hasta llegar al suelo.

Donde se hallaba Paternostro.

G. P. el artista.

La bolsa con el logotipo del supermercado apenas vibraba.

En su conjunto, el lugar parecía tranquilo; el tamborileo de las gotas en la palangana tocaba un poco las pelotas, eso sí, pero por lo demás era un sitio tranquilo. Lo bastante.

G. P. inflaba la bolsa con un jadeo cansado.

El otro hombre estaba sentado enfrente de él, a horcajadas en una silla, con los brazos cruzados sobre el respaldo.

El tipo lanzó un bostezo, se levantó de la silla y se acercó al banco de trabajo. Un viejo mueble de solidísimo nogal. La mordaza todavía estaba sucia y goteaba. Abrió un cajón, revolvió entre las bolsas de polvillos coloreados apartando tubitos, frascos de aceite y disolventes.

—Dime, ¿dónde guardas la hierba? —preguntó sin darse la vuelta—. ¿Nos calzamos un porrete para despedirnos? —tiró del cajón izquierdo hasta volcarlo por el suelo. Su contenido se sumó a la montaña de cuadernos, bocetos y dibujos con tinta que había sobre los tablones—. Estoy hablando contigo. No sabes cuánto me cabrea tu comportamiento —cogió la bombilla y la arrancó del cable con toda la lámpara de araña: fin de la agonía estroboscópica—. ¿No tendrás algo para el dolor de cabeza?

La canción gitana lanzó un acorde y guardó silencio.

—Esta es una civilización decadente. Ni siquiera tenemos el sentido común de comprender que a veces quedarse callado es una gilipollez —se colocó frente a un gran lienzo, cogió el paquete de Lucky, se puso un cigarrillo en la boca, tosió y lo metió otra vez en el paquete.

—Hasta yo sería capaz de hacer esto si quisiera. Agarras el rojo y lo lanzas contra el lienzo, luego el verde, lo pintarrajeas y te vas por ahí diciendo que es el descubrimiento del nuevo mundo —estiró los brazos—. ¿No irás a decirme que te has comprado una casita como esta vaciando tubitos? —gritó. Desgarró el cuadro de una patada—. Te estoy hablando, capullo. ¿Has ganado toda tu pasta con estas gilipolleces?

Se acercó a la bolsa, se agachó y se la quitó de un tirón.

La cabeza de G. P. emergió para abandonarse de inmediato en un hombro. El pelo largo y escaso pegado a la cara por el moco, la sangre, la respiración ronca y el tembleque o indicaban que quedaba bien poco del artista; se hallaba casi tumbado, apoyado apenas de lado contra la pared, con el torso desnudo, ambas manos sujetas bajo las axilas.

El hombre se sacó el móvil del bolsillo, enfocó y apretó una tecla.

—Anda, mira —giró la pantalla—. ¿Te parece que esto es un ser humano? Si te queda una pizca de cerebro, lo entenderás tú también: has perdido, *stop, finish, rien ne va plus*. Se acabó el tiempo.

G. P. abrió el ojo derecho, miró el móvil sin ver su propia imagen. Desde la comisura de la boca le cayó un hilillo de baba.

—¿Te sabes la parábola del sabihondo que va a un monasterio? No es que sea muy nueva, pero me apuesto algo a que no te la sabes; pues verás, el tío dice que quiere profundizar en su conocimiento del zen, pero cuando se encuentra con el maestro es incapaz de contenerse, alardea de lo mucho que sabe y dale que te pego a hablar, hablar y hablar. El maestro no dice una mierda, lo escucha sin despeinarse, le sirve el té, le llena la taza y sigue vertiendo hasta que el líquido supera el borde y cae sobre la mesa. ¿Lo has entendido? Le está diciendo sin abrir la boca que le está tocando los cojones —volvió a sacar el Lucky, lo encendió y resopló un cono azul—. Aquí la situación está al revés: yo soy el maestro, quiero escuchar tu verdad, pero tú no hablas. Invirtiendo el orden de los factores, el resultado no cambia: ¡me estás tocando los cojones!

—Yo no sé nada, lo juro —resolló G. P.

—Pues un amigo muuuy bien informado me ha dicho que lo sabes todo, así que te pregunto: ¿eres idiota o qué? ¿Es que no entiendes mi idioma? —con una brusca pirueta sacó el revólver del cinturón de los pantalones e hizo ademán de disparar.

En la habitación, las gotas dejaron de tamborilear en la palangana.

—Vamos a jugar a un juego. El último: ¿te gusta la ruleta? Es muy divertido; bueno, claro, depende de en qué parte del cañón estés —rio con malicia—. A ver si me sigues: aquí hay seis balas, saco cinco, luego aprieto el gatillo. Si sigues vivo, eso significa que tenías razón tú; si por el contrario la palmas, es que tenía razón yo. ¿Vale?

—Yo no sé nada —masculló el pintor—. La información que te han dado es errónea. Yo no sé nada. Lo juro.

—Claro, claaaro —con un manotazo hizo girar el tambor y lo detuvo después de unas cuantas vueltas—. Tu Dios te ve. Si has mentido, ni siquiera él te admitirá en el paraíso de los cuadros y los pintores.

El hombre dio un paso atrás, apuntándole a la cara.

Y disparó.

El ruido en la habitación fue devastador.

La bala le rozó el cuero cabelludo para dejar un surco rojo en la sien.

G. P. apretó los ojos hasta que lagrimearon. Empezaron a castañetearle los dientes, que solo se detuvieron cuando la orina dejó de deslizársele por las piernas.

El hombre se echó a reír.

—¡Una posibilidad entre seis! Increíble. Pero ahora ya me he hartado: no dices la verdad, no eres amigo de mis amigos y por la propiedad transitiva tampoco eres amigo mío —sin moverse del sitio, sacó un puñado de balas de su bolsillo, desenganchó el tambor y cargó el revólver—. Saluda a tu Dios tan pronto como lo veas. Dale las gracias por no haberte ayudado hoy y di adiós con la manita. Cuento hasta tres.

—Por favor, no lo hagas, solo soy un pobre viejo. No sé nada.

—Unooo...

—Te pagaré por las molestias, no te irás con las manos vacías.

—Dooos...

—Tengo una libreta de ahorros en el cajón del escritorio, hay algo de dinero, es todo lo que tengo, llévatelo, haz lo que quieras. No le diré nada a nadie.

—Cien piezas de oro pueden ser fuente de un momento de alegría, pero es un pequeño favor el que da paso a la gratitud infinita. Un favor que me has negado.

—Que Dios te...

—¡Tres!

2.
Lunes, 7 de junio

10.15 horas. Turín, Brigada de Investigación. Despacho del comisario jefe.

Salvatore Vivacqua se reclinó en el respaldo de la butaca, permaneció un momento contemplando el emblema de la policía estatal que hacía piruetas en el fondo del monitor, se quitó las gafas y se puso de pie para acercarse a la ventana. Llevaba días lloviendo a mares. El cristal, rayado apenas por las gotas, deformaba la vista. A la habitación llegaba un ruido de fondo de cláxones distantes, automóviles en los charcos, una atmósfera muy alejada de la primavera.

Estaba solo. Uno de los raros momentos de tranquilidad del oficio que había elegido. Una calma inestable que podía transformarse en tormenta en un parpadeo. De hecho, el timbre de la centralita, los pasos de los agentes en el pasillo o el regreso de una patrulla podían ser la señal de una nueva quiebra de la quietud, una infracción cualquiera de las miles previstas en el Código Penal. En realidad, a los de la Brigada de Investigación solo les interesaba una parte del inmenso océano de prohibiciones, castigos y penas, pero era raro que la calma durara mucho. Una pausa de media hora suponía ya una anomalía.

Llevaba casi treinta años de poli, tiempo suficiente para perder la fe en los seres humanos, o para conservar esas dosis mínimas de optimismo que nos permiten creer que, al final, el bien triunfa.

Al final.

Sobre ese punto, si nos ponemos quisquillosos, una aclaración le habría venido bien. Porque de lo que se trata es de establecer cuán lejos queda ese final, si tendremos tiempo para verlo o si nos perderemos lo mejor de la película. No es un asunto baladí.

Treinta años consagrados a la policía estatal. Siciliano de Palermo, estaba en Turín porque así lo habían querido el barajar de las cartas, su carrera, el azar, el horóscopo, las mareas o lo que coño fuera. Se estrenó como policía con los coches patrulla; turnos de noche incluso en Navidad, rondas, guardias, orden público y todo lo que toca hacer siendo un crío de uniforme: a sus órdenes, un taconazo y circulando. La licenciatura en Derecho llegó más tarde, con la carrera, los honores, una medalla recibida por escapar a una muerte casi segura durante una incursión valerosa e inconsciente (dos balas de Magnum encima); a cambio, le había costado el chaleco antibalas, la mitad de su oreja izquierda y la salud de un costado.

Sin mencionar un par de cartas de elogio y muchas satisfacciones de cabotaje mayor y menor.

Venía de Bérgamo, de la Brigada Móvil; de la escuela del tunante de Sarti, el comisario más odiado y admirado de la ciudad: putañero, borracho, jugador y un policía monumental; Vivacqua había aprendido de él que si eres un pesimista, a los hijos de mala madre no los atrapas jamás. Sarti solía decir que si no eres un ladrón, un pícaro, si no eres tú también un hijo de mala madre, si no estás convencido de ser mejor que tu adversario, es preferible que cambies de profesión o llevarás una vida de enfermo: perderás a tu mujer, a tus hijos y vivirás con el Prozac en la mesilla de noche; si te lo quitan, date por muerto. Y eso que Sarti empezaba con la primera botella a las nueve de la mañana, y a las seis de la tarde abría la segunda; dos matrimonios hechos añicos, por no hablar de novias, amantes y putas de una sola noche; su salario se lo fumaba en póquer y sesenta cigarrillos al día, dormía cuatro horas por noche.

Una vez, cuando Vivacqua todavía era subcomisario, un coche patrulla lo llamó, no sabían qué hacer: tuvo que levantarse a las cuatro para ir a recoger a Sarti de un contenedor de basura en el mercado de frutas y verduras: lo habían tirado allí después de darle una paliza y dejarle sangrando como un atún. Una historia de cuernos, o de cartas, nunca llegó a saberse su versión. Se comió diez días de hospital. Se decía por ahí que les había sacado la piel a tiras a una pandilla en un garito y lo habían zurrado por venganza. No era verdad: la gente que juega fuerte te rompe los dedos, no te arroja a la basura. Un marido celoso, o cornudo, que es casi lo mismo si no te entretienes con la cronología. Ahora vivía solo como un espantapájaros frente a Lampedusa. Cuando Vivacqua se marchó de Bérgamo, Sarti se conmovió: había sido su testigo de boda y si hubiera dependido de él lo habría degradado a agente raso con tal de quedarse con ese tocapelotas siciliano tan rígido como una barra de acero, tan querido como un hermano menor.

En Bérgamo, Vivacqua se casó con Assunta, tuvieron dos hijos, y cuando fue ascendido y trasladado a Turín casi le da un síncope. De acuerdo, ser jefe de la Brigada de Investigación era su sueño, pero Turín... «¡Qué cojones! —espetó—. «¡Si es el culo del mundo!»

Un trueno estalló a escasa distancia e hizo vibrar la ventana.

—Vaya si llueve...

De Turín sabía lo que dicen los tópicos: gente fría. Suburbios horrendos. La Fiat. Un dormitorio. La policía que levanta las manos. Las peleas con los *terroni*.* Él, siciliano, *terrone* y policía, encarnaba el máximo común denominador para salir pitando de allí tan pronto como fuera posible, es decir, con el siguiente ascenso.

---

* *Terrone* (en plural, *terroni*) es el término despectivo utilizado en el norte de Italia para aludir a los naturales del sur del país, muchos de los cuales emigraron en la posguerra hacia las regiones septentrionales más industrializadas como mano de obra que se agolpaba en los barrios periféricos. *(N. del T.)*

Ahora, ante la mera idea de irse, aunque fuera para ser ministro del Interior, le entraba la pelagra: Assunta se lo habría comido a mordiscos, sus hijos le habrían repudiado y quizá hasta el animalejo le habría girado la cola.

Vivía divinamente en Turín, no tanto por el ambiente laboral —el trabajo es el trabajo, no hay que hacer amigos, por más que su gente fuera su gente, la suya, dejémonos de historias—, sino más bien por ese tono de seriedad que Turín pone en las cosas, ese sentido de dignidad, de elegancia, de historia, que solo si has nacido en el sur eres capaz de entender.

Se giró para regresar al escritorio.

La reunión del lunes por la mañana con el superintendente Renier, más conocido como el Dux, lo había puesto de mal humor. Es más, había rayado lo patético y resultaba conmovedor para él, que había discutido con su superior día tras día durante diez años, hasta que se convirtieron en amigos, ver cómo iba deslizándose hacia una vejez desmañada. Si además había algún recién llegado, como hoy Meucci, un funcionario del Ministerio, adiós muy buenas.

—Porque un veneciano como yo, pero no de la región, sino veneciano veneciano, heredero de una dinastía que a partir de 1382 ha dado un Dux a la Serenissima...

Muchos colegas se habían girado con ojos suplicantes hacia Vivacqua, el decano, solicitando misericordia. Esa historia, con diminutas variaciones, la habían escuchado todos, excepto Meucci, diez, veinte, mil veces. Vivacqua se había limitado a hacer un gesto para decirles a todos que guardaran silencio. Por lo general, Renier acababa callándose él solito, bastaba con dejar que se desahogara.

—Antonio, Francesco, Sebastiano y Paolo: cuatro Renier y cuatro siglos de honorable República que, de no haber sido por ese botarate de Ludovico Manin, habría pervivido incluso a pesar de ese otro botarate de Bonaparte. Porque si quería revolucionar Europa, le bastaba tan solo con copiar lo que la Serenissima llevaba haciendo desde el siglo dieciocho. No había nada que inventar: ¡monarquía electiva!

Cada uno miraba hacia donde podía, solo Meucci lo escuchaba. Quince minutos de historia familiar, títulos, aristocracia, honores. Insoportable. Y tal vez la cosa habría acabado allí, si el otro no se hubiera lanzado a decir que Venecia estaba malquistada con el Vaticano por su histórica tradición secularizada, y dale con la aclaración de que Manin, para ser exactos, había caído después de ocho años de gobierno y tras la ruina de Génova, y que la modernidad empujaba hacia nuevos rumbos políticos.

Todos los compañeros observaban la lluvia por detrás de la ventana. Los móviles parpadeaban con llamadas perdidas, con urgencias aplazadas. Al final, se presentó el orden del día: un rapapolvo general e instrucciones categóricas del Ministerio.

—Desempolvad los expedientes fríos y echadles un vistazo, hay demasiados casos sin resolver, somos el farolillo rojo de la Unión Europea, la peor policía de todas. El ministro en persona nos ha ordenado trabajar con la cabeza gacha: quiere resultados. Tres meses de plazo para que las estadísticas vuelvan a ser como agua de manantial. No podemos seguir quedando como la mierda en Bruselas. ¡Atentos a las estadísticas!

La historia esa de maquillar los casos fríos circulaba desde hacía tiempo por los pasillos y todos esperaban únicamente la regañina oficial antes de mostrar los resultados.

La puerta se abrió detrás de Vivacqua sin que mediara solicitud de permiso. Era el Jirafón, Sergio Santandrea, subcomisario jefe. El único que gozaba de ciertas pequeñas libertades.

—Totò, ¿qué te parece, adelantamos la reunión o prefieres mantener el horario? Porque la tropa y yo estamos listos, no sé si... ¿Totò?

El comisario estaba otra vez en la ventana.

—¿Tú crees que esto acabará alguna vez?

—¿Cómo?

—¿Cuánto hace que dura, veinte días, un mes?, ¿cuánto hace que llueve?

—Qué sé yo, una semana más o menos, no he prestado atención.

—Ah, ¿que no has...? Pero ¿qué tienes en la sangre? Yo noto los caracoles trepándome por los tobillos, las lombrices debajo de las suelas.

Desde afuera les llegó el coro de los estudiantes.

«Ministro, qué lata, el registro te delata. Si nos robas el futuro, prepárate a un choque duro...»

Resonar de silbatos, vocerío lanzado por el megáfono, luego una gran explosión. Vivacqua se asomó para echar una ojeada, pero la escena quedaba muy lejos.

—¿Y bien? —le instó Santandrea.

En la entrada, Meloni resoplaba con una pila de expedientes en los brazos.

—¿Totò? —Santandrea hizo un gesto hacia el pobre hombre—. ¿Quieres empezar o le digo que se vaya?

—¿Eso qué es?

—Lo que has pedido.

—¿Yo? No. Lo que yo he pedido es otra cosa.

—Los casos fríos, ¿no?

—Qué va. Al menos entre nosotros, seamos serios. Una cosa es maquillar un poco el asunto para causar una buena impresión, y otra muy distinta es retomar los verdaderos casos en suspenso —se volvió hacia el agente, que estaba ahora apoyado sobre la espalda para mantener el equilibrio de la pila—. Y por *verdaderos* me refiero a aquellos en los que sea razonable reabrir la investigación; no quiero ningún encarnizamiento terapéutico.

—Ah, no me lo habías explicado así. Y no te creas que lo tengo muy claro ahora tampoco: perdona, pero si vamos haciendo distingos, ¿no se trataría en cualquier caso de un criterio de obliteración aceptable?

Vivacqua alzó las cejas.

—De oblitera... ¿qué? Pero ¿tú te oyes hablar?

—Meloni, déjalo todo en mi despacho —ordenó Santandrea—. Lo que quiero decir es que lo examinemos todo y vayamos por exclusión: es un criterio, una modalidad analítica.

—De esa tarea ya te encargarás tú con Migliorino, con Carbone, con quien te parezca, no me metas a mí en medio del papeleo; no me hace falta un comisario adjunto si tengo que lidiar con estas molestias, y para ser precisos, ya que pretendes que se te expliquen las cosas, no deberías perder el tiempo con eso tú tampoco. Deja que se encarguen los inspectores: es una operación estética, como maquillar un cadáver que va a seguir igual de muerto.

—Ah. Entonces el cónquibus es muy simple —dijo Santandrea, ajustándose las gafas en la nariz—. No hay mucho. Yo, en cualquier caso, te he preparado un informe, Totò, léetelo y dime lo que quieres hacer —sacó unas hojas grapadas y se quedó a la espera.

—Santandre', ¿no pretenderás que me lo lea ahora mismo? —Vivacqua hizo ondear las hojas sobre la mesa—. Resúmemelo tú, que tardamos menos, ¿te importa?

—Pues claro que me importa. Ni que fueran hojas de periódico para envolver el pescado. Algunos días me gustaría trabajar en Correos, Totò.

—Cuántas monsergas, si esto sigue así, acabaremos haciendo este trabajo por internet, arrestos incluidos. Mandamos un correo electrónico; si el acusado no tiene ordenador le enviamos un mensaje de texto: «Considérese detenido. Persónese en comisaría entre las nueve y las doce, no más tarde porque después ya no habrá nadie». Ahora razonamos con gastos e ingresos, la partida doble del crimen, por estadísticas: el gato de Mariuccia atrapado en un árbol cuenta igual que la detención de un asesino en serie. Una cosa vale la otra, a tanto el kilo. De todos esos casos tan fríos que tenemos, ¿cuáles están menos congelados como para merecer una indagación suplementaria?

—Tres casos, en teoría.
—¿Por qué en teoría?
—Bueno, uno es de tiempos de De Lorenzo.
—¿Todavía hay asuntos de esa gente en circulación? ¿De cuándo es?
—Fue el último antes de retirarse, o sea...

El comisario abrió y cerró las manos.
—Ya lo tengo: hace casi diez años, si no me equivoco.
—¿Tanto?
—Es el atraco a Securplan: cuatro millones y pico de euros, muertos, heridos, atracadores perseguidos, una caza sin cuartel.
—Los muertos nunca vuelven, por lo tanto, después de todo este tiempo, yo diría que va directamente a la basura, mejor dicho, a las estadísticas de Bruselas. Le echo una ojeada por escrúpulo y luego lo devolvemos al archivo.

La línea interna sonó.
—Cógelo tú, hazme el favor —dijo Vivacqua. El subcomisario levantó el auricular—. Los tocapelotas, por hoy, ya han rebasado la tensión superficial.
—Sí, jefe —respondió Santandrea. Luego tapó el micrófono y se volvió hacia Vivacqua—. Es el Dux, pregunta si está incluido entre los tocapelotas.

Vivacqua levantó la vista al techo y presionó el altavoz.
—*Sabbenedica*,* señor, hablaba por hablar. ¿Qué se le ofrece?
—Un asesinato cerca de Carmagnola, tiene dos minutos para montar en un coche, si no le toca demasiado las pelotas, por supuesto.

Vivacqua cruzó la mirada con su adjunto.
—Ejem, no es por rizar el rizo, señor, pero Carmagnola queda un pelín fuera de nuestra jurisdicción: es compe-

---

* Fórmula de saludo siciliana, dirigida por lo general a personas ancianas o de cierta autoridad. *(N. del T.)*

tencia del Arma de Carabineros y hay otros dos destacamentos nuestr...

—¿Quiere que se lo repita? ¿Hay algo en mi italiano que no queda claro para usted, señor comisario jefe? ¿O es que hace falta completar un formulario? Explíquemelo.

Santandrea meneó la cabeza.

—Todo claro, nada de formularios. Dícteme la dirección, haga el favor —Vivacqua anotó las indicaciones y continuó—: ¿La Científica está ya al corriente?

—¿Tengo que hacerlo yo por usted? ¿Ha olvidado usted el procedimiento?

—Pero...

—No me interrumpa. Tratemos de hacer lo mejor posible este bendito trabajo por el que recibimos un salario y pongámonos manos a la obra —fin de la comunicación.

Vivacqua se quedó con la boca abierta.

—Conque esas tenemos... —murmuró Santandrea.

—Es casi conmovedor o embarazoso, dependiendo de cómo se quieran ver las cosas —se quedó con el papelito y la dirección en la mano y la mirada en el vacío—. Hasta se le ha puesto la tez amarillenta. Afortunadamente, no le falta mucho para la jubilación.

—¿Voy yo? —se ofreció el subcomisario.

—No. Me hace falta tomar el aire. Que Patanè y Migliorino se preparen, avisa a la Científica y verifica que haya un forense; mira si encuentras algo más de información, y pásamela lo antes que puedas.

10.50 horas

El agente Patanè conducía sin preocuparse por la lluvia. El coche correteaba sobre la superficie húmeda, la luz azul del techo señalaba que no tenían tiempo que perder. A su lado, el inspector jefe Migliorino parecía absorbido por la radio de servicio. Roberto Migliorino era el colaborador favorito del comisario cuando había que trabajar sobre el terreno. Un oso de un metro noventa y ciento diez kilos. Excelente boxeador aficionado en su juventud. Era mejor no provocar su enfado, porque contenerlo entonces no era moco de pavo, decía Patanè, que en cambio parecía un hurón. Migliorino no era de los que pierden la paciencia fácilmente, de modo que la necesidad de no irritarlo era más bien teórica. Al inspector Migliorino le faltaba, sobre todo, como a Vivacqua, ese gramaje de sensación de peligro que te obliga a pensártelo dos veces antes de actuar. El comisario estaba en el asiento trasero, rumiando. Su intento de batir el récord de un día completo sin alarmas se había ido miserablemente al garete.

El tráfico, cada vez menos denso, fluía por la ventanilla y a ambos lados, más allá de la hilera de castaños de Indias, se entreveían espacios abiertos de campiña empapada. De vez en cuando, un tenderete desierto al borde de la carretera vendía pimientos. Hacia el interior, las nubes se volvían más oscuras y deshilachadas. La lluvia aceleraba su paso.

Sonó el móvil del comisario, era Santandrea.

—Dime.

—¿Sabes por qué nos ha caído encima este marrón? Porque el superintendente ha recibido una solicitud de ayuda de...

—Me importa tres pares de cojones. ¿Qué me voy a encontrar?

—El cadáver de uno que se llama Pierluigi, más conocido como Giò, Paternostro. Estamos recopilando información al respecto. Aparece en nuestros archivos bajo la entrada ESTUPEFACIENTES.

—¿Un camello?

—Consumidor y camello; una pequeña condena en los noventa. Y un antecedente por intento de extorsión en el ochenta y cuatro que acabó con la retirada de la denuncia.

—Prácticamente limpio, en definitiva.

—Si quieres ser de manga ancha, sí. El cadáver se lo ha encontrado un amigo suyo; parece ser que iban a verse por razones de trabajo. En cualquier caso, fue él quien pidió ayuda.

—¿Algo más?

—El resto es problema tuyo, jefe.

—¿Hay alguno de los nuestros ya allí?

—Los monos blancos de la IOTP. Yo interrogaría al mayordomo.

—¿Al mayordomo? No recuerdo cómo narices pudiste entrar en la policía, Jirafón.

—Descartado por los carabineros.

—¿Por bajo coeficiente intelectual?

—Exacto.*

En realidad, Sergio Santandrea, más conocido como el Jirafón, era el número dos del equipo y tal vez el único respaldo posible para alguien como Vivacqua; cuarenta y cinco años, soltero, un metro noventa y setenta y cinco kilos. Con gafas, cara de buena persona, excelente investigador de despacho, no se parecía en nada a la idea del poli estándar. Licenciado en Derecho con especialización en criminología forense, comprometido con Antonella, jirafona ella también y veterinaria. Uno de los pocos autorizados a llamar al jefe por su nombre.

El agente redujo las marchas en rápida sucesión, dio un volantazo, colocó el Alfa de través, apretó el acelerador y el coche se enderezó frente al letrero que rezaba FINCA DE LAS MARGARITAS. El coche avanzaba dando trompicones en baches tan profundos como piscinas y levantando placas de agua marrón sobre arbustos y setos a ambos lados de la carretera.

---

* Para entender el sentido irónico del diálogo hay que recordar que, en el imaginario popular italiano, los carabineros se caracterizan tópicamente por su falta de agudeza y protagonizan los consabidos chistes de gente de escasas luces que en otras culturas se atribuyen a los naturales de una localidad o una región. *(N. del T.)*

—Patanè, tienes una forma de conducir que es para vomitar —gruñó el comisario.

—Por allí —dijo Migliorino.

Al final del paseo se divisaba una curva suave y un cierto número de vehículos estacionados en las cercanías del castillo. Un grupo de personas con los paraguas abiertos se agolpaba en el lado opuesto, curioseando. Patanè detuvo el Alfa y Vivacqua permaneció unos momentos echando un vistazo por la ventanilla, casi incrédulo.

En la neblina que suavizaba la vista destacaba sobre toda la propiedad un campanario románico. Cuatro niveles de solidísimos ladrillos de obra vista, intercalados con bíforas y tríforas, agregados a un cuerpo medieval que parecía haber sido restaurado hacía poco. Una joya del siglo XII en pleno campo. Un fragmento de la historia que había sobrevivido a las guerras nobiliarias, a los conflictos mundiales y a la incuria del tiempo: parecía irreal. A su lado, los restos de un pasado de aparcería, con caserío y granero. En el patio, algunos vehículos estacionados, la furgoneta de la Científica, una ambulancia, el coche patrulla del destacamento de policía de Chieri.

Los técnicos habían comenzado ya la inspección y, bajo la luz lívida, los flashes de las cámaras fotográficas parecían casar a la perfección con la atmósfera. En ese momento, estaban examinando unas colillas arrojadas al cenador que precedía a la entrada.

Un agente joven se acercó con un paraguas y les abrió paso.

—El cadáver es de Paternostro —dijo—. Un artista bastante conocido en la zona.

—¿Quién encontró el cuerpo? —preguntó el inspector Migliorino.

El agente se echó a un lado e hizo un gesto hacia un hombre.

—Su nombre es Aldo Benetti. Dice que es el representante del difunto. Los dos iban a reunirse esta mañana para definir los detalles de no sé qué celebración de su carrera, Paternostro no aparecía, por lo que vino a buscarlo.

—¿Y el forense? —preguntó Vivacqua.

—Dentro —señaló el agente.

El comisario dedicó una última mirada al edificio antes de entrar.

En el interior, los olores y el decorado eran inequívocamente los de las historias corrompidas. La escenografía era la que cabía esperar en un castillo: paredes de un metro de grosor, pilares de proporciones gigantescas, techos abovedados y capiteles.

La habitación de la escena del crimen parecía haber sobrevivido a un giro sobre sí misma: no había nada que siguiera en su sitio. En el centro, acumulados sin ton ni son, papeles, bocetos, materiales de dibujo y de pintura, herramientas de trabajo, lienzos rasgados. En las paredes, los estantes estaban desnudos, la librería, boca abajo y su contenido esparcido por todas partes, volteado y pisoteado. Al fondo, cerca de una columna, un cuerpo tirado en el suelo como un trapo.

A un lado, inclinado sobre una mesita, un sujeto de estatura mediana con una barba corta estaba tomando notas. Debía de tener sus buenos cuarenta años. El forense. El comisario hubiera preferido al viejo Pascalis: se entendían solo con mirarse. El otro lo vio y levantó apenas la cabeza a modo de saludo.

Vivacqua se acercó y poco a poco fue encuadrando la situación. A una distancia de unos cuatro metros entrecerró los ojos.

Aquel no era un asesinato cualquiera.

Se masajeó las costillas.

El doctor se soltó la mascarilla e intentó tomar aliento.

—Soy el doctor Franceschi, encantado. No sé si conseguirán encontrar al culpable —dijo—, pero para ir directos al grano, quienquiera que haya sido debe de estar loco.

Ese era precisamente el diagnóstico que, entre los miles posibles en casos de asesinato, hubiera preferido no escuchar: locura.

—Mucho gusto; Vivacqua. ¿A qué debo tanta sagacidad?

—Eche un vistazo.

El comisario sacó una mascarilla del maletín del médico, se agachó, buscó el mejor ángulo de luz, y al instante la definición del forense se volvió perfectamente clara.

Podía decirse que el cuerpo de Paternostro estaba tendido, ligeramente girado hacia la izquierda, en el centro del torso casi desnudo tenía una mancha negra bastante amplia; lo que quedaba de la camiseta estaba quemado. La cabeza, que parecía reclinada hacia atrás, camuflada por las manchas en la pared..., ya no estaba.

—¡Joder!

Vivacqua examinó la pared y en la explosión de sangre y materia gris identificó dos agujeros que habían desintegrado el esmalte y los ladrillos.

—Balas del treinta y nueve, encamisadas, expansivas, probablemente hechas a mano. Disparó desde un metro y medio, dos como máximo. No sé si ambos tiros dieron en el blanco: parece que sí.

El inspector no se molestó en buscar los casquillos.

—¿Ha visto las manos? —dijo el doctor.

Vivacqua se puso las gafas para leer, cambió de posición y, por segunda vez, se quedó sin aliento.

—¿Entendido? —dijo Franceschi.

—Cómo...

—¿Cómo lo hizo? No lo sé, ya lo veremos en el laboratorio. Yo diría que con un martillo, una prensa, unos alicates. Se las ha machacado.

Vivacqua miró a su alrededor, observó el montón de cachivaches acumulado en el centro, donde había visto unas herramientas, y llamó al inspector.

—Migliori', haz que clasifiquen el contenido de la sala, objeto por objeto, con fotografías y todo. Un trabajo fino, por favor.

—¿Cuándo murió? —continuó el comisario.

—Es difícil de decir. Hace calor, hay mucha humedad, preferiría no comprometerme.

—Necesito saber qué retraso llevamos. Tener una idea por lo menos.

—De manera informal, a juzgar por las primeras observaciones: cuatro, cinco días más o menos. Y tampoco me tome al pie de la letra en lo que respecta a los proyectiles.

—El jueves pasado —dijo el comisario.

—También podría ser el viernes. Déjeme examinarlo con calma y seré más preciso.

—Una carnicería —exclamó Vivacqua.

El joven se quitó los guantes y se frotó la barba hirsuta con energía.

—Inútil, además. Yo diría que el sujeto sufrió verdaderas torturas y, dado el alcance de las lesiones, aunque no le hubieran disparado, habría muerto de todos modos —hizo un gesto hacia un soldador de gas con boquilla—. Debe de haberlo quemado con la boquilla: prácticamente cocido. No había visto nunca nada parecido, ¿y usted?

—No, creo que no. ¿Los resultados de la autopsia?

—Una semana a más tardar. Las conclusiones definitivas yo diría que dentro de quince días.

Migliorino llamó desde la zona donde había caído la librería.

—Eche un vistazo, jefe —hizo un gesto hacia el pesado banco de trabajo para señalar la mordaza.

Vivacqua sacudió la cabeza.

—Llama a Santandrea, dile que me mande a Gargiulo, Galante, Musso y Esposito. Que hagan una inspección de la finca, necesito todos los documentos y papeles, bancarios, legales y la correspondencia, que los manden a mi oficina. Si los encontráis, recoged el ordenador y el teléfono móvil. Séllalo todo y pon a alguien de guardia hasta nueva orden.

Vivacqua se inclinó cerca del cadáver, se puso las gafas y por encima de las lentes vio al doctorcillo aquel trajinando con sus instrumentos; lo observó menear la cabeza, moverse sin objeto y detenerse, un momento nada más. Cuando recobró el control, el médico agarró el maletín y se fue sin decir una sola palabra.

Siempre es difícil permanecer en la escena del delito, incluso para los profesionales. Sobre todo frente a ciertos crímenes.

El comisario volvió a concentrarse en el cuerpo de Paternostro, tratando de encontrar la razón del escalofrío que había sentido unos minutos antes. El olor del cadáver era bastante fuerte. Su rostro había desaparecido, untado en la pared, y atribuir una edad a lo que quedaba parecía un ejercicio burocrático. A juzgar por los brazos, por la musculatura de las piernas que sobresalían de los viejos vaqueros, por los pies puntiagudos y descalzos, podría tener alrededor de setenta años. En los brazos habían quedado manchas de pintura verde y roja, no había marcas de jeringuillas. Costaba mirarle las manos y también la herida en el centro del pecho, que le había devorado la piel hasta descubrir el tejido muscular del pecho. En el cuello, donde la sangre no había goteado, una mancha negra teñía la epidermis del color negro típico de un hematoma definitivamente bloqueado por la necrosis.

Debió de sufrir, Paternostro, tanto como para desear morir lo más rápido posible.

El comisario se levantó. Empezó a recorrer el castillo atravesando sus habitaciones con la impresión de estar viajando en la máquina del tiempo: todas las salas parecían haber conservado el espíritu medieval. Una cocina de vastas dimensiones con una mesa central de madera, los utensilios para cocinar expuestos, cajones, un refrigerador grande, paredes forradas con fotografías; el mismo huracán había pasado por todas partes sin respetar nada, como un castigo de

Dios, y en el suelo había un revoltijo apocalíptico: azúcar, botellas de vino volcadas, platos hechos trizas, tarros, fruta, detergentes, medicamentos. En la planta de arriba había varios dormitorios amueblados con cortinas orientales, cojines, mobiliario étnico y más pinturas, esculturas y fotografías colgadas de la pared que formaban tiras de recuerdos.

Todo patas arriba.

En la planta baja, tras cruzar la enorme sala repleta de columnas y capiteles se pasaba a una especie de mirador rodeado por plantas y arbustos, con telas de grandes dimensiones en las que el pintor había empezado a trabajar. Vivacqua se colocó en el medio y comenzó a tomar notas hasta que, casi oculta por un bastidor enorme, localizó una pared contra la que había sido lanzado un bote de pintura. Un baldazo de verde botella que había alcanzado una parte del suelo y la pared hasta arriba del todo. Las huellas de los zapatos habían quedado en el suelo. Un poco más a la derecha, el cubo que debía de haber recibido la patada, y gotas de todos los tamaños.

¡Frustración!

Y locura.

Ahí es donde había comenzado el escalofrío, con la presencia del peor de los enemigos para un investigador: la locura. Confirmada como una prueba de balística, como la firma en una obra de arte.

El comisario sintió la necesidad de respirar, cruzó el mirador y salió al aire libre. Fuera, los técnicos verificaban la presencia de huellas en la arcilla empapada de agua y zigzagueaban entre charcos rojos y macetas abandonadas. Vivacqua se quitó las gafas y se quedó observando. Desde esa posición, pudo ver la finca en toda su pacífica somnolencia. Bajo la lluvia, la humedad deformaba las perspectivas, los campos de trigo del fondo eran casi indistinguibles, así como el único camino que conducía a la quinta.

—Un único acceso —refunfuñó para sí mismo.

Un agente parado en la entrada se le acercó.

—Comisario, el señor Benetti pide...
—¿Quién?
—El que encontró el cuerpo. Pide que le dejemos marcharse, ya tenemos su declaración.
—No está detenido. Pero de todas formas, no. Que se venga con nosotros a la comisaría.

El agente se quedó pasmado. Migliorino intervino y alejó de allí al joven policía; siempre resultaba difícil lidiar con el comisario en la escena de un crimen violento.

18.00 horas. Brigada de Investigación. Sala de interrogatorios

El inspector Migliorino estaba rematando las formalidades, mientras Aldo Benetti miraba sus dedos manchados de tinta. Era un hombre de sesenta y siete años, de aspecto despierto. Divorciado, con sobrepeso, mirada acuosa y nariz abundante surcada por capilares elocuentes. Iba vestido con cierta elegancia pasada de moda, llevaba un bastón de paseo y zapatos muy relucientes allá donde no presentaban incrustaciones de arcilla de la finca. Sobre la mesa, el vaso de té sacado del dispensador se había mantenido intacto, definitivamente frío, y desprendía un olor a achicoria y limón. Benetti miró por enésima vez el reloj de pared y se volvió hacia el inspector.

—Dígame, ¿cree que tendremos para mucho?
—El tiempo que haga falta.
—Después dicen que hay que ser buenos ciudadanos. Más me hubiera valido salir por piernas, desde luego.

En ese momento entraron Vivacqua y Santandrea.
—En efecto, me pregunto por qué no salió usted por piernas, señor Benetti —le interpeló el comisario, que se sentó frente a él.
—Bueno, el caso es que no había hecho nada malo. —Benetti miró a su alrededor—. ¿Por qué, es que se me acusa de algo?

—Veamos... —Vivacqua tomó de las manos de Santandrea una hoja—. Tres condenas por estafa, una por malversación de fondos, otra por falsificación, luego blanqueo de dinero, cheques sin fondos, estafas a discapacitados, consumo de marihuana, ¿quiere que siga? Hay una página entera. No es usted un ejemplo de caballero intachable, señor Benetti.

—Son cosas de hace mucho tiempo, falsas en su mayoría: denuncias de personas que compran y luego no pagan.

—Denuncias no: condenas.

—Tonterías.

—Una de ellas atañe a un fraude realizado con la complicidad ¿de...? —dejó en suspenso el comisario.

Benetti esbozó un gesto.

—Ya entiendo, están buscando a algún idiota que cargue con la responsabilidad de todo, ¿verdad?

—No me ha contestado —le apremió Vivacqua.

—Con Giò Paternostro. ¿Por qué me lo pregunta si ya lo sabe? Es una historia del siglo pasado. Una travesura. No teníamos un cuarto, soñábamos con un mundo diferente, cometimos errores. ¿Quién no ha hecho alguna gilipollez a los veinte años? Luego volvimos al buen camino. Eso es todo. Giò era mi amigo, en los años dorados llegué incluso a vivir en el castillo, cuando era un amasijo de ruinas que podía caérsete encima en cualquier momento. Compartimos mujeres, dinero, desgracias, fortunas. Todo. Éramos más que hermanos: ¿cómo marcharme? Además, soy incapaz de hacerle daño a un gato, mucho menos a un ser humano. Si se me acusa de algo, díganmelo y llamaré a un abogado. Así es como funciona, ¿no?

—Más o menos —explicó el comisario—. Antes de continuar, por más que el inspector ya se lo haya explicado, es necesario que tenga algunas cosillas claras. La primera es que pondremos patas arriba la vida de cualquiera que haya tenido relaciones recientes o antiguas con la víctima. Ahora mismo tiene una oportunidad excepcional para salir limpio de esto. No nos oculte nada porque si llegamos a descubrir que lo ha hecho, y le aseguro que se nos da muy bien, no será plato de gusto para usted, estamos hablando de asesinato, no lo olvide. La segunda es que mentir en una declaración es un delito, y para alguien con sus antecedentes puede significar la cárcel; ¿sabe lo que supone ir a la cárcel para alguien con casi setenta años? La tercera es que si realmente Paternostro era su amigo y ha visto en qué estado lo han dejado, supongo que se le retorcerán las tripas de las ganas de pillar al culpable y freírlo en aceite. ¿Todo claro?

Benetti siguió mirando a su alrededor como si no diera crédito a sus propios oídos.

—¿A la cárcel? Pero fíjate tú en qué maldito follón...
—Señor Benetti, ¿lo ha entendido?

Asintió con la cabeza.

—He visto en qué estado se halla, bueno, no es que me haya fijado mucho, ciertas escenas no las soporto, pero claro que lo he visto.

—Pues no parece usted tan afectado como debería estarlo un viejo amigo.

—Estoy muy impresionado. Pero Giò tenía los días contados; hace mucho que me había hecho a la idea de perderlo. Aparte de los primeros tiempos, tuvo la suerte de no sufrir a causa de la enfermedad, podía irse con serenidad, y en cambio es como si lo hubieran atropellado con una apisonadora por el puro gusto de hacerlo sufrir. Una crueldad sin sentido. La vida da asco a veces. Giò solo quería dos meses, sesenta días, el tiempo de un último *vernissage,* después pensaba regalar una selección de sus obras al Ayuntamiento para que abrieran un museo. También íbamos a hablar de eso.

—¿Obras valiosas?

El hombre puso los ojos en blanco.

—De modo que no saben quién era Paternostro. Por supuesto que eran valiosas; las esculturas no tanto, pero las pinturas sí, claro que sí. Quitando las obras ya vendidas a los coleccionistas, en casa había piezas por valor de casi un millón de euros.

Vivacqua y Santandrea intercambiaron una mirada al vuelo.

—¿Quién podría haberlo matado?

—Alguien que andaba buscando dinero, está claro: ladrones, extranjeros seguramente.

—¿No podría ser alguien que tuviera cuentas pendientes, una disputa sin resolver, deudas?

—¡Eso ni en broma! Lo descarto, además, porque sin duda yo estaría al corriente. Giò no tenía enemigos. Leyendo el pasado se han formado ustedes una idea equivocada. Esas pequeñas diabluras son cosas de hace mil años. Paternostro era un artista famoso, no tenía necesidad de hacer trampas.

—¿Era rico?

—Rico son palabras mayores; no le faltaba de nada, la finca y el castillo eran propiedad suya, tienen su valor, eso está claro.

—¿Asuntos de familia?

—Están desencaminados. Giò vivía solo y de no haber sido por la enfermedad habría vivido otro siglo, era un hombre pacífico. Tenía una especie de cuidadora que hacía de enfermera para todo.

—¿Su nombre?

—Aleksandra. Nosotros la llamamos Sacha, de su apellido no me acuerdo. Una mujer guapa en su época, rusa. Lleva con él casi diez años.

—¿Dónde podemos encontrarla? —intervino Santandrea.

—Lo cierto es que debería haber estado en el castillo. O eso creo.

Vivacqua cruzó la mirada primero con Migliorino, que se marchó corriendo de la habitación, luego con Santandrea.

—Esa Aleksandra, Sacha, ¿no vive en la finca?

—No. Giò exigía su propio espacio —hizo una pausa—. Quiero decir que al envejecer se volvió un poco solitario. Trabajaba a cualquier hora del día o de la noche y no quería que nadie lo molestara. Sin embargo, hubo un período en el que Sacha vivió en el castillo, cuando la enfermedad exigía mayores cuidados. Hace aproximadamente un par de años.

—En su opinión, ¿podría haber jugado algún papel en esta historia?

—¿Cómo voy a saber eso? Espero que no.

—Espera que no —rezongó el comisario. Se levantó para estirarse—. Entonces, según usted, nos enfrentamos a un robo. ¿Lo han masacrado a golpes, torturado, por un robo?

—A la gente se le va la cabeza, comisario. Hay un montón de chalados sueltos por ahí.

—Que usted sepa, ¿hay alguna caja fuerte en la propiedad?

—No, no creo que la haya. Los ahorros de Paternostro están en el banco, por lo menos el dinero procedente de las ventas de las que yo me encargaba iba a parar a una cuenta bancaria, todo a la luz del sol, puede comprobarlo.

—¿Y vive usted de eso? ¿De intermediaciones?

—Sigo a algunos artistas, tres para ser precisos, delgados como anchoas. El purasangre era Paternostro. En los momentos buenos uno podía vivir de esto, incluso tuve una galería en Turín. Había quien apreciaba el talento local e invertía. Después el trabajo se enfollonó, todo se volvió global, lo local desembocó en lo provincial: aparecieron los operadores internacionales, los rusos, los catálogos de Internet, se vive de intercambios, de la clientela china, árabe, india, quieren saber mil cosas, hace falta hablar idiomas, todo está lleno de personas falsas y de gentuza que le robaría el dinero a un niño enfermo. Cuando empecé me gustaba, había incluso un cierto romanticismo, dos corrientes de pensamiento, dos idiomas, cuatro pintores, hoy aparecen diez al día; cualquiera se despierta por la mañana, compra dos tubos, pintarrajea un lienzo y dice que es un artista. Hay tres mercaderes judíos que establecen la cotización mundial, dictan modas y dicen quién debe ganar y quién no, y los críticos los siguen como corderos de pastoreo. Es un oficio de mierda: arrancas con un cuadro y cien dólares, mueres con trescientos cuadros y cien dólares; yo me salí del mercado, que se vayan todos a la mierda. Desde hace casi diez años tengo un bar con una sala de juegos, lo gestiona mi hermana hasta que se le pasen las ganas. De todos modos, tengo lo suficiente para no pasar hambre, o para no matar a un amigo, si eso es lo que querían saber.

—¿Paternostro había hecho testamento? —insistió Vivacqua.

—Más de uno. El último, hace unos seis meses —empezó a restregarse los dedos manchados de tinta.

—Prosiga.

—¿Qué me está preguntando? ¿Quién es el beneficiario? No lo sé.

—Es una pena —Vivacqua se dio la vuelta para irse. Cuando llegó al umbral se volvió ligeramente—: Benetti, le dejo en buena compañía, sea sincero, si ha pasado por alto algo importante, dígalo y no se aleje de su casa hasta que demos por cerrada la investigación; si no tiene más remedio que hacerlo, avise al señor Santandrea, no me obligue a ir a buscarle —luego se giró hacia su segundo—: Termina tú, en una hora en mi despacho.

19.30 horas. Despacho de Salvatore Vivacqua

La lámpara de mesa dirigía el haz de luz hacia el escritorio y, por lo demás, el resto de la habitación estaba a oscuras, iluminada de vez en cuando por los destellos de la tormenta. El viento se aplastaba contra los cristales de las ventanas y hacía que los marcos gimieran. Vivacqua estaba en mangas de camisa con los codos apoyados sobre la mesa; delante de su nariz, un vaso de celulosa lleno hasta el borde, a su alrededor monedas de veinte céntimos apiladas como fichas. El inspector tomó una, la acarició con la punta de los dedos hasta percibir el relieve de la acuñación, apuntó hacia el centro del vaso y rozó la superficie del agua.

La imagen del pintor tirado en el suelo no se le quitaba de la cabeza.

Agarró su codo derecho con su mano izquierda y bloqueó el brazo en la vertical del vaso. Lentamente bajó la moneda hasta cortar el nivel del agua, que parecía elevarse atraída por el metal.

Balas disparadas a menos de dos metros.

El comisario empezó a hundir la moneda, el agua modificó su propio criterio de ocupación del espacio, la resistencia de las moléculas se hinchó hasta ocupar el borde del vaso y se volvió convexa.

Un trueno estalló lo suficientemente cerca como para hacer vibrar las ventanas.

Aguardó a que la moneda ganara profundidad, a que la agregación de las moléculas se reconstituyera alrededor del metal y, por último, la dejó caer. Los veinte céntimos planearon hacia el fondo mientras el agua, poco a poco, se retiraba a su posición anterior.

«No había visto nunca nada parecido, ¿y usted?»

El inspector levantó la cabeza del vaso y anotó algo.

Una ferocidad tan desproporcionada hacía que el homicidio adquiriese un significado superior a la muerte como tal, alcanzando un valor casi simbólico.

Tomó otra moneda de veinte céntimos y la colocó con delicadeza sobre la superficie del agua, que se negó a abrirse. Intentó vencer su resistencia y el agua se hinchó hasta alcanzar el bode exterior del vaso.

Obras de arte millonarias, una cuidadora tan descuidada como para olvidarse de su cliente.

Vivacqua frotó la moneda entre las yemas de los dedos, reanudó el intento y se sobresaltó cuando la puerta del despacho dio un golpe. La moneda cayó. El agua formó una onda y desbordó el vaso. Santandrea cruzó la habitación con su habitual paso de caballo.

—Se te ha mojado el escritorio.

—No me digas.

—He dejado que Benetti se marchara. ¿Quieres que hagamos balance?

—La verdad es que todavía tengo el cadáver de ese desgraciado en los ojos —resopló el comisario.

—Ya me lo imagino. De todos modos, el amigo que no le haría daño a una mosca no ha añadido nada útil, y tengo la impresión de que no nos lo ha dicho todo —Vivacqua se cruzó de brazos. Santandrea continuó—: No es nada en concreto, cuestión de piel y una consideración: nuestro comerciante se ha quedado sin el mejor caballo de su escudería, va hacia una jubilación anticipada, la cotización de la obra de Paternostro subirá, así que él tenía una pequeña fortuna al alcance de la mano, no la tocó e incluso llamó a la policía.

—Y como lo correcto y lo conveniente nunca van juntos, habrá que pensar mal, supones tú.

—Exacto. No sirve de nada insistir con Benetti por el momento. Si te parece bien, verifiquemos su versión y veamos lo que sale. Además, ¿no te da la impresión de que en este asesinato hay demasiadas anomalías?

Vivacqua inclinó la cabeza, le gustaba escuchar cómo giraban las ruedecillas de Santandrea.

—Veamos esas anomalías.

—Me baso en la descripción que habéis hecho Migliorino y tú. Para empezar, que el ladrón ponga patas arriba la mitad de la finca —contó con el pulgar—, y se marche sin llevarse ninguno de esos valiosos cuadros —dedo índice—, todo lo contrario, rompiéndolos a patadas —dedo medio—, es anómalo.

—¿Ya has decidido que se trata de un solo agresor?

—Era por hablar de forma impersonal. Como te decía, no se lleva ninguna tela, lo que sugiere que no conocía su valor, y probablemente ni siquiera conocía a la víctima, porque las dos cosas van de la mano —se quitó las gafas, echó el aliento a los cristales y los limpió con la corbata, mientras Vivacqua tomaba notas—. El castillo está en pleno campo, dejas la carretera provincial, tomas una comarcal, luego un paseo en medio de la nada..., en definitiva, que no vas a parar allí por casualidad, entre otras cosas porque no veo a nadie con malas intenciones que se dé una caminata como esa para robar en una granja de pollos —puso sus gafas a contraluz y prosiguió—. El castillo está patas arriba, y eso deja abiertas dos posibilidades: la primera es que nuestro hombre estuviera buscando algo, obviamente no sabemos si lo encontró. La segunda es que se haya tratado de una ejecución, y que por lo tanto el registro sea un hecho sucesivo que no tenga nada que ver con el asesinato —el comisario adjunto levantó la vista—: ¿Por qué pones esa cara?

—Porque no me convences.

Vivacqua sacó la monedita del vaso y la secó.

—Vaya. Pues entonces, ¿tú cómo lo ves? ¿De dónde quieres arrancar?

—No lo sé, echemos una partida de cartas, bebámonos un chato. Santandre', lo de siempre, ¿no? Informa al juez, que te dé autorización para verificar las cuentas bancarias y la herencia, y veamos el testamento. Aclaremos la historia de la donación, y después esperaremos el informe de la Científica. Y ya está... Bueno, mira, vamos a añadir un par de cositas: quiero a todo el mundo en la calle hablando con los tenderos y los lugareños, interroguemos a quienes tenían relación con la víctima, a ver si alguien sabía algo de dificultades o amenazas, si han visto a gente extraña por los alrededores; recopilemos las grabaciones de todas las cámaras en un radio de treinta kilómetros, pero, ante todo, encontremos a la cuidadora, asumiendo que sea inocente, que no se haya largado a Siberia y que tenga una idea de los objetos de valor que poseía Paternostro. ¡Vamos, andando!

—Me harán falta veinte personas.

—Me importa un bledo.

—¿Y los casos fríos? ¿La Unión Europea?

—En los ratos libres.

El teléfono fijo empezó a sonar.

—Encárgate tú —dijo Vivacqua—, yo me voy a casa.

—Dime, Meloni —dijo Santandrea. Escuchó unos instantes, luego tapó el auricular—. Periodistas, por el asesinato del pintor, ¿quieres hacer alguna declaración?

—Ha sido la lluvia, se le humedecieron los cataplines y murió a causa del moho. Cosas que pasan. Ah, dile a Gargiulo que me hace falta información sobre asaltos a chalés o granjas durante los últimos seis meses en un radio de treinta kilómetros desde donde se sitúa este caso. Bendito seas.

Vivacqua había dado la tercera vuelta a la plaza Santa Rita en busca de un sitio cuando vio un Ypsilon rojo haciendo maniobras. Se puso a su lado, esperó a verlo marcharse mientras el cerebro intentaba conectar el vehículo con la persona: ya había visto ese coche. Un pensamiento que se evaporó rápidamente reemplazado por la consideración de que estaba lloviendo, con fuerza, y de que el cielo no parecía prometer nada más que lluvia y lluvia para los próximos días.

Cuando abrió la puerta de casa, Tommy estaba ya derrapando. Volantazo con las patas anteriores para recuperar el eje trasero, tres metros de pasillo al galope, alfombra enrollada bajo el impulso del salto, brinco y lengüeteo volante con aullidos y gemidos de felicidad. Emboscada triunfadora. Vivacqua ni siquiera tuvo tiempo de quitarse la gabardina. Assunta y su hija Grazia habían salido de la cocina para disfrutar de la escena y se reían. Tommy corrió a la terraza y volvió a toda velocidad con la correa en la boca, estrellándola contra cualquier obstáculo

—¿Está claro el mensaje? —dijo su mujer.

—Claro para nada, primero porque es el momento de sentarse a la mesa, segundo porque no es su hora, tercero porque diluvia.

—Es precisamente a causa del diluvio por lo que quiere bajar, tiene cosas extraordinarias que hacer: debe marcar todo el territorio desde el principio, como varones deberíais entenderos, ¿no quieres ayudarlo?

—¿En qué sentido?

—En el sentido de que levantas tu pierna y..., averígualo por ti mismo, eres el jefe de la manada.

Vivacqua tomó la correa y se la entregó a su hija.

—Abdico. Te nombro jefa absoluta mundial de la manada: sácalo tú.

—Pero, papá...

—A medianoche ya bajo yo. Fin de las protestas.

Grazia se puso la sudadera con capucha, le dijo a su hermano que la acompañara y se fueron.

—¿Sabes quién ha estado aquí de visita hasta hace dos minutos? —le preguntó su mujer.

—Estoy seguro de que me lo vas a decir.

—Usa tu olfato de madero.

—Un Ypsilon rojo.

Assunta entornó los ojos.

—¡Lo has visto!

—Un olfato que raya en la clarividencia. Si quisiera, podría decirte con precisión la placa, fecha de matriculación y vencimiento del impuesto de circulación. Por no hablar de su propietario.

—Has visto el coche de la señora Renier.

—Olfato, palabra de honor. ¿Qué quería?

—¿Es que no puede ser una visita de cortesía?

—¿Qué quería?

—Un consejo y algo de ayuda: dice que está muy preocupada por su marido, que no está bien, ¿sabes algo al respecto?

—Pues justo esta mañana me ha echado una bronca.

—¿Que el superintendente la ha tomado contigo? ¿Renier?

—Assu', ¿cuántos superintendentes hay? De todas formas, no es que no esté bien, es que el hecho de que alguien se ponga de parte de Napoleón le hincha los bemoles, especialmente si el sujeto mencionado proviene de Roma, y si es un alto cargo del Ministerio que habla de estadísticas. En cualquier caso, yo no soy médico, trato de no dar consejos a quienes son mejores que yo en cometer errores y si quieres te reconoceré mi plena solidaridad: encárgate tú. ¿Cenamos?

—Peor que Pilatos, te merecerías que...

El móvil de Vivacqua sonó. La mujer cruzó una mirada con su marido. Ambos sabían lo que significaba esa clase de interrupción a esas horas de la noche.

—¿Qué pasa, Carbone?

—La rusa responde al nombre de Aleksandra Kulikov.

—Encantado. ¿Me has llamado para esto?

—Más o menos. Estamos ante la casa de la mujer, no contesta o no quiere contestar.

—¡Ah! ¿Quién está ahí contigo?

—Galante. ¿Qué le parece, echamos la puerta abajo?

—¿No tienes dinamita? También un tanque te vendría bien: Carbo', no digamos estupideces. Llama a alguien más, deja a Galante de guardia e intenta obtener más información.

—¿De qué clase?

—A ver si se ha ido a jugar al bridge, a un curso de astronautas. Pregunta a los vecinos si la han visto hoy, en estos días, si tienen su móvil, dónde podría estar, información, ¿no?

—¿Y después echo la puerta abajo?

—No, no echas nada. Vuelve a llamarme, mejor dicho, busca a Santandrea, a quien entre otras cosas podrías haber llamado antes que a mí, y que se reúna contigo corriendo.

—A sus órdenes.

21.40 horas. Casa de los Vivacqua

Tommy comenzó a restregarse contra la pierna del jefe de la manada.

—¿Qué le pasa a este bicho esta noche?

—Es el verano, Totò. Creo que quiere salir.

—Pero ¿qué le pasa, la próstata?

—Asuntos del corazón.

El comisario acarició al setter en la nuca.

—¿Es que no tenemos novia, jovencito?

—Oh, más de una —dijo Grazia—, es un auténtico *tombeur de femmes*. Por eso está tan ansioso, tiene que cuidar del harén.

Vivacqua suspiró. Estaba lloviendo a cántaros.

—Venga, vale.

Tommy fue a coger la correa ladrando de felicidad y regresó justo cuando sonaba el móvil.

—Carbone, por lo que más quieras. ¿Es que no tienes más números a los que llamar? ¿Qué pasa ahora?

—Comunicación de servicio, jefe: Kulikov vive en una casa de campo recién reformada en las afueras del pueblo, es la única inquilina del primer piso, por aquí no es muy conocida, no lleva mucho instalada en la vivienda. La última vez que la vieron fue la semana pasada, he llamado a Santandrea, que ha estado hablando con el fiscal, dentro de poco recibiremos autorización para entrar.

—Mmm...

Tommy saltó sobre sus patas traseras cada vez más impaciente. Vivacqua se puso la gabardina sobre la marcha.

—Echamos una ojeada rápida y nos vamos —concluyó el inspector.
—No me gusta. ¿Habéis hablado con los carabineros?
—¿Había que llamarlos?
—Bah, ¿cuándo va a llegar Santandrea?
—En media hora, una hora como mucho.
—Mándame un coche, quiero verlo por mí mismo.
—Mientras tanto, ¿la echamos abajo?
—Vaya obsesión que tienes. No. Esperadme.

Vivacqua comenzó a desvestirse, se sacó una manga, vio la decepción en los ojos del perro y le fallaron las fuerzas.

Volvió a ponerse la gabardina, tomó la correa y salió.

22.20 horas. Carmagnola

El agente Patanè bostezaba como para dislocarse la mandíbula. Conducía en la oscuridad con su habitual ritmo alegre. Con la luz azul puesta, los faros encendidos. En dirección a Carmagnola.

Muy poco tráfico.

Vivacqua miró hacia delante casi hipnotizado por el ir y venir del limpiaparabrisas. Ahora, después de doce horas de trabajo le apetecía fumar un Gauloise para tragarse el sabor repugnante que había inhalado en casa del pintor.

—Jefe, si quiere un café allí hay un bar abierto.
—Cuanto antes terminemos, antes volveremos. ¿Cuánto falta?
—Cinco minutos, menos incluso.

El inspector sacó el móvil y presionó la tecla para llamar a su segundo.

—¿Dónde estás?
—Delante de la puerta de Kulikov, te esperaremos.
—¿Cuál es la situación?
—Se entrevé una luz dentro. Por lo demás, todo inmóvil.
—Patanè, a ver si nos damos más prisa.

El Alfa giró en un lateral y poco a poco, en los vapores de la noche, se materializaron las grúas de las obras, las casas rurales destripadas y en curso de recuperación, los camiones, las hormigoneras y las cintas de vallado. Toda la zona parecía estar patas arriba a causa de las excavadoras y, bajo la lluvia, semejaba una ciénaga sin forma. El automóvil continuó en el firme desigual bordeando árboles empapados y oscuridad hasta llegar, al fondo, a granjas que nada conservaban ya de sus orígenes campesinos.

STRADA DELLE CACCE, rezaba una placa.

Todo era nuevo: farolas con forma de globo, prados jóvenes alrededor de la casa, árboles, bancos y bloques de hormigón en el suelo. El edificio casi púrpura estaba allí, en el número doce. Un par de ventanas iluminadas en el lado este, al igual que parte del zaguán, donde algunos curiosos aguardaban para ver a quién se llevaban los agentes.

Patanè se introdujo en la callecita del aparcamiento de la urbanización y se detuvo detrás de los dos coches patrulla estacionados frente a la entrada.

El inspector Carbone hizo un gesto a Vivacqua y subieron juntos por la rampa hasta el primer piso. En el rellano estaban Santandrea, Galante y Musso. Galante con la palanca.

—Jefe —dijo Galante.

Vivacqua levantó la barbilla.

Una sola puerta. En el timbre: A. KULIKOV.

—¿La orden?

Santandrea se tocó el bolsillo interior.

—Trata de no tirar también la casa —dijo el comisario.

El agente se colocó en posición, se afanó con la ganzúa y al cabo de un par de intentos la cerradura cedió con un crujido seco.

Santandrea y Carbone dieron un paso para encender la luz, que iluminó el vestíbulo, seguidos de inmediato por el comisario, que se detuvo para trazar el plano del apartamento. A la izquierda, una habitación; de frente, una puerta abierta de par en par al salón, otras dos habitaciones a la derecha, una de las cuales dejaba filtrar luz desde el umbral. Por todas partes, olor a pintura mezclada con flores marchitas.

No pintaba bien.

Vivacqua no había terminado de pensarlo y ya estaba siguiendo la doble estela oscura. Iba en dirección a la habitación iluminada: el baño.

—Sergio, pide que venga una ambulancia —dijo con un hilo de voz.

Al instante, la actitud del grupo pasó de circunspecta a silenciosa. Todos con los ojos bien abiertos. Como fondo, únicamente el repiqueteo constante de la lluvia.

Carbone encendió las luces y la sangre esparcida en el piso flameó con prepotencia.

El rastro arrancaba desde la izquierda, de la cocina. Una silla volcada, la mesa fuera de su sitio de forma ostentosa. En el suelo, un charco oscuro y pisoteado parecía señalar el epicentro del combate. No había cuerpo, solo un olor grasiento y dulzón.

Galante se llevó la mano a la cara para taparse la nariz.

La estela arrancaba del charco y continuaba a intervalos hasta el extremo opuesto de la vivienda. Vivacqua siguió el recorrido, abrió la puerta del baño y se estremeció.

Al fondo de un cuarto largo y estrecho, encajada entre dos paredes, una bañera de la que colgaba parte de una pierna. El resto, casi todo, estaba rojo, o negro de coágulos.

Toallas, jirones de ropa, azulejos, lavadora, alfombrillas, la cortina de la ducha rasgada y enrollada en el suelo. Rollos de papel higiénico empapados y apelotonados, huellas de zapatos, un hedor sofocante.

Carbone asomó la cabeza y maldijo.

Vivacqua hizo un eslalon para no comprometer el trabajo de la Científica, se acercó al punto crítico y casi no pudo creer a sus propios ojos.

Aleksandra Kulikov yacía descoyuntada en sus propios líquidos. Desnuda. Seccionada. El pecho abierto, el vientre abierto y dado la vuelta como una bolsa de despojos. Las entrañas esparcidas.

El inspector sintió que sus brazos se volvían tan pesados que no aguantarían su propio peso. Permaneció un momento que se le hizo eterno contemplando la escena: el rostro de la mujer, magullado y distorsionado, era asimétrico y estaba cubierto de salpicaduras secas; el cuerpo, desgarrado por los cortes, tenía los huesos al descubierto. Al final, se dio la vuelta y salió del baño.

—La ambulancia no va a ser necesaria —dijo en voz alta.

Fue el turno de Santandrea.

Él también salió al cabo de un momento, térreo.

Mientras tanto, Vivacqua se había trasladado al salón, donde un tifón había derribado el mobiliario sin descuidar nada: sillones, cojines, adornos.

La misma situación en el dormitorio. Todo patas arriba.

Carbone lo seguía como un sirviente silencioso, observaba a su jefe demorarse en los detalles, en las fotografías, de vez en cuando trataba de leer en el rostro del comisario las emociones que, en cambio, parecían estar ocultas por músculos faciales simplemente petrificados.

—La misma mano —explotó.

—¿Cómo dice, jefe?

—Llama al doctorcito de esta mañana, ¿cómo se llama? ¡Franceschi! Búscalo, dile que venga con todo su instrumental. Santandre', pon en marcha todo lo necesario: técnicos, vigilancia, que interroguen a los vecinos, encárgate tú mismo y que Dios nos ayude.

—¿Quién puede haber hecho una monstruosidad como esta? —preguntó su adjunto.

—No lo sé. No lo sé.

3.
Martes, 8 de junio

08.35 horas. Chieri. Hospital Maggiore

Aleksandra Kulikov se hallaba en la mesa de disección. El doctor Franceschi llevaba puesta una bata, guantes y mascarilla.

Vivacqua permanecía a unos metros de distancia, en silencio, para no disturbar la concentración del forense; el zumbido de fondo del cerebro no se detenía un solo segundo, como para recordarle que tres horas de sueño aproximado no eran suficientes para recuperar la lucidez. Había estado dando vueltas en la cama sin parar, hasta que, en determinado momento, su mujer alargó el brazo para apoyárselo en el pecho. Un gesto afectuoso. Lleno de significados.

Franceschi inclinó la lámpara para dirigirla hacia el abdomen de la mujer, se volvió y cogió un instrumento de la bandeja.

Si Vivacqua hubiera tenido que explicar la razón por la que estaba allí en ese momento no habría sabido responder: en treinta años de carrera siempre se las había apañado para evitar esa clase de exámenes.

Pero no esta vez.

Esta era una muerte diferente.

No tenía una explicación que bastara por sí sola para acallar sus pensamientos.

Tal vez la respuesta tuviera un no sé qué de antropológico, una razón inherente al rostro de la víctima. A esos ojos aún llenos del abatimiento de quien es incapaz de hallar una explicación para tanta ferocidad. Era como si la víctima hubiera conservado el estupor, la sorpresa, la incredulidad de verse protagonista impotente de su propia muerte. Lo indudable era que en esos ojos había quedado un signo de interrogación esculpido en la retina, una pregunta que por sí sola exigía indagaciones, interrogatorios, testigos. Una pregunta en los ojos: ¿por qué?

El inspector meneó la cabeza. Estaba razonando con las tripas. La peor forma para sacar adelante una investigación.

Tenía una cara hermosa, esa «Sacha», y también una presencia agradable. Tal vez fuera ella la mujer retratada en algunos cuadros de Paternostro. Y con toda probabilidad, no era solo una criada, cuidadora, enfermera y mujer para todo.

El doctor Franceschi masculló algo bajo la mascarilla, luego depositó en la bandeja un fragmento que dejó un eco metálico. Se soltó la mascarilla.

—A ver, lo que voy a decirle no es...

—Oficial, definitivo, científico, ya me lo ha dicho —zanjó Vivacqua con más brusquedad de la que hubiera deseado.

—En efecto. Y, a decir verdad, ni siquiera sé por qué se lo digo. En cualquier caso, yo cosas como estas solo las había visto en los libros, tendré que consultar con algún colega más experimentado —cogió con las pinzas el fragmento metálico de la bandeja—. Esto es parte de la herramienta utilizada para seccionar. El segmento de la cuchilla de un cúter. El asesino lo partió un par de veces por lo menos. Los cortes los realizó con mucha fuerza y sin prestar demasiada atención a hacer un buen trabajo, no estaba interesado en el lado estético hedonista —tosió.

—¿Por qué se encarnizó de esa manera?

—Ciertas sospechas tengo, pero ya hablaremos de eso más adelante. Los moratones en el cuello son signos de estrangulamiento, pero no murió asfixiada, ni tampoco por la puñalada en el plexo solar que, pese a todo, le causó una herida mortal. La mujer fue seccionada... cuando todavía estaba viva.

Vivacqua contuvo un estremecimiento.

—Podría decirse que el asesino quería una víctima consciente hasta el final. Murió inmediatamente después. En un primer examen, no hay pruebas de violencia y aberración sexuales o necrofilia.

—¿Se estuvo divirtiendo?

—Algo así. Probablemente el asesino obtiene placer de prácticas sádicas, de la sangre, del poder de decidir sobre la vida de los demás. En el cuerpo aparecen numerosos cortes y en las muñecas son visibles signos de constricción, pero no empleó cuerdas, supongo que sería más bien una tela, un trapo o algo similar que tal vez le sirviera también para taparle la boca. Si sus hombres hacen un buen trabajo, me apuesto algo a que lo encontrarán en la casa, estará manchado de sangre, como es lógico.

—¿Hora y día de la muerte?

—Déjeme acabar el examen y se lo diré con exactitud.

—¿Quién murió antes, el pintor o esta desgraciada?

Franceschi abrió los brazos.

—Necesito acabar el examen. Creo que entre los dos asesinatos hay escasa distancia: unas horas, no más, eso sí puedo decírselo.

—¿Es la misma mano que mató al pintor?

—Son dos crímenes muy diferentes. No tengo elementos para contestar.

Vivacqua se restregó la cara con las manos.

—Me ha hablado de una sospecha que tiene.

—Eso, por ahora, me lo guardo para mí. He hablado demasiado. Concluyo con un detalle, el último: del cuerpo de la mujer se han extraído algunos órganos.

—¡Joder!

—Bazo e hígado para ser precisos.

—Y qué...

—¿Que qué hace con eso? No lo sé: pertenece más al ámbito de su profesión que al de la mía, creo, y estoy encantado de no estar en su lugar —le interrumpió Franceschi—. No me pregunte nada más.

El comisario asintió.

—Sin declaraciones a la prensa, por supuesto.

10.40 horas. Finca de las Margaritas

Vivacqua aparcó el Alfa frente a la finca de Paternostro junto al coche de Santandrea. Se levantó el cuello del impermeable y echó a andar bajo la fina lluvia; por todos los campos, a su alrededor y más adelante, hacia el pueblo, una neblina azulada teñía el paisaje. En los márgenes del terreno, el carrusel de furgonetas con antenas parabólicas, el crujido de cámaras fotográficas y los gritos de los periodistas acompañaron al comisario.

Vivacqua permaneció impasible, continuó esquivando charcos y riachuelos de agua que espumeaban serpenteando para confluir y separarse en nuevos regatos espumosos. Se encogió de hombros como para descargar la tensión y levantó la cabeza. El castillo parecía impregnado por un penetrante olor a hierba mojada y a melancolía. Era como si la ferocidad del crimen hubiera depositado una sustancia pegajosa que horadaba la ropa, se introducía por los poros y se esparcía en el sistema nervioso. De repente, el comisario se sintió exhausto, invadido por una especie de letargo que le impedía ordenar los pensamientos y tomar las riendas de las operaciones.

Los hombres de la Científica iban y venían como hormigas industriosas entre el castillo y la furgoneta, transportando cajas, herramientas, bajo la mirada de su jefe. El grueso de la inspección ya debía de haber acabado.

El inspector Carbone se le acercó. Parecía un pescador de anguilas: sombrero, chubasquero verde, polainas en las pantorrillas.

—Jefe, ya hemos terminado el reconocimiento, lo que había que recoger ya está embalado y enviado a su despacho. La Científica casi ha terminado, Baseggio dice que tiene trabajo para varios días; ¿quiere charlar un rato con él antes de que se vaya?

El comisario asintió con la cabeza, no le salían las palabras.

—¿Quién se está encargando de las verificaciones que he pedido?

—De las cámaras y de los vecinos se ocupa Migliorino.

—¿Y de lo demás?

—Santandrea, me parece.

—Te parece...

Vivacqua hizo ademán de acercarse, cuando un automóvil salió de la carretera, superó a los agentes de guardia y estacionó frente a la entrada. De él se bajó un hombrecillo, que bien podría tener sesenta años, diminuto, ágil. Se acercó a uno de los técnicos y al cabo de un momento el colaborador señaló al comisario.

—Soy Marzano —dijo—, el alcalde. ¿Es usted quien manda aquí? —le señaló con el dedo índice.

—¿Qué se le ofrece? —zanjó Vivacqua.

—Me gustaría saber a qué se debe su decisión de bloquear el traslado al Ayuntamiento de las obras de nuestro pobre Paternostro —dijo de un tirón.

—¿Disculpe?

—Deseo informarle que no nos quedaremos con los brazos cruzados. Sepa que contamos con buenos abogados. Haremos valer los derechos de nuestra comunidad y podrán comprobar que en provincias ya no es tan fácil dárnosla con queso. Y ni se les ocurra trasladar los cuadros a Turín.

—No sé de qué me está hablando.

—Convocaré a todos los ciudadanos para que vengan a vigilar el castillo, a partir de esta noche haremos una gran procesión de antorchas, la televisión lo retransmitirá todo: de aquí no se mueve nada, es más, le adelanto que esta noche...

—Para cuestiones burocráticas debe ponerse en contacto con el juez, no soy yo la persona adecuada.

—... esta noche la junta municipal aprobará una resolución para transformar el castillo en un museo ciudadano. Ya verá de lo que estamos hechos, ya lo verá —se dio la vuelta y regresó al coche muy estirado y orgulloso.

La lluvia volvió a caer con intensidad. Vivacqua se giró al tiempo que se le acercaba Santandrea.

—En la noche, la locura ha rodeado al mundo y se ha apoderado de la humanidad. Sálvese quien pueda —dijo con desenvoltura.

—Si te refieres al alcalde, no le falta del todo razón —le explicó Santandrea.

—¿Qué quieres decir?

—Los abogados de Benetti nos han remitido un requerimiento. El representante reclama obras ya vendidas a terceros y otras de su propiedad. Está procediendo a una incautación preventiva.

Vivacqua se encogió de hombros.

—Me importa tres narices. ¿Qué dice la Científica?

—Te ahorro los improperios de quienes tuvieron que mover el cuerpo que casi se les deshace entre las...

—Sergio, por favor.

—Era para que supieras los detalles. Hemos revisado a fondo todas las habitaciones. Entre los papeles he encontrado copias del testamento: parecen borradores, hay tres versiones diferentes.

—¿Quién se lo embolsa todo?

—Bueno, la mayor parte de la herencia, es decir, el dinero, la finca, un apartamento en San Remo y el piso en el que vivía Kulikov, se la reparten entre la rusa y el Ayuntamiento, así como las obras, aunque depende de la versión; un par de cuadros van a su amigo Benetti. A los aprendices que acudían al taller les deja el equipo y las estanterías. Tendremos que determinar cuál de las versiones es la que acabó depositando ante el notario.

—Ahora ya sabemos que la rusa no era solo la mujer de la limpieza, pero no tendrá manera de disfrutar de la herencia y la idea de que haya podido jugar un papel en esta escabechina se vuelve muy improbable.

—Aunque quizá podría tener vínculos con algún elemento externo que acabó yéndosele de las manos, tal vez un amigo codicioso.

—Idiota, más que codicioso. Con un poco de paciencia todo habría llegado a ella por vías legales. A menos que...

—... el testamento definitivo sea diferente a estos borradores y Kulikov quede completamente excluida.

—Ya... —los dos policías se dirigieron al cenador—. ¿Y por lo demás?

—Mañana recibiremos la autorización para intervenir las cuentas bancarias y los bienes patrimoniales, y para ver el testamento. Nos hemos puesto en contacto con el operador telefónico para que nos mande los listados de las llamadas. Migliorino está en el pueblo. Para esta noche tendremos las grabaciones de las cámaras de los alrededores —miró hacia arriba—: ¿Sabes que pareces recién sacado de la lavadora?

—Tampoco es que tú parezcas recién llegado del Caribe. ¿Había algún ordenador?

—Lo hemos requisado.

El jefe de la Científica se acercó con el cuaderno, se quitó los guantes y esbozó un saludo.

—Hay muchas huellas dactilares, esperamos obtener información útil para sus hombres. Por lo demás, la reconstrucción del asesinato parece bastante sencilla —hojeó sus notas—. Yo diría que nos enfrentamos a un único agresor.

—¿Y las huellas en el suelo? —preguntó Vivacqua.

—Sí. El asesino llegó en coche hasta ese punto —señaló un área circunscrita por estacas frente al patio—. Las huellas frescas con residuos del suelo pertenecen a un solo individuo y se corresponden en todas las zonas donde hemos verificado su paso. Calzaba zapatos con suela de goma, no se preocupó por borrar las pruebas. Haremos una comparación con los resultados de la autopsia para verificar el uso de la pistola, por si resulta útil.

—¿Qué me dices del otro asesinato, el de la rusa?

—Que tenemos dos manos y pies, comisario Vivacqua; en cuanto pueda me libero y voy a echar un vistazo al equipo que está trabajando con la mujer, ¿de acuerdo?

El inspector hundió las manos en los bolsillos del pantalón, dio dos pasos y prosiguió.

—¿Es el mismo asesino?

—El *modus operandi* es muy diferente...

—De eso ya me he dado cuenta, ¿es el mismo asesino o no?

—Si no es el mismo criminal esta noche hago las maletas, le digo adiós a mi mujer y a mis hijos, me encierro en un convento y tomo los hábitos.

Vivacqua se despidió del técnico, empezó a restregarse un costado y puso una mueca de sufrimiento. Santandrea miró el gesto, conocía sus múltiples significados.

—Bueno. Pues tenemos a un loco que ha matado a dos personas en un solo día y ni la menor idea de qué buscar —se dio un fuerte manotazo en el muslo—. Ciertos días son como la blusita de un recién nacido...

—¿Cortos y llenos de mierda?

—Exacto.

El adjunto alzó la barbilla señalando hacia la puerta.

—Deberías decirles algo a los periodistas.

—*A megghiu parola è chidda ca nun si dici.* Las mejores palabras son las que no se pronuncian.

13.55 horas. Turín. Confitería del salón de té Lo Piccolo

Molteni estaba en su mesita de siempre en la sala reservada para clientes escogidos, no había nadie más. Se había colocado en su posición favorita: frente al paso hacia la sala principal, y a la izquierda del ventanal con vistas a la plaza Bodoni y a la estatua de La Marmora, un poco más allá del conservatorio. Una perspectiva completa, con las espaldas resguardadas. La pantalla del televisor colgada a un par de metros emitía el telediario, con el volumen al mínimo. Se reclinó en su silla y la oyó gemir.

Era un hombre de cincuenta y dos años, casi calvo, con gafas, ciento cuarenta kilos distribuidos en poco más de un metro y setenta y cinco. Se quitó la chaqueta para quedarse en mangas de camisa, de la que emergieron dos grandes cercos debajo de las axilas, se abanicó con el menú y sonrió cuando vio a Pina inclinarse para depositar la bandeja.

—Señor ingeniero, hoy tenemos cuatro delicias para ofrecerle: suflé de cacao holandés sobre peras y nata con canela, milhojas de crema —dejó los platos y se colocó detrás—. Nuestra tarta Sacher, una maravilla, y *cassata* de Trapani con pistachos de Bronte. Por último, vino *passito* de Pantelleria helado, como a usted le gusta —le sirvió una copa, hizo una pequeña reverencia y desapareció.

Andrea Molteni, perito en electrónica, nunca llegó a ingeniero.

Experto en seguridad global.

Consultor empresarial y personal.

Sistemas de reconocimiento y de localización antisecuestro.

Realidad aumentada. Inmovilizadores.

Juguetes ilegales para espionaje doméstico.

Molteni echó un vistazo a la plaza, se demoró en busca de alguna anomalía, luego diseccionó el suflé con el tenedor: una vaharada de vapor y cacao Van Houten le empañó las gafas; tomó el primer bocado ardiente y lo engulló sin vacilar.

Rugió de dolor y placer con los ojos cerrados.

En el televisor apareció la fotografía de Aleksandra Kulikov, de un edificio color púrpura en medio del campo, de hombres con monos blancos con la sigla IOTP en la espalda.

Distribuyó la nata sobre la pera con la cuchara, la colocó sobre una enorme porción de suflé, la engulló y al cabo de un segundo se la tragó. Toda la salita olía a chocolate amargo y a sudor.

Estaba empapado. Gruñía como un jabalí cuando su móvil le mandó un aviso.

Debían de ser las dos de la tarde.

Rebuscó para sacar el teléfono de la chaqueta y apretó una tecla.

En la pantalla parpadeó el letrero NO ONE ALARM y a continuación se sucedieron una serie de tomas ampliadas y, por último, el logo de AM Security, que giró hasta confundirse con el fondo azul.

Molteni cerró el aparato, estaba satisfecho con la aplicación: costaba un tercio respecto a la de la competencia más cotizada, tenía cámaras miniaturizadas de alta definición conectadas con sensores de movimiento y de variación de temperatura, así como micrófonos con los que, según el fabricante, podía oírse el latido del corazón de una rata. La había instalado por curiosidad más que por prudencia. En realidad, era puro material chino de pacotilla en el que confiaba tanto como en un billete de treinta y siete euros con cincuenta. Cada hora le enviaba un informe de actualización al móvil: dos gilipolleces para poder levantar el vuelo.

Hizo girar el vino en la copa y se lo bebió de un solo trago. No vio en el televisor ni al cronista, ni las entrevistas ni la fachada del hospital de Chieri.

Hubo un tiempo en que Molteni soñaba.

Con dinero, sobre todo.

Dinero con el que dar a su vida el vuelco que se merecía.

Se había puesto a echar cuentas y, sin apurar hasta los céntimos, la suma final no parecía inalcanzable: eran suficientes doscientos mil para las primeras necesidades. El resto resultaba más complicado: cambiar de vida, por ejemplo, requería un salto cualitativo bastante comprometido e implicaba la venta de un porcentaje más elevado de su conciencia.

Apartó el plato vacío con una pizca de desagrado, echó un vistazo por el ventanal y acercó el siguiente. El aroma a crema pastelera tibia mezclado con la mantequilla del milhojas casi lo hizo tambalearse. Hundió su tenedor y el crujido del hojaldre le removió las papilas gustativas.

De esos sueños no quería recordar nada. Sobre todo, su coste. En la época que vivió los mayores problemas que un hombre de su clase podía concebir, su mujer se había ido. Llevándose los ahorros, los muebles, a su hija y al gato. Ahora Molteni vivía con un modesto bienestar, una oficina propia, algunos clientes que no discutían demasiado por los precios, una salud mejorable pero no en cuestión. Y, a fin de cuentas, no tener familia era una solución económicamente envidiable. La vida privada era la que era, pero en cuanto al sexo el mercado ofrecía alternativas sabrosísimas a partir de pocas decenas de euros.

Se sirvió más *passito* y vació el vaso de un trago.

En el telediario emitían las imágenes del castillo, de Giò Paternostro, de los policías.

El ingeniero dirigió la mirada hacia los platos y observó la Sacher con desconfianza. Era una tarta de unos trescientos gramos; conocía bien esa variedad por haberla probado en Salzburgo: una experiencia esotérica, casi irrepetible en otros lugares, excepto en su pastelería favorita. Hundió un dedo en la guarnición de nata montada y se lo metió en la boca. Movió la lengua y dio su aprobación: nada azucarada, batida a mano, de lo más fresca. Verificó la consistencia del glaseado de chocolate fundido, cortó el pastel en dos y vio la capa de mermelada en el centro, roja.

Sus ojos se iluminaron, como siempre: *Sachertorte* con confitura de cerezas, una verdadera rareza. Se cortó una porción generosa, se la tomó y gimió de felicidad.

—Sublime —murmuró con la boca llena.

Bebió de la botella.

En la época de sus sueños, realizó un inventario de todo lo que haría con un millón de euros en el bolsillo, y recordarlo de nuevo era un ejercicio masoquista: las cosas habían ido de manera distinta, punto y final. Tema cerrado, por más que la memoria siguiera restregándole por la cara los recuerdos, y el miedo. Un miedo jodido que se le había quedado en el sistema nervioso como un herpes.

Se sobresaltó cuando sonó el teléfono. Eran las catorce veinticinco.

No tenía ninguna cita.

Se tragó una cucharadita de nata, presionó una tecla y sus ojos se ensancharon.

ALARM parpadeaba en la pantalla. NOT AUTHORIZED INTRUSION.

16.50 horas. Jefatura de policía. Brigada de Investigación, despacho de Salvatore Vivacqua

Vivacqua y Santandrea estaban sentados codo a codo en el mismo lado del escritorio, con ojeras gigantescas y caras de ficha policial; en el lado de las visitas, Silvano Meucci llevaba cuarenta minutos hablando.

De los casos fríos.

De las estadísticas.

Dijo que esperaba mucho de la jefatura de Turín.

De la Brigada, especialmente.

De la reputación de Vivacqua en particular.

Santandrea había llamado a los inspectores y les había detallado los progresos realizados, había cogido el dosier del caso Securplan para hacer gala del compromiso del segmento alto de la jerarquía.

Vivacqua pronunció sus primeras palabras en ese momento.

—Bien —dijo.

—... He estado pensando en la conversación de ayer con Renier, al que sé que apodan el Dux —Meucci se rio entre dientes—. Según lo veo yo, su visión histórica está obnubilada por la pasión, algo comprensible, pero el caso es que no juzga bien los hechos. Napoleón no fue ese bobo que nos describe, hay que reconocerle los méritos que se ganó sobre el terreno. No olvidemos que era un hijo de la Revolución, con todos sus excesos, pero también con las cualidades de un movimiento de vanguardia en Europa, ni, sobre todo, el contexto en el que tuvieron lugar los acontecimientos —hizo una pausa—. Es un hombre que, cuando estalla la Revolución, tiene apenas veinte años, proviene de un lejano feudo del reino, es un simple teniente imbuido de teorías militares, de derechos divinos de la monarquía; asiste a la oposición popular promovida por los masones..., en definitiva, se ve catapultado a un mundo que no conoce realmente, ¿entienden? Es testigo de cambios que más tarde él mismo llevará por el mundo, como una tormenta renovadora. Si realmente queremos hilar fino, cabría distinguir en su estrepitosa carrera de estratega dos fases, supongo que en esto estarán de acuerdo conmigo, ¿verdad?

Vivacqua lanzó una mirada a Santandrea.

—Soy de la idea —ahondó Meucci—, al igual que muchos estudiosos, de que hay que distinguir lo que sucedió hasta 1812 del período posterior. ¿Cómo olvidar los éxitos de un condotiero que en pocos años forma un imperio de casi ochocientos mil kilómetros cuadrados? Desde Hamburgo hasta Roma. Una obra maestra de habilidad estratégica y táctica. ¿Qué opina usted, doctor Santandrea?

—Hmm, estoy de acuerdo, por más que el comportamiento del emperador no siempre estuviera... —recibió un puntapié de Vivacqua— éticamente a la altura de su papel.

Meucci asintió con energía.

—Es una observación pertinente. Si se refiere al chaqueteo con Rusia, supongo. ¿Es usted también, comisario Vivacqua, del mismo parecer?

—¿Del parecer de quién?

—De su adjunto, por supuesto.

—Ah, no, discrepo. Tiene usted razón, sin duda alguna. Por cierto, como supongo que viene con el tiempo justo y ha llegado el momento de...

—En cuanto a... —Meucci empezó a caminar con las manos en los bolsillos—. Supongo que usted, Santandrea, se refiere a la ruptura unilateral de la paz de Tilsit con Prusia y Rusia —asintió distraído—. Ya veo. Bueno, en ese asunto está de por medio la razón de Estado: en 1807, mediante un tratado bastante intrincado, firma la paz, arrambla con algunos territorios de Prusia, forma el Reino de Westfalia más Varsovia y se los confía a su hermano Girolamo. Luego, como quien no quiere la cosa, cinco años después se come sus propias decisiones y sin encomendarse ni a Dios ni al diablo se vuelve agresivo.

—Sí, pero yo... —Santandrea recibió una segunda patada.

—Diga, diga, no vacile. Es usted un conversador preparado, he podido darme cuenta de inmediato, adelante, si lo cree oportuno.

—No, quería señalar que la campaña de Rusia, a pesar de la entrada en Moscú, resultó ser un desastre. Nada más.

—Oooh. ¿Lo ve? Con referencias distintas, pero estamos defendiendo la misma teoría. ¿Cuándo dio comienzo la campaña de Rusia?

—En este momento, con precisión...

—En julio de 1812. Emblemático, ¿no? Como demostración de cuanto decía hace un momento, me reafirmo...

El teléfono fijo de Vivacqua empezó a sonar, al igual que el móvil de Santandrea, quien tardó un instante en atajar el problema. Un momento después también llamaron al móvil de Meucci. El agente Meloni se asomó y dejó el café en el escritorio.

Meucci soltó una serie de breves síes y de repente colgó el teléfono.

—Desafortunadamente, hemos de dejarlo aquí. Ah, pero ahora que nos conocemos mejor, espero de veras que no nos falten oportunidades para reanudar la conversación, tal vez una noche cenando, sería espléndido —dijo, tomándose el café de un solo trago—. Volveremos sobre el asunto. Tengo que marcharme de inmediato, mis respetos, Vivacqua.

—*Sabbenedica* —murmuró el comisario.

La puerta se cerró. Vivacqua y Santandrea intercambiaron una mirada.

—¡Joder, anda que tú, dándole cuerda encima!

—Salvatore, prométeme que cuando seas superintendente no nos darás la tabarra con historias de solfataras en Sicilia o del desembarco de los aliados.

—¡Meloni! —vociferó volviéndose hacia la puerta y el agente acudió al galope—. Melo', cinco minutos. Pero ¿cuánto has tardado en llamarnos? Te había dicho cinco minutos.

—Jefe, es que como este es nuevo, no sabía bien cómo comportarme, no quise ser grosero la primera vez.

—Apúntatelo: cuando aparece alguien sin cita, quienquiera que sea, dejas pasar cinco minutos y luego me llamas a mí y a quien esté conmigo, ¿entendido?

—A sus órdenes.

—Los locos se dividen en dos categorías: los que se creen Napoleón y los que creen en las estadísticas. La próxima vez... —le dijo a Santandrea— o se lo dices tú, o de lo contrario se lo digo yo: «Meucci, ¿sabe por qué Bonaparte estuvo tocando las pelotas a todo el mundo de los Alpes a las pirámides? Porque era un cornudo, un enano y la tenía pequeña: dos centímetros y medio, para ser exactos».

—Ejem, yo dejaría eso último para casos extremos.

El teléfono móvil del inspector comenzó a vibrar. Era Assunta.

—¿Planes para esta noche? —le preguntó su mujer.

—Estoy dudando entre el póquer y el club de *striptease* habitual.

—Yo también había pensado en los California Dream Men, pero luego se me ocurrió que mejor te mato primero, y luego, si me queda tiempo, ya disfrutaré del espectáculo.

—¿Y qué pasa si vuelvo directo a casa?

—Que te mato igual por las razones anteriores, y todavía no estaremos a la par. Pero antes tendrías que hacer la compra, a mí me ha surgido una cosa. ¿Te acordarás?

—¿Alguna vez me he olvidado de algo?

Assunta soltó una carcajada sarcástica y colgó.

—¡Joder, menudo carácter!

Se volvió hacia Santandrea:

—Olvidémonos de Napoleón y hablemos de cosas serias: el asunto de Securplan, a la papelera; apáñatelas tú con Meucci, dile lo que quieras; prioridad absoluta para los dos desgraciados de ayer. Quiero en este caso todas las energías disponibles. ¿Cómo estamos exactamente?

El adjunto sacó una libreta del bolsillo interior de la chaqueta.

—He escrito un par de notas para organizarme las ideas, empiezo por la mujer —Vivacqua cogió una hoja de papel, le dio la vuelta y se dispuso a escribir—. El forense dice que el agresor no dejó el arma en el lugar del crimen, me refiero a la herramienta utilizada para diseccionar a la víctima: debe llevarla encima, pero no la utilizó con Paternostro, y como soy de la misma opinión que Baseggio, es decir, que hay una sola mano en ambos crímenes, me parece un comportamiento anómalo, en el que merecería la pena profundizar.

—No veo adónde nos llevaría: es un simple cúter de dos duros. ¿No podría haber estado en la casa de la víctima? —lo interrumpió el comisario.

—Tal vez. Además, parece ser que las heridas son de dos tipos: signos de defensa y cortes propinados en la tortura; el agresor desplazó el cuerpo desde el lugar del asalto hasta el lugar del asesinato, la escena del crimen está bastante controlada y sugiere un *offender* bien organizado, por otra parte...

—Alto, para un momento. Detalles como esos le sirven a Cinecittà para un guion, aquí estamos en una investigación tradicional, ya sabes cómo trabajo.

—Cuando te pones así, me entran ganas de romper el título, los diplomas, los cursos, las especializaciones y todo lo demás.

—Estupendo, rómpelo todo: los hechos, Sergio.

—Los hechos. En orden aleatorio: hubo un registro anterior al asesinato.

—¿Y por qué lo sabes?

—Porque en el dormitorio y en las habitaciones, donde el desorden es mayor, no hay manchas de sangre, y como con la que montó debió de salpic...

—Entendido, entendido.

—No estoy en condiciones de asegurar que durante el registro la mujer ya estuviera fuera de combate, pero yo diría que fue ella la que se encargó de vaciar armarios y cajones bajo amenaza, porque el desbarajuste no es el típico de un criminal; por el contrario, presenta casi un cierto orden —Vivacqua asintió—. La idea del robo no se sostiene. El agresor estaba buscando algo, además... —pasó la página—, es demasiado fácil defender la relación con el asesinato del pintor, yo diría que ambos crímenes están estrechamente vinculados.

—¿En qué sentido?

—Bueno, el agresor cree que las víctimas guardan el objeto que busca: dinero, títulos, valores, fotografías, Dios sabe qué, que él quiere a toda costa.

—¿O sea que eso que busca debería haber estado en casa del pintor, de la mujer, o he de pensar que daba igual? En definitiva, ¿cuál de los dos era el verdadero objetivo?

—Buena pregunta. Si la autopsia demostrara que la mujer murió después del pintor, podremos concluir que Paternostro era el objetivo principal, y al no encontrar en su casa lo que quería...

—Es posible, pero estoy empezando a pensar que el asesino actuó siguiendo un plan —Vivacqua se dirigió a la ventana, la lluvia daba una tregua que, a juzgar por el cielo, no duraría demasiado—. Sabemos que Kulikov no posee un automóvil, que va todos los días a casa del pintor a trabajar, que toma un transporte público tanto para ir como para volver. Sabemos que no tiene un horario fijo porque los vecinos la ven regresar incluso a altas horas de la noche. La pregunta es: ¿por qué se ha visto involucrada en esta carnicería? Controlemos los medios de transporte públicos que estaban de servicio, quizá alguien la haya visto ese maldito jueves; y lo mismo en el pueblo, hablemos con la gente, veamos si el chismorreo sigue funcionando como en el pasado.

—Ya estamos trabajando en eso —dijo Santandrea—. Por lo demás, en la casa no había ni un céntimo, ni siquiera en el bolso, tampoco lo mínimo que cualquier mujer posee: anillos, pendientes y cosas por el estilo. Probablemente se los llevó él. El teléfono móvil de la víctima estaba en casa, lo estamos examinando.

Meloni abrió de golpe la puerta y, sin decir una palabra, se acercó a la pizarra y empezó a colocar las fotografías del caso Paternostro con chinchetas.

—Jefe, los periodistas no dejan de llamar. Yo siempre les digo que usted no está.

—Muy bien, chavalín, si insisten diles que no sabemos quién ha sido pero que tiene los minutos contados —se acercó al tablero y se quedó rígido, su memoria flameó de repente con las imágenes que había visto en el castillo y sintió que el estómago se le encogía—. Terminemos con Kulikov: Franceschi dice que tendremos los resultados de la autopsia dentro de una semana aproximadamente, pero hay un detalle que aún no te he contado —Vivacqua hizo una pausa—. El asesino no descuartizó a la mujer para ver lo que había dentro. Se llevó un par de recuerditos —Santandrea palideció—. Bazo e hígado, para ser exactos. Ampliemos la investigación: ponte manos a la obra personalmente con Gargiulo, indagad en todos los archivos disponibles, comenzando por los sospechosos con antecedentes de violencia extrema, psicópatas esquizofrénicos y gente parecida —miró su reloj—. ¿Qué tenemos sobre Paternostro?

—Casi nada. De hecho... —cogió el móvil, se alejó unos cuantos pasos y comenzó a dar instrucciones al otro lado de la línea.

Vivacqua regresó a su escritorio y, como en trance, abrió uno de los expedientes de Securplan. Hojeó la carpeta sin ver el contenido de los informes, testimonios, interrogatorios, disposiciones del juez. Aquel era el primero de los cinco dosieres archivados: acarreaba el peso insoportable de los casos sin resolver, esos que se acumulan en montañas de papel y al final encallan exhaustos. En el informe final estaba la firma de su predecesor, su último caso antes de jubilarse, y en esos expedientes, casi diez años después, parecía relampaguear el letrero LO HEMOS INTENTADO TODO.

Santandrea acabó su llamada telefónica.

—Migliorino estará aquí dentro de un instante, dice que tiene novedades sobre ambos casos.

Vivacqua cogió un caramelo y se lo metió en la boca.

—Estábamos hablando de Paternostro.

—Carbone ya está detrás de las grabaciones de las cámaras del circuito cerrado, pero lleva su tiempo. Galante y Musso están interrogando a los lugareños, por el momento seguimos en tierra de nadie sin dejar de preguntarnos: ¿qué está buscando el asesino? ¿Por qué mata? ¿Qué debemos rastrear? ¿Dinero? ¿Documentos? ¿Se trata de una venganza? En resumen: ¿qué cojones quiere ese gilipollas?

Vivacqua sonrió con malicia.

—Que no tenemos una mierda, vaya. Sea lo que sea eso que anda buscando, el principal problema es que no sabemos si lo ha encontrado. ¿Y sabes por qué es un problema? —preguntó el comisario.
—Suéltalo.
—Porque puede que aún no haya acabado.

18.05 horas

Andrea Molteni estaba en la otra punta de la plaza Vittorio a bordo de su Ford familiar. El motor estaba al ralentí, el aire acondicionado alcanzaba los diecinueve grados, que parecían insuficientes para frenar la sudoración. Los limpiaparabrisas gemían en el cristal y él asaeteaba con la mirada en todas direcciones. Hacía casi dos horas que repetía el mismo trayecto: cruzaba el puente sobre el Po, pasaba por la rotonda de la plaza Gran Madre di Dio, volvía atrás hacia el puente, giraba alrededor de la plaza Vittorio y se detenía en el lado opuesto de las oficinas de AM Security. En el tercer piso, sobre los soportales, las ventanas estaban cerradas tal como las había dejado, pero la impresión de haber visto moverse las cortinas mantenía la sensación de peligro en su cénit.

Podría ser que la alarma fuera un fallo del sistema. Los artilugios chinos se habrían vuelto locos por la humedad, el calor, un contacto, una perturbación electromagnética, porque en el fondo eran cacharros de lo más vulgar. Pero no podía descartar que todo fuera verdad. Y en este caso, tampoco la posibilidad de que el visitante siguiera todavía dentro.

Volvió a morderse las uñas ya inexistentes.

Apretó la tecla de envío, la BlackBerry encontró una conexión y emitió un pitido.

La pantalla comenzó a parpadear de nuevo: NOT AUTHORIZED INTRUSION.

Tecleó de nuevo el código, lanzó la orden de autoverificación y esperó. El sistema tardó unos segundos de más. Era obvio que algo no funcionaba.

Seleccionó la tecla almohadilla y la cámara que apunta hacia la entrada desde el interior le envió una imagen de la puerta: parecía que había quedado una rendija, no estaba cerrada. Luces del pasillo apagadas, fotocopiadora, silloncito, estante, todo en ord...

¡El espejo encima del estante!

¿Había algo escrito? ¿Es que había entrado alguien y había dejado algo escrito en el espejo?

Molteni tragó saliva. En un instante se sintió empapado de la cabeza a los pies.

Presionó la tecla asterisco para accionar la segunda cámara del pasillo y por fin aparecieron las rayas horizontales en la pequeña pantalla.

Aquí estaba el error de funcionamiento. Soltó una maldición.

El aparatejo se había estropeado a causa de un conflicto entre los sensores.

Sacó del habitáculo su quintal y medio. Cruzó la plaza, entró en el atrio del edificio y subió en el ascensor. Cuando llegó al tercer piso, se detuvo y miró la puerta de la oficina, apenas entreabierta. En la hoja, las señales de haber sido forzada.

Deslizó la puerta del ascensor, sacó del bolsillo de la chaqueta un destornillador y un espray antes de acercarse a la entrada del piso. Jadeaba. Hubiera querido llamar a los carabineros, lo había pensado, solo que verse obligado a dar explicaciones acerca de sus actividades y de los dispositivos que comercializaba significaba la incautación de treinta mil euros en material, desvelar conexiones y nombres delicados, así como dar cuenta de un par de fechorías sobre las que era mejor guardar silencio.

La microcámara oculta en la mirilla de la puerta había sido cegada mediante una tira adhesiva.

¿Cuántos ladrones son capaces de distinguir una mirilla de una microcámara?

Pocos. Muy pocos.

Molteni entró, apuntando con el espray por delante de él. Avanzó un par de metros y echó una ojeada al espejo sobre el estante.

No había nada escrito.

Puso una sonrisa nerviosa. Continuó por el pasillo rezando por no toparse con nadie. Recorrió el piso, comprobó de un vistazo que no había anomalías y acabó en su despacho personal frente al ordenador. A velocidad supersónica, marcó las instrucciones en el teclado para ver en el monitor el letrero AM SECURITY – DAILY REPORT.

A las catorce veinticinco el sensor colocado en la entrada había señalado la intrusión. Desde la primera cámara llegaron las imágenes grabadas de un hombre vestido de oscuro que cruzaba el pasillo, entraba en la oficina y miraba a su alrededor. Era de un metro ochenta, físico enjuto, irreconocible.

Cámara dos, despacho. El hombre llevaba un pasamontañas, se movía por la habitación con un aparato en su mano derecha, después arrancaba un poco de cinta aislante para pegarla en la microcámara camuflada en el marco de un cuadro. Oscuro.

—¡Un escáner! Hijo de puta —masculló el ingeniero.

Por lo tanto, el visitante no era un gitano en busca de mercancía fácil, ni tampoco un aficionado. Molteni se secó la frente.

—Un profesional.

19.30 horas. Jefatura de policía. Brigada de Investigación, despacho de Salvatore Vivacqua

Santandrea estaba de pie con el auricular del teléfono encajado entre el hombro y la oreja. Vivacqua y Migliorino observaban el tablero: a un lado las fotografías de Kulikov, al otro, las de Paternostro.

—Gracias —concluyó el comisario adjunto—. Baseggio está en el apartamento de la rusa, dice que para las huellas de los zapatos harán pruebas de laboratorio, pero que en su opinión encajan al milímetro. Además, como el doctorcito había previsto, han encontrado un trapo manchado de sangre, probablemente usado como mordaza.

—¡Cuántas buenas noticias! —exclamó Vivacqua—. ¿Qué conclusión sacamos?

—Que el animal estuvo en ambos lugares. Ya nos lo imaginábamos, ahora tenemos la certeza —dijo Santandrea.

—Migliori', dame algo con lo que podamos trabajar.

—No sé si puede servir de algo o aumenta el follón, pero ¿cómo podemos estar seguros de que Benetti encontró el cuerpo de Paternostro ayer por la mañana?

Vivacqua cruzó una mirada con su adjunto.

—Vaya ocurrencia. ¿Adónde quieres ir a parar, inspector?

—A ninguna parte, hablaba por hablar. En el fondo, es la mera palabra de Benetti, no corroborada por nada en absoluto.

El inspector abrió y cerró las manos.

—Abrevia, Robbe'.

—Si el representante no es el asesino, es posible que hubiera estado en esa casa uno o incluso dos días antes de denunciar la muerte.

—Frena, chavalín, frena. ¿Estás jugando a las adivinanzas o hay algo que no sepamos?

El inspector sacó su libreta del bolsillo del pantalón.

—Benetti presentó la denuncia el lunes, es decir, ayer, pero un tal Giuseppe Roero afirma que el domingo por la mañana, a las seis y media, una furgoneta blanca marca Iveco tomó el camino que lleva a la finca.

—Robbe', ¿estás esperando a que te aplauda? ¿De quién coño es esa furgoneta si puede saberse?

—Benetti tiene una igual.

Vivacqua se echó a reír.

—Si lo piensas bien, la policía no sirve para una mierda: si estos son los delincuentes, basta con dejarlos actuar y ya se dispararán entre ellos, a la larga no quedará ninguno. ¿Ese tal Roero es de fiar? ¿Qué hacía al amanecer del domingo en la provincial?

—Es el dueño de los terrenos del otro lado de la carretera, estaba en los campos con el tractor. A mí me pareció un tipo de fiar, tendrá unos sesenta años y...

—Entendido, entendido. ¿Comprobaste lo de la furgoneta?

—De eso se está encargando Gargiulo. Además, he localizado al abogado que ayudó a Paternostro a escribir el primer borrador del testamento. Es un admirador del artista, se conocían bien, dice que en la versión redactada por él Benetti no aparece mencionado. Dice que las peleas entre los dos eran bastante frecuentes. Paternostro acusaba a su representante de malvender sus obras y de ocultar parte de los ingresos. También había una cuestión de deudas, es decir, Benetti no había pagado el saldo de algunas ventas.

—O sea que sisaba en la compra y ocultaba las ganancias. Vendía y se quedaba con el dinero. Menudo amigo. ¿Crees que es suficiente para una escabechina como esta? —preguntó Vivacqua.

—No sé, tal vez dependa de cuánto dinero haya en juego.

—Mmm... —el comisario se levantó y regresó a la ventana—. ¿Cómo lo ves tú, Santandre'?

—Qué sé yo, Salvatore, si no nos enredamos en minucias, se mata por mucho menos, ¿o nos pilla de nuevas?

El teléfono de la línea directa sonó. Vivacqua levantó el auricular, era Carbone.

—Jefe, desde la finca piden instrucciones, se está montando un buen lío.

—¿Qué clase de lío?

—El alcalde y medio pueblo van en procesión con antorchas, cantando, gritando. Están los de la televisión, ¿qué hacemos?

—Y qué vas a hacer, mándales paraguas, coñac, dales recuerdos de mi parte —colgó—. Migliori', ¿hay algo más?

—Sí, Benetti no cae muy bien en el pueblo. Tiene reputación de listillo, la gente se acuerda de los viejos tiempos, cuando importunaba a las mujeres, bebía a base de bien, y era de mano fácil; le vieron hace unos meses discutiendo con Kulikov. Quería acompañarla en coche, la mujer se negó y al final se armó, porque la rusa se puso a gritar, hay más de un testigo —concluyó Migliorino.

Vivacqua permaneció inmóvil en la ventana, absorto en sus razonamientos, después se giró a medias.

—¿Te importa encargarte? —le dijo a Santandrea—. Avisa al juez, necesitamos autorización para todo: registros, verificación de cuentas bancarias y telefónicas, incautación y detención. Traédmelo aquí —se volvió hacia Migliorino— esta noche, trato rudo, sin levantarle la mano si no es estrictamente necesario. Ni una sola palabra a los periodistas. Mañana, vete a buscar al granjero, te lo traes para que le tomemos una declaración oficial y... ya es suficiente: ya estoy hasta los mismísimos, me voy a casa. Mañana por la mañana quiero todos los progresos sobre mi escritorio.

—Pero, jefe...

—Mañana, Robbe'.

19.40 horas. Turín, plaza Bodoni. Estacionamiento subterráneo

... siendo capaz, finge incapacidad; estando preparado para entrar en combate, finge no estarlo; estando cerca, finge estar lejos; hallándote lejos, finge estar cerca.

Molteni resoplaba como una locomotora de carbón. Alguien, a bordo de un Volvo claro, lo seguía. No había sido fácil de identificar y tal vez, en cualquier otro momento, no se habría dado cuenta de nada.

Para dejarlo atrás, improvisó una maniobra de emergencia en la calle Po, a la altura de la plaza Castello: de repente hizo un brusco cambio de sentido y se lo encontró de frente, a la izquierda. La cara del conductor no le decía nada; debía de ser un profesional porque al cabo de más de media hora, cuando pensó que lo había perdido, reapareció tres coches por detrás, a la altura de la estación de Porta Nuova.

No era un policía. Ni tampoco un carabinero. De eso estaba seguro. Ninguno de los dos te descerraja la puerta de la oficina de esa manera. Más bien parecía militar, del servicio secreto probablemente. Había tenido que lidiar con ellos para ciertos trabajos de tres al cuarto. O bien...

O bien.

Sacó un pañuelo y se lo pasó por la frente. Un fragmento del pasado volvió a hacerse presente e intenso, junto con el terror de lo que no conseguía olvidar.

Ahora estaba en el aparcamiento subterráneo de Piazza Bodoni, de pie a diez metros del coche, escondido en las sombras, en la medida en que un elefante puede esconderse.

A la espera.

De una idea para salir de aquel lío.

De la chispa que iluminara su vía de escape.

De repente, un pensamiento se colocó en el centro de todas sus preocupaciones. ¿Cómo había conseguido alcanzarlo después de la maniobra de Piazza Castello?

Se acercó silenciosamente hacia el Ford, metió la mano en los guardabarros, debajo de la puerta, rebuscó en el suelo, y se le paró el corazón.

Una caja de plástico, más pequeña que un paquete de cigarrillos; en su catálogo aparecía a ciento veintinueve con noventa y nueve bajo el encabezado «Localizador GPS».

¡Estaba bien jodido!

Le temblaban las rodillas.
Debería haberlo imaginado.
Su primer impulso fue el de aplastar la caja como a una cucaracha.
Luego se lo pensó mejor.
Era mejor largarse por piernas.
Rápidamente tomó la rampa de salida, cuando estaba a mitad de la cuesta tuvo que pararse, el bazo le ardía como en el infierno. Fuera, en la plaza, la única luz era la de las farolas, seguía lloviendo.
Levantó la vista y un destello de lucidez le impidió continuar. Su perseguidor debía de estar cerca, muy cerca, de lo contrario no podría haber captado la señal en el sótano.
Volvió al automóvil, cogió el localizador y se metió en el ascensor, bajó dos pisos y lo conectó al primer coche que encontró.
El perseguidor perdería bastante tiempo antes de darse cuenta de lo que estaba ocurriendo; se lo imaginó con un ojo en el monitor enloquecido y vigilando con el otro la salida de coches. Era difícil marcar a dos conejos en fuga. Incluso para un estrábico.
Volvió a coger el ascensor y bajó al nivel de la calle, desde allí la parada de taxis estaba a cincuenta metros de distancia. Cinco minutos de miedo, después iría volando a casa para recoger lo esencial y quitarse de en medio un par de meses. Con más calma ya decidiría lo que convenía hacer.
Sonrió sarcástico.
No era nada fácil joder a Andrea Molteni.

20.45 horas. Casa Vivacqua

El comisario abrió la puerta de casa con la cabeza en otras cosas. No dejaba de darle vueltas a los fragmentos de un día de mierda, siguiendo recorridos desordenados. Durante el trayecto en coche, había estado oyendo las noticias de la radio, en realidad solo un fragmento, porque cuando arrancó el reportaje sobre el caso empezó a ponerse de lo más nervioso con las primeras conjeturas. Asesinatos a la manera de *La naranja mecánica,* dijo el periodista; no esperó a escuchar la continuación.

Se quitó el impermeable, hizo un fardo con la sobaquera, quitó el cargador de la Beretta y de repente se detuvo: faltaba algo.

De la cocina llegaban las voces confusas de su hija y de otros chicos. El inspector se asomó y los observó un momento. Grazia, su mejor amiga Fabiana, Alessandro y Massimiliano; todos ocupados, algunos con el ordenador, otros con un montón de hojas colocadas al tuntún en el centro de la mesa.

—¿Y mamá? —preguntó Vivacqua.

—Está abajo, con Fabrizio. Dentro de media hora le daremos el cambio —dijo sin mirar atrás.

—¿El qué?

—El cambio, ¿no? Saldremos nosotros cuatro, ¿quieres sumarte?

—Está lloviendo a mares, ¿qué cambio quieres hacer?

—No encontramos a Tommy. Hemos organizado grupos de búsqueda: si lo han raptado, ya lo sabes tú, las primeras horas son las más importantes —se secó las lágrimas con un gesto fugaz.

Vivacqua se limitó a abrirse de brazos, no se preguntó siquiera de dónde había sacado esa forma de hablar; para compensar, ahora sabía lo que había echado de menos al entrar en casa.

—Ya está demasiado oscuro para buscar.

Grazia tomó los papeles del centro de la mesa y agitó la fotografía de Tommy con dirección y teléfono.

—¿Y qué pasa si está solo por ahí, el pobre? ¿Si no encuentra el camino de vuelta a casa? No se puede saber cuándo aparecerá. Es necesario que algunos de nosotros estemos siempre en guardia, por eso mamá y Fabri están afuera. Además, tenemos que pegar estos carteles sin falta. ¿Ofrecemos una recompensa, papá?

—¿Habéis llamado a las perreras? —preguntó Vivacqua.

Grazia se dio un golpe en el muslo con un gesto de rabia, los chicos se miraron los unos a los otros, en una fracción de segundo retomaron móviles y tabletas y volvieron a trastear.

—¿Habéis comido algo? —preguntó el comisario.

—Hay cosas más importantes que comer. Entonces, ¿te unes a nosotros o qué?

Vivacqua miró la hora: las nueve menos diez. Él solo llevaba un bocadillo en el estómago. Cogió la gabardina y se la puso.

—¿Dónde se supone que están Fabrizio y mamá?

—En el parque. Ahí es donde dejé de verlo de repente.

—O sea que se te ha escapado a ti.

Grazia se sorbió la nariz.

—Sí.

21.00 horas. La Vallette, Viale dei Mughetti

Nadie debe estar más próximo al mando que los espías; nadie debe merecer recompensas más generosas que los espías.

El Volvo claro se detuvo frente al bar, el conductor no tuvo ni que salir; le bastó con bajar la ventanilla, estirar el brazo y retirar con la mano abierta dos de los grandes. Ni una sola palabra. Tarea fácil. Buen cliente.

21.05 horas. Parque Cavalieri di Vittorio Veneto

Vivacqua cruzó Piazza Santa Rita para dirigirse a la izquierda, hacia el Estadio Olímpico. Esos veinte metros al aire libre le bastaron para recordar las palabras de Palazzeschi, ¿o era Fogazzaro? «Ciertos días son como la blusita de un recién nacido: cortos y llenos de mierda.»

¿Qué necesidad había, a esas horas, de darse un paseo bajo el aguacero para buscar a ese sinvergüenza de Tommy, cuando se había pasado todo el día soñando con un plato de pasta? Además, había algo que no dejaba de darle vueltas en la cabeza, como una distracción, un descuido que no conseguía encuadrar entre el ajetreo de sus pensamientos. Dejó escapar un par de imprecaciones e intentó acelerar el paso. El camino y la avenida del mercado al aire libre estaban casi desiertos, algún automóvil pasaba discretamente, indeciso sobre si aparcar en algún sitio o convertirse en canoa. Las farolas desprendían una luz inestable, surcada por las ráfagas de agua, y parecían arrepentidas de tanta provisionalidad.

El comisario llegó a las cercanías del parque al que todos llamaban con el nombre histórico de Piazza d'Armi, aunque en los planos urbanos estuviera marcado con un nombre que nadie había llegado a aprenderse. Ahora la pregunta era sencilla y al mismo tiempo inaplazable: ¿por qué zona debía pasar para cruzarse con su hijo y su mujer? Porque el lado cómico del asunto era el riesgo de someterse a esa caminata para tener que volver sin haber concluido nada, ni siquiera un encuentro con los centinelas. Entretanto, tenía los pantalones empapados, los pies que hacían plof, plof en los calcetines, y el estómago lanzando gañidos. Y de Tommy, ni el collar siquiera.

Llegó al semáforo del paseo, hizo ademán de cruzar cuando sintió que tiraban de él hacia un lado y lo tomaban del brazo.

—¿Eres tú? —exclamó.

—¿Por qué, te sucede a menudo eso de que una hermosa mujer se te acerque?

—Continuamente, ya no puedo ni salir de casa.

Assunta se rio. Lo cubrió con el paraguas e hizo un gesto a su hijo de que había encontrado un pedazo de la familia.

—Pues dile a esas mujeres que si tan interesadas están en el artículo, tendrán que negociar conmigo. Si se dan prisa les hago una oferta especial por el pack: si te compran a ti, se llevan a tu novio Santandrea y a todo tu amado equipo.

—Venga ya, ¿conque me saldas a precio de ganga? Centrémonos en el animalejo.

—Desaparecido. Hemos recorrido todo el parque, sin dejar de llamarlo, y nada. Como si se hubiera desvanecido.

—Pero ¿cómo es posible?

—Culpa de tu hija. Estaba chateando con el móvil, y cuando volvió a la Tierra, Tommy ya no estaba. Serían en torno a las seis.

—¿Crees que se lo habrá llevado alguien?

—No lo sé. Pero no la regañes, ya sabes cómo es, con ella los reproches no funcionan, es como tú.

—¿Yo? Pero si soy el vivo retrato de la obediencia. ¿Se me permite hablar?

—Pero no de inmediato. Que, además, cuando estáis juntos sois como el perro y el gato, si la regañas le sienta tan mal que no quiere volver a verte nunca más, y cuando no estás, siempre anda preguntando: pero ¿dónde está papi? ¿Cuándo vuelve? —imitó su voz—. Habla como tú, se mueve como tú y se cabrea como tú. Sois iguales, y no sé si es un cumplido. Lleva toda la tarde llorando, deja que se le pase.

—Resulta que ya ni siquiera puedo hablar con mi hija. Pero, vamos a ver, ¿quién manda en casa?

—Tú, naturalmente, jefe absoluto y total. Por cierto, ¿has hecho la compra como te dije?

Una sacudida recorrió el cuerpo del comisario como un relámpago: ese era el detalle que pretendía abrirse paso a codazos entre los pensamientos.

—Bueno, la verdad...

—¿Queso, un poco de fiambre?

—Nada.

—Qué narices, Totò, te olvidas siempre de todo. Pues o nos vamos a una pizzería, o que nos las traigan a casa.

Vivacqua arrugó la nariz.

—¿No tenemos albóndigas?

—¿Y cuándo quieres que las haga?

—¿La caponata de ayer?

—Se la han acabado tus hijos.

—Has criado dos fieras famélicas.

—La verdad es que tenemos salsa, así que...

—*Pasta 'cu sucu e mulingiane fritte* —dijeron a coro, y se echaron a reír.

Vivacqua chasqueó un beso bajo el paraguas y se alejaron, con la lluvia cayendo a mares.

23.40 horas. Calle De Rosa

El taxi cruzó despacio la zona de chalés adosados de la calle Damiano Chiesa. Molteni, en el asiento trasero, estaba con los ojos muy abiertos, el cuello estirado en busca de un detalle sospechoso que con todo su corazón rezaba por no encontrar. Buscaba un Volvo claro, una sombra escondida, una cara, un olor que lo pusiera en guardia pero, al mismo tiempo, con el mayor sentimiento de piedad hacia sí mismo, imploraba a todos los santos del paraíso para no encontrar nada.

Había estado por ahí, perdido como un clandestino cualquiera a la espera de que la oscuridad y el tiempo pusieran distancia entre él y la sensación de amenaza que le oprimía el corazón.

Tenía que entrar en casa a toda costa. Durante todo el trayecto estuvo preguntándose si no estaría haciendo la gilipollez más enorme de su vida. Pero cuanto más lo pensaba, más convincente resultaba la sensación de hallarse en un callejón sin salida.

En casa estaban los ahorros que no había querido depositar en el banco, porque un hombre con sus antecedentes debe permanecer bajo el umbral de la visibilidad. Era un principio que había aprendido de gente mucho más erosionada que él. En cualquier caso, hasta ese momento el sistema había funcionado, nadie se había presentado nunca a preguntar por el origen de sus ganancias y él había vivido sin mayores problemas. Y de todos modos, no hay soluciones sin sus lados débiles; alguien como él, experto en seguridad, lo sabía bien; si pones un micrófono oyes lo que debe permanecer en secreto, pero si el espiado lo encuentra, ya puedes metértelo en el culo. Si enfrente hay un idiota, lo destruye; si es un profesional, empieza el doble juego: escuchas lo que quieren que oigas y, sin saberlo, de cazador te conviertes en presa. No existe solución perfecta.

Un rayo cruzó el cielo hacia la colina y, al cabo de un instante, un trueno prolongado rodó por las calles. En la chapa, el fragor del agua empezó a tamborilear, a crear un trasfondo de soledad casi tranquilizador.

Dio instrucciones al taxi para que no se detuviera. Cuando pasó frente al camino privado que conducía a la entrada del garaje y a las casas sintió redoblarse los latidos del corazón: aquel era el lugar más probable para una emboscada; abrió los ojos buscando la menor señal de peligro, pero no vio nada. A esas horas, con la lluvia torrencial, la mayor parte de los residentes estaba en casa atontándose frente al televisor. Era como si hubiera un toque de queda. Ordenó dar un rodeo a la manzana y echó un vistazo hacia atrás: si alguien lo aguardaba, si lo estaban esperando, lo habrían visto pasar y saldrían en su persecución, en cuestión de momentos abandonarían su escondrijo.

No terminó el razonamiento que se vio obligado a corregir. No había necesidad de usar el plural, era un hombre, uno solo, y tampoco había necesidad de pronunciar su nombre. La única esperanza que podía albergar tenía que ver con la posibilidad de haberlo despistado, tal vez lo hubiera dejado atrás en el aparcamiento. Había sido hábil, y tal vez..., tal vez lo había desorientado.

La chaqueta, la camisa, los pantalones formaban un sándwich pegajoso entre la piel y el asiento.

De repente cambió de intención, indicó que giraran a la izquierda en la calle De Rosa. El taxista lo fulminó con la mirada en el retrovisor y dio un volantazo. Lo mejor era rodear el complejo de chalecitos, quinientos metros de callejuelas apenas señaladas en los planos, casas y veredas residuales, recorridos que solo conocían los residentes. Cualquier extraño se perdería en ese laberinto. Sonrió bajo los bigotes, esa era la idea que le salvaría el culo.

Molteni pagó y el taxi salió disparado como una lancha motora.

Ahora venía lo difícil, para uno que pesa un quintal y medio.

Estaba en la parte trasera de los chalés: jardines privados y huertos para los fanáticos de lo biológico, todos cercados con setos de laurel, rosaledas o auténticas vallas. Molteni siguió mirando a su alrededor unos instantes, tomó la referencia de su posición y se lanzó con el hombro contra la primera valla metálica. La sacudió unas cuantas veces hasta que logró romperla. Las ráfagas de lluvia cubrían el ruido y ese era el único aspecto positivo, porque ahora estaba empapado de pies a cabeza y comenzaba a sentir frío. Hundió los pies en el barro, aplastó los sembrados e intentó introducirse en el seto. Los perros empezaron a ladrar furiosamente. Las luces de algunas ventanas se encendieron.

Horadar el seto resultó imposible y después de haberse desgarrado la ropa y la cara se vio obligado a sortear el obstáculo enfrentándose a más riesgos de los esperados. Comenzó a pasar por los patios de los vecinos franqueando muretes de un metro de altura que cualquier joven habría superado sin dificultad. Su corazón no dejaba de martillearle en el pecho y en las orejas. Sabía que si se detenía no encontraría fuerzas para continuar; faltaban dos jardines, respiraba con la boca abierta, tropezaba e iba contando hacia atrás: veinte metros, diecinueve, dieciocho. En el último chalecito, el de sus vecinos de casa, las luces estaban encendidas en el interior: tenía que detenerse, los detestaba a los cuatro, a ellos, al meón de su perro, al gato y a sus hijos; y maldecía al diablo por no llevárselos de allí.

Se acercó a hurtadillas a la puerta ventana, lo suficiente como para ver los destellos del televisor parpadear en la habitación: toda la simpática familia reunida en el salón, mascotas incluidas. Podían quedarse en aquella posición hasta el día siguiente. Se tumbó y rodó sobre sí mismo los pocos metros que lo dejaban al descubierto; con las fuerzas restantes se enfrentó al murete de separación y lo cruzó para encontrarse en su patio trasero. El perro de los vecinos comenzó a ladrar con furia, la luz del jardín se iluminó, la puerta se abrió y el perro se abalanzó contra el murete, tratando de saltarlo, pero su amo lo sujetó por el cuello. Diez segundos de diferencia y se habría visto con el perro colgado de las pelotas.

Ahora tenía que moverse. Una bolsa, el dinero y listo: cinco minutos como máximo y que se fueran todos a tomar por culo.

Estaba empapado, apestaba. Los músculos de las piernas arrojaban ácido y cada movimiento era un sufrimiento. En casa, el calor húmedo cortaba el aliento. Habría pagado cualquier cantidad por darse una ducha, recostarse en el sillón con un vaso de Calvados y un habano. Trató de calmarse y por un momento la idea de que todo pudiera ser un malentendido lo tranquilizó.

Tal vez se hubiera imaginado todas esas cosas, lo que estaba escrito en el espejo, por ejemplo: la mala conciencia suele gastar bromas como esas a veces.

¿Y las grabaciones de las cámaras?

¿Y el localizador colocado debajo de su automóvil?

Subió a la planta de arriba con una lentitud exasperante, un escalón, una parada con la boca abierta, otro escalón. En el dormitorio recogió cuatro trapos, rodeó una mesilla de noche, levantó un tablón de madera, tomó los fajos de cien, los metió en una bolsa y decidió que esa noche la pasaría en un hotel, después, al día siguiente, con la cabeza despejada ya razonaría por...

—Hola, Andrea.

Molteni se volvió bruscamente, lanzó un puntapié que siseó en el aire hasta que encontró el obstáculo, escuchó la maldición y al cabo de un segundo una punzada fulminante en el hombro lo arrojó al suelo.

4.
Miércoles, 9 de junio

00.20 horas. Casa de Molteni

Antiguamente se consideraba hábiles estrategas a quienes eran capaces de vencer al adversario con facilidad..., al enfrentarse a un rival derrotado de antemano.

«Hecho plástico de calidad, el mecanismo es como linterna muy potente alto voltaje (3.600 kv) pistola aturdimiento y linterna luz LED en un paquete de peso pequeño y ligero. Descarga muy potentísima y será asustar cualquier potencial agresor. Pesado arancel para aturdir hasta veinte minutos de alta tensión... Advertencia: 1. No dejar que los niños alcancen linterna. 2. No descarga objetos de metálicos, niños, personas con enfermedades cardíacas y partes vitales en cuerpo humano.»

El hombre giró la caja del inmovilizador entre las manos y la tiró.

—¡Estos chinos de los cojones! Los rusos tenían que haberlos arrasado cuando todavía era posible, ahora son los amos del mundo. Levántate, imbécil.

Molteni parpadeó un par de veces; una niebla lechosa temblaba ante sus ojos. Hubiera querido hablar, pero la lengua parecía ocuparle toda la boca. El hombro le quemaba como si le hubieran marcado a fuego.

Le llevó un momento relacionar la voz con los recuerdos y, aunque no pudiera distinguirlo, constató que, de todos los problemas posibles, aquel era el peor.

Trató de pronunciar su nombre sin conseguirlo.

—¿Sabes que por poco me sacas un ojo, cabeza de chorlito? Te he dicho que te levantes, no tengo tiempo para conversaciones, ponte de pie.

Molteni intentó incorporarse, se apoyó en el codo pero enseguida cayó hacia atrás.

El hombre se sentó en el borde de la cama, sacó el dinero de la bolsa y lo sacudió.

—¿Esto es todo?

Molteni negó con la cabeza.

—Escúchame, gordinflón: es muuucho mejor si me dices cómo están las cosas, hazme caso. ¿Tienes intención de pasar una mala noche que potencialmente se anuncia como la última, o vas a escuchar mis consejos? La pregunta es muy sencilla: ¿dónde está el dinero? —silabeó.

—No sé nada. A mí me engatusaron también —dijo después de un largo balbuceo.

El hombre hizo chisporrotear el inmovilizador en el aire.

—Entonces tienes un seeerio problema. Déjame que te lo explique: físicamente no estás en condiciones de pelear, además de desarmado, tu salud es pésima, frente a ti tienes a un adversario mucho más fuerte que tú, de modo que toda hipótesis de confrontación raya en lo ridículo. Un corredor de apuestas no aceptaría dos céntimos contra un edificio en el centro. ¿Estás realmente dispuesto a apostar?

—Sabes que a ti no te diría gilipolleces, no soy idiota, nunca he hablado, ni siquiera en el juicio. Además, ¿tú crees que estaría aquí si tuviera el dinero?

El hombre se le acercó con lentitud, muy calmado.

—Creo que la lógica está de tu lado, lo reconozco, deberías estar en el paseo marítimo de algún lugar en Hawái, rodeado de hermosas mujeres y cócteles con sombrillita. Y, sin embargo, incluso tener razón tiene su precio. Sí, me has convencido y por eso voy a ser amable contigo. Despídete de todo el mundo, amigo mío, ha sido un placer volver a verte.

Molteni se dejó llevar por un llanto irrefrenable.

—Espera. Por favor, espera —hizo un gesto señalando hacia un mueble—. Al fondo del tercer cajón hay una tarjeta de visita. Es la única información que tengo; yo no he podido hacer nada con eso, pero tú podrás sacar algo, quitarme de en medio sería inútil. Estoy seguro de que tú también tienes conciencia. Por favor.

El hombre volcó el cajón sobre la cama, cogió la tarjeta y leyó: ABOGADO GIAN MARIA REYNARD, seguido por una dirección en Ascona, Suiza.

—¿Y qué? ¿Qué hago yo con esto?

—Se le cayó a Piero. Que no era desde luego de esos que consultan con abogados en Suiza, ya sabes lo que quiero decir. Lo guardé como recuerdo, pero estoy seguro de que tiene algún valor.

—¿Así que ahora me toca hacer un viaje a tomar por culo, hasta el lago Maggiore, perder el tiempo, gastar dinero, arriesgarme y, si algo sale mal, venir a verte otra vez para protestar, mientras tú, en el ínterin, te largas al Everest?

—Me encontrarás aquí, te lo juro.

—Por supuesto, claaaro. ¿Te han dicho alguna vez que tienes los ojos muy bonitos, Andrea?

—Por favor, no...

08.05 horas. Brigada de Investigación. Homicidios

Vivacqua se hallaba frente al tablero con las gafas en la punta de la nariz. Se sabía de memoria la disposición de las fotografías. Algunas las habían sacado en su presencia y recordaba el lugar exacto en el que se encontraba en ese instante. Recordaba la sensación de locura que había respirado, el mismo sentimiento de ira que sentía en ese momento al revisar los detalles sin encontrar, y eso le parecía inaceptable, un hilo conductor que le permitiera encauzar las investigaciones.

Esposito llamó y entró con un solo gesto. Dejó el café y se detuvo unos instantes a mirar las fotografías.

—Caramba, si hay más fuera que dentro —sentenció—. El subcomisario Santandrea dice que cuando quiera pueden empezar. ¿Tengo que decirle algo?

—Que cuando esté listo, se lo haré saber. ¿De dónde viene ese café?

—De la cafetera que llevo veinticinco años usando. Materia prima napolitana auténtica, tostado partenopeo, reserva personal, jefe: esta vez ha durado menos de lo habitual. Mi primo me ha prometido que me lo manda la próxima semana —dijo con orgullo.

—Pues esperemos que se acuerde. Espo', ¿no tenía que llegar cierto material del castillo del pintor?

—Ya ha llegado.

—Ah. ¿Y puedo saber dónde está?

—Con Migliorino, que se lo pasó a Gargiulo y a Carbone, luego una parte se la ha quedado el subcomisario Santandrea, me parece.

—Conque te parece; ¿y tú crees que en recorrer cinco metros y llegar a este despacho tardará todavía mucho?

—Ahora mismo, jefe.

El agente recogió un par de libros de firmas, salió y regresó al trote con una caja.

El comisario se la puso sobre las piernas y comenzó a rebuscar entre correspondencia de aspecto inútil y otros papelajos, hasta encontrar algunos dosieres y un listado repleto de nombres. El principal volumen era un catálogo impreso en un papel como de acuarela, con aspecto de ser caro. En la primera página, el artista con el autor de la biografía. En la fotografía, Paternostro podría tener unos sesenta años, año arriba, año abajo. Muy delgado, de pelo largo, con un fular atado en la frente, nariz aguileña, una larga boquilla entre los labios en la que estaba encajado un cigarrillo, la expresión de alguien que no teme el juicio ajeno. También su ropa proclamaba que las convenciones no eran válidas para él. Se le veía retratado en su estudio con un mono de albañil, con el torso desnudo, descalzo y con un pareo, con una máscara de soldador, con pantalones de mecánico. Las fotos habían sido tomadas en la finca, en las diversas salas del castillo. En las páginas sucesivas aparecían sus obras a partir de las más tempranas, los elogios de los críticos. Vivacqua hojeó las páginas sin interés, y cuando se topó con algunos desnudos trató de reconocer a Kulikov, pero el arte de Paternostro no contemplaba la fisonomía convencional.

El listado era lo que parecía, la relación de compradores desde los primeros tiempos hasta 2012, una veintena de páginas. En cada entrada aparecían ordenados la fecha y el cliente, así como la dirección, el título de la obra y un código. Vivacqua empezó a leer con paciencia un nombre tras otro, una auténtica riada. Se incluían galerías de arte de media Europa y particulares, coleccionistas de la provincia de Turín que, especialmente en los últimos quince, veinte años, habían comprado todo lo que salía de las santas manos de Giò Paternostro.

El teléfono sonó en la línea directa. No eran muchos los que le llamaban a ese número, de modo que el olor a pájaro Padulo empezó a abrirse paso en el despacho.

—Soy Renier —dijo el Dux—. ¿Hay algún motivo particular por el que debamos soportar este asedio, señor Vivacqua?

—¿Asedio?

—¡Asedio! Tenemos dos asesinatos de los cuales no me han hecho llegar aún el preceptivo informe; la televisión no habla de otra cosa, esta noche emitirán un programa especial sobre la criminalidad en Turín. Me ha llamado el prefecto en persona, quiere saber si para hacer una declaración ante la prensa debemos dirigirnos al Arma de Carabineros. ¿Qué le contesto?

—Señor, estamos en plenas curvas. Además, por el momento, cuanto menos digamos mejor será.

—Convoque a los periodistas y asuma su responsabilidad. Dese prisa, Salvatore —fin de la conversación.

—Mecagoenla...

Santandrea entró en ese momento.

—Salvatore, estamos listos desde hace una hora. Además, abajo está todo lleno de periodistas.

—¿No me digas...?

09.00 horas. Sala de interrogatorios

Giuseppe Roero estaba correctamente sentado, sin saber hacia dónde dirigir la mirada, dónde poner sus manos arrugadas y anchas como azadas. Era un hombre de sesenta y tres años que a primera vista podría aparentar setenta pasados. La cara excavada en la piel leñosa, cejas tupidas, grises. Ojos esquivos en un óvalo alargado. Ni un gramo de grasa, parecía en excelente estado de salud. Llevaba unos sencillos pantalones oscuros, calzado de lona y una camisa de cuadros grandes remangada. Un paquete de cigarrillos le hinchaba el bolsillo.

El inspector Migliorino había completado las formalidades y esperaba. Vivacqua leía por encima un informe.

—Señor Roero, ¿conoce el motivo por el que le hemos convocado? —empezó diciendo el comisario.

—Supongo que es por el pintor.

—Exacto. ¿Está usted al corriente del hecho de que ha sido asesinado?

—Lo he oído en la televisión. El caso es que yo no quiero causarle problemas a nadie. He pensado mejor en lo que le dije ayer a su colega —hizo un gesto señalando a Migliorino—. Y me he arrepentido. He hablado con mis hijos y, ya se dará usted cuenta, no somos personas muy instruidas, tal vez se me haya escapado una palabra de más.

Vivacqua cruzó una mirada con el inspector.

—Así pues —hojeó el informe del servicio—, el domingo, 6 de junio, a las seis y media de la mañana, ¿no estaba usted en su tractor?

—No me acuerdo —dijo, con los ojos en el suelo.

Vivacqua cerró la carpeta con tanta fuerza que todos se sobresaltaron.

—Señor Roero, dos personas han sido asesinadas, usted no tiene antecedentes, parece un buen hombre, piense bien en lo que dice.

Roero comenzó a retorcerse los dedos. Pero no abrió la boca.

—Está bien. Volvamos a empezar desde el principio. ¿Está usted casado?

Asintió con la cabeza.

—¿Su esposa le ayuda en los trabajos que ha de hacer?

Segundo asentimiento silencioso.

—¿Cuál es su horario de trabajo?

—Desde por la mañana hasta que termino —dijo después de un rato.

—¿Con qué empieza cada mañana?

—Con los animales: es lo primero que hay que hacer.

—¿A qué hora?

—Si mi hijo me ayuda, a las seis, si no, a las cinco.

Fue Vivacqua quien asintió.

—¿Todos los días?

—No, en invierno tengo más tiempo, pero en esta época, especialmente cuando llueve así, hay que estar muy atento para evitar inundaciones.

—¿Y trabajó usted este domingo, señor Roero?

—Como siempre. Para nosotros, el domingo no es como para ustedes los de la ciudad.

—¿Y no usó el tractor para revisar los campos? Le invito a pensárselo con cuidado, el falso testimonio es un delito muy grave, se arriesga a un largo período de encarcelamiento; deberá abandonar la granja, la familia, a cargar con antecedentes penales, con los gastos del juicio; un montón de líos poco agradables. Diga la verdad y no tendrá nada de lo que arrepentirse.

Roero soltó un largo suspiro.

—Di una vuelta alrededor de las seis y algo.

Migliorino disimuló una sonrisa.

Vivacqua no movió un solo músculo.

—¿Cuál era su relación con el señor Paternostro? —preguntó el comisario.

—Nunca hemos tenido demasiada relación. Nos conocíamos de vista. En los últimos tiempos rara vez salía; por lo que he oído decir, estaba enfermo. Cuando era joven tenía su propio círculo y no se mezclaba con nosotros, los del pueblo: somos agricultores, él tenía otra clase de amistades. No iba a la iglesia ni tampoco al bar de la plaza. Hace una década rompió con toda la gente que iba a verle, se juntó con una mujer muy guapa y se dejaba ver más por el pueblo; compraba en las tiendas, el sábado por la noche se le veía con ella. Después, en determinado momento, desaparecieron de nuevo. Sé que era famoso.

—¿Conoce al señor Benetti?

Roero apretó los labios.

—Todos lo conocen. No es la clase de hombre que pasa desapercibido, siempre bien vestido, tomándole el pelo a la gente. Antes iba a menudo al pueblo.

—¿Lo vio el domingo por la mañana? —soltó Vivacqua.

Roero hizo una mueca. Se lo pensó un momento.

—No. No lo vi.

—¿Tiene miedo de algo? —preguntó Migliorino.

—No, por más que sea un tipo de manos largas. No lo vi, esa es la verdad.

Vivacqua resopló y se levantó.

—Estamos perdiendo el tiempo. Quítamelo de delante, Migliori'.

Roero se puso de pie con brusquedad. Tenía las manos apretadas una contra otra.

—Tengo familia. Dos personas han sido asesinadas, ustedes llevan uniformes, manejan armas, no pueden entenderlo. Todo lo que tengo está al alcance de cualquiera. ¿Quién me dice que no va a presentarse alguien en mi casa para vengarse, me quema la granja, dispara a mi esposa o algo peor?

—Mientras haya un asesino en circulación, nadie puede considerarse a salvo, guardar silencio no le pone a salvo del peligro —respondió Vivacqua. Se dio la vuelta para irse—. Y si vuelve a matar, un poco de responsabilidad será suya también —agregó con una calma que hizo que la habitación se congelara.

—Vi una furgoneta blanca —dijo—. Tomó el camino que lleva a casa de Paternostro. No sé quién la conducía. Eso fue el domingo por la mañana alrededor de las seis y media. Ahora, si le pasa algo a mi familia, será responsabilidad suya, recuérdelo bien porque yo no lo olvidaré.

Había pasado media hora desde la charla con Roero y el comisario seguía escuchando en sus oídos el eco de sus últimas palabras: «Si le pasa algo a mi familia, será responsabilidad suya...».

Una frase pronunciada sin saña, con una naturalidad, una conciencia de la amenaza de lo ineluctable que lo había dejado sin palabras. Era como si le hubieran dicho: podéis jugar a policías y ladrones cuanto os parezca, pero no pongáis en peligro a la gente sencilla, esos que al final acaban por pagar la factura de todos.

«Efectos colaterales» es el término técnico.

Efectos colaterales.

Un circunloquio inventado para no hablar de la vida de otros seres humanos.

Si eres policía, no hace falta que nadie te lo recuerde, lo llevas tatuado en el cerebro: los más débiles primero. Pero oír cómo se lo decían lo había dejado de piedra.

—Salvatore, ¿estás de acuerdo? —preguntó Santandrea.

—¿Con qué?

—No has escuchado una sola palabra, ¿verdad?

—Si hablas en voz baja... Dime.

—He convocado a la prensa para una declaración. Si te parece bien, les confirmo que será a las doce.

—Estupendo, confirma lo que quieras. No digas nada, no contestes a las preguntas directas, silencio absoluto sobre las torturas y la retirada de órganos. No me montes líos.

—Bueno, lo cierto es que eres tú el responsable, es a ti a quien le corresponde hablar.

—Te nombro ministro de Interior y de Exterior. Plenipotenciario. Encárgate tú.

Santandrea resopló.

—¿Vamos a ver a Benetti? Lleva desde anoche cociéndose a fuego lento.

—Primero quiero echar un vistazo a las últimas noticias —el comisario abrió la carpeta y se puso al día de la situación.

Cuando entró el representante, Vivacqua alzó apenas la vista de los informes y prosiguió con la lectura. Mientras tanto, Santandrea y Benetti se habían sentado haciendo chirriar las sillas en el suelo.

Pasaron unos minutos que parecieron eternos. Benetti miraba alternadamente a uno y otro policías. El silencio se hacía insoportable.

—Miren, están usando los métodos de la Gestapo. Si se me acusa de algo, formulen la imputación y terminemos de una vez —espetó.

—¿Eso es todo lo que tiene que decir?

—Son ustedes los que tienen la sartén por el mango.

Vivacqua colocó un documento sobre la mesa, se lo acercó y esperó a que lo leyera.

Benetti se puso las gafas y empezó a revisar la hoja.

—No conocía el testamento. Ya se lo dije ayer. ¿Qué pretende demostrar?

—Nada. Pero es gracioso, ¿no le parece? Amigos de toda la vida, compartiendo mujeres, juergas, vida goliardesca, porros y ni una pedorreta como último saludo. ¿Ha visto? Todo se lo lleva Kulikov. Y el Ayuntamiento; gente a la que hasta hace poco no podía ver ni en pintura. ¿Cómo se lo explica?

Benetti se recompuso, se ajustó los puños de la camisa y la chaqueta y frunció el ceño.

—No me lo explico más que con la envidia, o más bien, con la astucia femenina. Aleksandra supo jugar bien sus cartas, le sonó la nariz, le limpió el culo y se ha quedado con todo, empezando por el piso de las afueras del pueblo. Una listilla: hablando de ella en vida, por supuesto. Nosotros los hombres, al envejecer, nos agilipollamos. El Ayuntamiento, en cambio, forma parte de lo que ya le he dicho. Giò quería su lugar en la historia, por ridículo, insignificante y provincial que fuera. Quería una revancha hacia esas personas que nunca lo tomaron en consideración; él era así, es como si se hubiera agenciado el respeto que no había recibido estando vivo.

Vivacqua sacó un informe, lo miró apenas y lo dejó a un lado.

—Algunos testigos afirman que su relación con Paternostro se había ido al traste por cuestiones de dinero. Parece ser que no se distingue usted por una contabilidad transparente.

Benetti se rio entre dientes.

—Ese pedazo de mierda del abogado, casi me parece estar oyéndolo. Un especulador viscoso. Siempre tratando de comprarle cuadros directamente a Giò según sus propias valoraciones, hasta que lo pillé revendiéndolos a precios exorbitantes. No es más que un miserable. Su palabra no vale nada.

—¿Tenía alguna deuda con Paternostro, señor Benetti?

—No. Ene-O. Hubo algunas discusiones a causa del dinero, lo admito. Giò no sabía nada de mercados, de la situación económica, de finanzas. Seguía pensando que vivía en los años sesenta, se hizo una burbuja de confort y se revolcaba en ella. No comprendía que hoy, para vender, hace falta una mentalidad diferente. Hablamos a menudo de ese asunto, daba la impresión de que lo entendía, pero al cabo de una semana volvía a empezar desde el principio. Sacha o el abogado, o ambos, lo ponían en mi contra.

—Así pues, vendía usted a precios más bajos, ¿es eso lo que quiere decir? —apostilló el comisario.

—El mercado del arte no es tan sencillo, a veces hay que saber contentarse.

—¿Y con eso está diciendo que tampoco se llevaba bien con Kulikov?

—No salte a conclusiones apresuradas: con Sacha nunca tuve enfrentamientos. Ella hacía su trabajo, yo el mío, hola qué tal, muchos recuerdos y fin de la conversación.

—Pues parece ser que, en cambio, sí que hubo una disputa. ¿No se acuerda? En público.

Benetti miró hacia abajo.

—Una estupidez. Solo quería ser amable, estaba un poco bebido, ella me agredió, surgió una discusión desagradable. Esa misma noche me llamó para disculparse.

—Indemostrable —comentó Vivacqua. Tomó una hoja y la revisó—. ¿Se sabe de memoria los datos bancarios de Paternostro?

—Ni siquiera me sé los míos de memoria. ¿Por qué me lo pregunta?

—Porque según las comprobaciones que hemos efectuado, la cuenta corriente de Paternostro está a cero: al día siguiente de la muerte alguien vació el depósito. Puede verificarlo —le pasó el papel—. ¿Sabe usted algo al respecto, señor Benetti?

El hombre negó con la cabeza.

—Nunca lo haría. Palabra de honor.

Vivacqua sonrió, sacó una fotografía del legajo, se dispuso a enseñársela, pero se detuvo cuando oyó la puerta abriéndose a sus espaldas. Era el agente Patanè.

El joven se acercó casi de puntillas y le susurró algo al oído a su jefe. El comisario lo escuchó con atención.

—Dile a Migliorino que tome el mando, llamadme tan pronto como tengáis clara la situación.

Santandrea miraba con su expresión de jirafón tratando de entender qué estaba pasando y si él también tenía que ponerse en movimiento.

—Tú tienes una conferencia de prensa —dijo el comisario, luego empujó la fotografía hacia el otro lado de la mesa.

Benetti la giró en las manos, enmudecido.

—No es mía —dijo.

—Efectivamente, la furgoneta es de su cuñado. Pero el domingo por la mañana estaba en la propiedad de Paternostro —se hizo de nuevo el silencio—. Hay un testigo. ¿Dónde estaba usted el domingo, señor Benetti?

—Quiero hablar con mi abogado, no les diré nada más, quieren incriminarme.

—¿Usted cree? A mí me parece que lo está haciendo usted todo por sí mismo. Por cómo lo veo yo, no hay muchas salidas, y si se equivoca, esta vez sus problemas no van a tener fin. Lo mejor es que colabore —Vivacqua se puso de pie y empezó a pasear alrededor de la habitación—. Trate de imaginarse lo que dirían los periódicos: «Representante del famoso pintor involucrado en el doble homicidio». ¿Ya lo sabe, verdad? Hay dos muertos por una misma mano, no es una broma.

—Está usted loco.

—No, en absoluto. Miramos las cosas desde otro punto de vista. Dos amigos fraternos, uno artista, el otro sin oficio ni beneficio. Aquel a quien le va bien vive en su mundo, se rodea de personas a las que mantiene en su corte con sus ganancias, le gusta ser el centro de atención. El otro sabe buscarse un pequeño hueco, se hace representante. La elección más afortunada de su vida. Durante bastantes años funciona, pero el tiempo pasa, las cosas cambian, empiezan a presentarse los achaques y los sentimientos se mudan a otros destinos: el viejo amigo se ve sustituido por una mujer que aspira a todos los beneficios de su posición. Ella se sacrifica, acepta mantenerse alejada para no molestar al artista, pero como ni siquiera un perro mueve la cola por nada, quiere garantías y, sobre todo, no acepta tener entre los talones a un tercero incómodo, es decir, el representante —Vivacqua hizo una pausa, Santandrea disfrutaba de la escena.

Benetti meneaba la cabeza.

—Empiezan los conflictos. Al principio solo escaramuzas, más tarde se va al grano y, quién sabe, quizá sea precisamente la mujer la que comience a preguntarse si el amigo administrador no se estará pasando de listo con las ventas: ¿por qué han bajado tanto las cotizaciones? ¿Cómo es que los pagos llegan tarde e incompletos?

—Tonterías. Hoy, para vender, hay que aceptar pagos a cuenta, intercambios, para ver el dinero tienes que colocar la basura que te dan los galeristas a cambio, a veces hace falta más de un año, sin contar con los que te dejan plantado. ¿Qué saben ustedes de todo eso?

—El hecho es que el *ménage à trois* rechina. Y la cosa empeora. El artista no llegará a Navidad, y en la melancolía del cisne que abandona el centro de la escena, el protagonista quiere el último aplauso: un museo, una exposición permanente, un larguísimo adiós. Decide regalar una amplia colección al Municipio. No habría nada de malo en ello, salvo que pisa precisamente sobre los callos de los dos enemigos, porque con ese regalo no ganan nada, por el contrario, encajan pérdidas colosales: no hay ventas *post mortem* a precios altísimos para la viuda, nada de comisiones para el representante.

—Se está montando una película. Todo eso es falso.

—Los dos podrían aliarse, llegar a un acuerdo, intentar hacer cambiar de idea al pintor, pero la rusa quema etapas. Consigue poner a su nombre el piso y, una vez descontado el legado que irá al Municipio, se convierte en heredera del resto. El único lelo que se queda en bragas es el representante. Juego, partido, campeonato, la rusa se lo lleva todo —Vivacqua se volvió hacia Santandrea—. Vamos, que le tocan los cojones, ¿verdad? Como para matarlos a ambos.

—Quiero ver a mi abogado.

—El bueno de Benetti se da cuenta de que le han puesto de patitas en la calle. Está que arde. Le gustaría volver a entrar en el juego, pero con la mujer no tiene ninguna posibilidad, lo intenta con su viejo amigo en memoria de los buenos tiempos pasados. Va a verlo, prueba con el registro patético, saca a relucir los buenos momentos que pasaron juntos, toca todos los palos, pero su tentativa no llega a puerto: Giò Paternostro se muestra inflexible, el testamento ya está en poder del notario, no hay nada más que decir. Y al representante, esta vez, se le hinchan las pelotas de verdad, arrambla con lo que queda de su antiguo amigo, le rompe los huesos, lo fríe, luego le dispara.

Benetti se conmovió de repente. Se llevó las manos a la cara y empezó a sollozar.

—Nunca le habría hecho daño a Giò, nunca —dijo.

—¿Estaba presente Kulikov o fue a buscarla a su casa?

Benetti se enjugó las lágrimas.

—No es así.

—¿Por qué ha pedido la incautación de las obras de Paternostro?

—Eso es asunto mío.

—Usted tiene permiso de armas, señor Benetti, no hemos encontrado el arma en su casa, ¿dónde la tiene?

El representante se limitó a negar, definitivamente encerrado en su dolor.

—Santandre', comunica la situación al juez y solicita su refrendo, mejor dicho, si tienes cosas que hacer y tienes que prepararte, que se encargue Gargiulo, la práctica habitual.

El comisario volvió a su despacho, pensativo. El asesino les llevaba una ventaja de seis días y eso lo dejaba todo en un terreno terriblemente complicado, sin mencionar que el fugitivo podría haber encontrado lo que estaba buscando, y estar ya en la otra punta del planeta. Vivacqua no sabía si alegrarse o secundar su instinto de cazador.

Por la ventana, el cielo parecía de tela, ni llovía ni se aclaraba, permanecía así, como si un cambio real no fuera posible

Al fondo de la calle, tampoco el coro de estudiantes daba señales de vida, tal vez hubieran elegido otro templo de poder para vociferar la débil fuerza de la juventud. Por un momento pensó en Grazia, su hija. Assunta decía que vigilarla era un error; había empleado su habitual circunloquio semiserio: tiene que llevar su vida y hacer las estupideces que a esa edad todos hemos hecho. Sola, sin que ni yo ni tú interfiramos, y sobre todo sin que lo haga el policía.

¡Ya estamos con la palabreja!

Santandrea entró y miró a su jefe.

—No le des más vueltas, no parará hasta la luna nueva. Otros siete días, por cierto —sonrió—, estuviste haciendo horas extras bajo del agua anoche, ¿no?

—Cornudo y apaleado, hasta pasada la medianoche. ¿Te lo ha dicho Antonella?

—Sí; no tardará ella también en sumarse a la búsqueda. Dice que hay que encontrarlo antes de que se convierta en una tragedia familiar.

—Ya es una tragedia.

—No se diría al verte.

—Me crie entre perros. Pero cuando era un chaval, en el campo, los perros eran perros, no hijos o hermanos. Hasta los perros trabajaban —Vivacqua volvió a la butaquita, colocó los pies en el escritorio, se puso un pañuelo de papel en la cara y cerró los ojos.

—Un hombre de hielo. Bueno, me voy a preparar la declaración ante la prensa. ¿Te parece bien que diga que los dos asesinatos tienen relación?

—No.

—¿Que tenemos un detenido?

—No.

—¿Que desconocemos el móvil?

—No.

—Vaya coñazo. ¿Por qué no te encargas tú de esto?

—Porque eres más inteligente y harás carrera. En un par de años como mucho serás mi jefe, tendré que obedecerte y podrás tomarte la revancha.

—Huy con la de cosas que he de hacerte pagar —se dio la vuelta y se marchó.

En ese momento el inspector Gargiulo llamó a la puerta.

Sesenta y dos años. El decano de la Brigada. Trasladado a trabajos de oficina después de haber recibido una puñalada seis años antes en un intento de conciliación que terminó mal. Un drogadicto nada conciliador lo había dejado en el suelo junto a dos víctimas. No se había recuperado. Cuatro meses de convalecencia para volver al servicio tímido y aburrido como unos calzoncillos sin goma elástica. Bastaba con decirle que se subiera al coche patrulla para que le entrara la disentería. Desde entonces se dedicaba a servicios internos. Se le daba muy bien la investigación: el complemento ideal de Santandrea.

—¿Permiso?

—Adelante, Gargiu', ¿qué tenemos?

El inspector dejó el portátil sobre la mesa al lado del comisario, lo abrió y, sin decir una palabra, tecleó algunas órdenes. En la pantalla aparecieron seis cuadrados.

—Es una selección de fotos sacadas de las cámaras instaladas en la zona de la finca —Vivacqua miró al inspector casi intrigado por tanta profesionalidad—. En realidad, la mayor parte muestra automóviles en tránsito, por desgracia la matrícula no es visible en su totalidad. Pero... —puso en marcha un vídeo, señaló un automóvil con el bolígrafo—. Es un Audi familiar. Lo encontramos en varias grabaciones a partir del martes uno de junio, es decir...

—Dos días antes de que Paternostro muriera. Adelante.

—Sí. El conductor aparece varias veces durante el día y una incluso de noche; es interesante porque siempre pasa muy lentamente, como alguien que estudiara el lugar.

—¿No podría ser un ciudadano corriente que está haciendo recados por su cuenta?

—Es posible. Sin embargo, dado que tenemos los números finales de la matrícula, he hecho algunas averiguaciones —abrió un pantallazo—. Es un coche muy nuevo, registrado a nombre de una señora de Imperia, robado hace una semana.

Vivacqua puso una sonrisa torcida.

—¿Prueba eso algo en tu opinión?

—Si lo que estábamos buscando es un marcador anómalo, me parece que encaja —hizo clic en el siguiente recuadro y en la pantalla apareció un hombre en movimiento, de espaldas—. Aquí está el conductor. La secuencia proviene del banco de la calle principal. Está yendo al estanco, unos metros más adelante.

—No me digas.

—Por desgracia no se lo digo, jefe. La tienda tiene cámaras en el interior, pero durante el día no graban. No tenemos ninguna imagen frontal.

—Mecagoen... ¿Ha hablado alguien con el propietario?

—Sí. El estanco lo lleva una familia, gente del pueblo, ninguno de los adultos recuerda haber visto a una persona en particular. Es posible que le atendiera su hija, una chica de quince años, y obviamente no le prestó atención.

Vivacqua permaneció pensativo mirando las imágenes. Al cabo de un momento meneó la cabeza.

—Un sujeto no residente en la zona, ladrón de automóviles, que ha pasado varias veces dando vueltas por el pueblo. Para relacionarlo con el asesinato hace falta algo más, ¿verdad?

Gargiulo accionó los controles y apareció el sexto recuadro.

—Eche un vistazo.

A primera vista, la imagen parecía granulosa, mal iluminada y desenfocada, pero poco a poco se hizo evidente que se trataba de una grabación vespertina alterada por la intensa lluvia. El plano mostraba un fragmento de un cruce con semáforo, una parte de la avenida y al lado derecho una hilera de árboles limitados por cintas de prevención de accidentes en las inmediaciones de unas obras.

El inspector tosió.

—No prueba nada, que quede claro, pero esta avenida se llama Strada delle Cacce.

Los ojos de Vivacqua se agrandaron.

—Y cincuenta metros más adelante vivía Aleksandra Kulikov —Gargiulo se calló, en la pantalla apareció el Audi a poca velocidad.

—¡Joder!

—La grabación es del jueves 3 de junio a las veinte cincuenta y cinco. Es decir, por lo que sabemos, la fecha de la muerte de la rusa.

—A las nueve menos cinco. Enséñamelo otra vez.

El inspector le obedeció, no sin una sonrisilla de satisfacción por debajo del bigote que al comisario no se le escapó.

—¿Esa cara es porque estás esperando una felicitación? —dijo.

—Ni se me pasa por la cabeza, jefe.

Al cabo de un momento, el vídeo apareció a pantalla completa. En una esquina, la fecha y el temporizador. Poca luz. Lluvia, árboles azotados por el viento. Ráfagas de lluvia. Por último, el coche filmado desde atrás. La transición de un lado al otro de la pantalla apenas duraba unos segundos.

—Una vez más —Vivacqua se acercó al monitor, se concentró, pero lo que esperaba ver no dio señales de vida—. No se aprecia —espetó.

—¿Si hay otras personas en el coche? Lo están examinando los de la Científica. A primera vista, parece estar solo.

—Está bien. ¿Estamos buscando el coche o esperamos a que se presente por su propia voluntad?

—Ya hemos ordenado la búsqueda con prioridad máxima. Si está en los alrededores, tarde o temprano lo pillaremos.

Vivacqua le miró de través.

—Ya, ya. ¿Qué más has encontrado?

—Con las cámaras ya he terminado —presionó una tecla del ordenador y apareció una lista—. En cuanto a los perfiles de Paternostro y Kulikov podré añadir algo esta noche, por ahora no tenemos más que información genérica. Carbone y Galante se han dado un buen paseo para hablar con los lugareños, supongo que acabarán esta mañana, pero no parece que haya gran cosa. Corren algunos chismes sobre Kulikov que vamos a verificar. En el piso de Strada delle Cacce no había ordenadores ni conexiones a Internet. Hemos solicitado los registros del teléfono móvil de Kulikov, deberíamos recibirlos en un par de días.

—O dentro de un mes, total, no tenemos prisa. ¿Algo más? ¿Sus desplazamientos?

—Utilizaba el transporte público, a veces un taxi en horario nocturno. El jueves, 3 de junio, el conductor de servicio en la ruta que lleva a la finca la vio a las ocho de la mañana. Por ahora no hemos podido determinar a qué hora volvió, si es que volvió.

—De alguna manera tuvo que volver esa bendita mujer. Aunque fuera en el maletero del Audi. Haz algo útil, inspector, imprímeme los fotogramas principales, así podré colgarlos en el panel.

Gargiulo sacó una carpeta y la dejó sobre la mesa. Vivacqua la abrió y encontró las impresiones en color.

—Gargiu', ¿es que te has empeñado en sorprenderme?

—Es el procedimiento normal. Lo último: el examen de la cuenta bancaria de Kulikov no revela nada interesante. Tenía una cartilla en Correos, con pequeños pagos periódicos, el saldo de cuenta llega a los seis mil euros. No era rica —recogió las impresiones de los fotogramas y los pegó en el tablero.

El comisario escribió algunas notas en su libreta personal y rodeó con fuerza las últimas líneas.

—Llegados a este punto, ¿qué progresos hemos hecho? —se puso de pie y empezó a pasear arriba y abajo.

—Pocos todavía. Para capturarlo, quiero decir.

—¿Para capturarlo? Este es un grandísimo hijo de puta: ya verás como nos toca los cataplines. Admitiendo que no haya decidido desaparecer.

—Con tal de que no nos haga desaparecer a ninguno de nosotros...

Vivacqua se limitó a lanzar una mirada aviesa.

11.25 horas

> *Si el enemigo es ávido en ganancias, sedúcelo; confuso, atácalo; consistente, prepárate; poderoso, evítalo; colérico, provócalo.*

El hombre agitó la copa de vino y se quedó mirando las lágrimas que caían en el cristal. Inclinó el recipiente para observar los matices. Un hermoso rojo rubí, claro. Dejó que la rotación del líquido se ralentizara, se lo acercó a la nariz y reconoció un toque de frutos rojos. Tomó el primer sorbo y chasqueó la lengua.

El chisporroteo de la sartén lo llamó al orden.

El sofrito de cebolla llevaba más de cinco minutos en el fuego, estaba casi listo. Agregó medio cazo de agua y lo giró con la cuchara.

Involuntariamente se golpeó en la tirita que se había puesto en el pómulo y gruñó.

La mesa estaba puesta con el mayor cuidado: mantel, cubiertos, platos, aceite, sal, todo como es debido en una casa civilizada. Justo al lado, el mapa de carreteras Italia-Suiza. Se centró en Ascona, siguió con el dedo la nacional que bordea el lago Maggiore y sube para desembocar al norte de Cannobio.

—La nacional —tamborileó sobre el papel.

En el gas, la sartén volvió a chisporrotear.

Cogió las tiras de hígado, las añadió al sofrito y vagó con la mirada por la mesa en busca de pimienta, la espolvoreó sobre la marcha con el molinillo, subió el fuego, esperó unos momentos y luego hizo llover el perejil y llevó la sartén a la mesa.

Tomó una buena porción con el tenedor y comenzó a masticar.

—A tu salud, Aleksandra.

Levantó su vaso para brindar en solitario.

Su mirada volvió a las notas. Las hojitas estaban desgastadas, como si hubieran sobrevivido a miles de toqueteos. Trazó una línea bajo el nombre de Paternostro.

—Adiós G. P., ha sido un placer conocerte.

Cogió la tarjeta de visita que le había dado Molteni y la giró entre los dedos.

Caída de los bolsillos de Piero.

—Abogado Gian Maria Reynard. Ascona.

Podría ser una gilipollez, pero el gordo no era un idiota, y tal vez no anduviera errado: ¿de qué le servía a Piero un abogado? Y no había otra manera, para salir de dudas, que ir a comprobarlo en persona.

Trazó con el bolígrafo un par de flechas para modificar la ruta y reflexionó sobre las consecuencias. La excursión a

Suiza no estaba planificada, en esos términos y con esa prioridad por lo menos. ¿Existía el peligro de que, mientras tanto, el pez más preciado esquivara la captura?

—Ataca al enemigo cuando no esté preparado.

Mojó el pan en la sartén y siguió masticando vigorosamente.

—Dos, tres días como máximo, y de vuelta a toda leche.

Masculló un estribillo con la boca llena. Se preguntó si la policía ya tendría delante la carota de Andrea Molteni. La idea de los agentes en la escena del crimen le hizo animarse. El juego iba adquiriendo velocidad.

Presionó el mando a distancia del televisor y se dispuso a prepararse el segundo plato. Las imágenes de la finca de las Margaritas aparecieron en pantalla. El periodista hablaba de un jueves terrible, de la pesadilla de un asesino en serie en circulación.

—Subcomisario Santandrea...

11.50 horas

Vivacqua iba maldiciendo al volante del Alfa. La radio a bordo estaba apagada, igual que el teléfono y la luz intermitente que había desconectado nada más salir de la jefatura de policía.

Estaba conduciendo. En dirección a Carmagnola.

Visita adicional al piso de Aleksandra Kulikov.

Por lo general, para esa clase de desplazamientos recurría el agente Patanè. No para valerse de un conductor, sino para dar instrucciones y aprovechar al máximo los tiempos muertos. Esta vez, sin embargo, quería ir por su cuenta.

Mirándolo sin prejuicios, el paisaje tenía cierto encanto. El contraste de colores entre el cielo y la explosión de verde de los árboles y de los campos y el rojo de las amapolas al borde de la carretera podían dar un sentido casi bucólico al panorama. Pero el comisario no veía nada. Excepto las fotografías, que seguían pegadas a su retina como imágenes vociferantes. Por esta razón tuvo que levantarse y salir, para regresar al lugar donde se había llevado a cabo la escabechina. Tal vez, más que las fotografías había sido el instinto, o más bien la sensación de no haber captado la esencia de los asesinatos, algo, una nimiedad, un detalle que se les había escapado a todos.

Puso el intermitente y giró hacia Strada delle Cacce. Superó la cámara que demostraba el paso del Audi a las veinte y cincuenta y cinco.

Apagó el motor y bajó.

Las ráfagas de viento barrían la carretera. Los árboles de los márgenes ondeaban a su compás como una hilera de bailarines, la lluvia ametrallaba los charcos. No había nadie a la vista. Las obras tenían el aspecto de una base lunar abandonada. Vivacqua se situó en la posición de la cámara y permaneció un rato mirando. La escena, aparte de la intensidad de la luz, era casi idéntica a la grabación. La única reflexión posible atañía a las míseras pruebas sobre las que podía trabajar. Tomándolas por buenas, podía llegarse a la conclusión de que el asesino deambulaba por la zona desde hacía un par de días, por lo menos. Que, sobre todo, había estado vigilando la residencia de Paternostro y, a las nueve menos cinco del jueves, había pasado por el punto exacto donde él se hallaba.

Y dado que ese mismo día, a las ocho de la mañana, Kulikov había sido reconocida en un medio de transporte público, ¿qué se podía deducir?

No mucho. De hecho, poca cosa. Porque antes que nada era necesario saber con cuál de los dos se había encarnizado en primer lugar el asesino; y solo más tarde, tal vez, resultara posible plantear un razonamiento más sólido.

Un relámpago crepitó en el cielo. El viento aumentó de intensidad, el impermeable desplegó las alas.

Y, en cualquier caso, quedarse ahí empapándose bajo el agua como un idiota no servía de mucho, sobre todo porque en la angostura de la lógica eran preguntas meramente académicas.

Volvió al Alfa y condujo hasta aparcar en el edificio al lado de la furgoneta de la Científica.

Además, los suyos eran razonamientos de investigador aficionado, porque las verdaderas preguntas para las que había que hallar respuestas eran qué busca el asesino y por qué tanto ensañamiento.

Punto y final.

El comisario subió las escaleras de dos en dos. La puerta de entrada estaba abierta de par en par, un técnico permanecía ocupado con los contenedores del instrumental, con el mono y la mascarilla puestos. En el interior, dos hombres completamente equipados trabajaban en las paredes con el Luminol. El hedor a flores podridas era asfixiante. Vivacqua sacó un pañuelo, se tapó la nariz y empezó su recorrido.

El apartamento parecía una pista de yincana: marcas de tiza y cartelitos punteaban la progresión de los acontecimientos en un intento de reconstruir la secuencia del asesinato. No tardarían en dar comienzo las discusiones entre fanáticos: pasó antes por aquí y luego entró en el salón; no, al contrario.

El registro en profundidad había sido radical. Por todas partes había muebles desplazados, sofás y sillones desvestidos, cojines, cajones, bolsas, fajos de cartas, postales antiguas, recibos, conejitos de cristal, medicamentos, gafas de sol y de ver, paquetes de Marlboro, pañuelos, flores de plástico. La pequeña biblioteca examinada volumen a volumen. Fotografías desmontadas de sus marcos, matrioskas desperdigadas; solo faltaba arrancar la pintura de las paredes.

Todos los restos tangibles de una vida pasados por la picadora.

Vivacqua recogió un álbum de fotografías desencuadernado y lo recompuso lo mejor que supo. Buscó un lugar tranquilo y empezó a hojearlo. Las primeras imágenes eran en blanco y negro, otras se habían vuelto amarillentas o rojas. Debajo de cada fotografía, un letrero escrito en cirílico con bolígrafo. Niños vestidos con ropa barata, adultos arrugados y desdentados, nieve, cabezas cubiertas con fulares.

Campos, campos, campos. Pasó las páginas rápidamente hasta que llegó a las imágenes más recientes. Kulikov, del brazo de un hombre, debía de tener unos treinta años y era un auténtico bombón. Sonreía, vestida a lo occidental, con los ojos color esmeralda. Fotografías de Venecia. Roma. Turín. Reclinada en el capó de un coche deportivo. Por último, en el estudio de Paternostro. Semidesnuda, con una gasa sobre el costado y el pecho descubierto. De espaldas. En primer plano con una mirada maliciosa. En la finca, en bikini mientras riega las flores. Abrazada al pintor frente a un pastel y unas velas.

Cogió el fajo de cartas y lo hojeó. Por un momento le pareció ver a Sarti en acción. De haber estado allí, los habría echado a todos, después habría buscado las botellas en la casa, se habría servido y se habría metido con toda tranquilidad en el dormitorio para inspeccionar a su manera. Hubiera empezado por...

Vivacqua miró a su alrededor.

Por el armario, probablemente.

La marca de los vestidos, los colores, las combinaciones, la tienda de la que venían. La ropa interior.

Seguro que habría metido la nariz en los cajones de la mujer: nada como la ropa que no se ve para hablar de la personalidad de quien la usa.

Después..., las fotografías y la correspondencia. De haber encontrado cartas las habría leído todas hasta reconstruir la secuencia, las relaciones.

Vivacqua cogió algunas y sonrió cuando vio los caracteres, la procedencia de aquel país impronunciable y las fechas: la más reciente tenía veinte años.

A final, casi con toda seguridad, Sarti se habría quedado dormido. Borracho como una cuba.

Vivacqua se puso de pie y volvió sobre sus pasos.

Los técnicos estaban en el baño, grabando con la cámara las salpicaduras que habían llegado al techo. Baseggio se le acercó sigilosamente.

—Casi hemos terminado —dijo—. En pocas palabras, puedo confirmarte mis primeras impresiones. Las he cotejado con las del forense y somos de la misma opinión. Un crimen sin sombras: legible.

—No repugnante ni cruel: legible.

—Ejem. Quiero decir que es fácil de reconstruir. En ese sentido.

—¿Han revisado los contenedores de basura? —preguntó el comisario.

—Anoche.

—¿Nada?

—Nada.

—¿Así que se marchó manchado como un carnicero?

—Usó toallas para limpiarse como pudo. Hay una buena cantidad en el suelo. Debió de lavarse, tenemos muchas huellas.

—¡Todo esto es una estupidez! —Vivacqua hizo ademán de marcharse—. ¿Cuándo tendremos el informe?

—Ah, es muy pronto para decirlo, un par de días por lo menos.

Se había hecho tarde. El comisario regresó al Alfa. Se sentía nervioso. Y frustrado. Había llegado con una sospecha, regresaba con dos. La segunda acababa de nacer y se merecía una escarapela rosa que colgara en la puerta de entrada a la Brigada: podría ser que ese sexto sentido, el que no lo dejaba dormir, el que le había obligado a levantar el culo porque algo se les había escapado a todos, fuera una solemne gilipollez.

No le había sonado ningún timbre de alarma durante la inspección. Ni una sola idea. Ni una tímida duda. Nada. Un vacío de atmósfera protectora, como la comida moderna.

Se llevó la mano al bolsillo y encendió su móvil. Después de la musiquilla de encendido, sonó el pitido de dos, tres, cuatro, cinco llamadas perdidas. Empezó a presionar el teclado y llegaron dos mensajes.

—Mecagoenlacerdaasquerosadesuma...

Seleccionó la última llamada. Era de Assunta.

Llamó y respondió su hija.

—Papi, no lo encontramos, ¿dónde puede haberse metido?

—¿Cómo voy a saberlo, nena?

—Antonella está aquí con nosotros, ni siquiera ella que es veterinaria sabe cómo ayudarnos. Dice que como eres el preferido de Tommy, tal vez seas la única persona que pueda encontrarlo.

El comisario levantó los ojos al cielo.

—Ah, ¿conque eso dice?

—Ya lleva un día entero bajo la lluvia, no habrá comido, pobrecito...

—¿Tú crees?

Grazia guardó silencio por unos instantes.

—¿Por qué, crees que se lo ha podido llevar alguien?

Con Grazia había que estar muy atento: procesaba los pensamientos ajenos en una fracción de segundo.

—No lo sé —trató de aclarar.

—¿Vienes a echarnos una mano?

—Lo siento, nena, me pillas en un mal momento.

—Lo sabía. Solo te interesa el trabajo, no te importa nada Tommy. Eres, eres...

Qué complicada era esa hija suya, tan insoportablemente parecida a él.

12.20 horas

—Subcomisario Santandrea, ¿los rumores sobre un potencial asesino en serie merecen algún crédito? —salió del televisor.

El hombre se puso los puños en las caderas y por un momento quedó capturado por las imágenes. No había tomado en consideración el lado mediático del asunto.

Inclinó la cabeza y miró con atención al tipo en primer plano.

—Seamos serios. Lo que podemos divulgar de acuerdo con los hallazgos de que disponemos es provisional...

La cámara se acercó al policía y él concentró su atención. Memorizó el nombre y la fisonomía. Alto, enjuto. Llevaba gafas y había una mirada viva bajo las lentes. Unas ligeras entradas. A juzgar por cómo le quedaba la chaqueta no llevaba sobaquera. Era obvio que no se encontraba cómodo frente a los periodistas, tal vez estuviera nervioso o no sabía bien qué decir.

Casi sin darse cuenta, el hombre se percató de que hasta ahora no había tomado en consideración a los investigadores. Ahora tenía a uno ante sus narices. Uno de esos cazadores de los que había que guardarse las espaldas.

—... por lo tanto, toda valoración criminológica resulta prematura.

El tono de voz no era estridente, hablaba con propiedad.

Tenía que espabilar, tal vez no fuera gran cosa como hombre de acción: un ratón de biblioteca con ciertas cualidades para la caza. Suponiendo que supiera qué cazar, y sobre todo en qué clase de peligro se estaba metiendo.

Un par de figuras se alternaron en la pantalla y luego intervino una periodista.

—Comisario, ¿han sido torturados?

—Gracias por venir —concluyó el investigador.

Tomó el cuaderno de notas y apuntó un par de cosas. Ahora no tenía tiempo que perder, llegaba la mejor parte del menú.

La mantequilla al fuego había alcanzado la temperatura correcta. Rompió dos huevos en la sartén, fue al refrigerador, sacó el recipiente, vertió el contenido en un cucharón que sumergió unos segundos en el agua caliente. El tiempo justo para quitarle la pátina fría. Apartó la sartén del fuego, la llevó a la mesa y depositó los globos oculares en la yema del huevo.

—Gracias, Andrea, un regalo refinado el tuyo.

Hizo un brindis y sintió que el atisbo de dolor de cabeza estaba a punto de desvanecerse.

12.45 horas. Calle Damiano Chiesa

Vivacqua atendió la llamada de Migliorino.

—¿Qué pasa, Migliori'?

—Verá, si no tiene nada mejor que hacer, valdría la pena que se acercara por aquí.

—Definitivamente tengo mejores cosas que hacer, has malgastado una llamada.

—Tres, para ser exactos. Estamos en la calle Damiano Chiesa, jefe. Tenemos un cadáver y...

—¿No puedes apañártelas tú o Santandrea?

—Santandrea está con el superintendente, tan pronto como se libere vendrá. En todo caso, este es un problema gordo, comisario, es para usted.

Vivacqua sintió cómo se le erizaban los pelos de los brazos.

—¿Qué quieres decir, inspector?

—Es mejor que lo vea en persona.

12.50 horas. Calle Damiano Chiesa

Quien es experto en desplazar al enemigo se muestra y este lo sigue.

El hombre estacionó el Audi con la premura de un alumno de autoescuela. Salió y caminó por la calle Damiano Chiesa. No tenía prevista esa parada, pero dado que se hallaba en las inmediaciones, el desfile de coches policiales con las sirenas encendidas lo había intrigado. Habría apostado algo a que la procesión se dirigiría precisamente a la zona de los chalecitos adosados. Mira por dónde, justo a casa del apreciado Andrea.

En efecto, a unos cien metros se había formado una pequeña multitud de curiosos.

De repente, un sentimiento de propiedad y desafío se abrió paso entre sus razonamientos: era él el protagonista, se merecía un asiento en primera fila. Y además, estaba la satisfacción de ver a los cazadores manos a la obra.

Se levantó el cuello de la cazadora y aceleró el paso.

Detrás de él, llegó una ambulancia a toda velocidad que apagó la sirena justo cuando pasó a su lado.

—Me parece que llegáis bastaaante tarde, muchachos.

La ambulancia giró en la calle privada y avanzó a paso de hombre. La gente se agolpaba a un lado y a otro del sendero en espera de ver qué podían contar esa noche frente al telediario.

Él avanzó a paso firme en paralelo con la multitud, con la cabeza alta como si fuera uno más entre el personal encargado, un investigador o un pez gordo de la policía. Esquivó a los guardias que intentaban circunscribir el área y avanzó hasta el punto más allá del cual no se podía continuar. Un agente tan grande como un árbol, vestido de paisano, hablaba por teléfono, otros dos estaban justo en la entrada de casa de Molteni, tan pálidos que parecían váteres mal envejecidos. Una furgoneta de color claro esquivó el ajetreo para estacionar entre los coches patrulla.

El policía enorme dejó de hablar por teléfono, se acercó a la línea de los curiosos, dio órdenes a los agentes de uniforme para que despejaran la zona. Movía los brazos como intentando empujar a la gente. Él entrecerró los ojos para poder verlo mejor y, por un momento, sus miradas se cruzaron. El policía notó su presencia y se acercó hacia él. Debía de haberle molestado ver que no hacía ademán de moverse. En un par de zancadas, lo tuvo delante.

Desde luego, era robusto. Un metro y noventa. Pasaba del quintal, pero, a diferencia de Molteni, una notable actividad en el gimnasio había distribuido con criterio sus kilogramos.

Cuando lo tuvo a pocos centímetros del contacto físico, su instinto fue el de apuntar a la carótida. Se preguntó cuánto polvo levantaría al caer, cuánto tiempo le llevaría morir, pero había demasiados policías y prevaleció la consideración siguiente: «Si el desequilibrio de fuerzas es insalvable, retírate. Si estás en minoría ante el enemigo, acabarás siendo su presa».

Retrocedió con las manos levantadas en señal de paz y se dio la vuelta.

En ese momento, desde un coche de servicio recién estacionado bajó un hombre de unos cuarenta años, con gafas, largo y flaco.

—Bienvenido, subcomisario Santandrea —le susurró.

13.20 horas. Calle Damiano Chiesa

Vivacqua llegó al lugar, y cuando se dio cuenta de la cantidad de tiempo que le haría falta para atravesar la multitud llamó a un agente y le confió el coche. Recorrió la calle privada entre dos hileras silenciosas, avanzaba sin necesidad de saber exactamente adónde iba, le era suficiente con seguir las miradas de los curiosos y el enjambre del personal de servicio. Desde los balcones y los jardines de los chalés contiguos, los espectadores comentaban el trabajo de agentes con el mono blanco y de los investigadores.

No le había dado tiempo a entrar en la vivienda, cuando la camilla de la ambulancia salió con una mujerona recostada, que había perdido el sentido. Al comisario le bastó un vistazo para entender que ese no era el problema por el que se había puesto en movimiento la mitad de la jefatura de policía.

En la terracita que precedía a la entrada había agentes de uniforme, técnicos de la Científica, subalternos, presuntos testigos y haraganes. Vivacqua buscó con la mirada a Carbone y lo fulminó con los ojos. El inspector hizo un gesto con la cabeza, salió corriendo para reunir a su gente y regresó en un instante.

—A sus órdenes —dijo.

—¿Qué circo hay montado aquí? No quiero a nadie en un radio de un kilómetro. Que se despejen todos los accesos —ordenó glacial—. Llama a Migliorino, que venga de inmediato.

—Sí, señor.

Las instrucciones básicas ya las había dado, por lo general no había necesidad, cada uno de sus colaboradores conocía su propio papel y el método de trabajo del jefe, de modo que todo ese alboroto solo podía significar una cosa: por una razón desconocida se les había ido la cabeza. Y esa era una pésima señal. El comisario recorrió de arriba abajo el tramo de camino que conectaba las entradas principales de los chalés: dos plantas, jardín privado, barbacoa, setos. Eran construcciones recientes, de finales de los ochenta, media y alta burguesía, personas que no salen por lo general en las páginas de crónica negra.

Cuando Migliorino se presentó tenía el color de la cera, parecía a punto de expirar.

—Gracias a Dios que ha llegado. Dentro están el forense y Santandrea, está a punto de llegar el superinten...

—No haría falta ni que te lo dijera: quiero un croquis detallado del lugar. Que saquen fotos de este laberinto. Cruces, pasadizos, garajes subterráneos, la zona entera rincón por rincón. Elabora una lista de los residentes. Llamas, te presentas y los convocas para que testifiquen hoy mismo. Date prisa.

—Pero...

Vivacqua se dio la vuelta para entrar en la vivienda.

El ajetreo se había apaciguado.

En la puerta había una placa: A. MOLTENI.

Dentro hacía calor.

Apestaba a humedad y a sudor.

Cocina. Escaleras para subir y bajar a la taberna. Salón. Puerta de acceso al jardín al otro lado. Persianas levantadas.

Vivacqua se detuvo para sacar sus propias imágenes, las más preciadas, las que contenían la información que no transmiten las fotografías: olores, clima, ese aroma particular que impregna una casa y habla de la personalidad de quienes viven en ella.

La primera sensación era de descuido. No a causa del desorden, sino de esa típica insipidez de las casas habitadas sin cariño, sin familia, como un simple dormitorio. Era el hogar de una persona sola, al margen de la comunidad. El mobiliario parecía reciente, anónimo. La cocina tenía el aspecto de estar allí únicamente para ocupar la pared. El comisario abrió la nevera. Excepto una botella de vino espumoso y paquetes de bollería industrial no había nada más. La misma desolación en los armarios: pretzels, patatas fritas, cacahuetes, atún en lata. En el salón, frente al enorme sofá, los escasos libros parecían intactos, al igual que los DVD y el televisor. No había ninguna fotografía, ni cuadros en las paredes.

Santandrea bajó de la planta de arriba y se fue sin mirar a su alrededor. La palidez cadavérica le había quitado el aspecto de jirafón.

Bajaron también dos hombres de la Científica, se asomaron al jardín para desaparecer de su vista y Vivacqua decidió subir al primer piso.

Las escaleras terminaban en un descansillo, a izquierda y derecha, las habitaciones. El ajetreo estaba concentrado en la de la izquierda. Tres técnicos de la Científica esparcían el polvo dactiloscópico sobre una cómoda, Pascalis, el anatomopatólogo, estaba agachado, escribiendo algo en una lista, con las gafas en la punta de la nariz. En el suelo, a los pies de la cama, estaba tendido el cadáver, del que solo se veían las piernas y parte del abdomen.

—Anda, mira quién ha venido; me estaba preguntando precisamente dónde se habría metido Sherlock Holmes. ¿Qué tal estás, Salvatore?

—Hola, Vittorio. ¿Te das cuenta de que por donde rondas tú siempre hay alguien que goza de mala salud?

—¿Tú crees? ¿Y este qué te parece?

Pascalis se echó a un lado, y Vivacqua dio un brinco hacia atrás.

—¡Joder!

—¿Has visto qué trabajillo?

Andrea Molteni estaba con los brazos abiertos, tendido sobre su quintal y medio, con las cavidades orbitales vacías. La sangre y los capilares arrancados le marcaban la cara, la tez parecía vítrea, azulada, morada. Debajo del mentón había una quemadura profunda.

El comisario se había quedado inmóvil.

—Cómo... —dijo después de una eternidad.

—¿Cómo ha muerto? Si eliminamos lo imposible, puedo decirte que no ha sido envenenado, no tiene heridas de armas de fuego ni blancas, no tiene hematomas causados por caídas o cuerpos contundentes, así que... —señaló una caja cerca de la mesita de noche— yo diría que ha sido gracias a uno de esos juguetitos que tan de moda están ahora: inmovilizadores, Taser, pistolas eléctricas, llámalos como quieras. Aparatos que llegan a disparar trescientos mil voltios. Recibió dos descargas, la primera en su hombro —le enseñó una quemadura en la chaqueta—, y creo que se desmayó. La segunda en la yugular: entró en paro cardíaco. En todo caso, haremos nuestros deberes en el laboratorio y podremos ser más precisos en unos días. Desde luego no te va a faltar entretenimiento, querido comisario.

—¿Y los ojos?

—Original, ¿verdad? Se llevó un recuerdo, o más bien dos. No hay incisiones de punzones o de cuchillas; quizá me equivoque, pero me parece que le ha enucleado los globos oculares con los dedos. Un trabajo artesanal bastante crudo.

Vivacqua sintió un hormigueo recorrerle el cuerpo. Sus pensamientos se concentraron en un solo punto. En el asesino. Pero fue el forense quien habló.

—Ya quisiera estar diciendo una tontería, pero creo que el recuento ha subido a tres.

—¿Estás al corriente?

—Franceschi me llamó para pedirme mi opinión, fue alumno mío. Él tiene dos sobre su mesa y considero de lo más elemental asociar las extirpaciones efectuadas a la mujer con este desgraciado. En mi opinión, hay una alta probabilidad de que sea obra de la misma mano.

Exactamente lo que Vivacqua no hubiera querido oír.

—¿Qué son esos arañazos en la cara?

—Lo he discutido con los de la Científica. No tienen nada que ver con su asesinato; se los hizo metiendo la cabeza entre los arbustos. Son abrasiones y laceraciones de espinas, de ramas. También las tiene en las manos, en la ropa, en el dobladillo de los pantalones hay hojas secas.

—¿Cómo se lo ha hecho?

—Eso es parte de tu trabajo, Totò. Lo que yo puedo decirte es que no son heridas de cuchillas o defensivas. Más tarde, después del trabajo de laboratorio, ya te diré si hay algo más.

—¿Cuándo murió? —prosiguió Vivacqua.

—Entre medianoche y las dos de la madrugada, diría yo.

—La mujer que se fue en ambulancia, ¿qué tiene que ver con esto?

—Vive aquí al lado. Solo un desmayo. Ciertas escenas son difíciles de digerir.

—Bastaba con no dejar que subiera. ¿Santandrea? —se desgañitó el comisario.

El adjunto terminó de dar instrucciones y regresó a la casa. Estaba hecho unos zorros; el pelo, que generalmente llevaba muy arreglado con un peinado de escolar y la raya a un lado, lo tenía pegado a la frente. Los cristales de las gafas parecían grasientos y de las sienes le caían regueros de sudor. Caminaba más rígido que un ave zancuda.

—Me juego las pelotas a que es el mismo cabronazo al que estamos persiguiendo en Carmagnola —le susurró a Vivacqua.

—Ponme al día —ordenó el comisario.

—Sí, veamos. La víctima tiene una oficina en la plaza Vittorio, esta mañana el guarda del edificio se percató de que la puerta de la oficina en el tercer piso había sido forzada, probablemente por unos ladrones. Así que decidió llamar al titular para que fuera a ver. El teléfono estuvo sonando durante casi una hora. El perro de los vecinos llevaba ladrando desde anoche por algo que le inquietaba. La dueña del perro ha venido a echar un vistazo y ha descubierto que la ventana de la buhardilla estaba rota. Como la puerta del jardín estaba abierta, ha entrado y se ha topado con el hallazgo. Nos ha llamado, y en cuanto nos ha visto entrar se ha caído redonda.

—¿Has mandado a alguien a inspeccionar la oficina?

—Sí, a dos de nuestros hombres, irán también a la plaza Bodoni a echar un vistazo, porque en el bolsillo de la víctima había un tique de entrada al estacionamiento subterráneo y las llaves de un Ford.

Vivacqua empezó a dar vueltas por la habitación, hasta que salió al jardín.

—¿Has dicho que había un cristal roto?

Santandrea hizo un gesto señalando hacia el techo.

—No me preguntes cómo llegó allí arriba porque no me ha dado tiempo a hacer una inspección como es debido.

—¿Has visto el cadáver?

—Virgen santa, claro que lo he visto.

—¿Y qué más?

—He echado una ojeada a la habitación, en la cama hay una bolsa de viaje, ropa amontonada, un cajón boca abajo; no quiero precipitarme con conclusiones apresuradas, pero todo eso significa algo. En el bolsillo de la chaqueta hemos encontrado un aerosol antiagresión, de esos con pimienta. También había un destornillador manchado de sangre en el suelo.

Vivacqua asintió. Él también lo había visto.

—No hace falta darle muchas vueltas para pensar que estaba huyendo con la pimienta en el culo, además de en el aerosol. Y se defendió, mejor dicho, atacó antes de sucumbir. ¿Te has dado cuenta de que la casa no está patas arriba? —observó el comisario.

—Sí, pero no me preguntes por qué. No entiendo nada —dijo Santandrea, levantando las manos—. Nada de nada. Ese hijo de puta ha asesinado con tres *modus operandi* diferentes. Tres armas: pistola, cúter y ahora inmovilizador. A dos los torturó. En dos ocasiones extirpó órganos, pero no a las mismas personas a las que torturó. A los dos primeros casi se diría que los sorprendió, este en cambio parecía listo para huir. Si hay alguna conexión, sinceramente no la veo, y si no hay conexión, mi querido comisario, nos están tomando el pelo, para usar tus propias palabras.

—Pues sí. Mientras tanto, las preguntas fundamentales siguen sin resolverse: ¿qué está buscando? ¿Qué vino a hacer aquí? Espabilemos antes de que esto se convierta en una masacre: nada de vacaciones, ni permisos, ni enfermedades o licencias. Trabajo a tiempo completo hasta que lo pillemos. Empieza a despellejar a este Molteni: quiero saber su vida y milagros, y...

—¿Y Benetti? ¿Quieres que siga en la picota?

—Por ahora déjalo donde está, ya hablaremos de eso mañana.

El superintendente entraba en ese momento, con los signos de un huracán listo para estallar en su rostro.

23.40 horas. Despacho del comisario jefe

Vivacqua casi había huido de su casa, comer solo como un náufrago no le apetecía. En la mesa de la cocina, la nota de Assunta decía: «Hemos salido a buscar a Tommy. La cena está en una olla sobre el fuego».

Nada de amor, ni de besos, ni un «hasta luego». Seca y telegráfica.

Era un mensaje cifrado de muy fácil traducción. Significaba que no había nada más que decir, que no quería subrayar que el jefe de la manada debería haber formado parte de la expedición, que uno de los miembros de la familia, es decir, el perro, exigía ayuda, y que su maldito trabajo de policía tenía para ella la más ínfima consideración.

Recibido.

En todo caso, para no desmentir el síndrome de reservarse la última palabra, se había concedido el honor de responder al final de la nota: «Cuando Tommy esté harto, volverá solito: en eso hemos quedado».

Ahora estaba en su despacho. En una oscuridad total.

Reflexionando.

En el pasillo, casi había cesado la ebullición, la mayor parte de los agentes estaba fuera, persiguiendo a un psicópata que en el curso de una semana había causado tres víctimas, mandando a tomar por culo las estadísticas provinciales de homicidios del primer semestre. Por la ventana entraba el resplandor de una tormenta atípica, con mucha energía y poca agua. También los sonidos daban la impresión de haber perdido fuerza, limitándose a pequeñas explosiones y largos gruñidos. De vez en cuando, la habitación ardía en reflejos y volvía luego a la oscuridad. El comisario estaba en su sitio, casi reclinado, con los pies sobre la mesa del teléfono y un pañuelo de papel abierto encima de la cara. Se sentía exhausto. Los ojos cerrados. En silencio. De vez en cuando se frotaba las costillas doloridas. Y pensaba.

En el rostro de ese hombre sin ojos.

Si ya resulta difícil sostener la mirada de un cadáver sin ver lo que era antes, observar a un ser humano al que se le han arrancado los ojos es casi imposible.

«Enucleados» había dicho Pascalis.

Qué término más espantoso, «enucleados».

¿Removidos del núcleo? ¿Extirpados mediante el *enu*? ¿Desde el *cleo*?

A mano. Es decir, arrancados con los dedos.

No quería ni imaginarse la operación.

Por lo demás, el hallazgo parecía formar parte de una pesadilla más grande e inexplicable. De no ser porque resultaba demasiado incómodo, tenía ganas de consultar su libreta y verificar la nota del lunes, en la que, de memoria, había escrito algo respecto a la ferocidad de ese cabronazo: es decir, que los asesinatos tenían un deje de superioridad, como una especie de mensaje, una comunicación en clave. Pues bien, esta última víctima tal vez hubiera comprendido el mensaje y se dispusiera a cortar el hilo, antes de que alguien cortase el suyo.

¿Podía ser?

Era difícil de saber.

En cualquier caso, Santandrea tenía razón, era necesario encontrar alguna conexión, de lo contrario la teoría del asesino en serie seguiría siendo la única plausible junto con la locura.

Gargiulo entró sin encender la luz, dio unos pasos decididos e hizo ademán de dejar un expediente.

—Déjalo allí —dijo Vivacqua.

El inspector dio un respingo que fue más bien un salto. Chocó contra el silloncito para caer hacia delante y arrasar la mitad del escritorio.

—¡Jesússantoybendito!

Un rayo rasgó la habitación. El pañuelo en la cara del comisario se iluminó de azul eléctrico y cuando Vivacqua se lo quitó el inspector lanzó un segundo grito.

—Virgensantísima.

La luz de la lámpara se iluminó sobre la mesa.

—Comisario, no me vuelva a gastar nunca más una broma como esta —se llevó las manos al pecho.

—Mira lo que has hecho —el vaso de plástico se había volcado y la mitad del escritorio estaba inundado.

Gargiulo, jadeando aún, intentaba solucionar aquel desastre levantando hojas de papel empapadas, lápices, plumas y monedas de veinte céntimos.

—Ya podías haber llamado...

—Jefe, era para acabar antes, pensé que no había nadie —tomó aliento—. He traído las fichas de Paternostro y de Kulikov basadas en información nuestra, de los carabineros, sacada de internet y de la indagación en el lugar del crimen.

—Déjalas donde esté seco. ¿Qué noticias hay del Audi?

—Nada por ahora. En cambio, los registros telefónicos los tendremos mañana, espero.

—Hazte una manzanilla Gargiu'.

5.
Jueves, 10 de junio

08.00 horas

La esencia de la guerra es la celeridad. Aprovecha cuando el enemigo no esté preparado, surge desde itinerarios imprevistos y atácalo donde no haya tomado precauciones.

El Audi familiar parecía ronronear, corriendo sobre el asfalto mojado como sobre la seda. Velocidad de crucero justo por debajo de los límites marcados por la ley. El letrero de la nacional decía que faltaba un kilómetro para Verbania. El paisaje era dulce y melancólico, típico del lago Maggiore. Caía un polvillo de agua que parecía haber pasado por el vaporizador, de lo fino que era. El frescor de la noche había concentrado una ligera niebla que se depositaba en los valles y en las islas Borromeas, casi invisibles en la bruma. El lago parecía de petróleo. Pocos turistas en circulación, suizos y ancianos madrugadores más que nada. Deambulaban con los paraguas abiertos, pantuflas y bermudas, buscando algo que hacer.

—Muuuy aburrido.

Era hora de tomarse un descanso. Le hacía falta un café y algo de reflexión. Desde que había salido no dejaba de darle vueltas en la cabeza; la idea de cruzar la frontera en automóvil ya no era factible. Tenía que cambiar de medio de transporte y hacer algunos ajustes.

Llegó a la carretera principal y cuando vio el lugar ideal colocó el coche en posición de maniobra. Detrás de él una sirena le envió dos aullidos.

Carabineros.

Echó mano a la cartuchera debajo de la cazadora y empuñó el revólver.

El Fiat Punto se puso a su lado y el sargento le indicó que bajara la ventanilla.

—No se puede estacionar aquí —le indicó la señal de tráfico.

—A sus órdenes —dijo alegremente.

Levantó las manos en un gesto de rendición y saludó al militar.

El sargento vaciló unos instantes, indeciso sobre lo que hacer. Observó con atención el vehículo, habló con su compañero y por último le devolvió el saludo y arrancó a paso de hombre.

Él tomó aliento. Dio una vuelta por el centro un par de veces y memorizó las posiciones: una tienda de ropa, un garaje de pago, el muelle de salida para ferris turísticos.

Estaba listo para el viaje.

08.20 horas. Jefatura de policía. Brigada de Investigación

—... a las ocho y cuarenta y cinco hacía un frío de perros, la niebla cubría la meseta, todos estaban concentrados, atentos a la menor señal. Era algo así como la tranquilidad que precede a la tormenta —dijo Meucci—. Él está en la colina Zurlan como una marta, hecho un manojo de nervios, esperando notar que tiran del anzuelo, conteniendo el aliento: si Kutúzov pica, está hecho.

Santandrea intentó desmarcarse y dirigirse al despacho de Vivacqua, pero el otro continuó.

—Ha dejado el ala derecha desguarnecida como cebo, porque quiere que el enemigo se descubra en el centro; cuando el mariscal Soult informa de que es capaz de alcanzar la cima del Pratzen en menos de media hora, ¿él qué hace? Sonríe bajo los bigotes, espera a que el enemigo se meta en el embudo y a las nueve en punto da la orden: atacad por el centro y por la izquierda, envolvedlos y partidlos por la mitad —Meucci se carcajeó—. Cuando aparecen en la cima de la meseta, los rusos se cagan de miedo, la niebla se ha levantado y se los encuentran como una aparición: a cien metros, con las piezas de artillería apuntándoles directamente. ¡Jodidos! Una obra maestra. ¿Y sabe usted, Santandrea, lo que me respondió el superintendente? ¡Eso fue suerte! Increíble: Napoleón en Austerlitz tuvo suerte, como en Marengo, según él.

—Santandrea —se oyó desde el despacho de Vivacqua.

El adjunto se apresuró a decir adiós para reunirse con su jefe.

—Sergio, cagoenlamar...

Santandrea abrió los brazos.

—En tu opinión, ¿puedo mandar a la mierda a un alto cargo del Ministerio? Por si fuera poco, la razón no nos asiste, los avances que hemos prometido realizar con los casos fríos están en dique seco —se ajustó las gafas en la nariz—. ¿No te molesta llevar los pantalones empapados?

—¿Empapados? Estupideces.

—Has estado buscando a Tommy, dime la verdad.

—¿Yo? No divaguemos, jovenzuelo —Santandrea se rio entre dientes.

—Esos avances ya estaban en dique seco, algunos de los expedientes desde hace diez años —señaló el dosier de Securplan—. Y tenemos mierdas más urgentes que desenredar. Meucci tendrá que asumirlo. ¿Y tú, en qué andas?

—¿Además de en soñar con mujeres descuartizadas, viejos quemados y cadáveres sin ojos? Veamos, he hablado con el juez para ver qué hacemos con Benetti y, como es lógico, tenemos que soltarlo, en este momento está en la sala de interrogatorios. No tiene ni idea de que vamos a despedirle con nuestras mejores disculpas. He visto a Carbone para que me contara qué ha conseguido en la oficina de Molteni, en la plaza Vittorio. Con Migliorino y los de la Científica estamos tratando de reconstruir la agresión y hacer balance de los testimonios, y Gargiulo tiene algunas novedades sobre Benetti. ¿Te parece suficiente?

—¿Has atrapado a ese animal?

—Todavía no.

—Pues entonces no me parece suficiente. Ayer dijiste que sin conexiones se materializa la hipótesis del asesino en serie, ¿de verdad lo crees?

—Me parece que el término correcto, para nuestro caso, es el de *spree killer,* dado que no hay enfriamiento entre un asesinato y otro. Conoces la teoría tan bien como yo. Los elementos apuntan a ello, y lo sabes. El asesino es un psicópata, indudablemente, pero creo que eso también lo sabes. No pertenece a las categorías de las series de televisión, este no mata a prostitutas o cosas así, no parece tener ninguna misión. Las constantes en su *modus operandi* por el momento no están nada claras, mientras que conocemos bien las muchas diferencias que hay y...

Vivacqua abrió y cerró las manos con elocuencia. Ya estaba harto de la teoría.

—En conclusión, creo que nos faltan demasiados datos. Y, además, es muy posible que se nos haya escapado algo.

—No podías encontrar una conclusión peor, qué va. Pronto la prensa se enterará del tercer crimen y se montará una buena. Debemos optimizar nuestros esfuerzos. Tú encárgate de este último desgraciado. Avanza con el trabajo de reconstrucción, la ficha de la víctima, mira a ver si puedes encontrar alguna conexión con Carmagnola; quiero ser el primero en enterarme, antes que nadie, cada vez que algo te parezca importante. Yo sigo con el pintor y la rusa. Y ahora me voy a charlar un rato con el gran representante.

08.30 horas. Verbania

> *Aquel capaz de obtener la victoria adaptándose a las variaciones y transformaciones del adversario es designado «inescrutable».*

El hombre estaba de espaldas al muelle, observando el cromado del barco. Llevaba unas botas ligeras con calcetines, pantalones bombachos, camisa de cuadros y un gorro con una pluma. Colgada del hombro, una mochila ligera, bastante hinchada. Ya no tenía la tirita.

A bordo habría unos treinta turistas más la azafata y el capitán, para hacer una excursión por la orilla norte: Verbania, Ascona, con visita guiada y almuerzo, luego Luino y, por último, regreso a Verbania. Casi todos por encima de los sesenta, a excepción de una pareja que parecía estar de luna de miel

En el muelle, a diez metros de distancia, se detuvo el Fiat Punto de los carabineros con las luces intermitentes encendidas.

Los motores del barco comenzaron a aumentar las revoluciones.

El hombre seguía mirando los reflejos sobre el cromado.

Los dos carabineros salieron del coche.

El asistente se acercó al muelle para levantar la pasarela y el sargento lo detuvo.

El hombre soltó un tirante de su mochila del hombro y deslizó la mano en el bolsillo lateral.

El sargento señaló hacia los pasajeros, luego subió a bordo.

El hombre intercambió unas palabras con la pareja que estaba sacando fotografías a la orilla del lago y se giró noventa grados.

La azafata, mientras tanto, se había reunido con los carabineros y se habían puesto a hablar. Asentía con la cabeza y se volvía hacia los pasajeros. El cabo que se había quedado en tierra subió a bordo y empezó a caminar por el pasillo lateral para una inspección más próxima, pasó al lado de la joven pareja y los observó por un momento.

El hombre les cogió la cámara a los sonrientes recién casados, los situó en el centro del encuadre y empezó a sacarles fotos.

Tres coches patrulla de la policía pasaron con las sirenas desplegadas para detenerse en el muelle de los transbordadores que van hacia Arona y las islas.

Los pasajeros empezaron a cuchichear.

El sargento y el cabo completaron un recorrido por todo el barco, salieron del área cubierta, regresaron al puente sin apresurarse, charlaron con el capitán y luego se despidieron y desembarcaron.

Se retiró la pasarela, el barco emitió un largo silbido y se alejó de la orilla.

09.00 horas. Jefatura de policía. Sala de interrogatorios

Benetti parecía estar tan a gusto como un san bernardo en la playa de Galípoli. Echaba el aliento a las lentes y completaba la limpieza de las gafas con un pañuelo. Vivacqua le estaba echando un vistazo a un informe según el cual no constaban ingresos en la cuenta corriente del representante en los últimos diez días. El inspector Migliorino se mantenía apartado y silencioso.

—Pierluigi Paternostro, más conocido por Giò, abandonó este mundo el jueves tres de junio. Lo hizo de la peor manera posible. El informe provisional dice que murió entre las cuatro y las cinco de la tarde después de haber sufrido mucho. Muchísimo. Personalmente, dudo que sea usted quien lo haya matado. Pero no ha sido sincero, y a estas alturas se habrá dado cuenta de que los acontecimientos son demasiado graves como para dejar que se vaya con un simple tirón de orejas. Por lo tanto, lo mejor es que se aproveche de mi disponibilidad y me cuente cómo fueron las cosas.

—No saben con qué carta quedarse. Por eso ahora vienen con las orejas agachadas —dijo Benetti con tono sarcástico.

—Todo lo contrario. Sabemos muy bien cómo se comportó usted.

—Entonces, ¿a qué viene esta repentina disponibilidad?

—Simple cuestión de economía. De tiempo, de papel timbrado, de abogados, de jueces, y sobre todo de mi paciencia. Cuanto antes se quite usted de en medio, antes nos ocuparemos de asuntos más serios.

Benetti reprimió una carcajada.

—¿Qué quiere saber?

—Usted no fue a casa de Paternostro el lunes siete de junio, como nos ha contado. Su visita fue anterior. Estuvo en la finca entre el viernes y el sábado; descubrió la escabechina, tal vez sintiera la tentación de avisar a la policía, pero un aroma irresistible le hizo cambiar de opinión: el olor del dinero. Al fin y al cabo, para su amigo ya no había nada que hacer. Así que montó en el coche para comprobar si la rusa estaba por los alrededores. Recorrió un kilómetro tras otro, fue a buscarla a su casa, llamó y la mujer no dio señales de vida. Probablemente esperó unas horas antes de tomar la decisión definitiva, es decir, el tiempo necesario para darse cuenta de si Kulikov podía convertirse en una amenaza. ¿Llegó a intuir que la habían matado?

Benetti negó con la cabeza.

—Dice usted que no. Yo tengo mis dudas. Llegados a este punto, dado que en el testamento no se le menciona, y usted lo sabía, la única manera para arañar también algo de finiquito era llevarse a casa unos cuantos cuadros. Tomó prestada la furgoneta de su cuñado y el domingo por la mañana fue a cargar con ellos. Pero cuando la mala suerte se interpone en el camino de uno no hay manera de salvar el culo: el granjero del terreno limítrofe vio la furgoneta. Lo que le faltaba. Y dado que un error posterior no corrige un error precedente, aquí estamos discutiendo en un cuartucho de la jefatura de policía.

Benetti cruzó las piernas e intentó ocultar una mueca burlona de satisfacción.

—No puede demostrar nada. Esta es la verdad. Furgonetas blancas las hay a montones, el granjero podría haberse bebido un litro de aguardiente, no apuntó la matrícula, yo estaba en mi casa durmiendo y ante un tribunal se arriesgan a quedar como cretinos. La única verdad es que yo, como buen ciudadano, encontré un cadáver, llamé a la policía y esta es mi recompensa. No puede confiar uno ni en el Estado ni en sus servidores.

—¿Y qué hacemos con las pinturas que se llevó?

—No sé de qué está hablando.

—Hablo del hecho de que son bienes robados. Invendibles en el mercado oficial. Probablemente hayan sido fotografiados, catalogados, publicados en Internet. A quien se arriesgue a comprarlos le caerá encima la incautación y una denuncia por receptación. Con todo respeto, Paternostro no es Picasso: para venderlos, señor Benetti, debe bajar el precio a una décima parte del valor, tal vez incluso menos. Sin mencionar que a partir de hoy comenzaremos a buscarlos sistemáticamente, y tal vez los encontremos. ¿Cree que le conviene?

Migliorino se rio entre dientes.

—Mmm. Seguimos hablando desde un punto de vista teórico.

—No tanto. El alcalde ya ha presentado una denuncia, hay un contrato firmado con Paternostro, el Municipio es el legítimo propietario de las obras.

—Sí, pero no de todas.

—Les esperan años y años de papel timbrado. A mí me importa un pimiento. Cuénteme todo lo que pasó. Se lo pregunto por última vez.

El representante se quitó las gafas y se rascó la frente.

—Estuve en la finca el viernes por la tarde, alrededor de las cinco. Giò ya estaba muerto, hecho pedazos. Comprendí enseguida que había ocurrido algo terrible. Una escena que nunca olvidaré. El castillo estaba patas arriba, pensé que había sido un robo. Lo primero que hice fue llamar a Sacha, pueden verificarlo. Llegué incluso a pensar que podía estar involucrada en el asesinato. No me contestó, de modo que cogí mi pistola y fui a su casa. Estaba furioso y asustado. Después, no sé lo que pasó, estaba fuera de mí. No conseguía encontrar a Sacha. Me pasé despierto toda la noche dándole vueltas. Al día siguiente regresé a la finca, ni siquiera sé por qué. Al final hice el inventario de las obras que seguían íntegras, y algunas de ellas fui a llevármelas el domingo. Solo las que ya tenía comprometidas con algunos clientes y cuya venta estaba negociando; de hecho, una ya la he vendido. No toqué nada más. Se lo juro.

Vivacqua asintió. En el fondo, carecía de importancia saber si esa era la verdad: a los muertos no se les puede devolver o preguntar nada, y las fanfarronadas de Benetti daban igual. Además, su confesión tampoco suponía gran cosa para las investigaciones. Benetti era un sinvergüenza de tres al cuarto, no valía la pena perder más tiempo. El comisario se puso de pie y en ese mismo momento entró Santandrea como un huracán.

—Salvatore, han localizado el Audi.

—¿Dónde?

—En Verbania, en el lago Maggiore. Pararon al conductor por una simple infracción, pero lo dejaron irse, solo después comenzaron a recelar y se toparon con nuestro aviso.

—¡Mecagoenlaputamierda! ¿Lo han descrito?

—Cabello corto, de unos cincuenta años, con una tirita en el pómulo.

—¿Cómo? —soltó de pronto Migliorino.

10.30 horas. Despacho del comisario jefe

Migliorino estaba de pie. Bíceps de cincuenta centímetros y pecho de ciento cuarenta encerrados en un niqui insuficiente, sus habituales Levi's descoloridos y zapatillas de deporte. Tenía la cabeza gacha, a la espera de escuchar el resumen de la conversación telefónica entre Santandrea y el cuartel de carabineros de Verbania.

El inspector recordaba a la perfección al tipo con la tirita, por mucho que se hallara en medio del ajetreo de espectadores. Tenía ganas de abofetearse, porque se le había erizado el vello al verlo, y hubiera debido vigilarlo en lugar de alejarlo de allí. Un hombre en apariencia común, de altura media y ropa ordinaria, solo la dureza de la cara y de la mirada decían que no era una persona cualquiera. Sus ojos, en particular, tenían algo de insólito. Como una señal de peligro permanente. Hubo una fracción de segundo en la que se miraron y ahora, pensándolo mejor, pudo identificar la sensación de alarma que le había impresionado.

No había hablado con nadie al respecto, y tal vez había sido ese su error más grave. O quizá fuera peor el no haber dado crédito a su sexto sentido, esa forma de intuición que marca la diferencia entre un policía corriente y un investigador.

Vivacqua caminaba despacio, parecía invadido por una tranquilidad glacial, miraba al suelo, a veces asentía de forma imperceptible.

—¿Cómo fue la cosa exactamente? —dijo en voz baja.

Migliorino se lo contó sin omitir nada. El comisario le escuchó con los ojos entrecerrados, como para visualizar la escena.

—Pensándolo mejor, cuando estuve a un palmo de él, creo que le entró la tentación de reaccionar; quizá, de no haber estado tantos de nosotros por allí, me habría atacado; en cambio, dio media vuelta y se fue.

Vivacqua inclinó la cabeza, ponerle la mano encima a Migliorino está al alcance de pocos, mejor dicho, de muchos: porque cuando se cabreaba hacían falta varios para detenerlo.

—¿Y no sospechaste nada? ¿No le pediste la documentación?

—Tenía el cadáver de la última víctima en la cabeza, había una confusión espeluznante. No se me ocurrió. Me equivoqué.

Entretanto, Santandrea había colgado.

—Lo han interceptado esta mañana a las ocho. Nada más darse cuenta de que se trataba de un automóvil con una orden de búsqueda, ya se había volatilizado. Se han puesto en marcha, con la Brigada Móvil de Verbania, y están inspeccionando la provincia a fondo. El Audi lo han encontrado en un garaje. Van a someterlo a los análisis pertinentes. Nos pondrán al día esta tarde.

—Nos ha pasado por delante de las narices dos veces en veinticuatro horas. Y ha salido indemne. Y tiene suerte también. Se estará partiendo de risa en estos momentos.

Vivacqua escribió algo en su libreta sobre la investigación. Tecleó una búsqueda en el ordenador y permaneció a la espera.

En el monitor apareció un mapa con Verbania en primer plano.

—Vosotros dos seguid con Molteni. Con la máxima atención a todo lo que pueda relacionarlo con Paternostro, la rusa y Verbania; tal vez este último asesinato resulte crucial para encontrar el móvil y las conexiones que estamos buscando. Además, ¿puede saberse cuánto tiempo hay que esperar los resultados de la Científica? Y esas dichosas huellas dactilares, ¿las tenemos o no?

—Ya me encargo yo —dijo Migliorino.

—Largo de aquí todo el mundo. Tengo que ponerme a pensar. Decidle a Meloni que si me pasa una sola llamada le pegaré un tiro.

El comisario vertió agua en el vaso de plástico. Se aseguró de que estuviera lleno hasta el borde, reunió las monedas, recogió el pesado dosier de Securplan, lo colocó en la posición adecuada para que le sirviera de reposabrazos y comenzó con la primera moneda de veinte céntimos. El borde del metal casi levantó la superficie del agua al adherirse a ella, él dejó que la nueva condición se estabilizara, luego fue ganando con dulzura diminutas porciones de profundidad hasta sumergir la mitad de la moneda. El agua se hinchó tanto que ocupó el borde del vaso y se detuvo, casi plástica, para formar una nueva película de tensión que incorporaba el metal. Ese era el momento: abrió los dedos y dejó que la moneda se posara en el fondo.

—¿Qué cojones has ido a hacer a Verbania, grandísimo hijo de la gran puta? Estás solo, ¿verdad? No tienes cómplices, estás librando una batalla de uno contra todos. Para ganarla tienes que ser muy hábil, porque somos mucho más numerosos. Debes esquivarnos, volverte invisible, mantener tus cartas ocultas. Pero has cometido un par de errores, te hemos visto: quédate quieto un par de días e iremos a por ti.

El comisario observó el mapa en el monitor.

—En el lago Maggiore. ¿Te dio Molteni algo que te ha llevado hasta allí? O quizá, buscando venganza, has provocado una matanza y ahora estás huyendo. ¿Para esconderte en los valles? O bien...

Vivacqua rastreó el área en el ordenador.

—En los valles, en algún refugio, no sería muy inteligente: si no eres de por ahí serías como un elefante en una iglesia, al cabo de veinticuatro horas te quedarías con el culo al aire. ¿Tan estúpido eres?

Tocó el monitor.

—No, nada de valles. Al norte. Hacia Suiza.

Tomó la segunda moneda, la frotó entre el índice y el pulgar para pellizcarla en su punto más alto, luego la acercó al vaso.

—¿Vives en Suiza? ¿Estás volviendo a casa? ¿Vas a matar al cuarto? ¿Quieres hacer trizas las estadísticas, so gilipollas? ¿O estás tratando de confundirnos? Si tomas rumbo hacia el este podrías desvanecerte como un fantasma. Sería una buena idea para un fugitivo.

Abrió los dedos, la segunda moneda cayó liberando un movimiento de pequeñas olas que superaron el borde del vaso, y mojaron el escritorio.

—Demasiadas prisas —exclamó. Agarró el teléfono.

—Sergio, pregunta al cuartel de los carabineros y a nuestra gente de Verbania si están vigilando adecuadamente los pasos fronterizos hacia Suiza. Diles que ese tío es más peligroso que un escorpión, que no se lo tomen a la ligera.

—De acuerdo. Los periodistas están en el chalé de Molteni, pronto volverán a la carga, ¿quieres hacer una declaración?

—Ya te lo imaginas.

12.50 horas. Ascona, Suiza

A orillas del lago el clima era desapacible: no llovía, en las montañas racimos de nubes oscuras formaban una cornisa casi palpable. Las mesas al aire libre estaban mojadas y desiertas, y el conjunto de la pequeña ciudad parecía suspendido en una atmósfera de espera. La azafata caminaba delante del grupo, sosteniendo el paraguas cual si fuera un estandarte, y les hablaba del pasado, de las excavaciones arqueológicas con restos que se remontaban a la Edad del Bronce, de los castillos, del festival internacional de jazz. Cuando se dio la vuelta para echar un vistazo al rebaño, no se percató de que le faltaba una oveja.

13.15 horas. Jefatura de policía. Despacho de Vivacqua

El comisario estaba de pie frente al tablero con las fotografías. Dio un mordisco al bocadillo de mortadela y engulló un sorbo de té frío, luego volvió a sentarse. Era imposible comer nada con esas imágenes frente a los ojos. Mucho mejor la de su escritorio, con la familia reunida y posando. El animalejo incluido.

Se la había sacado Antonella, la novia de Santandrea, hacía tres años, frente a la perrera de Trofarello. Era un mes de junio. El día que adoptaron a Tommy: una fiesta para los niños que, con tal de conseguir el perro, se habían comprometido a renuncias ascéticas. En la fotografía, Grazia y Fabrizio eran el vivo retrato de la felicidad y del orgullo, mientras que Tommy, que era mucho más pequeño, en mal estado, con una pata vendada tras sobrevivir a un atropello, tenía ante él un horizonte de ocho días, después de los cuales iba a ser sacrificado. Y ellos, los chicos, habían sido sus heroicos salvadores. Con la complicidad de Assunta y Antonella. Para obtener su permiso, fue necesario que se desencadenara la tormenta perfecta con toda una serie de improbables coincidencias. La evaluación de final de curso de Grazia con las mejores notas, la victoria de Fabrizio en los campeonatos regionales de natación, la compra del piso adyacente que diluyó la objeción de la falta de espacio y, por último, el llamamiento de la novia de Sergio para salvar a Tommy. Y el llanto de los niños, por supuesto.

Acabó cediendo.

Con la condición de que todos los cuidados y las atenciones necesarias del animalejo quedaran a cargo de sus padres adoptivos, es decir, de los niños, y de que él no se viera involucrado en ninguna cuestión de orden práctico, con particular referencia a las deyecciones caninas. Además, el coste de los eventuales tratamientos médicos se iría deduciendo de las pagas semanales. Este último elemento de disuasión había durado el tiempo de pronunciarlo porque Antonella se había puesto a su disposición de forma gratuita.

Los acuerdos duraron dos días, más o menos.

Porque Tommy mientras tanto había decidido una jerarquía bien distinta. Designando como jefe de manada incondicional a Salvatore Vivacqua. Le dedicaba sus muestras de afecto canino más exuberantes, solo quería salir con él para las meaditas nocturnas, con él y con nadie más, pretendía estar en sus brazos durante diez minutos por lo menos a la hora de cenar, era con él con quien se peleaba por la posesión de los juguetes y de las galletas de la tarde.

Vivacqua volteó la fotografía en sus manos y sonrió. Ahora, al cabo de tres años, había desaparecido.

El animalejo había tardado una semana en establecer su propia posición en la casa, empezando por las cosas pequeñas: el arranque del día, por ejemplo. Con el primer zumbido del despertador, a las siete menos cuarto, daba comienzo su primera ronda por la casa, primero los niños, luego el jefe de la manada con salto en la cama y besitos. A las siete y diez a los pies de Assunta para la galleta matutina, a las siete cuarenta meadita con los niños, a las doce con Assunta, por la tarde con los chicos y, por la noche, la principal, con el jefe absoluto, que para él, haciendo honor a su nombre, era el auténtico Salvador. Menudo aprovechado ese Tommy. Quién sabe dónde se habría metido.

Vivacqua recogió las migas con la mano, aplastó la lata y abrió el documento que el inspector Gargiulo había preparado sobre Giò Paternostro y Aleksandra Kulikov.

Sobre la rusa no había mucho. Nacida en 1960, llegó a Italia procedente del habitual pueblo impronunciable a la edad de veintiún años, como asistente del diseñador de vestuario de una compañía de ballet que estaba de gira. Aprovechó para desertar, como solía ocurrir antes de la caída del Muro. Un pequeño industrial de Florencia se fijó en ella y la cogió al vuelo para mantenerla junto a él durante casi diez años. No constaba ninguna clase de denuncia a cargo de la mujer. No se sabía cómo había ido a parar al taller del pintor. Aparecía como residente en casa de Paternostro desde 2003 hasta 2008. Después, un par de mudanzas, siempre en los alrededores de la finca.

Vivacqua pasó las páginas con furia. Parecía que toda profundización conducía a la nada absoluta, como girar en la rueda de los hámsteres, tirar los dados en el juego de la oca, jugar al tres en raya con el ordenador.

Pierluigi Paternostro era de 1941. Hijo único en una familia de la alta burguesía de Turín. Estudios artísticos en Brera, discípulo y colaborador de pintores que no le dijeron nada a Vivacqua, fundador del Atelier de las Formas; en los años de la revolución juvenil está en Londres, donde es arrestado más de una vez por consumo de drogas, vagabundeo, robo. Vuelve a Italia en 1972, a Roma, donde sus obras blasfemas provocan escándalo y se convierte en una firma de moda. En 1983 ya es famoso, compra la finca de las Margaritas y la convierte en una comuna, en el castillo se refugian artistas y chiflados de media Europa. Denuncias por posesión y tráfico de drogas, expropiación proletaria en un supermercado y otras estupideces por el estilo, el informe enumeraba las múltiples infracciones con fecha, intervención policial y multas.

Aparece en los tabloides por sus numerosos amoríos con mujeres de la alta sociedad, coristas y modelos que van a verle para hacerse tatuajes y dejarse pintar el cuerpo. En los años noventa comienza una relación con una actriz francesa bastante conocida: Ivette Nemer, quien se muda a la finca con su hijo, Xavier Lelouche, que había tenido con el famoso músico, muerto por sobredosis el año anterior. Su relación dura hasta 2003.

Vivacqua se contuvo para no arrugar el informe y arrojarlo a la basura. Le parecía estar leyendo una revista del corazón en la peluquería.

Las preguntas iniciales seguían intactas, progresos cero, conexiones cero patatero.

Paternostro y Kulikov se habían visto sometidos a torturas, con sus vidas patas arriba a merced de la locura de un demente y, casi seguro, no le habían dado a ese enviado

de la ira de Dios el tesoro que estaba buscando: ¿por qué? ¿Cómo te resistes a alguien que te arranca la carne?
Con solo una respuesta: ¡no tienes el tesoro!
El otro no te cree y se encarniza contigo.
Vivacqua apretó las palmas contra las sienes.
¿Qué queda por examinar? ¿Celos? ¿Venganza?
Un agravio sufrido por...
Un...
—A tomar por culo.

14.40 horas. Ascona

Si antes de efectuar una misión secreta ya se oyen rumores, debemos aniquilar tanto al espía como a quienes han recibido esa información.

De su indumentaria de alegre explorador de los Alpes solo le quedaba la mochila. Fuera todo lo demás para volver a ser un distinguido caballero cincuentón. Uno a quien se le podría pedir fuego, llegado el caso.

Se detuvo bajo los soportales frente a los mostradores de un banco en la planta baja de un edificio en el centro. La construcción tenía seis pisos con acceso desde un atrio repleto de jarrones y plantas decorativas. A un lado, las placas de bronce cubrían toda la pared. Empresas de responsabilidad limitada, sociedades anónimas, comanditarias, fideicomisarias, de intermediación inmobiliaria, de fondos de inversión, de exportación e importación y tapaderas varias. Además, asesores fiscales, consultores, intermediarios y abogados, y, como es natural, el amable señor Gian Maria Reynard, abogado.

Dio un par de vueltas para enmarcar la situación. Nunca te metas en territorio enemigo sin un mapa.

Portero en la garita a la izquierda.
Escaleras.
Ascensor.

Dejó que una mujer con un perro saliera por el portal. Entró a su vez y saludó al portero. Se metió en el ascensor, pulsó el último piso y sonrió a la cámara interior.

Cuando la cabina se detuvo al final del recorrido, las puertas correderas se abrieron para dar paso al bufete. Una pareja de paneles a los lados emitió una luz de alarma y el guardaespaldas se lanzó hacia delante.

Árabe.

Alrededor de los cuarenta.

Tan grande como el ascensor.

Abdomen prominente

Cartuchera bajo la chaqueta.

Dejó que aquel animal se acercara con el brazo alzado en señal de parada.

Cuando estuvo a su alcance, lo agarró por la manga de la chaqueta, lo atrajo hacia él y lanzó una patada que alcanzó la rodilla del árabe con un crujido seco.

Un golpe de canto en la garganta, dos dedos sobre el hueso hioides, no muy fuerte.

No para matar.

Y el otro no murió, parpadeó, comenzó a jadear, a toser con un estertor herrumbroso.

En rápida sucesión, otro golpe con la palma izquierda de abajo arriba en la punta del mentón, con la derecha contra el corazón con toda la potencia del hombro. El otro comenzó a caer, primero de lado, luego hacia atrás, sin protección. Un ruido sordo y solitario, sin ni siquiera un lamento como guarnición.

Un minuto escaso de entrenamiento liviano.

Sacó la Glock de la pistolera del árabe, se la metió en el cinturón, luego enrolló, en la medida de lo posible, al hipopótamo en la alfombra y trató de comprender la disposición del piso.

La secretaria, una mujercita de unos sesenta años, se asomó hacia la entrada, lanzó un gritito e intentó regresar a su despacho.

Mala idea.

El hombre corrió tras ella, abrió la puerta y la apuntó con la pistola. La mujer se quedó con la mandíbula desencajada, inmóvil.

—Quita la corriente —le dijo.

—¿Cómo? —balbuceó la secretaria.

Metió la bala en el cañón y bastó con esa alegre sacudida del mecanismo para engrasar la agudeza de la mujer, que levantó las manos de inmediato.

—Quita la corriente —repitió.

Esta vez no hubo necesidad de más explicaciones. La empleada le indicó con un gesto que debía volver al vestíbulo, rodeó al hombre, manteniéndose pegada a las paredes, se acercó a un panel y accionó el interruptor general.

Al cabo de un momento, desde el último despacho del pasillo, llegó la voz del abogado.

—¿Giselle?

El árabe empezó a toser dentro de la alfombra y recibió una nueva invitación a mantener silencio directamente en la nuca.

El abogado Reynard salió al pasillo con su chaqueta recién planchada, se detuvo al ver la alfombra y a la secretaria, hizo ademán de abrir la boca y así se quedó, cuando vio la pistola apuntándole al centro de la frente.

15.10 horas. Despacho de Vivacqua

Vivacqua tenía el auricular del teléfono entre el hombro y la oreja. Asentía con la cabeza. La voz del Dux no era hiriente como en los últimos días, él también parecía haber acusado el golpe de la tercera víctima, o tal vez Meucci lo hubiera dejado exhausto con Napoleón Bonaparte.

Dijo que el prefecto estaba hasta los cojones.

Que él estaba hasta los cojones.

Que los periodistas no paraban de tocar los cojones.

Que no podían ser testigos impotentes de la masacre de un psicópata y que eso lo tenía hasta los cojones.

Que...

Vivacqua hizo el gesto de arrojar el teléfono a la basura justo en el momento en que Meucci asomaba la cabeza por el despacho.

Al comisario le bastó con levantar una ceja para que el otro se esfumara.

Renier estaba a punto de concluir.

—El prefecto dice que debemos pedir ayuda a Roma. Tiene la intención de reclamar la participación de la UIP con urgencia. ¿Usted qué opina?

—Que por mí pueden llamar incluso al FBI, así me iré de vacaciones. Ténganme al corriente —colgó, y Santandrea entró con la libreta en la mano.

—Solo quería decirte que... ¿Y esa cara?

—Al prefecto le arde el culo: quiere darles el caso a los de la UIP.

—Pero ¿por qué?

—Pues por el anticiclón de las Azores, que no acaba de llegar. Jirafón, pero ¿qué preguntas son esas? ¿Para qué has venido?

Santandrea meneó la cabeza.

—Ni yo mismo sé por qué no lo dejo todo. He venido a decirte que en la calle Damiano Chiesa han encontrado un par de detallitos que podrían sernos útiles. El primero se refiere al ático. Uno de los nuestros ha intentado entrar desde el exterior y le llevó un par de minutos, no es que sea una estupidez, pero tampoco resulta demasiado difícil si estás entrenado; de modo que el cristal roto y todo lo demás parece auténtico, nuestro amigo pasó por allí. Eso nos dice que el agresor está en forma, desde luego, y que tal vez ya había estudiado cómo entrar.

—Haz las verificaciones habituales.

—Ya las he ordenado. El segundo atañe a una pieza de madera que se encontró fuera de su sitio en el dormitorio donde la víctima fue asesinada. Se trata de un rodapié que encubre un escondite. Una especie de cajón de treinta centímetros de profundidad e igual anchura. Es muy probable que la víctima lo utilizara como caja fuerte. Estaba vacío.

—Si pretendes decirme que nuestro hombre se metió en ese berenjenal para llevarse cuatro duros, déjalo porque no me lo creo.

—No, ni siquiera estamos seguros de que contuviera dinero. Sin embargo, hay dos hechos concomitantes: uno se refiere al móvil del asesino, pues podría ser que hubiera encontrado lo que andaba buscando. El otro es que la víctima estaba huyendo, y tal vez aquella fuera su hucha: la estaba vaciando para poner pies en polvorosa.

—Si encontró lo que buscaba, a nosotros nos queda la tarea de entender de qué estamos hablando, porque toda esta historia empieza a cansarme. Si encontró lo que quería, ahora estará soltando amarras, y si llega al este, ya no lo atraparemos. ¿Noticias de Verbania?

—Nada por ahora.

Gargiulo dio un paso para entrar en el despacho, olfateó aires de tormenta y esperó en el umbral.

—¿Qué pasa, Gargiu'? —espetó el comisario.

—Nada importante. Tengo los registros de los teléfonos móviles de Kulikov y de Paternostro, pero de eso podemos hablar más tarde. Más bien, me estaba preguntando, ese Molteni...

Vivacqua entrecerró los ojos.

—¿Sí?

—¿No es uno al que le cayeron cinco años por robo?

Se hizo un silencio como en el Everest.

—¿Y tú cómo sabes eso? —le espetó Santandrea.

Gargiulo hizo un gesto hacia el escritorio. Todos lo miraron en una suspensión que se les antojó interminable.

—No, es que como estoy trabajando en los casos fríos y ese dosier lo revisé yo mismo, el nombre de Molteni aparece allí dentro.

—¿Dentro de dónde? —siseó Vivacqua.
—En el dosier de Securplan, jefe.

16.20 horas. Ascona

El despacho personal de Reynard era el típico de los abogados de negocios. Muebles antiguos, librerías, revistas extranjeras y cuadros, alfombras, sofás de cuero, fotografías de golf, vela, con poderosos de medio mundo, la de una mujer hermosa vestida de amazona. Dos escritorios en forma de ele, pilas de expedientes guardados en archivos solamente con el número de código, sin nombres, sin referencias, todo impersonal.

El árabe estaba reclinado en el sofá de la zona de conversación, respiraba ruidosamente. A su lado, a la secretaria parecía faltarle valor para mirar lo que estaba a punto de ocurrir.

El hombre y el abogado estaban sentados en los sillones de los invitados en el lado opuesto del escritorio, uno frente a otro; la pistola al alcance de la mano en la mesa de madera.

El abogado era un hombre de unos setenta años, bronceado, vestido con clase. De constitución delgada, las manos casi femeninas de quien nunca ha usado nada más que la pluma. No llevaba corbata y parecía haber recuperado su aplomo profesional; sin descomponerse, aguardaba a saber si ese hombre de mirada glacial era un cliente o una amenaza irremediable. No estaba asustado. Estaba esperando.

El hombre encendió un Lucky, expulsó el humo por la comisura de la boca, sacó la tarjeta que le había dado Molteni y se la tendió.

El abogado la giró entre los dedos un par de veces.

—Es mía, sin duda. Los números de teléfono ya no son los mismos, y ya no uso tarjetas como esa. Tendrá nueve o diez años. ¿Quién se la ha dado?

—Piero.

—¿Es cliente nuestro?

El hombre permaneció inmóvil, casi indiferente, casi aburrido.

—Ya se lo imaginará usted —agregó Reynard—, tenemos varios clientes italianos, excelentes clientes, pero el nombre, en este momento...

El hombre sonrió. Tomó el Colt, hizo saltar el seguro con el pulgar, y con la rotación de la muñeca descubrió el tambor que salió a un lado. Un solo movimiento que no careció de cierta elegancia.

Apagó el cigarrillo.

Colocó la mano izquierda en forma de cuenco y poco a poco descargó las balas en la palma.

La secretaria comenzó a sollozar. El abogado echó la espalda hacia atrás en la butaca.

El hombre colocó las balas de pie sobre el escritorio como si fueran bolos, giró el tambor para que se vaciara, luego tomó una bala, la introdujo en la pistola con suficiencia, después hizo girar de nuevo el tambor.

—De modo que, en este momento, no se le viene a la cabeza quién puede ser ese Piero —se burló—, pues entonces juguemos a un juego, de esos que ayudan a refrescar la memoria: hace milagros, ya verá.

Agarró el arma, abrió la boca y se hincó el cañón en la garganta. En el silencio se desvanecieron las dudas sobre lo que estaba a punto de suceder.

La secretaria lanzó un grito.

Los ojos del hombre se agrandaron en una mueca grotesca, apretó el gatillo y el clic pareció cubrir la carcajada.

—Divertido, ¿verdad? ¿A quién le toca ahora?

Cayó el silencio en el despacho.

—Espere, por favor —dijo Reynard.

—Solo una vuelta, no tenga miedo.

El hombre se giró un poco y se volvió hacia el árabe, que seguía jadeando.

—Tú, es muuucho mejor que te apartes, no quisiera pagar la factura de la lavandería —le dijo a la mujer. Empuñó el arma con las dos manos...

—Barilà —gritó la secretaria—, Piero Barilà, abogado, el del alquiler.

Reynard la miró furioso.

—No creo que este hombre se conforme con la información, Giselle. ¿Verdad? No nos dejará con vida.

—Eso depende —se limitó a responder—. Depende del valor de la información, de la confianza. Julio César fue víctima de su generosidad. Se confió y lo mataron. De esto se deduce que la confianza es una frivolidad que a menudo causa la muerte. Dejémoslo en una cuestión de negocios —cogió con desenvoltura la fotografía de la hermosa amazona y la acarició—. ¿Qué tiene usted para ofrecerme? —regresó a la posición precedente y apuntó por un momento al abogado.

Reynard sacó un pañuelo del bolsillo para secarse el sudor. La secretaria había dejado de quejarse.

—El expediente de Barilà —suspiró el abogado.

La mujer empleó un tiempo infinito para cruzar la zona de conversación. Cuando llegó al armario de cristal, abrió una hoja y al cabo de un momento sacó una carpeta para dejarla en manos de su empleador.

—¿Qué quiere saber?

17.50 horas. Despacho de Vivacqua

Los teléfonos de la Brigada de Investigación sonaban sin parar. Los inspectores Migliorino y Carbone se afanaban para despachar las declaraciones de los vecinos de Molteni, que se sucedían en un carrusel de gente estupefacta y rostros atemorizados.

Vivacqua se había quedado solo. Miró de reojo el dosier de Securplan. Había sentido la tentación de tirarlo a la basura un par de veces por lo menos. Ahora lo tenía puesto muy derechito en la entrepierna a causa de una hipotética conexión que había que comprobar. Debía de ser una revancha de Meucci; se lo imaginó avanzando con la espada desenvainada, vestido como Napoleón y gritando: «Casos fríos, resolvamos los casos fríos, Europa nos lo exige».

—¡Ojalá le salga una pústula en el culo!

Tomó el dosier y lo sopesó. Tres kilos, más o menos. Y ese era solo el último de la colección.

Le resultaba odioso trabajar en casos no resueltos: era como retomar un crucigrama abandonado por alguien e intentar terminarlo casi como un desafío hacia aquellos que se dieron por vencidos. Los casos fríos exigen una dosis de soberbia casi infantil; has de pensar que eres más despierto que los que te precedieron, que desenredarás la madeja y encontrarás la solución, que el frío a ti no te hace ningún efecto.

Un caso viejo, de hace casi diez años.

Era como cascarle una paja a un muerto.

El comisario abrió el dosier y comenzó a mirar las carpetas. Pruebas periciales. Actas de interrogatorios. Informes internos. Comunicaciones con el juez. Informes de la Científica. Relaciones de registros. Instrucciones para las actuaciones relacionadas con la investigación, las firmas del comisario De Lorenzo.

Una montaña de papel.

Sintió que se le erizaba el vello de los brazos.

Empujó con las dos manos todo el material hasta el borde del escritorio. Cogió un informe de la Científica y buscó al autor: Baseggio. Se hubiera apostado la dentadura. Levantó el auricular.

—Dígame, jefe —respondió Meloni.

—Que venga Baseggio.

—Lo vi salir hace media hora.

—Búscalo de todos modos. Dile que lo necesito: y que es urgente.

Hizo ademán de levantarse cuando lo fulminó una idea.

Cogió el móvil y llamó a Santandrea.

—¿Dónde estás?

—En la plaza Vittorio, voy a echar un vistazo a la oficina de Molteni, ¿por qué?

—¿Dónde está Benetti?

—¡Y yo qué sé! Es un hombre libre, lo estará celebrando pegado a una botella, abrazado a los cuadros de Paternostro, ni idea.

—Lo quiero aquí, de inmediato.

—Pero, ahora...

—De inmediato.

—Virgensanta, Salvatore.

Sonó la línea dos.

—Soy Baseggio. Las huellas ya me las ha reclamado Migliorino, déjeme que le diga que no tengo respuestas y que estamos hasta el cuello de mierda porque...

—¿Trabajaste en el caso Securplan? —le interrumpió Vivacqua.

—¿Securplan? Madre mía, eso fue hace mil años.

—¿Trabajaste en ese caso, sí o no?

—Sí. ¿Qué quiere saber?

—Todo, y rápido.

—Por el amor de Dios. Tendría que buscar el material, los vídeos y...

—Te doy media hora, luego lanzo un aviso con tu fotografía y el letrero VIVO O MUERTO. ¿Entendido?

—Comisario, esas no son formas. Tendría que buscar el...

—Estupendo, búscalos.

—No antes de mañana. ¿Tiene un reproductor de VHS?

—Date prisa.

17.50 horas. Ascona

En el bufete del abogado Reynard, la atmósfera era tan pesada como un centímetro cúbico de antimateria. El árabe se quejaba desde el sofá, la secretaria parecía haber envejecido cien años, tenía ambas manos sobre los labios como para contener los sollozos. Gian Maria Reynard estaba circunspecto en la butaquita, sudando. Él se paseaba pensativamente de un lado a otro por la enorme alfombra.

Era hora de concluir la visita. Lo que tenía que saber ahora ya lo sabía. Se llevó las manos a las sienes para detener el dolor de cabeza.

—Si está sopesando la posibilidad de matarnos a todos, le invito a recapacitar.

—*Cicero pro domo sua!* —exclamó—. Me ha leído el pensamiento —dio la vuelta y fue a sentarse en el asiento del abogado, tomó de nuevo la foto de la amazona y la miró. Era muy atractiva, una morena de ojos vivaces, una sonrisa muy blanca y muchas curvas colocadas en los lugares adecuados, podía tener cuarenta años, tal vez menos.

—¿Tu hija?

—Mi esposa.

Se rio.

—Menudo bocadito... —comentó—. ¿Por qué debería dejaros vivos?

El abogado tragó saliva.

—Por dos buenas razones. La primera es que tener un abogado con experiencia como yo puede servirle de mucho. Para transferir dinero a países donde nadie pueda echarle mano, por ejemplo. O bien, aunque esta podría ser la razón principal, para contar con una escapatoria y salir de Europa en caso de urgente necesidad.

—Aquí en Suiza hay miles y miles de personas capaces de hacer cosas así, si levantas una piedra, te salen a montones.

—Es posible. Pero yo lo haría gratis y hay casos en los que es mejor ponerse en contacto con personas a las que se conoce, ya me entiende.

El hombre asintió.

Era una propuesta interesante.

—¿Dónde está su coche?

—En el garaje de abajo. Un Mercedes —se llevó la mano al bolsillo, sacó las llaves y se las pasó.

Él estalló en carcajadas.

—Qué eficiencia. De acuerdo —metió la pistola en la mochila y se levantó—. Vamos a hacer lo siguiente: soy una persona de palabra, muuuy de palabra. Acepto la oferta y me marcho. Ahora me vais a hacer una fotocopia de vuestros documentos de identidad. Si presentáis una denuncia, si la policía viene a buscar el coche, si os veo, aunque sea de lejos, si no me habéis dicho la verdad... —cogió la fotografía, la sacó del marco y se la metió en el bolsillo—, pasaréis un par de días conmigo, vosotros y vuestras familias.

18.15 horas. Jefatura de policía

Vivacqua levantaba los dedos del vasito de café de máquina como una iguana en la arena ardiente: no era gran cosa, sabía en parte a té de limón, en parte a chocolate, en parte a juntas desgastadas, pero para compensar tenía la temperatura del plomo fundido. El inspector Gargiulo estaba sentado a su derecha, atento, parecía un estudiante el primer día de clase con su bonito cuaderno delante, los bolígrafos perfectamente alineados.

Benetti estaba frente a él, leyendo el informe de Gargiulo. En sus escasas horas de libertad se había lavado, afeitado, cambiado y parecía de nuevo el lechuguino que habían visto la primera vez. Llevaba un traje color salmón con una camisa azul claro y una vistosa corbata verde. Los calcetines a juego con la corbata y unos mocasines italianos que debían de haberle costado el salario de un agente.

Cuando Santandrea había ido a recogerlo por poco no se desata una pelea. Solo se calmó tras hablar por teléfono con Vivacqua, quien lo había tranquilizado: se trataba de una simple consulta, muy importante para atrapar al asesino, y además, bien mirado, era lo menos que podía hacer por su amigo muerto.

Benetti seguía leyendo, y asentía de vez en cuando.

El comisario no había dicho una palabra más de lo necesario, se había limitado a pasar el informe y esperaba sus comentarios

El representante leía lentamente. Estudiaba los detalles, las fechas, levantaba la vista hacia el techo y volvía a empezar.

Empleó más de diez minutos. Cuando terminó, tomó el café, tibio para entonces, y se lo bebió de un trago.

—Este café es espantoso.

—¿Qué falta en ese informe? —Vivacqua fue al grano.

—Lo que importa, desde su punto de vista, está aquí. Falta el ambiente, la hermandad, las fiestas, un poco de imaginación. En aquellos tiempos el castillo era un continuo trasiego de personas, se puso de moda el ir a vernos, aquello era como en *El gran Gatsby,* aunque fuéramos unos ingenuos, pero la mayoría se presentaba sin haber sido invitado. Muchos venían por períodos cortos, se sumaban a personas que a lo mejor aparecían por allí una sola vez, acompañadas acaso por un amigo, y luego regresaban con otros o solos. Casi todas las noches encendíamos un fuego al aire libre y alguien tocaba, o improvisaba versos —Benetti alejó las hojas con gesto de superioridad—. Esto lo ha escrito un policía, bien se ve. Lo que falta es que Giò era un volcán, hacía un cuadro al día, una cerámica, una escultura, un proyecto. Faltan las bebidas, las noches que nos pasábamos hablando de un nuevo mundo, del arte, Ivette bailaba, y las modelos. Ah, las modelos, no sabe lo que era la finca en aquellos años, incluso alguien como usted se habría divertido.

—¿Y aparte de eso?

—Se lo repito, el ambiente, el placer de vivir.

—Y las drogas —comentó Vivacqua.

—Sí, lo admito. Fumábamos marihuana, pero había otros que se habían metido en líos con el LSD, el opio. Poco a poco, los fuimos apartando, hubo alguno que acabó muerto, por desgracia.

—¿Como el marido de esa tal Ivette Nemer?

—Si es por eso, no es que ella se anduviera con chiquitas tampoco. Después, afortunadamente, Giò se libró de aquello, empezando por su hijo.

—¿Ese tal... Xavier Lelouche?

—Estaba como una auténtica cabra. También él acabó muy mal.

—¿Ah, sí?

—Giò e Ivy, quiero decir Ivette, se separaron a causa del chico. Y, de todos modos, Xavier no estaba mucho con nosotros. Venía a ver su madre, pedía dinero, Ivy se lo sacaba a Giò, y cuando el señorito estaba satisfecho, se largaba. Después tuvo esa horrenda muerte en aquel atraco, supongo que ya lo sabe, pero a esas alturas madre e hijo ya no estaban en la finca.

Vivacqua sintió un hormigueo que le subía y le bajaba, recorriéndole el cuerpo como una descarga eléctrica para asentarse justo en el trigémino.

—¿Qué atraco?

—Salió bastante en los periódicos, una cosa muy violenta. Ivette hacía tiempo que se había mudado a Roma cuando nos enteramos de la muerte del chico. Giò intentó ponerse en contacto con ella para ayudarla, pero no quiso siquiera hablar con él.

A Vivacqua le faltó poco para caerse de la butaca, lanzó una mirada aviesa al inspector Gargiulo, que estaba con la boca abierta.

—¿Está hablando por casualidad del robo de Securplan?

—Un nombre parecido, sé que hubo mucho dinero en el asunto.

—¿Qué clase de sujeto era ese Lelouche?

—Ya se lo he dicho, estaba como una cabra. Iba por ahí armado, otra cosa que nos molestaba mucho, decía que había hecho la mili en la legión extranjera; a mí me parecía que no soltaba más que chorradas. Cuando venía al castillo, se quedaba un mes entero, bebía a lo grande, tenía amigos en la ciudad a los que nunca llegamos a conocer. Nosotros no lo soportábamos, especialmente Giò. Era exactamente lo contrario del espíritu de nuestra comunidad: paz y amor.

—¿Tenía trabajo? ¿Cómo se ganaba la vida?

—Con el dinero que le daba su madre, es decir, Giò, pero ¿por qué les interesa tanto?

—Por ahora es suficiente, le doy las gracias, si se le ocurre algo que pueda sernos útil, le animo a llamarme a cualquier hora —hizo ademán de levantarse y se detuvo, sacó un fajo de papeles de una carpeta:

—¿Reconoce este listado?

Benetti se puso las gafas y empezó a pasar las páginas.

—Claro. ¿Dónde lo han encontrado?

—En la finca.

—Es la relación de los clientes a quienes les he vendido las obras de Giò, la hice yo, no recuerdo haber dejado una copia por ahí. ¿Por qué me lo pregunta?

—Porque estamos investigando e incluso estos pequeños detalles tienen su peso. Por ejemplo, sirven para entender si alguno de estos caballeros podría tener buenas razones para desear una venganza. ¿Por aquí estos papeles estaban en la finca?

Benetti se encogió de hombros.

—No lo recuerdo.

—¿Formaban parte, por casualidad, de las discusiones motivadas por las ventas? ¿No podría ser que se los pidiera Kulikov para vigilar sus gestiones?

El representante adoptó un gesto de desdén.

—Lo que tenía que decirles se lo he dicho; ahora, si no les importa, debo irme.

—Una pregunta más: ¿todas las obras las vendió usted? ¿No vendieron ninguna Paternostro o la rusa?

—Qué pregunta: Giò y la banda de parásitos de la que se rodeaba vivían de teorías, de mundos sin fronteras, sin religiones, con canciones y marihuana gratis. Se habrían muerto de hambre si no me hubiera encargado yo de ese trabajo. Todos los días me preguntaban: ¿has hecho algún buen negocio hoy? ¿Tenemos dinero para la compra? Yo zorreaba lo que podía: llamaba a los galeristas, hablaba con los críticos, hacía venir a los periodistas. Conocía a los clientes uno por uno, y también sus gustos. Era yo el que tiraba del carro, ¿o qué se cree?

—¡Menudo benefactor! No se aleje demasiado, señor Benetti. Todavía puedo volver a necesitar sus sabias consideraciones.

—Gargiu', hemos quedado a la altura del betún, pero ¿qué mierda de trabajo has hecho?

—Señor comisario, no tengo ni idea de quién es ese Lelouche; además, yo no me he estudiado el dosier, me limité a reorganizarlo como dijo Santandrea; me fijé por casualidad en el nombre de Molteni, y por eso me acordé. ¿Quiere que lo investigue?

—Síií, a buenas horas. Largo de aquí, Gargiu'. O no, mejor dicho: ahora que lo pienso, tengo un trabajito para ti. Agarras la lista de Paternostro, señalas a los clientes, los verificas uno por uno, los cruzas con los nombres de la investigación y me dices si encuentras algún marcador anómalo, como lo llamas tú, una conexión, una prueba: ¡nunca se sabe!

—¿Todos?

—No, una línea sí y otra no, eso los días impares, y en los pares te encargas de los que te saltaste el día anterior. Gargiu': todos, y ya que estás añade los del expediente Securplan. No te olvides de nadie.

—Jefe, eso me va a llevar mucho.

—Entonces lo mejor será que empieces cuanto antes.

El inspector salió abatido. Al comisario se le escapó un fuerte manotazo en el dosier de Securplan justo en el momento en que un trueno resonó como una piedra de molino, las primeras gotas empezaron a repiquetear en el cristal y la luz titubeó en la habitación. De repente sintió un cansancio insoportable que se abatía sobre sus hombros, como la pregunta que llevaba días rondándole la cabeza.

¿La sensación de que le faltaba algo por comprender dependía de haber tenido todo lo necesario ante sus ojos desde el principio?

¿Podría haberse evitado la muerte de Molteni?

Se levantó para acercarse a la ventana.

¡No, eso era una gilipollez!

Nadie podía imaginar que estuvieran relacionados con una historia tan antigua. No había manera de saberlo.

Y, en cualquier caso, para ser más papista que el Papa, la conexión aún no se había demostrado.

En la calle, el tamborileo de la lluvia formaba pequeños círculos en los charcos, perturbados de inmediato por nuevas caídas y nuevos círculos. Una circunferencia continua de causas y efectos que no parecía necesitar ninguna explicación. Un relámpago cruzó el cielo y la luz se desvaneció de nuevo. Hacia las montañas, el cielo estaba despejado, tal vez acabara llegando una tregua. Vivacqua se encogió de hombros para liberar la humedad de sus huesos y destinó un pensamiento al animalejo, bajo el diluvio. No sabía si era mejor confiar en que alguien lo hubiera encontrado y se hubiera quedado con él, o...

Santandrea entró, empapado como un pollito.

—Mecagoenlamar, la que está cayendo.

El inspector se volvió ligeramente para mirar por encima del hombro.

—*Vossabbenedica*, señor Santandrea, ¿noticias de Verbania?

—Sí, y no son buenas. El pajarito sigue volando en libertad. La hipótesis de que haya pasado a Suiza parece la más probable. Toda el área está sobre aviso: nos mantendrán informados.

—¿Y tú tienes algo útil?

—Bah —se quitó la chaqueta y una ráfaga de gotas cayó en el suelo—. Molteni traficaba con miles de mierdas que tenían que ver con el espionaje de andar por casa y la seguridad privada. ¿Sabes a lo que me refiero? Móviles trucados, encendedores falsos que en realidad son radiotransmisores y basurilla por el estilo para cornudos recelosos. Su empresa se llama AM Security, la investigaremos con más detenimiento. La puerta de entrada estaba forzada, en el despacho de Molteni cegaron las cámaras con adhesivo y obviamente no podemos determinar si falta algo. En resumen, si es que hay alguna conexión entre la intrusión, su muerte y los asesinatos de Carmagnola, no podemos decirlo por ahora.

—Ve al grano.

—Tal vez el robo no tenga nada que ver con la muerte y se trate solo de una jodida coincidencia. Pero encaja a la perfección también lo contrario: el hijo de puta se pasó antes por la oficina, le entró el gusanillo, porque creo que disfruta como un enano con esos jueguecitos, luego fue a casa de la víctima y completó la misión. Elige tú la versión que prefieras.

—Mmm. ¿Y el ordenador?

—Nos lo hemos llevado, pero no hemos podido acceder, se lo hemos pasado a los magos de informática.

—¿Y qué hace el coche de Molteni en el aparcamiento de la plaza Bodoni, es decir, a un par de kilómetros de su oficina?

—Tan pronto como se me ocurra una buena idea, te la contaré. ¿Y tú? ¿Qué le has sacado a Benetti?

Santandrea escuchó el resumen. Cuando salió el nombre de Xavier Lelouche fue al pizarrón y lo escribió en caracteres de diez centímetros, luego hizo lo mismo con Molteni y con Securplan.

—Me cago en la puta, la ecuación es perfecta: Lelouche es a Paternostro y Kulikov lo que Molteni es... a Securplan.

—Exacto. Luego, si te entra la ventolera, puedes triangular y obtener que el común denominador es Securplan.

—Al final va a ser verdad que está matando según un esquema preciso, que tiene un objetivo.

—De ser así, tendríamos un indicio del móvil —dijo Vivacqua más animado—. Por fin la caza podría cambiar de ritmo y el FBI a la amatriciana podría quedarse en casa —se sentó en la butaca. Adoptó una mirada sombría que dirigió a su segundo—. Vamos a por ese caníbal.

Santandrea se estremeció. Era la primera vez que lo decía explícitamente, y el sonido mismo del término pareció agregar un impulso potencial. De repente, sintió encima todo el peso insoportable de enfrentarse a un ser humano que devora a sus semejantes, un antropófago que se alimenta del enemigo para arrebatarle su fuerza y virtud, o por una estúpida perversión. Se estremeció.

23.55 horas. Ascona

Quien no sea sabio y perspicaz no podrá usar espías; quien no se comporte con humanidad y equidad no podrá emplearlos.

El hombre dio la última calada al cigarrillo y lo lanzó a la acera. Ya había anochecido, la operación de vigilancia no tenía razones para proseguir: si alguien de la oficina de Reynard hubiera hablado con la policía a esas horas los habría visto entrar en acción. Dejarlos con vida había sido una decisión sabia, resultarían útiles de nuevo cuando el trabajo estuviera terminado.

El camarero pasó por enésima vez para hacer la ronda por la terraza interior con aire desganado, él pidió un café sin darse la vuelta.

A la derecha, a cien metros de distancia, lo esperaba el Mercedes, aparcado, solitario y más que visible. A la izquierda, hacia la zona residencial, podía vislumbrarse la entrada a los chalés. Un poco más adelante, el lago, negro como boca de lobo, soporífero y levemente ondulado por pequeñas olas empujadas por el viento.

A las doce en punto, el Yacht Club Ascona, iluminado como para Nochevieja. Desde un punto indefinido le llegaban ráfagas de música de baile y el ir y venir de los coches no se detenía ni por un momento.

El camarero le dejó su café y también la cuenta.

—Señor, nosotros...

—Ahora no.

Giró el manojo de llaves entre las manos y se quedó mirándolo. El alquiler de una villa no estaba previsto, ¿por qué lo habían hecho? Un alquiler de diez años. No tenía sentido. Llevaba toda la tarde pensándolo sin encontrar una explicación aceptable. O, más bien, no quería creer en la peor de las hipótesis: una traición.

Sargento mayor: Piero Barilà.
Sargento: Silvio Tomatis.
Sargento: Eugenio Cantarelli.
Asaltante: Xavier Lelouche.

Chicos como es debido, de confianza, hubiera puesto la mano en el fuego por todos ellos, excepto por uno.

Si había habido traición, todo el trabajo que estaba haciendo era tiempo perdido, sin mencionar el riesgo de acabar con un puñado de arena entre las manos. Pero debía hacer una verificación. No tenía nada que perder y, sobre todo, no podía hacer caso omiso de esa pista.

Sacó una caja de pastillas de su mochila, tomó una y se la tragó con el café.

Un rayo cruzó el cielo, iluminó las montañas para descargarse en el lago.

Era hora de entrar en acción.

6.
Viernes, 11 de junio

00.50 horas

Avanza sin que puedan ofrecerle resistencia porque se lanza contra lo hueco del enemigo.

El objetivo era el chalé al final de la avenida, casi adosado contra la tapia del lado oeste, la que remataba el conjunto de unas veinte casas escondidas en el verde.

Estaba al borde del área arbolada bajo la lluvia atronadora. A sus espaldas, la caseta con la barra de acceso y los guardas.

El cielo era una avalancha de relámpagos que centelleaban crepitando. Parecía el bombardeo nocturno de 1999 durante la misión de la OTAN KFOR en Bosnia: un espectáculo memorable.

Tenía que salir de los matorrales antes de recibir un rayo en plena cara.

Comenzó a avanzar zigzagueando, rápido, hacia un árbol. Se detuvo unos segundos, lo necesario para comprender si sus movimientos habían provocado alguna reacción, y luego se lanzó de nuevo hacia el siguiente escondite. Se agachó y después se puso otra vez de pie hasta completar una espiral entre abedules y tilos para desembocar en el amplio jardín que estaba delante de los chalés.

Tomó aliento y comprobó la ruta.

Sobre su cabeza, el rugido de los truenos apagaba cualquier otro ruido.

Si avanzaba en línea recta, acabaría bajo la luz de las farolas, delante de la verja de la casa adyacente, justo en los brazos de la pareja que estaba de pie frente a la gran cristalera para disfrutar del espectáculo.

No se movían.

Una ráfaga fría barrió el valle y el aguacero comenzó a caer en forma oblicua.

Tenía que sortear el obstáculo, no le quedaba otra alternativa. Empezó a gatear por el sendero, agazapado, asaeteando con los ojos en todas direcciones.

Cuando le quedaban pocos metros para llegar al seto de separación oyó el motor de un coche acercándose a sus espaldas. No tuvo tiempo de apartarse y las luces largas lo fulminaron en el gesto de lanzarse a la base de un arbusto.

El motor se apagó; la lluvia golpeaba en la chapa con tal violencia que el ruido ocultaba el fragor de la tormenta.

Arrastrándose sobre los codos, intentó ocultarse mejor. Unos diez metros le bastarían para desaparecer de la vista y, a continuación, rodear los setos para encontrarse casi frente al chalé. Desde esa posición, le resultaría fácil entrar y desaparecer definitivamente.

El vehículo se movió de nuevo, hizo una serie de pequeñas maniobras hasta que logró iluminar toda el área.

—Deja de tocar las pelotas —siseó.

Los faros lo enfocaron de pleno.

Echó un vistazo al coche y logró entrever dos figuras dentro. Si no hubiera sido contraproducente, le habría llevado un par de minutos solucionar el problema.

Las luces de las calles de la urbanización se iluminaron y después de un momento el coche puso los cuatro intermitentes.

Demasiado follón.

—Hay terrenos en los que es preferible renunciar a la lucha —se dijo a sí mismo.

Era mejor salir por piernas y reorganizar las ideas; se dispuso a saltar cuando vio las linternas centellear en la arboleda.

Demasiado tarde.

No tuvo tiempo de pensar y la hembra de pitbull ya estaba en el matorral.

El perro se le lanzó a la garganta. Él interpuso la mochila para repeler el asalto. Dos hombres con capas de lluvia se mantenían a distancia e incitaban a los perros.

El segundo pitbull salió de la nada y le hincó las mandíbulas en el muslo mientras la hembra se giraba para lanzar un nuevo ataque. Comenzó a agitar los brazos para intentar una reacción, pero no resultaba fácil. Los pitbulls estaban entrenados para trabajar en pareja, porque, tan pronto como uno conseguía abrirse un hueco, el otro lo rodeaba en busca del golpe definitivo.

El hombre oyó abrirse las puertas del coche y a los guardias gritarle órdenes al conductor. Le decían que llamara a la policía.

El dolor en el muslo era insoportable y, a pesar de estar empapado, distinguió el calor grasiento de su propia sangre mojándole la pierna y derramándose copiosa. Intentó agarrar al perro de las mandíbulas y trató sin éxito de abrirle la boca. El perro debía de sentir dolor, pero no soltaba su presa; la hembra seguía dando vueltas alrededor de su cabeza y repitiendo los asaltos mientras él forcejeaba en el suelo. Oía el golpeteo de los dientes, los mordiscos al aire, los golpes de refilón, la rabia del perro que babeaba furioso.

Uno de los guardas se acercó a unos treinta metros, apuntándole con la linterna y aguardando a que los perros terminaran su cometido.

El hombre esquivó el enésimo ataque de la hembra arrastrándose sobre la espalda. Hizo girar la mochila y le dio un golpe con ella en el hocico tan fuerte que la arrojó a un par de metros de distancia. Un segundo después lanzó un puñetazo, con toda su fuerza, directamente contra la cabeza del macho. El perro gimió, aflojó la presa y no tuvo tiempo de morder de nuevo porque el hombre agarró las patas delanteras del animal y las abrió hasta oír el ruido de los huesos rotos. El macho gemía y ladraba de dolor, clavado en el suelo sobre el hocico, la hembra parecía haber perdido ánimo, empezó a gruñir amenazadoramente, pero se mantenía a un metro de distancia, con los ojos rojos, lista para saltar.

Detrás de ellos, los guardas se movieron para cerrarle las vías de escape; uno se acercó a la tapia, el otro se desplazó a la derecha, ambos con linternas y porras. El coche se colocó en el centro del sendero para completar el cerco.

El pitbull voló con las fauces desencajadas hacia la garganta, un salto brusco, al hombre no le había dado tiempo a sacar un arma de la mochila, se vio forzado al cuerpo a cuerpo, propinó varios puñetazos en la oreja a la hembra, que no interrumpió su salto, pero cuando cerró las mandíbulas no encontró el blanco: cayó al suelo, rodó y recibió la primera patada en las costillas, que la hizo volar unos metros. Furiosa, dolorida y tambaleante, intentó un nuevo asalto.

A sus espaldas, uno de los guardas llamó al perro por su nombre y le ordenó que atacara. La hembra se llevó una patada en el hocico que la dejó clavada en el sitio, y él la golpeó, de canto, en el cerebelo, para matarla. El macho gritaba de rabia, intentaba avanzar impulsándose con las patas traseras. Aullaba y babeaba; él no le hizo caso, salió del matorral y echó a correr como pudo, empapado por el sudor, la sangre y la ropa mojada. Cuestión de pocos metros; luego tuvo que buscar un nuevo escondrijo, el dolor del muslo era infernal. Necesitaba unos minutos de tregua para contener la sangre. Recurrió a las energías de emergencia y se abalanzó contra una verja, se encaramó con la fuerza de sus brazos, mientras los guardas y el coche intentaban organizarse.

En la distancia, en medio de la tormenta que empezaba a perder impulso, llegó el aullido de las sirenas.

El hombre ganó la parte superior de la verja, superó las puntas, saltó al suelo sobre la hierba empapada y rodó hacia un lado. Se levantó de inmediato, corrió bordeando los setos y entró por debajo de uno de estos.

El guarda más rápido había salido en su persecución, pero se había detenido frente a la cancela en busca de una llave y gritaba instrucciones al compañero que debía de haberse demorado con los perros.

Él se puso a rebuscar a tientas en la mochila. Sacó un cuchillo de hoja dentada, se rasgó los pantalones e intentó arrancar una tira de tela para detener la sangre.

Un rayo fue a estrellarse justo detrás de uno de los chalés de la urbanización, dejando a su alrededor vibraciones y olor a ozono.

El coche se puso en movimiento y retrocedió para volver a la barrera de entrada mientras los dos guardas se habían reunido para cuchichear.

El hombre apretó el lazo e intentó hacer balance. Notaba el ruido sordo del corazón latiéndole en los oídos, la pelea lo había dejado agotado y había perdido mucha sangre. No se trataba ya de abandonar la misión, ahora la prioridad era largarse de allí sin sufrir más daños, y no provocar una alarma tan notable como para originar medidas restrictivas en la zona. Tenía que salir en silencio y sin dejar muertes tras de sí.

El porrazo le alcanzó con tanta fuerza que sintió un hormigueo en el brazo izquierdo. La mochila había amortiguado parcialmente el golpe, pero no pudo evitar pensar que domeñar el uso de la fuerza se estaba convirtiendo en un molesto problema.

Se giró un cuarto, esquivó un nuevo mandoble que se estrelló en el tronco del seto, empuñó el cuchillo y lo plantó con fuerza en el pie del vigilante, quien lanzó un grito inhumano.

Las sirenas se estaban acercando y las luces parpadeantes desgarraban la arboleda.

El hombre rodó fuera del seto, se levantó y golpeó con el codo el pecho del guarda, que se derrumbó. Cuando estaba en el suelo, lo golpeó con la palma de la mano en la nariz y al pobre hombre no le dio tiempo a ver nada más.

El segundo guarda corrió hacia la patrulla policial, empezó a hablar y no vio, a sus espaldas, la silueta oscura que corría hacia la tapia.

Fuera de la urbanización, el escenario era apocalíptico, las calles se habían convertido en arroyos que espumeaban mantillo y follaje, el agua llegaba a las puertas de los coches, las sirenas de los bomberos se mezclaban con el retumbar de los truenos. Llegó hasta el Mercedes cojeando y cuando logró meterse dentro se tumbó en los asientos. Le castañeteaban los dientes a causa del frío. Lanzó un puñetazo repleto de frustración contra el volante.

Sacó una camisa de la mochila que resultó inservible, como el resto de la ropa. Inclinó la mirada hacia su pierna: el muslo palpitaba y estaba ardiendo. Dos horas como mucho, y ya no podría caminar sin apoyarse en un bastón.

Cerró los ojos e intentó regular su respiración, para que disminuyeran los latidos del corazón y se le relajaran los músculos. Cuando encontró el equilibrio, tomó una decisión.

Se llevó la mano al bolsillo, empleó un instante en encontrar lo que estaba buscando: metió los datos en el navegador del automóvil y arrancó.

02.45 horas. Ascona

La señora Giselle Pigozzi, viuda de Castelletti, abrió la puerta y no tuvo tiempo de maldecirse, de maldecir al mundo, a Ascona y a toda Suiza, porque la mano que le apretaba la boca era demasiado fuerte para soltar un grito.

08.00 horas. Despacho de Salvatore Vivacqua

—Para mí sería un honor, Sergio, mejor dicho, me gustaría extender la invitación a usted, señor Vivacqua, faltaría más: y traiga a su señora e hijos, será muy instructivo para ellos —dijo Meucci—. El evento será impresionante porque van a venir de Francia dos divisiones de figurantes con ropajes absolutamente fieles al original. Este año el aniversario se siente profundamente, porque el 14 de junio se cumplirán doscientos diez años de la batalla, y Marengo está prácticamente a tiro de piedra de donde viven.

Vivacqua no respondió, se hallaba delante del tablero con los puños plantados en las caderas y una expresión enfurruñada. Habían añadido las fotos del homicidio de Molteni y ver los tres cadáveres uno al lado del otro era un pésimo arranque de la jornada. Por alguna razón, los ojos aturdidos de Aleksandra Kulikov se habían convertido en una obsesión más desgarradora que la mirada inexistente de Molteni. Había una petición de gracia en aquellos ojos, una súplica que no le dejaba vivir.

—Habrá cientos de jinetes que simularán la carga y dos actores harán el papel de Napoleón y Josefina como sucedió en 1805, cuando Bonaparte hizo representar la batalla en honor de los caídos. Si nunca lo has visto, Sergio, te garantizo que será muy emocionante —concluyó Meucci.

Santandrea asintió afablemente y se ganó una mirada aviesa de Vivacqua.

Baseggio apareció en ese momento en la puerta con una caja en brazos.

—Aquí estoy —dijo.

—Baseggio, ¿se puede saber por qué cojones no sabemos a quién pertenecen las huellas? Que sepas que estoy perdiendo la paciencia con eso de que nunca es un buen momento —soltó el comisario.

—Verá, comisario, no es que no lo sepamos, es que no nos lo quieren decir.

—¿Perdón?

—Estamos esperando el permiso del Ministerio de Defensa.

—¿De quién? —dijo Vivacqua.

—Me ha entendido bien, Ministerio de Defensa —dijo Baseggio.

—¿Y me lo dices ahora, después de una semana tras ello?

—Nosotros entramos en acción hace tres días. Somos cuatro gatos y estamos corriendo como locos, sin mencionar que ahora debería estar en el laboratorio y en cambio estoy aquí por usted y...

—¿Y quién es ese hijo de la gran puta? ¿Puede saberse o no?

—No se irrite, comisario, las huellas dactilares están archivadas, el problema es que el ordenador central tiene ese nombre bloqueado. Lo que está claro es que no se trata de alguien con antecedentes.

—No necesariamente —intervino Meucci—. Yo también estoy fichado, aunque no tenga antecedentes. El hecho de que ande de por medio Defensa hace pensar que pueda tratarse de alguien de los servicios secretos, o de un militar, es más, yo diría que es así sin lugar a dudas.

Vivacqua se sentó.

—Explícate mejor, Baseggio.

—Hay poco que explicar: las huellas de los tres asesinatos son idénticas. Interrogamos al sistema central y la ficha del individuo está protegida por el Top Secret. Ante tal circunstancia, elevamos una consulta a Roma y así nos enteramos de que se trata de una limitación impuesta por el Ministerio de Defensa; para desbloquearla debemos solicitar una autorización, que es lo que estamos haciendo. Llevará su tiempo.

—Mecagoenlacerdaasquerosadesuma... Esos son capaces de tardar un mes en contestarnos. Sergio, ¿a quién conocemos en Roma, a quién podemos pedirle un favor?

—Bueno, yo juego en casa, tal vez pueda resolverlo antes de un mes —dijo Meucci.

—Pero... el caso es que yo creo saber cómo desenredar esta madeja —agregó Baseggio.

—*Sabbenedica vossia,* cuando le venga mejor, sin prisa, ¿le importaría compartir con nosotros esa solución?

Baseggio hizo oscilar la enorme caja.

—La respuesta podría estar aquí, en el caso Securplan.

—¿¡Otra vez!?

08.15 horas. Casa Castelletti, Ascona

Si el estratega diestro desea combatir, al enemigo no le queda otro remedio que hacerlo.

Giselle Pigozzi se acercó a la puerta de su casa con cautela, casi como si estuviera caminando sobre el hielo, con una vistosa bolsa en la mano izquierda, el bolso en bandolera sobre su pulcro vestido. La viuda Castelletti era una mujer de sesenta y cinco años que había perdido a su marido una década antes. Nunca había estado en ningún otro lugar que no fuera los alrededores de Ascona, ni siquiera cuando su difunto esposo aún estaba vivo. No habían tenido hijos, pero, para compensar, a ninguno de los dos les habían faltado los problemas, de salud sobre todo. Su único bien, por el que lo habían dado todo, era su casa. Un chalecito de dos pisos rodeado de pinos y de un pequeño jardín. Siempre había pertenecido a la familia Pigozzi. En los años veinte era una simple granja y se hallaba en las afueras de la pequeña ciudad, ahora estaba casi en el centro, rodeada de casas elegantes y lujosos condominios. Ellos, los cónyuges Castelletti, habían convertido unas ruinas en una casa moderna renunciando a todo, incluso a vivir.

Giselle permaneció de pie en la puerta de entrada, inmóvil. Ni siquiera tuvo el coraje de darse la vuelta y se sobresaltó cuando el hombre apareció de la nada balanceándose sobre una muleta, subió los escalones, le pasó la gata que sostenía en sus brazos y le susurró al oído: «¡Boom!».

—Deja la puerta abierta de par en par —le ordenó, y ella le obedeció sin rechistar—. ¿Te ha visto alguien?

—El farmacéutico y un señor que me saludó.

—¿Has visto a algún policía por ahí?

Ella negó con la cabeza.

—¿Qué has traído?

—Gasas, tiritas, antibióticos, analgésicos, penicilina, un tubo de maquillaje y...

—Muy bien, esta es mi enfermera, sí señor. Ahora quítate los zapatos y las medias, no toques los interruptores, no toques nada. Tápate la nariz y entra. Primero abre la ventana, luego cierra el gas. Si no sigues mis instrucciones..., ¡boom! El trozo más grande lo encontrarán en Austria —se rio—. Muévete.

08.30 horas. Despacho de Salvatore Vivacqua

Baseggio había terminado de trajinar y se disponía a lanzar la grabación. Vivacqua verificaba las llamadas perdidas en el móvil y las notas que Meloni le dejaba cada diez minutos con otras tantas solicitudes de atención.

—Superintendente, superintendente otra vez, periodista, otro, otro más... Sergio, sería un verdadero honor para mí... —dijo imitando a Meucci— que me quitaras de encima a esta jauría de pequineses; después, si de verdad no tienes nada mejor que hacer, puedes dar un salto a Marengo, te garantizo que será muy emocionante.

—¿Estás cabreado porque se ha perdido Tommy, porque tienes los pantalones mojados o por alguna otra cosa?

—La regla.

—Sí, claro. ¿No sería ya hora de poner al día a la prensa? ¿O no lo crees así?

—Apáñatelas tú. Diles algo sobre el homicidio de Molteni.
—Parece que alguien ha filtrado lo peor del asunto.
—¿Los ojos?
—Exacto.
—Tarde o temprano tenía que salir. Tú dales largas, aférrate al «sin comentarios», di que se trata de una información estrechamente relacionada con la investigación, apagas el micrófono y te largas.
—Es la última vez, Totò, a partir de ahora te las apañas tú.
—Baseggio, ¿estamos listos?
—Listos —introdujo la vieja cinta VHS—. Lo que vamos a ver es un montaje de las escenas grabadas por las cámaras instaladas en Securplan, no están en color. Lo realizamos a petición del entonces jefe de la Brigada de Investigación, el comisario De Lorenzo, que en paz descanse. Es como ver una película con todas las escenas en una secuencia cronológica desde los diferentes puntos de control. La empresa de transporte de fondos, que ya no existe en la actualidad, sufre un atraco en una agradable mañana de domingo y se llevan cuatro millones y pico de euros.
—¡Caramba! ¿Y cómo es que había todo este dinero allí?
—Las cajas del sábado de supermercados, centros comerciales y un par de sucursales afiliadas.
—Veamos las imágenes —interrumpió el comisario.

El vídeo comenzó con un temblequeo de líneas que se estabilizaron al cabo de unos segundos. Un blanco y negro durísimo.

Cámara en giro panorámico, barrido del aparcamiento desierto. Es invierno, los árboles se recortan en el cielo como corales.

Cambio de cámara. Imagen fija; límites de la propiedad en el lado norte, verja baja, setos, callecita lateral y al fondo coches en tránsito por la carretera de circunvalación. Imagen fija del edificio. Un cubo de hormigón, sin balcones, terrazas o salientes, cristales de espejo. El enorme letrero reza SECURPLAN - SERVICIOS DE SEGURIDAD, ESCOLTAS, TRANSPORTE DE FONDOS.

Cambio de cámara; lado sur del edificio. Vallado de delimitación, vista de la entrada de empleados y de los campos que la rodean.

Nuevas imágenes, en color, con diferente luminosidad. Plano del edificio con vistas a la cuesta que lleva al sótano, donde las furgonetas depositan su carga.

—¿Y esto?

—Lo grabamos nosotros porque la cámara en esa posición no funcionaba.

—¿Y por qué no funcionaba? Todo parece nuevo: el edificio, el equipamiento; todavía huele a cemento recién vertido.

—Son cosas que ocurren incluso con material nuevo. O bien, como se supuso en aquel momento, fue una jugada del grupo de asalto.

Las imágenes volvieron al blanco y negro, desde otra perspectiva del semisótano: en la pantalla apareció un sujeto. La toma desde lo alto ocultaba parcialmente su fisionomía; parecía un hombre de unos cincuenta años, llevaba gafas, chaqueta y corbata.

Estaba parado en la garita de identificación, esperando a que alguien le abriera.

—¿Quién es ese y dónde está? —preguntó Vivacqua.

—Es el director, se llama Bignardi, ha salido de su coche y está subiendo desde el semisótano a las oficinas del primer piso. Debe utilizar un montacargas blindado.

—¿Cómo ha llegado hasta ahí sin controles?

—Hombre, es el jefe, además de ser el dueño, dispone de llaves, de permisos y de todo lo demás. En todo caso, el sistema de seguridad no le permite avanzar indefinidamente. No puede subir a las plantas de arriba sin ser identificado por el guardia que está ante los monitores de control, que debe desbloquear el acceso. Además, para acceder al montacargas tiene que pasar por la garita de un metro cuadrado, que está aislada.

Imágenes de otra cámara. El director ha llegado a la primera planta, un guardia con una pistola en la cartuchera desbloquea la entrada, lo saluda y se aleja. El director se encamina hacia las oficinas.

Las once. Han pasado cuatro minutos desde la entrada del director. Dos personas aparecen en el monitor del semisótano, con la cabeza agachada, no se les ven las caras. El director regresa a la sala de control de acceso, acciona los mandos y abre la garita. El primero de los dos entra en el montacargas.

El parpadeo de una lámpara en la sala de control avisa de que alguien está subiendo.

—En la grabación no se oye, pero cuando alguien sube, arranca una señal acústica —explica Baseggio.

Cámara de la sala de control de acceso. Llega al piso un hombre con una peluca de rizos oscuros, Bignardi aprieta un botón, desbloquea la apertura y el otro entra, se abre el chaquetón, en ese momento aparece una escopeta de cañones recortados. Se acerca un guardia al que no le da tiempo a reaccionar porque se encuentra con el fusil a un palmo de la nariz. El director da un salto hacia atrás, el recién llegado gira el fusil, golpea en el estómago al guardia, que se desploma sobre sus rodillas y es desarmado. El director intenta socorrerlo y recibe un golpe en la cara que lo hace caer hacia un lado.

En el semisótano, un segundo hombre entra en la garita, hace gestos con los brazos, quiere subir. En la consola de control no hay nadie.

Pasan varios segundos.

El primer atracador intenta acercarse al cuadro de mandos para permitir subir a su cómplice cuando algo lo alarma, apunta con la escopeta hacia la izquierda. El director se levanta, un hilillo de sangre gotea de su ceja, abre los brazos y se interpone entre el ladrón y el guardia que está en el suelo fuera del encuadre. Bignardi habla con el atracador y mientras tanto se acerca al tablero para activar el mando que abrirá la garita del sótano. La lámpara del montacargas parpadea. El primer atracador aprovecha el momento para reorganizar la situación; agarra a la empleada que se había asomado desde la izquierda, la arroja al suelo, ella se desploma como una marioneta. Del montacargas sale el segundo atracador, disfrazado también de cualquier manera, con peluca y bigotes falsos. El primero desbloquea la seguridad y el otro entra en la sala, empuña un fusil de asalto que apoya en el hombro, gira sobre sí mismo sin apartar la vista de la mira.

El recién llegado se abre paso sin cumplidos, avanza hasta el director, lo zarandea y lo obliga a tumbarse. El guardia que está el suelo se arrodilla y a cierta velocidad se levanta...

Vivacqua se echa hacia atrás en la butaca.

Se ven la llamarada y los gases de expansión. El atracador con escopeta de corredera ha disparado.

El director retrocede, la mujer gira sobre sí misma tapándose la cara, el segundo ladrón la bloquea, la levanta para ponerla de pie, pero ella no se sostiene. Ahora se ve el cuerpo del guardia, está retorcido de forma antinatural cerca de la pared, hay manchas negras y salpicaduras por todas partes. El director se apoya contra el escritorio, temblando, está lleno de sangre.

El grupo se pone en movimiento.

Imágenes de la sala con la puerta blindada. A la empleada se la obliga a sentarse frente a la computadora. Es incapaz de mantenerse derecha. Uno de los atracadores la abofetea, el director se interpone y recibe también un bofetón de revés. Hay unos instantes de conversación entre Bignardi y la empleada; el director le sirve agua, la obliga a bebérsela, luego se coloca enfrente del teclado cerca de la puerta blindada. Juntos, cada uno desde su propio emplazamiento, escriben una secuencia hasta que la luz de encima de la puerta se enciende. Está desbloqueada.

El director se sitúa delante de la puerta y hace escudo con su cuerpo.

—Este va a hacer que lo maten —espetó Vivacqua.
Santandrea tenía los ojos fuera de sus órbitas.

Bignardi está con los brazos abiertos delante de la puerta, grita algo. Uno de los atracadores lo zarandea hasta tirarlo al suelo, luego le apunta con el fusil a la cara.

—Esto va a ser una matanza —explotó Santandrea.

El otro atracador acciona la palanca y abre la sala blindada. El director se obstina en oponerse, agarra a uno de los dos para evitar que se mueva e intenta arrastrarlo al suelo. El otro, con un movimiento, se vuelve, carga la escopeta y dispara. Contra una pierna, que parece desprenderse del cuerpo.

—¡Joder!

La empleada no se mueve, está paralizada. Los atracadores forman una cadena, se mueven con rapidez, trasladan las sacas, llevándolas al montacargas, y en el nivel inferior aparece un tercer cómplice que carga el botín en una furgoneta de Securplan. Unos cuantos movimientos y el traslado concluye.

La cámara del semisótano encuadra la furgoneta mientras se aleja. En el límite del plano, un coche de gran cilindrada se sitúa tras él. Unos segundos y todo vuelve a estar tranquilo. Son las once y media.

El vídeo comienza a parpadear.

Once treinta y tres. Cámara del semisótano.

Un niño de cinco o seis años aparece cerca de la garita. Tiene las manos atadas y cinta adhesiva en la boca, los ojos hinchados por las lágrimas, un hilillo de sangre corriendo por su nariz.

—Así que habían secuestrado a su hijo —dijo Vivacqua.

—Es el nieto del director. Lo mantuvieron como rehén hasta que acabó la operación —dijo Baseggio.

—¡Menudos hijos de puta! ¿Balance?

—Solo en la parte del asalto, un hombre muerto, un herido grave que estuvo a punto de morir desangrado, me refiero al director, que perdió la pierna. Más el botín, auténtico protagonista de la historia.

Vivacqua se restregó la cara con las manos.

—Que nos traigan café, y una copa, para digerir.

—La banda estaba formada por cuatro miembros —dijo Baseggio. Tomó un papel y leyó—: Piero Barilà, Silvio Tomatis, Eugenio Cantarelli, Xavier Lelouche. Exmilitares, suboficiales del ejército en la reserva, tropas especiales. Todos sin antecedentes. Los que habéis visto en acción eran Lelouche, que lleva un muerto sobre la conciencia más la mutilación del director, y Cantarelli; el que tenía al niño como rehén era Tomatis.

Vivacqua hojeó sus propias notas.

—Xavier Lelouche, el hijo de la amiguita de Paternostro. Ese que, según dijo Benetti, se jactaba de haber estado en la legión extranjera —Vivacqua miró al ayudante—. Falta Molteni.

—Solo porque aún no os he hablado de él. Es el único que pagó con una estancia en la cárcel.

—Si mal no recuerdo, los otros acabaron... —intentó comentar Santandrea.

—Vamos por partes, un solo follón a la vez. ¿Qué tiene que ver Molteni con esta mierda?

—Podríamos definirlo como el topo. Trabajaba en la empresa que diseñó el software de seguridad, un trabajo bastante refinado para aquellos tiempos. Por ejemplo, si alguien tomaba rehenes en la empresa atrincherándose en las oficinas, a las fuerzas del orden les bastaba con teclear un código con el teléfono y enviarlo al ordenador para entrar en el semisótano sin ser detectados por el sistema. Los atracadores conocían el dispositivo, y por eso faltan algunas grabaciones en las cintas de Securplan: la cámara de la entrada no estaba rota, había sido desactivada. Sin esta precaución, ni siquiera el director habría podido acercarse sin ser visto. Molteni suministró a la banda los códigos de seguridad, los mandos del cuadro, los planos del edificio y todo lo demás. Cuando comenzaron las investigaciones, quedó inmediatamente claro que un golpe como ese solo había sido posible con una ayuda desde dentro.

—Y esa ayuda era Molteni —concluyó el comisario.

—Sí. Lo atraparon en la frontera suiza con unas maletas, algo de dinero y un pasaporte. El comisario De Lorenzo puso patas arriba todo el organigrama de Securplan. Interrogaron durante días a los empleados de la empresa, a los externos, a los consultores; incluso le apretaron las cuerdas a Bignardi, el director, cuando estuvo fuera de peligro. En cualquier caso, la fuente era Molteni.

—Que ahora está en una mesa en la morgue —dijo Santandrea.

Vivacqua se pellizcó el labio inferior con los dedos y se quedó pensando un momento.

—¿Y la banda?

—Esa es la única parte positiva de la historia. A las seis de la tarde llegó una escueta llamada, apenas unos segundos. Decía que los asaltantes habían pasado la frontera suiza a través del lago Maggiore.

—¿Tú crees en las coincidencias? —dijo Vivacqua.

—No en casos como estos. Será la tercera o cuarta vez que hablamos de Suiza en menos de doce horas.

—No sé qué os parece tan extraño, pero las labores de patrullaje funcionaron, la banda fue interceptada en el lago Maggiore al día siguiente. Habían alquilado una lancha motora en Locarno e intentaron mezclarse con el tráfico de embarcaciones que regresaban a Italia. Hacía mal tiempo, niebla, y en la persecución se estrellaron contra un ferri, su lancha motora explotó para hundirse casi al instante.

Vivacqua y Santandrea cruzaron la mirada. A Baseggio no le pasó desapercibido.

—No es lo que están pensando. No fue una puesta en escena: murieron todos.

—¿Estamos seguros? —dijo Vivacqua.

—Llevó más de una semana recuperar los cuerpos. Las condiciones del tiempo no permitían las inmersiones y en el fondo había demasiada porquería en suspensión, pero al final sacaron a la superficie cuatro cuerpos: todos identificados. En realidad, los atracadores rescatados fueron tres, el cuarto cuerpo era el de un aduanero italiano. Solo faltaba el cuerpo de Lelouche. Y entiendo que hoy, dicho así, pueda despertar sospechas, pero no es extraño que tras esa clase de accidentes y dadas las condiciones del lago haya que aceptar la pérdida de un cadáver. Hay corrientes muy fuertes, el fondo está a más de cien metros y es particularmente cenagoso. Para su tranquilidad, puedo añadir que desde el momento del accidente las tareas de búsqueda se prolongaron durante más de quince días; el área nunca dejó de estar vigilada por medios náuticos y buceadores. Se recuperó incluso una parte de los restos de la lancha: no se descuidó nada y no pudo haber nada que se les escapara.

—Mmm. ¿Por qué estaban tan seguros de que Lelouche se hallaba a bordo?

—Por la declaración de quien les alquiló la lancha, que lo vio subir y alejarse con el resto de la banda. Como es natural, al arrendador se le exprimió como es debido.

—¿Qué tiene que ver el aduanero con el asunto?

—Después del atraco, los fugitivos cruzaron la frontera en automóvil: el funcionario de aduanas les facilitó el paso. Tal vez, viéndose perdido, se unió a ellos.

Vivacqua se levantó para estirarse. Empezó a dar vueltas por la sala.

—Huyen en automóvil y regresan con una lancha motora; me pregunto por qué no se quedaron en Suiza.

—De Lorenzo estaba seguro de que volvieron para construirse una coartada; después de todo, no tenían antecedentes, con un poco de astucia habrían ocultado su rastro, acaso eliminando a Molteni, y hubiera sido casi imposible encontrarlos.

—Pero ¿Molteni no confesó el nombre de los cómplices? —se inmiscuyó Santandrea.

—No sabía nada. Nunca llegó a verles las caras. Toda la operación de compraventa se realizó a oscuras. Incluso el pago por revelar los códigos se llevó a cabo en el extranjero, tenemos las pruebas —señaló los expedientes.

—Después del soplo, cuando fuimos a atraparlos, ¿sabíamos quiénes eran los atracadores?

—No. Todavía no. De Lorenzo sospechaba que entre ellos había un militar, por la forma en que manejaba el fusil, ya lo han visto en las grabaciones, pero lo de sus nombres era un misterio absoluto.

—¿Y el botín?

—Nunca se recuperó. Esta es la razón por la que el expediente sigue aún abierto. De Lorenzo removió cielo y tierra para rastrearlo. Llevó meses alcanzar un acuerdo con las autoridades suizas, pero no se encontraron huellas de la banda. Es de suponer que, si fue depositado en las cajas de seguridad de un banco, el anonimato del sistema suizo ha ocultado el botín. Todas las pistas conducían a Locarno y en segundo lugar a Ascona. La investigación continuó durante un año y medio por lo menos entre actos administrativos y esfuerzos para abrir brecha en el secreto bancario.

Cayó sobre todos un silencio cargado de conjeturas. Vivacqua tomaba notas y subrayaba.

—¿Tú qué crees? —preguntó Santandrea.

—Que no encaja —dio un manotazo en el tablero con las fotografías—. Si todos los asaltantes están muertos, ¿quién cojones ha matado a Paternostro, Kulikov y Molteni? Y, sobre todo, ¿por qué?

—A mí no me lo pregunten. Es más, si ya no les hago falta... —dijo Baseggio.

—Encuentra al propietario de esas huellas, que se te ocurra algo y que sea rápido. Espera, una cosa: las fichas de los atracadores, ¿las tenemos?

—Qué pregunta.

—Y tenemos sus huellas dactilares, ¿no?

—Excluyendo a Lelouche, los otros quedaron fichados.

—Entonces trabajemos por exclusión. Compara las huellas de los asesinatos de Paternostro, Kulikov y Molteni con las de los atracadores de Securplan; veamos si coinciden con alguno de ellos.

Baseggio se dio una palmada en la frente.

—¡Claro! Se me tenía que haber ocurrido. Me encargaré personalmente. Aunque, en realidad, no veo cómo podríamos hallar una correspondencia, estamos hablando de personas muertas y enterradas desde hace casi diez años, demonios.

—¿Las fichas y fotografías de los asaltantes?

—Microfilmadas. Se las busco —hizo ademán de irse.

—¿Crees que podríamos echar un vistazo al edificio de esa empresa, Securplan?

—No tengo ni idea. Creo que ahora hay un almacén de material eléctrico al por mayor —Baseggio sacó la cinta VHS y se la entregó al comisario—. Se la dejo, tengo otra copia.

Vivacqua y Santandrea se habían quedado solos. En la pantalla, el vídeo seguía encendido.

—¿Te convence? —preguntó el comisario.

—Es uno de esos atracos que hemos visto en centenares de casos. Se toma como rehén a quien tiene las llaves o a alguien de su familia y se arrambla con todo. Por lo general, nunca hay muertos.

—¿No te da que pensar?

—Hemos visto el mismo vídeo, ¿verdad? Están armados, son mala gente, tal vez vayan incluso un poco colocados, saben lo que tienen que hacer y lo hacen rápidamente: gente peligrosa, pero por lo demás no veo nada raro.

—Cuatro militares: primera anomalía. Se van al extranjero y vuelven corriendo, es probable que hayan escondido el botín y no lo hayan repartido: segunda anomalía. Podrían haberse quedado en Suiza o huir hacia el este, lo que sería mucho más seguro para ellos; en cambio, vuelven de inmediato a Italia: tercera anomalía. Si la banda está formada por cuatro componentes, ¿quién hizo la llamada traidora? Cuarta anomalía —detuvo la cuenta en el dedo anular—. Vuelven por el lago y se estrellan. La lancha motora explota y el cuerpo que falta es justo el del bala perdida: doble anomalía; apesta a montaje o a pista falsa.

Santandrea echó el aliento a las gafas y se puso a limpiarlas.

—Será como dices, pero esto es lo que tenemos —levantó las gafas a contraluz—. Además...

—Si Lelouche hubiera sobrevivido, debería saber dónde se encuentra el botín; por lo tanto, yo diría que está matando por razones que no tienen que ver con el dinero —se le anticipó Vivacqua.

—Siempre dando por hecho que Lelouche haya sobrevivido y que sea nuestro hombre. Que todo eso hay que demostrarlo. ¿Y si fuera una venganza? —aventuró el adjunto.

—Después de tantos años, ¿no podría haberlo hecho antes? No, no cuadra —Vivacqua se rascó la cabeza, se estaba haciendo tarde—. Ve a preparar el comunicado de prensa, quiero seguir dándole vueltas

Se asomó el inspector Gargiulo.

—Solo es para decirles que hemos hablado con la comisaría de Verbania. Tienen las huellas que han dejado en el Audi, nos las mandan hoy mismo. En cambio, del hombre que lo conducía, nada nuevo por ahora.

11.15 horas. Casa Castelletti, Ascona

La viuda Pigozzi estaba en la butaquita al lado del sofá, en silencio, con las manos en el regazo, casi paralizada. En el chalé los postigos estaban cerrados y una luz lívida pugnaba por atravesar los visillos de encaje. El ruido de la lluvia en el jardín y sobre las hojas añadía una nota de apatía a la habitación. El salón parecía adormecido, con el televisor encendido que parpadeaba de vez en cuando con las imágenes del telediario, sin volumen.

—«Si la victoria se demora, las armas pierden su cortante y el ardor de las tropas mengua. Si se consumen las fuerzas de los soldados en el cerco de ciudades amuralladas, los recursos del país no alcanzarán» —deliraba el hombre—. «Ni tus estrategas más hábiles podrán ayudarte» —se agarró el muslo vendado e intentó darse la vuelta—. «Las dificultades del enfrentamiento militar estriban en convertir lo sinuoso en directo y la adversidad en ventaja.»

La mujer se movió un poco y la tacita que estaba a sus pies tintineó contra el platito. Los ojos del hombre se abrieron de par en par, empuñó la pistola en un instante, la giró en abanico por la casa y la detuvo apuntando a la cara de Giselle.

Sonrió. Se quitó el vendaje de la frente, ya seco. Estaba ardiendo de fiebre.

—«Trata bien a los soldados enemigos apresados. En esto consiste vencer al adversario, haciéndote aún más fuerte» —volvió a tumbarse con un gruñido.

La viuda tragó saliva. Tarde o temprano utilizaría esa arma para matarla, estaba segura.

18.00 horas

Cruzar Turín a las seis de la tarde de un viernes bajo la lluvia era tan divertido como aparcar un camión de transporte frente al estadio el domingo del derbi. El comisario puso la radio a volumen mínimo, empezó a conducir y agradeció el haber podido salir de la comisaría sin pelearse con los periodistas, que a esas horas debían de estar en la sala de prensa, para escuchar las novedades de boca de Santandrea. En el asiento del pasajero, la cara de Andrea Molteni estaba en primera plana. Aún tenía ojos, una vida, y no sabía que la cuenta de Securplan exigía el pago de la última cuota.

Amén.

Vivacqua llevó el Alfa Romeo hasta la plaza Statuto y continuó por la avenida Francia.

Antes de marcharse, se había puesto a examinar el material acumulado en la investigación durante casi una semana de trabajo. Con los ojos bien abiertos, en busca del diablo escondido en los detalles, el pelo en el plato que nadie había notado.

El único informe que le causaba cierta inquietud era el de Migliorino; el inspector había advertido a flor de piel el peligro de un ser espantoso. Uno que da miedo solo con mirarte, porque lleva un infierno en el alma, uno que mata y devora seres humanos.

En cualquier caso, en el expediente que por el momento llevaba el nombre de «Homicidio Paternostro» se contabilizaban, lisa y llanamente, tres muertos, con los que se relacionaban las cinco víctimas, por lo menos, del atraco a Securplan.

Y preguntas, una montaña de preguntas.

En los alrededores de la plaza Massaua, el comisario giró a la derecha para enfilar hacia una calle interior. En la radio de a bordo se oía la conversación de un coche patrulla con la central.

Considerándolo sin prejuicios, todo indicaba que a ese ritmo no llegarían a nada. Especialmente si el asesino había encontrado lo que estaba buscando y se había esfumado en Suiza, o en cualquier otro lugar, para regresar al agujero del que había salido. Razonamiento que le tocaba las pelotas a mil por hora.

Precisamente por eso había visto el vídeo del robo un par de veces; por eso había trazado el diagrama de los hechos, empezando por el atraco. Cámaras, disparos, secuestro, vías de escape, todas las rutas hasta el menor detalle. Y la conclusión no lo había sorprendido en absoluto.

No cuadraba.

La historia entera no se sostenía.

Ni poco ni mucho.

De repente, la señal de alarma que llevaba días silbándole en la cabeza se había conectado para llegar a ciertas conclusiones y apagarse.

—¿A que resulta que nos la están dando con queso como a críos?

Cuanto más lo pensaba, mayor era la certeza de que toda la situación carecía de lógica, pero un punto parecía obvio.

—Si el caso no ha podido resolverse, es por nuestra culpa. De nosotros, los investigadores, que no lo hemos entendido.

El comisario dirigió la mirada hacia el nombre de la calle, giró de nuevo y prosiguió unos diez metros. El hogar de Alfonso Bignardi, el exdirector y antiguo propietario de Securplan, se distinguía a la derecha. Una casa unifamiliar, como las muchas que había en otros tiempos en esa zona, antes de que el valor por metro cuadrado creciera tanto como para acabar con el desarrollo horizontal: era mucho más rentable levantar casas de ocho pisos.

Vivacqua aparcó y bajó a observar el edificio.

Debía de ser de los años treinta. Murete con verja y puerta lateral, seto interior con árboles que salpicaban la parcela de unos treinta metros, flores en las ventanas, cancela para la entrada de vehículos. La planta baja elevada con escalones y una breve columnata con porche en la entrada.

Una cortina se movió ligeramente.

En el interior, por detrás de la verja, podía vislumbrarse el sendero de grava que se bifurcaba hacia el garaje por un lado y hacia el jardín privado por el otro. Todo muy cuidado, como una residencia inglesa.

En la planta de arriba, balcones, persianas levantadas, ventanas con cristales emplomados, una terraza con macetas y plantas. Una caja de bombones inmersa en un silencio casi surreal.

Una cortina se movió en el segundo piso.

En el timbre de la puerta, justo debajo de la cámara, una plaquita rezaba A. BIGNARDI - B. DI MARIA.

Vivacqua llamó.

—¿Sí? —respondieron al cabo de un momento.

—¿El señor Alfonso Bignardi, por favor?

Silencio, perturbado por el zumbido del intercomunicador.

—¿Quién pregunta por él?

—Comisaría de Turín —el inspector levantó la placa y la enseñó.

El clic de la puerta llegó casi de inmediato.

Una mujer de mediana edad en chándal apareció en el umbral, dejó entrar a Vivacqua y, sin decir una palabra, le precedió por un corto pasillo que se abrió a la derecha a un salón.

—Mi suegro vendrá de inmediato.

La habitación era sencilla, luminosa, todo lo que consentían la hora y la lluvia, amueblada con sofás y sillones de adamascado que ya debían de tener sus años, una enorme librería repleta de volúmenes contra la pared y muchos marcos con fotografías. En el lado largo había un televisor y una cadena de música. Flotaba un olor a medicina en el aire —desinfectante probablemente— mezclado con el de la cocina, y un silencio melancólico.

El comisario dejó que su mirada abrazara el conjunto e hizo ademán de sentarse, cuando vio el periódico abierto en las páginas de sucesos con la fotografía de Molteni.

—Buenas tardes —dijo una voz pastosa, casi inadecuada para la complexión diminuta del hombre que avanzaba ayudándose con un bastón. Rostro demacrado, ojos húmedos, bigote fino; no se parecía mucho al individuo que había visto en la película pocos minutos antes—. ¿La renovación del permiso de armas de fuego ha hecho que tenga que molestarse un oficial? —agregó.

—No tiene nada que ver con los permisos. Soy de la Brigada de Investigación.

Bignardi se puso rígido.

—¿Investigación?

—Homicidios, para ser más exactos. Debería resultarle familiar mi departamento. ¿Lo recuerda?

El hombre hizo breves gestos de asentimiento con la cabeza. Encendió un cigarrillo y echó un hilillo de humo.

—No son buenos recuerdos. No siento nostalgia por esos momentos —se sentó, no sin cierto esfuerzo, y le indicó que lo imitara—. ¿En qué puedo ayudarle?

—Necesito cierta información. ¿Conocía usted a Giò Paternostro?

—¿El pintor? Sé que ha muerto, lo leí en los periódicos.

—¿Y a la señora Aleksandra Kulikov?

—También ese nombre ha aparecido en los periódicos. Ambos murieron, yo no conocía a ninguno de los dos. ¿Por qué me lo pregunta?

Vivacqua no se molestó en responder.

—En cambio, a Andrea Molteni sí que lo conocía, ¿verdad?

—Escuche, esas son cosas del pasado —dijo, acariciándose la pierna falsa— que han dejado marcas indelebles. ¿Por esto se ha molestado usted en venir? ¿Para decirme que Molteni está muerto? Bueno, pues que descanse en paz, con mucho retraso, pero mis oraciones han sido atendidas. Creo que no iré al funeral.

—Un tipo de un metro ochenta de altura, unos cincuenta años, quizá alguno más, cuerpo enjuto, ojos severos, gestos militares, ¿le recuerda a alguien?

—No.

El comisario dejó caer las últimas palabras en el silencio, cruzó las piernas y se puso cómodo.

—¿Está tratando de decirme algo? —preguntó Bignardi al cabo de un rato que se había hecho infinito. La expresión de su rostro se había endurecido.

—No creo que sea necesario insistir en cosas tan terribles. Usted ya las conoce.

—No le entiendo.

—Pues ya somos dos los que no entendemos. Voy a revelarle información reservada que no aparece en los periódicos: ese tipo de mirada severa es un sujeto peligroso, lo estamos buscando porque creemos que es el culpable de los tres asesinatos. En todos los crímenes puso las casas patas arriba, dándoles la vuelta como un calcetín: está buscando algo que debe de ser muy importante para él. Paternostro no fue asesinado sin más. Tuvo que soportar una larga tortura, su final fue atroz. Kulikov y Molteni sufrieron también el mismo tratamiento. Le ahorro los detalles por una cuestión de buen gusto, pero es muy raro encontrar tanta ferocidad, de hecho, es extraordinario. Creemos que las víctimas tuvieron algo que ver con el atraco a Securplan.

Bignardi permaneció un momento en silencio.

—Gracias por su confianza, pero lo excluyo. Están ustedes muy desencaminados —dijo—. Y, además, aparte de Molteni, ¿qué tienen que ver los otros dos con ese asunto? Sus nombres nunca aparecieron en la investigación.

—Sigo sin entenderle.

—Lea el expediente. Comprobará que quien lo precedió no escatimó esfuerzos en la investigación, ni ciertas dosis de maltrato incluso, en lo que a mí concierne. Se llamaba De Lorenzo, tardó dos años en dejarme en paz antes de aceptar lo que estaba claro desde el principio. Los criminales que me dejaron hecho un inválido fueron identificados uno por uno, murieron y el dinero se lo llevó el diablo, yo tuve que liquidar la empresa y vivo con lo poco que pude ahorrar. Los nombres de esos desgraciados no sé de dónde los han sacado. Léase el expediente. Hay incluso un vídeo sacado de las cámaras de seguridad y de sus técnicos, véalo, no sé qué decirle.

—Podría decirme si consigue dormir por las noches, por ejemplo. Yo, en su lugar, estaría preocupado. Porque alguien ha decidido que la tregua se ha terminado. Podría estar equivocado, pero toda la violencia desatada en estos días tiene un significado que sobrepasa los propios asesinatos, es un mensaje, dice: «Me estoy acercando y no tendré piedad».

Bignardi rompió el cigarrillo en el cenicero con un gesto seco.

—¿Es este el motivo de su visita? ¿Cree que el mensaje es para mí?

—Es una posibilidad. Puede ser que haya una lista de personas que vayan a recibir una visita, y este no es un invitado cualquiera, no se presenta con un ramo de flores.

—¿Está tratando de asustarme? Hablaré con mi abogado, su comportamiento no me parece muy correcto.

—Todo lo contrario. Le estoy poniendo en guardia. Y fingir conmigo es inútil: usted ya está asustado, ya lo sabía todo. Lo que no entiendo es por qué no ha pedido ayuda a la policía.

—¿Ayuda para qué? ¿Se da cuenta de que está hablando de cosas de las que ya nadie se acuerda, de que todos han perdido mucho, incluso la vida, en esta historia?

—Ocho muertos por lo menos. Es casi un récord para un atraco. Hay alguien que tiene una deuda por cobrar, una venganza por satisfacer, o tal vez tenga usted algo que darle.

Bignardi se encendió otro cigarrillo.

—¿Y qué se supone que es ese algo?

—Esperaba que usted me lo dijera.

Negó con la cabeza enérgicamente.

—No tengo nada que decir. Sus hipótesis son incorrectas. Ahora, si no hay nada más...

—¿Quién es? ¿Quién le está dando caza?

—Se equivoca usted, se lo repito, nadie la tiene tomada conmigo, y sobre todo Securplan no tiene nada que ver con eso.

—¿Recuerda que hubo un cuerpo que no se encontró en el accidente del lago?

Bignardi cerró los ojos.

—Lelouche. El que me disparó, el que mató a uno de mis hombres, un psicópata. ¿Y bien?

—Me preguntaba si usted también ha pensado lo mismo.

—Le ruego que se vaya.

—Como quiera. Ha perdido una buena oportunidad para aclarar las cosas de manera definitiva. Y para liberar la conciencia. ¿Quién es ese Di Maria que aparece debajo del timbre?

—Es el apellido de Barbara, mi nuera: es viuda, estaba casada con mi hijo. Hace años que vive conmigo.

—¿Y su nieto, el niño que tomaron como rehén, vive aquí?

—Está muerto.

Vivacqua dejó su tarjeta de visita sobre la mesa y se fue.

El comisario regresó al Alfa determinado a completar la ronda de inspección; no quería perder un minuto, como si un expediente que llevaba casi diez años dormido tuviera un temporizador y estuviera a punto de estallarle en las manos. Puso la luz azul en el techo y pisó el acelerador. Cuando encendió el móvil, encontró enseguida tres llamadas perdidas, dos de Santandrea, una de Migliorino.

Llamó al número de su adjunto y esperó.

—¿Qué pasa, Jirafón?

—El Dux dice que llevas dos días desaparecido y que es inaceptable, quiere que le pongas al día en persona, mañana a las nueve.

—Vale, ahora háblame de cosas serias.

—No he terminado, dice que todavía no has entendido la diferencia entre ejecutar y dirigir.

—Sí, hombre. ¿Me has llamado solo por eso?

—No. Hay miles de llamadas para ti, empezando por el alcalde de Carmagnola, que quiere noticias sobre la incautación de los bienes de Paternostro y pregunta cuándo podrán celebrar el funeral.

—Que deje de tocar las pelotas. ¿Qué tal te fue con los periodistas?

—Todos te mandan recuerdos y te echan de menos.

—Cornudos y hediondos. ¿Se huelen algo del caníbal?

—Algunas noticias vuelan. De todos modos, por ahora nadie publicará nada. ¿Tú qué estás haciendo?

—Estoy siguiendo una idea para ver si nos han tomado por gilipollas.

—¿A quién te refieres, perdona?

—Déjalo correr. Me ha llamado Migliorino, ¿qué quiere?

—Darte novedades sobre Molteni.

—No encontraremos una mierda, me juego a mi hermana.

—¡Si tú no tienes hermanas! Hemos retirado el automóvil de Molteni del estacionamiento de la plaza Bodoni.

—¿Y?

—Lo desatornillaremos pieza por pieza y ya veremos.

—Tiempo perdido. ¿Noticias de Verbania? —Vivacqua bajó una marcha y aceleró, pasando en ámbar por los pelos. Un coro de cláxones ocultó la respuesta de Santandrea—. ¿Qué dices?

—Que se les ha escapado. Mientras tanto, la Científica ha recibido las huellas dactilares y están trabajando en ello.

—Parece la feria de las obviedades. Dime más bien si el amigo de Napoleón ha logrado saber algo de Defensa en Roma.
—No tengo noticias.
—Jirafón, ¿para qué cojones me has llamado?
—Quieres que te ponga al día, le has dado la mayor prioridad, estoy siguiendo tus órdenes. ¿Tiene algo más que preguntar su majestad?
—No, voy a echar un vistazo a Securplan, mejor dicho, ya he llegado, tengo que dejarte. Espera: pide permiso al juez para intervenir el teléfono de Alfonso Bignardi, es urgente. Luego, haz los arreglos para establecer turnos de vigilancia completos: veinticuatro horas, y que no les pillen, por favor.
—¿El exdirector? ¿Por qué?
—Cuando vuelva, tú y el resto de la tropa quedáis degradados: todos a poner multas en Porta Palazzo.

19.15 horas

El cartel CRAVERO MATERIAL ELÉCTRICO AL POR MAYOR destacaba donde antes se hallaba el de Securplan, pero por lo demás el edificio seguía teniendo el mismo aspecto de búnker antiatómico de años atrás. El exterior se había convertido en un gran aparcamiento y, en ese momento, media docena de furgonetas y camiones estaban estacionados en la plaza. Los ventanales estaban ahora cubiertos por anuncios y la puerta de metal había desaparecido, reemplazada por puertas deslizantes mucho menos ariscas.

Vivacqua atravesó la verja y tuvo la impresión de haber estado caminando en círculos como un animal cojo el tiempo suficiente para terminar donde todo había empezado.

Aparcó, giró a la izquierda y descendió por la rampa que conducía a los garajes subterráneos. La célula fotoeléctrica interceptó el movimiento y las luces se encendieron.

La temperatura del interior era fría, húmeda, casi molesta. Se oía una musiquita propia de centro comercial y olía a gases de escape. En el suelo estaban trazadas las líneas de las plazas de aparcamiento donde, alineados con orden, estaban los coches de los empleados y las furgonetas de la empresa.

Vivacqua se dirigió hacia el centro y se detuvo frente a la puerta que en la grabación de la Científica comunicaba el estacionamiento con la planta superior. La garita acorazada ya no existía, pero el montacargas seguía allí, al igual que las cámaras, de las que una apuntaba aún a la entrada por la que había pasado y la otra hacia lo que ahora parecía un ascensor común. Sacó la libreta y garabateó el entorno, las posiciones, los espacios, las zonas no vigiladas.

Se acercó a una cámara y luego volvió hacia atrás, se dirigió al fondo del enorme sótano y volvió de nuevo sobre sus pasos.

Inspeccionar un lugar diez años después de los hechos era de una idiotez tal que le entraron ganas de dejarlo todo plantado e irse a comer un plato de pasta, acostarse y mandarlo todo al garete.

Hizo ademán de darse la vuelta cuando, casi a su pesar, la memoria volvió a repasar las imágenes del vídeo que se superpusieron al entorno, y se encontró en el centro de la escena: revivió de nuevo toda la secuencia, desde la llegada del director hasta el traslado del botín a la furgoneta y luego la fuga de los asaltantes.

Dejó que la memoria se detuviera en los detalles en busca de un elemento útil para apoyar la tesis de arranque, pero la tomadura de pelo no daba señales de vida. Ese no era el punto débil que estaba buscando, y dado que ya eran casi las siete y media...

Mejor irse y buscar ideas más inteligentes.

Sonó un zumbido y en el panel se encendió un pulsador: el ascensor se estaba moviendo. Cuando se detuvo, salió un hombre con una bata oscura, un cigarrillo en la boca, las gafas levantadas en la frente.

—¿Qué está haciendo usted aquí? —se sobresaltó.

—Comisaría de Turín —enseñó la placa—. Estaba echando un vistazo. ¿Sería posible hablar con alguno de los responsables?

—¿Por qué motivo, discúlpeme?

—El atraco de hace años. Una historia vieja, necesito cierta información.

—La verdad es que estamos cerrando. Mañana por la mañana, si quiere.

—¿Y usted quién es?

—Soy el jefe del almacén.

—¿Hace cuánto que trabaja aquí?

—Toda la vida, todavía estábamos en la antigua sede, ¿por qué?

—¿Y hace cuánto tiempo que están aquí?

—Siete años, más o menos.

—¿Y han hecho muchos cambios aquí abajo?

El hombre miró su reloj.

—Bueno, claro que sí, nos gustó este lugar porque había mucho espacio para montar el almacén.

—Entonces el semisótano era más espacioso.

—Ya puede decirlo, ahora es la mitad; además, eliminamos las puertas blindadas e hicimos una buena limpieza. Dese cuenta de que todavía había aquí estantes llenos de papeles, expedientes, hasta los uniformes del personal. Había de todo, incluso un automóvil y una furgoneta de la empresa anterior.

—Un automóvil y una furgoneta, dice. ¿Y las cámaras?

—Las dejamos, pero no funcionan, solo sirven para dar un poco el pego. Escuche, le aseguro que tengo que cerrar; además, preferiría que estas cosas las hablara con el dueño, ¿por qué no se pasa mañana?

—¿Han hecho algún cambio arriba también?

—Claro. Antes era todo muy distinto, en la planta baja está ahora el almacén al por menor y el mostrador, pero...

—Pero tiene que irse. Gracias.

El comisario volvió sobre sus pasos. Fuera, el viento soplaba un poco más fuerte, caliente, como el aliento de África que mandaba agua y tierra roja.

Nada más montar en el coche, oyó sonar el móvil.

—Hola, ¿te vienes conmigo? —dijo Assunta.

—¿Adónde, bendita mujer?

—Al parque.

—¿Sabes que no he parado un solo momento desde esta mañana? —logró decir.

—¿Y tú sabes que Tommy sigue sin aparecer? ¿Que ya han pasado tres días y deberías estar muriéndote de remordimientos? Lo han visto esta tarde con una perrita, es decir, que no se lo ha llevado nadie, debe de estar por aquí cerca.

—Sí, sí, seguro, por aquí cerca.

—¡Eres un monstruo!

19.45 horas. Casa Castelletti, Ascona

El experto estratega parte con sus propios recursos y se abastece de los del adversario, de modo que el avituallamiento de las tropas quede asegurado.

Las contraventanas estaban cerradas, las cortinas echadas; la lámpara de mesa era, junto con el televisor, la única fuente de luz. El resto del chalecito se hallaba inmerso en una suave penumbra. En la cocina, el ruido de los cacharros había cesado para dejar en el aire una fragancia de pastillas de caldo y sopa de fideos.

Él estaba tumbado de costado hurgando en sus recuerdos, esquivando las bombas que caían sobre Sarajevo. Cuando el gato se encaramó, lo tomó por el cogote y lo dejó sobre los cojines. La pierna vendada ya no le latía, pero para compensar, después de la medicación, las señales de los mordiscos y de los desgarrones se habían manifestado en toda su devastadora gravedad. El músculo del muslo había sido perforado y rasgado en muchos sitios; también en la cara, en las orejas, en el cuello, las excoriaciones se habían vuelto púrpuras. Para una recuperación completa, haría falta bastante. Y durante cierto tiempo, por lo menos, lo mejor era quedarse tranquilo.

Se preguntó si podría concederse dos días para recuperar las fuerzas, pero existía el riesgo de que las presas pusieran tierra de por medio, y eso significaría una derrota total.

Giselle Pigozzi avanzó arrastrando los pies descalzos, con una bandeja entre las manos en equilibrio precario. Empleó un tiempo infinito en llegar hasta la mesita al borde del sofá, posó la bandeja encima, colocó el plato, los cubiertos, sacó un antibiótico de la caja y lo dejó al lado sin decir una palabra.

—Coge dos platos más —dijo él.

—¿Cómo dice?

—Date prisa.

La mujer se dio la vuelta, tropezó con la correa en los tobillos y se cayó.

Se levantó gimiendo, entre lágrimas.

—Date prisa —silbó él.

La mujer se dirigió a la cocina lo más rápido que pudo y regresó dando saltitos.

El hombre se incorporó hasta quedar sentado, tomó los platos y sirvió un par de cucharadas.

—Comed.

El gato metió el hocico en el plato, sacó la lengua unas cuantas veces, luego decidió que no le interesaba y se alejó de un salto; Giselle se sirvió deprisa, no veía la hora de salir de aquella situación, de irse a dormir, de esconderse en la oscuridad, llorar y rezar para que esa agonía terminara de la forma que fuera, sin ulteriores daños para ella misma y para la casa.

—Pon algo de música, no me gusta comer en silencio como un vendedor de cepillos, pon un disco y vuelve aquí.

El hombre dejó que transcurrieran unos minutos, luego comió con avidez, sin levantar la cabeza del plato, solo sus ojos acribillaban la habitación, como en busca de algún peligro.

Cuando terminó, la mujer cargó la bandeja, hizo ademán de volver a la cocina, pero él la atrajo a su lado, en el sofá.

—¿Cuántos años tienes?

Giselle fingió no haber oído y él la apretó tanto que hizo que le faltara el aliento.

—Levántate la falda, enséñame lo que hay debajo.

Ella negó con su cabeza una sola vez, para la segunda no tuvo tiempo. Recibió un revés en la cara, no demasiado fuerte, lo suficiente como para sentir que los dientes vibraban.

—Levántate la falda.

—Por favor, se lo ruego.

—Quítame los pantalones.

7.
Sábado, 12 de junio

09.00 horas. Despacho del superintendente Vincenzo Renier

El Dux tenía los ojos fijos en el informe y jugueteaba con una regla. Vivacqua estaba al otro lado del escritorio, con los signos en la cara de quien no duerme lo suficiente. Junto a él, Meucci trajinaba a toda prisa con las teclas de su móvil.
En determinado momento, Renier asintió.
—Por lo tanto, coinciden —agitó el informe de la Científica—. La misma mano en todos los asesinatos y en el Audi que se halló en Verbania —encendió un cigarrillo de los finos y tosió—. ¿Qué anda buscando?
—No lo sabemos.
—¿Venganza?
—Es una de las hipótesis.
Renier dejó que el papel aleteara y comenzó a menear la cabeza.
—Un caníbal protagonista de una masacre, no sabemos de dónde viene, las huellas no pueden ser localizadas en el sistema y nuestro mejor investigador dice que podría haberse esfumado pasando por Suiza —apagó el cigarrillo—. Hipótesis. Teorías. No tenemos nada concreto y nos encontramos con tres muertos en primera plana. Además, la conexión de ese Molteni con el asesinato de Paternostro es bastante aventurada: no tienen un móvil y, para ser sinceros, hay muchas más posibilidades de que la conexión no exista en absoluto —se puso de pie y se acercó a la librería—. Tal vez dentro de un mes, o peor, cuando el asesino sea ya inalcanzable, descubriremos que nos hemos enredado con una gilipollez colosal. Con esa historia de Secur-

plan, De Lorenzo, que era un mastín, perdió la cabeza en su momento y ni el nombre de Paternostro ni el de la rusa salieron nunca a relucir, así que la cosa me despierta muchas dudas. ¿Cómo piensa actuar, Salvatore?

Vivacqua abortó un bostezo.

—Seguimos excavando.

El superintendente levantó una ceja.

—No me digan que están revisando el dosier porque pierden el tiempo, se lo advierto: no encontrarán ninguna laguna y terminarán perdiendo las pocas pistas que tenemos. Estoy en contra: trabajen con las pruebas.

Renier y Vivacqua miraron a Meucci al mismo tiempo.

—Uhm, Defensa no es exactamente un pasillo con un par de habitaciones y algunos empleados, esto lleva su tiempo —balbuceó.

El superintendente fingió no haber oído, estiró el brazo, con el significado de que se largaran de su presencia.

—Hablaré con el prefecto para hacer presión sobre Roma. Además, Vivacqua, no me parece bien que a las conferencias de prensa se presente Santandrea, que es un muy buen policía, pero no el responsable de la investigación. Y no me gusta que el jefe de la Brigada de Investigación vaya de recadero: hace años que debería ocupar usted mi puesto, y por esta razón se ha vuelto un motivo de incomodidad para todo el mundo; sigue siendo comisario jefe por su afán de ser operativo, ya está bien, haga su trabajo de coordinador, ponga firme a su equipo y hágalos correr, no quiero volver a oír que está en un coche para...

—*Sabbenedica,* señor Renier.

11.15 horas. Ascona

Vencerá quien aprehenda antes la dialéctica de lo sinuoso y lo directo. Esta es la regla...

A espaldas del temporal, las últimas notas del himno al dios de las tempestades se estaban desvaneciendo. Por las calles pasaban los vehículos municipales para barrer las avenidas del barro que se había depositado en los arcenes, los equipos de operarios trabajaban con las motosierras y amontonaban en los camiones troncos de árboles, ramas, señales arrancadas. Las palas mecánicas hacían el trabajo pesado en la zona del puerto para eliminar los residuos que la furia de los torrentes había acumulado en las proximidades del lago.

Llevaba diez horas sin llover, el cielo seguía alfombrado con andrajos cargados de agua, pero por el oeste se podía entrever la luz, tal vez la pausa fuera algo más que una tregua.

Giselle iba al volante del Mercedes 500 haciendo lo posible por aparentar que se sentía cómoda. Él tenía los ojos muy abiertos, miraba hacia delante, a lo lejos, sensible a cada pequeña variación. Su pierna vendada había hecho notables progresos gracias a los antibióticos y, con la ayuda de un bastón, lograba caminar con aparente facilidad. En la cara había sido necesario aplicar varias gruesas capas de maquillaje para ocultar los moretones.

Ocupaba el asiento del copiloto con su ropa nueva comprada en Locarno. Parecía un hombre de negocios con la vestimenta propia del fin de semana: esmerado, informal, con posibles; llevaba pantalones oscuros, un polo de manga larga y zapatos con cordones.

Cuando el coche llegó a la caseta de vigilancia de la urbanización, Giselle se limitó a enseñar un documento del bufete de Reynard, y sin decir una palabra más de las necesarias, superó el puesto de control.

Él reprimió una sonrisa amarga.

Delante del chalé, a pocos metros del asalto de los pitbulls, la mujer bajó, abrió la verja e hizo pasar el automóvil.

El exterior tenía un aspecto excelente. El cuidado del jardín, los setos y los arbustos debía de correr a cargo de la comunidad, mientras que el interior de la casa se hallaba en estado de abandono; al lado de la chimenea, la madera del parqué se había levantado a causa de la humedad y había charcos de agua estancada en el suelo. La mayor parte de los muebles estaban tapados con sábanas y solo en el salón podían apreciarse huellas interesantes. El hombre soltó el primer seguro de la Glock, se la metió en el cinturón de los pantalones y comenzó a memorizar la parte visible de la casa. Ordenó a la mujer que se sentara, la ató con las sábanas y con su sonrisa habitual le dijo que a la primera señal de molestia le dispararía a las piernas la suficiente cantidad de veces como para separárselas del cuerpo.

La viuda cerró los ojos y empezó a rezar.

A las once cuarenta y cinco, comenzó el registro sin tener la menor idea de qué andaba buscando. La única certeza era que sus chicos habían pasado por ahí, y podrían haber dejado alguna huella valiosa. Que sería la única hallada hasta ese momento.

Dio una primera vuelta para aclararse las ideas. Tan rápido como pudo. En la planta baja, el salón, el comedor y la cocina, un par de vestíbulos, el baño. En la planta de arriba, tres dormitorios y baños. En el sótano estaba el garaje, donde había un BMW oscuro con las llaves puestas. Al lado del garaje la lavandería y espacios no utilizados. Volvió a empezar desde el principio, metódicamente.

A las catorce y treinta detuvo la inspección.

El chalé estaba patas arriba.

Dos Kaláshnikov, una Benelli de corredera, una Beretta, cinco chalecos de kevlar, algunos equipos de camuflaje, una bolsa de municiones, una libreta, un teléfono móvil desmontado, treinta gramos de cocaína. Eso era todo lo que había encontrado detrás de un panel oculto por la lavadora. Nada de dinero. Ningún rastro útil para continuar la caza y, sobre todo, ninguna razón para considerar el viaje a Suiza como una buena inversión.

Otra vez desde el principio.

Se llevó las palmas de las manos a las sienes, la cabeza le retumbaba con golpes ensordecedores.

14.40 horas. Despacho de Salvatore Vivacqua

Los teléfonos de la Brigada sonaban sin interrupción; en los pasillos, los habituales corrillos ante la máquina de café brillaban por su ausencia, la atmósfera era de código rojo. Todos con el terror de escuchar una nueva alarma. Vivacqua reorganizaba sus apuntes. Fuera las hojas viejas, dentro las nuevas observaciones. Por lo general, cuando a una investigación le costaba alcanzar su ritmo, recurría a la metodología extrema, un paso antes de la investigación *ad capocchiam,* sin pies ni cabeza.

En otras palabras, escribía notas con frases breves, las recortaba y dejaba que las tiras de papel, por asociación libre, encontraran una combinación bilateral, trilateral, múltiple. No funcionaba casi nunca.

Santandrea entró con un montón de expedientes, los colocó en la butaquita y se sentó junto a él.

—Toma —dijo—, que te diviertas.

El comisario levantó el primero, en el que estaba escrito «Securplan - Disposiciones del juez» y lo giró entre las manos.

—¿Los has mirado?

—Lo suficiente como para preguntarme qué esperas encontrar. De Lorenzo hizo un trabajo gigantesco, creo que no quería jubilarse con un caso sin resolver sobre su escritorio. Te diré más: después de ver el material, me ha entrado una duda enorme: sin un móvil, la idea de cuadrangular a Paternostro, Kulikov, Molteni y Securplan resulta poco probable.

—Y ya van dos —exclamó Vivacqua.

—¿Quién es el primero?

—Déjalo correr. De modo que tú crees que al tal Lelouche podemos excluirlo de la investigación y de los vínculos con Molteni. ¿Y Suiza?

Santandrea puso una expresión perpleja.

—Caramba, ¡menuda pregunta! No lo sé. Solo digo que lo más fácil es que lo que queda de él esté en el fondo del lago, y que, si sobrevivió, fuera a buscar el botín, y que con todo ese dinero esté ahora en una playa de un país sin acuerdo de extradición y ni siquiera se le pase por la cabeza volver a Italia. Solo digo que si identificamos las huellas del asesino, habremos dado un paso de gigante.

—Igualito que el Dux —dijo Vivacqua.

—Pero tú no te lo crees, tiendes a la hipótesis de la tomadura de pelo, ¿verdad? ¿Por eso estás vigilando a Bignardi?

—Digamos que quiero quitarme una espinita. ¿De dónde vienes?

—De la morgue. La exmujer de Molteni ha reconocido el cuerpo. Una escena horrible. Por suerte, la hija se quedó fuera. Por lo demás, no es que hayamos hecho muchos progresos, casi todos para ir a peor —los ojos de Vivacqua se entrecerraron. Santandrea prosiguió—: No te enfades, ahora te lo explico. En primer lugar, hemos logrado acceder al ordenador, estaba protegido, pero con un sistema no demasiado sofisticado, en la memoria hemos encontrado varias cosas típicas de listillo de tres al cuarto, entre ellas un objeto anómalo, interesante a su manera: un software de espionaje bastante zafio, no es italiano, en realidad; para ser precisos es israelí, sirve para algo que tiene que ver con la vigilancia vía Internet.

—Huy, qué bien, pues ya has resuelto el caso: el culpable es el Mossad. Ahora vamos a ver al juez, le soltamos la patata caliente y nos vamos de vacaciones: bien hecho.

—Pero qué gracioso eres. Nuestra gente piensa que es un camelo; si estás de acuerdo, lo dejamos donde está y nos lavamos las manos. En segundo lugar, en el ordenador está la grabación del intruso y de la consecuente alarma.

Aquí comenzamos a perder el rastro de la casa, porque la alarma llegó al teléfono móvil de Molteni a las catorce y veinticinco del día en el que fue asesinado, para ser precisos unas diez horas antes de su muerte —Vivacqua enderezó los oídos—. Del examen del móvil, sabemos que recibió y vio varias alarmas. Eso significa que...

—El conserje de la plaza Vittorio podía haberse ahorrado las llamadas: Molteni lo sabía todo; en cualquier caso, el teléfono no lo molestó.

Santandrea dio un respingo.

—Sí. Un poco crudo, pero exacto, ya estaba muerto. En la grabación se ve a un sujeto con pasamontañas que deambula por la oficina, enciende el ordenador, teclea algo y las imágenes desaparecen.

Vivacqua puso las manos juntas debajo de la nariz.

—¿Algo más? ¿Al intruso no se le ve?

—Nada que permita el reconocimiento. Como es lógico, no sabemos exactamente lo que hizo en la oficina, es posible que hurgara en el ordenador, no estamos seguros de por qué se detuvo el sistema de vigilancia.

—¿Has acabado?

—Casi. Tercer punto, como Molteni, a las catorce y veinticinco, estaba al corriente de la intrusión porque había leído los mensajes, la siguiente pregunta es: ¿qué hizo en las horas siguientes?

—¿Y el coche? ¿Por qué estaba en el aparcamiento de la plaza Bodoni, a dos kilómetros de la alarma?

—¡Quién sabe! El tique de entrada dice que llegó a las diecinueve y dieciocho. Hay un agujero de cinco horas. ¿Fue a echar un vistazo a la oficina? ¿Le entró el canguelo y se puso a dar vueltas? ¿Se reunió con el asesino? ¡Misterio! —Santandrea echó el aliento a las gafas y empezó a limpiar los cristales—. Ahora ya sabes por qué las noticias empeoran.

—¡Vaya investigación de mierda! También este año, el premio a los detectives más agilipollados no nos lo quita nadie. Por cierto, el Dux dice que no eres apto para los telediarios, que asustas a los niños. Tu carrera en la pequeña pantalla ha terminado —se frotó las costillas.

—Qué lástima. ¿Y tú?

El comisario le habló de sus visitas a Bignardi y a la oficina de Securplan, de la conversación con el Dux y de las demasiadas preguntas sin respuesta.

—¿Así que tú crees que Bignardi no está diciendo la verdad? —dijo Santandrea.

—Mi impresión es que está asustado. Estaré equivocado, pero con la muerte de Molteni, algo en las certezas de ese hombre comenzó a hacer agua.

—Será como dices, pero me cuesta trabajo imaginármelo involucrado en semejante follón a diez años de distancia, con todo lo que ha pasado: solo con recordarle el atraco se le pondrán los pelos de punta. Perdió una pierna, no fue ninguna broma. En cualquier caso, la vigilancia está activa, si ese hijo de puta se acerca, lo pillaremos al instante. En cuanto a la intercepción telefónica, en cambio, el juez dice que no ha lugar, que por ahora basta con la vigilancia.

—Buena idea, si acaso ya la ponemos en marcha más tarde, cuando le jodan la pierna sana —Vivacqua se puso de pie para estirarse, hizo crujir los brazos y se acercó a la ventana. Un rayo de luz pálido, como si saliera de una larga enfermedad, asomaba en el cielo reflejándose en el cristal—. Largo de aquí, Santandre', quiero estudiar los dosieres.

19.15 horas. Casa Castelletti, Ascona

Se opta por la defensa cuando las fuerzas son insuficientes, mientras que se decide por el ataque cuando aquellas sobran.

Él estaba en el sofá, con las piernas separadas, acariciando al gato. Llevaba puesta una camiseta y nada más. La viuda, entre sus rodillas, desenrollaba el vendaje con la delicadeza de una madre cariñosa. Estaba roja de vergüenza y de repulsión.

—Me apuesto algo a que nunca habías visto a un hombre desnudo, ni siquiera al imbécil de tu marido. Sin embargo, anoche no te las apañaste nada mal, por mucho que ahora te hagas la tímida. Te devolví tu hospitalidad, los soldados somos gente muuuy agradecida. Si te portas bien, haremos otra ronda más tarde.

Giselle bajó la vista y trató de poner fin a la humillación. Ya solo faltaba una vuelta, pero la gasa se había pegado a la carne viva, un pequeño tirón fue suficiente para que la herida empezara a sangrar.

Él se estremeció, agarró a la mujer por el pelo, la atrajo hacia sí y la retuvo junto a la ingle hasta que perdió el aliento.

—Despacio, idiota.

La viuda emergió con manos temblorosas y los ojos hinchados de lágrimas.

La gasa estaba pegada. Por mucho que intentara levantarla parecía que no había forma de resolver el problema. Cogió unas tijeras y dio comienzo a un trabajo de miniaturista afanándose punto a punto.

El peligro de infección había remitido, pero todo el muslo estaba morado y azul a causa de los hematomas y los derrames. En los puntos donde el perro había hincado sus mandíbulas, el daño empezaba a verse con más claridad, los caninos habían desgarrado el músculo y rasgado los tejidos profundamente.

La gasa seguía tiñéndose de un rojo pálido.

Giselle tiró de un borde con mayor fuerza, el hombre maldijo entre dientes, soltó una patada y la mujer se estrelló contra un mueble.

El gato salió disparado.

—Lo has hecho a propósito. Eres una mujercita muuuy pero que muuuy estúpida.

Sujetó el extremo del vendaje y lo arrancó con un gruñido. Se agarró su muslo con ambas manos, la pierna emitía un dolor insoportable, como si el pitbull aún lo tuviera aferrado con sus apestosos dientes. El hombre levantó el rostro hacia el techo, maldijo y sintió un crujido de tela justo delante de él, vio el centelleo de la hoja y se echó a un lado.

La hoja pasó rozándole el hombro para hundirse en el cojín. Giselle parecía encaramada a las tijeras, gritaba y golpeaba con todas sus fuerzas. Continuó furiosa hasta que los restos del relleno comenzaron a volar por la habitación, hasta que la ira no la abandonó completamente; se quedó sin aliento, sintió cernirse sobre ella la presencia del hombre, lanzó un mandoble desesperado que no dio en el blanco. El hombre se le acercó glacial, con su acostumbrada mueca en los labios, le agarró la cabeza con las manos.

—Eres una mujercita muuuy pero que muuuy estúpida.

—Que el diablo... —resopló la viuda Pigozzi.

Él hizo girar las manos de repente con un gesto simple pero definitivo.

19.25 horas. Despacho de Salvatore Vivacqua

Esposito llamó a la puerta, Vivacqua abrió los ojos y se quitó el pañuelo de la cara. Le faltaba el aliento. Se había quedado dormido en el aburrimiento insoportable de los papeles de Securplan, y en sueños le había asaltado la pesadilla de Aleksandra Kulikov durante el asesinato. Escenas terribles que merecerían una conversación con el psicólogo.

El agente dejó en el escritorio la lista de llamadas, y cuando vio la expresión del comisario, no tuvo valor para rechistar. Dio media vuelta e intentó escabullirse con el libro de firmas.

—¿Quién ha cogido las llamadas telefónicas? —resopló Vivacqua.

—Yo, doctor.
—¿Verbania ha dado señales de vida?
—¿No, quiere que les llame?
—No, déjalo.

Los dosieres de Securplan estaban agrupados en la mesa; después de tres horas de atenta lectura solo había sacado nuevas preguntas y algunas notas. No habían aparecido pistas por las que mereciera la pena apostar un solo céntimo. De haber sido posible, habría pagado para ver el lado no oficial de la investigación: la libreta de De Lorenzo, sus conjeturas, sus sospechas. Porque le parecía imposible que un viejo polizonte hubiera estado dando vueltas en vano durante casi dos años.

Vivacqua se metió sus notas en el bolsillo de la chaqueta con algo de arrepentimiento. Era molesto reconocer que el Dux y Santandrea tenían todos los argumentos a su favor: entre Paternostro, la rusa y Molteni no había más conexión que un acontecimiento fortuito, y él estaba a por uvas. De repente, se sintió hambriento, nervioso, exhausto.

Le hubiera gustado soltar un bofetón para despejar el escritorio. Empezó a ordenarlo todo y se aplacó cuando apareció en sus manos el papeleo que había recogido en el castillo de Paternostro. Por ahí tenía que arrancar de nuevo: vuelta a empezar desde los primeros pasos.

Echó un vistazo al catálogo de las obras del pintor, y nada más empezar a hojearlo, oyó que llamaban.

Era Baseggio.

—¿Se puede?

—Adelante, científico —dijo con la misma entonación de quien pronuncia: «Qué cojones quieres»—. Espero que no me traigas noticias de mierda porque esta vez te disparo de verdad.

—He impreso las fotos de la banda —alargó un sobre y lo colocó en el escritorio—. Tengo pocas novedades de la casa donde vivía Molteni; encontramos huellas del paso de la víctima por la parte posterior, es decir, en los huertos y luego en los setos por los que trató de abrirse camino, de ahí provienen las hojas y las abrasiones que se hizo.

—¿Hay rastros de forzamiento en la cerradura de la entrada principal?

Santandrea entró en ese momento y fue a situarse frente al comisario.

—No, no fue forzada. Pasar por la parte posterior debió de ser una decisión de la víctima, no quería entrar por la puerta principal. Esto sugiere que alguien lo seguía, o que eso era lo que temía, no lo sabemos —dijo el técnico.

—¿Y tú crees que eso cambia algo con respecto a lo que ya sabíamos?

Baseggio adoptó una expresión pensativa.

—No lo sé.

—Entonces limítate a lo que sabes hacer, las consideraciones déjamelas a mí. ¿Y las huellas?

—No hay noticias de Roma. He comparado las huellas del asesino con las de la banda de Securplan y, en efecto, no corresponden a ninguno de los atracadores —transcurrió un momento que se hizo eterno—. Hablo de aquellos cuyos cuerpos se recuperaron, excepto uno...

—¡Lelouche! —exclamó el comisario, que cruzó la mirada con su adjunto—. Baseggio, ¿qué impresión te causa el trabajo que se hizo en el caso Securplan? —preguntó Vivacqua.

—Como usted ha dicho, no me corresponde a mí hacer consideraciones —el comisario lo fulminó con la mirada—. Hemos participado en muchas inspecciones, yo diría que no se descuidó nada, el dosier es la mejor prueba.

—Olvídate de la diplomacia: ¿qué estaba buscando De Lorenzo? Eso sí que deberías saberlo, ¿no?

—Ya se lo he dicho: el botín. Estaba obsesionado, solo faltaba eso para cerrar el caso.

—¿Nada más?

—Pues no sé, ¿el qué?

—Por ejemplo, quién fue el soplón.

—Ah, en ese sentido. Al principio, De Lorenzo pensó en algún cómplice en Suiza, luego cambió de opinión, dijo que debía de ser un cómplice decepcionado, o traicionado, por haber sido excluido de la operación y que, en venganza, dio el chivatazo. Estaba bastante seguro. Decía que encontrar el botín equivalía a resolver también esa duda, y me parece correcto.

—¿Escuchaste la llamada?

—No, estoy al corriente del contenido, debe de haber una cinta en algún lugar, si quiere...

—No, insiste con Roma, que levanten el secreto.

Baseggio se dio la vuelta y desapareció.

Santandrea deambulaba con las manos en los bolsillos y la mirada en el suelo.

—Como no quieres admitir que entre Paternostro y Securplan no hay conexión, la remota posibilidad de que las huellas dactilares sean de Lelouche te complacería, respaldaría su tesis —comentó el adjunto.

—No has entendido nada. Nunca he dicho que Lelouche haya sobrevivido, ni que sea nuestro asesino.

—Estupendo, porque descarto de forma absoluta que esté vivo —hizo un gesto hacia los dosieres—. ¿Has encontrado el punto débil?

—No. Y tal vez, si existe, nadie supo verlo durante la investigación, por lo que no puede estar en los expedientes.

Santandrea aplaudió con discreción.

—Un razonamiento impecable. ¿Retiramos la vigilancia a Bignardi?

—Lo pensaré y luego te digo algo. Que venga Gargiulo.

Santandrea resopló, odiaba a Vivacqua cuando se hacía el misterioso.

—¿Así que te empeñas en la tomadura de pelo?

—Ya te lo diré también. Mientras tanto, sigue detrás de la gente de Verbania y ten las antenas desplegadas para todo lo que venga de por ahí.

Vivacqua sonrió por un momento, cogió una vez más la documentación de Paternostro y la dejó cuando entró el inspector.

—¿Me está buscando, jefe? Si es por ese trabajo con los clientes de Paternostro, le digo inmediatamente que aún no he terminado. Lo tendrá usted mañana.

—Dos cosas, Gargiu', habla con Migliorino, no vaya a ser que le haga falta ayuda en la vigilancia de Bignardi; después, toma nota, necesito saber algo sobre un chico que ha fallecido, según creo, es el nieto del director, su apellido es Bignardi Di Maria.

—¿Qué es exactamente lo que necesita?

—Todo lo que encuentres, un trabajo a fondo.

El comisario se quedó solo. Una escasa luz entraba por la ventana. El sábado estaba en las últimas. Era hora de volver a casa, con la familia, sin el animalejo, que había decidido cambiar de estilo de vida. No le había dado tiempo a concluir el razonamiento, a imaginarse un plato de pasta y un poco de calor cuando le llegó un mensaje al móvil. Era de Assunta.

«El del puesto que vende pollos asados en el mercado dice que lo ha visto pasar, le dio un par de alitas, estaba completamente mojado, luego huyó por una calle lateral. Vamos a ver. ¿Nos vemos allí?»

—Mecagoenlalecheputaquelehandaoyentodossusjodidosmuertos.

Todo de un tirón.

8.
Domingo, 13 de junio

07.45 horas. Ascona

Atácalo cuando no esté preparado, lánzate sobre él cuando no se lo espere.

La calle estaba mojada a causa de la intensa lluvia nocturna, la temperatura seguía siendo fresca y las pocas personas que pasaban para ir a misa llevaban suéteres y cazadoras. Él estaba en el coche, con el gato en el asiento del pasajero.

Sacó la libreta por enésima vez, borró el nombre de Molteni y el del abogado Reynard. Solo le quedaban unas cuantas visitas que hacer, después de las cuales tendría que abandonar o rehacer el plan; esta última hipótesis no era un remedio en absoluto, porque se le había ocurrido mientras dormía una nueva idea sobre cómo orientar la búsqueda y tal vez, tal vez, a fin de cuentas fuera el mejor camino.

Subrayó un nombre y asintió.

Encendió el motor del Mercedes, esperó a que no hubiera nadie en la calle, y después atornilló el silenciador al cañón, apuntó a la ventana de la villa y disparó tres veces en rápida sucesión.

El estruendo fue devastador, la puerta voló como una plancha de cartón, las contraventanas se abrieron, los cristales saltaron en una granizada de fragmentos, el pequeño edificio vibró y se incendió como una caja de fósforos. Al cabo de un momento, el olor a gas llegó hasta el automóvil.

—Gracias por todo, Giselle.

Dejó bajar al gato y arrancó.

11.00 horas. Despacho de Salvatore Vivacqua

El comisario se quitó la chaqueta, intentó colocarse el dobladillo de los pantalones y reanudó su habitual paseo triangular: puerta, ventana, tablero, ida y vuelta. Un recorrido de jardín zoológico. Como una fiera tras los barrotes.

El sol enfermo que había salido de refilón, en lugar de la lluvia, había supuesto una pequeña ayuda. También el haber esquivado a Assunta y a los chicos, que a esas alturas lo miraban como si fuera el hermano de Herodes, había sido un alivio. De modo que había salido el primero, como un ladrón. Un café en el bar de debajo de casa y a dar un paseo rápido.

En el escritorio, los papeles decían que la recogida de información había alcanzado a cubrir cada centímetro de la superficie de trabajo. Ahora se habían sumado las observaciones doctas y estériles del doctor Franceschi con ulteriores informes referidos a los cadáveres de Paternostro y Kulykov, el informe de los agentes de guardia sobre la familia Bignardi y las fotografías de los ladrones a los que, por el momento, no se había dignado echar ni un solo vistazo.

Papel.

Con un mínimo de aplicación y tiempo suficiente, podría competir con De Lorenzo para llegar al final con el mismo resultado, el doble de expedientes y tres cadáveres más.

Abrió la carpeta del doctor Franceschi, pasó por encima de los detalles truculentos de la autopsia y empleó un momento para encontrar el único elemento interesante sobre la muerte de las dos primeras víctimas. No había tenido tiempo de preguntarse por la utilidad de los nuevos datos cuando Santandrea y Migliorino llamaron a la puerta, dijeron dos frases de conveniencia y se colocaron frente a él. El adjunto soltó el periódico sobre el escritorio, Molteni seguía estando en primera plana.

—¿Lo has leído?

El comisario lo miró de través.

—¿Saben algo que yo no sepa?

—Como si no hubiera dicho nada.

—Echa un vistazo a esto, en cambio.

Santandrea abrió el informe del anatomopatólogo y con la misma velocidad que Vivacqua fue a buscar la hora de la muerte.

—Él murió primero. Así pues, podría decirse que el objetivo principal era el pintor. Y ella..., tal vez lo que le costó el pellejo fue... Bueno, en realidad, no cambia nada.

Vivacqua sonrió con malicia.

—¿Sabes que tienes el móvil apagado?

—¿De verdad?

—Le importa un pimiento —murmuró el adjunto sin dirigirse a nadie en particular.

—Te creía en Marengo, montado en un caballo blanco y con el sable desenvainado.

—Claro que sí. Escucha, Migliorino y yo pensamos que para atender como es debido este follón de caso, mantener tres turnos de guardia con Bignardi es lo que menos falta nos hace, nos quita demasiadas energías para la investigación.

Vivacqua siguió plantado ante las fotografías de Kulikov.

—¿Y bien? —dijo sin volverse.

—¿No podríamos limitarnos a la vigilancia nocturna? Nos ahorraríamos...

—No, no podemos, ya me lo preguntaste y ya te contesté.

—Bueno, pero si el Dux llega a enterarse, ya te las apañas tú. ¿De verdad crees que es una cuestión de venganza? —insistió Santandrea.

—Deja todo como está. ¿Noticias de Verbania, de Suiza, de alguien que haya visto a ese hijo de la gran puta?

—Nada. Todo hace pensar que ha terminado el trabajillo y que ha vuelto a ser un fantasma.

—Mmm...

—Me ha llamado Benetti, quería hablar contigo, pero como siempre tienes el teléfono apagado y no estás para nadie, habló conmigo. Ya verás sus llamadas. Dice que quiere verte.

—¿Para?

—Un trueque, un intercambio de cortesías.

—La policía no vende indulgencias, chavales, no estamos en el mercado; si quiere, que venga aquí y dos minutos no se los negaré: pero dos quiere decir dos. ¿Dijo qué quería?

—Como me imaginaba tu reacción, le dije que iría yo —dijo Santandrea—. Parece que encontró por casualidad unas viejas fotografías en las que aparece Lelouche. Nos vendrían bien.

—*A tempu ri carestia ogni funtana leva a siti,* a falta de pan, buenas son tortas, dices tú. Fíjate lo que son las casualidades: cuando menos te lo esperas aparecen unas fotos y acaso hasta cierta información que antes no estaba disponible. ¿Y qué quiere el gran representante a cambio?

—Quiere intentar una mediación: un tratado de paz con el alcalde de Carmagnola por las pinturas que faltan —respondió Santandrea—. Según dice, tu intervención ayudaría.

—Tonterías. Además, es lo último que se me ocurriría. Que te dé las fotos y si... —se sentó, tomó el sobre que había recibido de Baseggio y lo colocó en las palmas de las manos. Y se quedó así, en silencio.

Al cabo de un buen rato, Santandrea y Migliorino se miraron.

—¿Te has quedado en Babia?

—Estaba pensando que... —encendió el teléfono y al cabo de un momento recibió cuatro avisos de llamadas. Todos del mismo número—. Que la tomadura de pelo no ha terminado.

—¿Cómo dices?

—¿Te ha dejado una dirección?
—Claro. De hecho, pensaba ir.
—Escríbemela. Id los dos. Dejad que hable, con delicadeza, sin apretarle las tuercas. Si algo no os cuadra, me lo traéis aquí tal y como esté. Por las buenas o por las malas.

Lanzó una mirada de complicidad a Migliorino, ciertas cosas no eran para el Jirafón.

11.30 horas

El inspector Roberto Migliorino ocupaba toda la superficie del asiento del conductor del Fiat Stilo. Santandrea, a su lado, parecía aún más enjuto de lo que era.

El coche avanzaba por la avenida Peschiera hacia los suburbios, en dirección a la avenida Telesio, en la zona del mercado al aire libre de la avenida Brunelleschi. Era casi mediodía, el cielo había vuelto a cerrarse en un nuevo tono gris y no había rastro de la palidez matutina. El tráfico dormitaba al ritmo negligente de los días sin dueño.

El inspector puso el intermitente y redujo una marcha.

—Pero eso de la tomadura de pelo de la que habla el jefe ¿tú lo entiendes? —dijo Migliorino.

—Sí y no. Según él, el asesino está asustando a todos aquellos que de una manera u otra tuvieron que ver con el robo.

—¿Y lo de dárnosla con queso?

—A decir verdad, no es que lo tenga muy claro —estiró los brazos—. Se hace el misterioso, le gusta fabricarse sus mecanismos mentales, ir contra la corriente, escuchar sin decir nada. Es así.

—Pero ¡siempre da en el clavo!

—Esta vez no apostaría a que lo consigue. En cualquier caso, creo que la tiene tomada con las gilipolleces del Ministerio de Defensa o con la investigación de De Lorenzo

—observó la placa de la calle—. Tienes que girar a la izquierda. Y dado que no ve la hora de que le pregunte para echarse unas risas, por ahora me quedo calladito.

El inspector sonrió.

—Hemos llegado.

Migliorino observó el edificio y se detuvo frente a la verja del número 22. Era el acceso a un vasto patio con plazas de aparcamiento y dos edificios similares a cobertizos, residuos de la galopada industrial de los años cincuenta, cuando en cada agujero surgía un taller. Ahora parecían ser refugios semiabandonados, en su mayoría almacenes al pie de casas de vecindad populares.

El inspector miró a su alrededor y avanzó de nuevo a paso de hombre. Rodeó el bloque a velocidad mínima y regresó al punto de partida.

—Ya hemos registrado la casa de Benetti, ¿esto qué es? —preguntó Migliorino.

—El almacén del bar que gestiona su hermana, creo, una bodega, o algo parecido, pronto lo sabremos.

El inspector maniobró para aparcar delante de un Mercedes.

Al patio daban tres edificios con ropa colgada, toldos desteñidos y barandillas. En el aire resonaban las voces de televisores, radios y familias de medio Mediterráneo.

Santandrea caminaba con los ojos puestos en la nota, Migliorino miraba los edificios de enfrente; en el segundo piso dos niños negros trataron de salpicarlos con pistolas de agua y dejaron en el suelo la estela de los disparos. En el piso de al lado, una mujer en combinación estaba tendiendo la ropa. Por encima, un anciano en una tumbona leía el periódico y los miraba de reojo.

El adjunto esquivó una fila de contenedores de basura y señaló con un gesto un cierre metálico levantado.

—Es aquí —dijo.

La puerta de cristal estaba entreabierta. Santandrea llamó.

—¿Benetti?

Esperaron un momento, luego entró Migliorino.

El único foco iluminado apuntaba hacia el lado derecho, por lo demás reinaba una penumbra de diferente espesor. El local era más grande de lo que parecía desde fuera, no se trataba de un simple garaje y en sus tiempos debió de haber sido una tienda. En el interior olía a vino agrio y barato. A lo largo de las paredes, racimos de sillas apiladas, jardineras rotas. En el medio de la sala se acumulaban un billar tapado con un trapo, un futbolín, un viejo flipper destartalado, mesas y sillas de plástico con el emblema de una marca de helado, damajuanas con la paja roída. En las estanterías, viejas cajas polvorientas.

—¿Benetti? —repitió el adjunto.

Más allá de las estanterías se abría una trampilla bastante grande que daba a la bodega. Debajo, una luz tenue e intermitente iluminaba las escaleras.

Sonó el móvil de Migliorino. Santandrea hizo una señal al inspector y empezó a bajar.

—Benetti, ¿está usted ahí?

La escalera era bastante empinada, sin barandilla en el lado derecho, que quedaba expuesto sin protección.

El subcomisario afrontó los primeros escalones, echó un vistazo y vio las paredes completamente cubiertas por cuadros. Una escultura de vidrio y metal ocupaba una esquina. De repente, la luz se apagó.

Santandrea descendió el último escalón y se detuvo.

—Peroquécojo... ¿Benetti?

Permaneció por un momento indeciso, luego sacó el móvil e intentó orientarse con la pantalla encendida. Parecía una sala rectangular, sin salidas, de unos treinta metros cuadrados. Hacia el fondo, entrevió una puertecita que debía de ser un baño o un trastero.

—Benetti, ¿está usted ahí? —Santandrea se giró sobre sí mismo cuando le pareció notar un movimiento.

Tal vez fuera una sugestión por el sitio donde estaba, pero la sensación de una presencia lo puso alerta, se encaminó hacia la puerta del fondo, resbaló con un pie y al bracear golpeó un objeto que rodó con un sonido sordo. Apuntó con el teléfono y vio un caballete y un lienzo en el suelo.

Una risa sarcástica le hizo darse la vuelta de repente.

—Es una broma de mal gusto. Si tenemos que cooperar, es mejor que termine con esto aquí y enseguida —espetó el adjunto.

La risa a corta distancia le llegó como una patada en las pelotas.

—Comisario Santandrea, es un placeeer —dijo una voz apenas susurrada.

Santandrea se volvió, trató de entender desde dónde venía y, al mismo tiempo, se preguntó por qué no se había traído el arma reglamentaria.

La luz volvió a iluminar el local con un parpadeo de neón.

Desde el piso superior, la voz de Migliorino llegaba distante.

El adjunto lanzó una mirada en abanico por la habitación hasta percibir con el rabillo del ojo una silueta a la izquierda, un hombre, parecía inmóvil. No tuvo tiempo para enfocar la figura porque la luz empezó otra vez a apagarse y encenderse con pequeñas sacudidas.

—Me alegro muuucho de verte en persona, comisario —dijo la voz.

Santandrea agitó los brazos para golpear y recibió un empujón lo suficientemente fuerte como para hacerlo saltar hacia delante.

—¿Quién eres? —gruñó Santandrea. Trató de darse la vuelta y recibió un cachete en la cabeza.

—Chiiis, compórtate como un buen comisario y seré bueno contigo; ahora me marcho, tú quietecito y sin moverte. ¿Lo entiendes?

Santandrea escuchó el ruido de unos pasos que se alejaban y se lanzó hacia las escaleras para obstruir la vía de fuga.

12.05 horas

Vivacqua estaba en el coche, frente al edificio que en otros tiempos había pertenecido a Securplan, con la libreta en la mano, el volumen de la radio de a bordo al mínimo. No había nadie en los alrededores.

Delante de sus narices, en el cuaderno, el diagrama que había dibujado con las fases del atraco no parecía capaz de agregar nada a las conclusiones a las que había llegado: algo no cuadraba. Pero cuanto más se esforzaba por encontrar el eslabón débil, más se daba cuenta de que el suyo era un razonamiento frágil. Además, la concentración necesaria para hacer progresos decisivos no acababa de llegar, solo le quedaba dar la vuelta con el coche y poner una cruz en esa mañana. ¿Qué habría hecho en su lugar Sarti un domingo por la mañana? Tal vez se hubiera levantado de la cama y habría reservado mesa en uno de los restaurantes más caros de Bérgamo, en compañía de su última conquista. Siempre que el marido no estuviera por los alrededores.

Encendió el motor, dejó la libreta, hizo ademán de meter la marcha y, en ese momento, encuadró el detalle que tanto lo fastidiaba. Se refería a una frase que le había dicho el jefe de almacén de la empresa de material eléctrico al por mayor, cuando hablaba de lo que habían encontrado en un estado de semiabandono en el garaje subterráneo.

Puso la luz azul en el techo y arrancó a la carrera. Tal vez pudiera reconstruir un fragmento de pista y reflexionar sobre ello en casa, acaso delante de un plato humeante de albóndigas. Siempre que la búsqueda de Tommy lo permitiera. Los últimos avistamientos lo situaban en el barrio, Grazia y Fabrizio no cejaban en la persecución, al contrario, habían montado un verdadero equipo alistando a todos sus compañeros de clase.

Cuando llegó frente al chalé de Bignardi buscó el coche de vigilancia. Estaba a unos veinte metros aproximadamente de la entrada, faltaban unos minutos para que les dieran el relevo. Se les arrimó con el Alfa, bajó la ventanilla y recibió un saludo.

—Jefe —dijo Galante. Con él estaba Musso, el más joven de los chicos de su equipo. Ambos tenían ojeras.

—¿Los Bignardi? —preguntó el comisario.

—Se marcharon hace media hora, padre e hija.

—¿Y no los habéis seguido?

Los dos se miraron el uno al otro.

—Las instrucciones decían...

Vivacqua meneó la cabeza.

—Luego decís que me cabreo demasiado. Quiero el informe esta noche en mi escritorio, después echaremos cuentas.

—A sus órdenes —tartamudeó Galante.

Vivacqua metió la primera y al mismo tiempo presionó el número de marcación rápida para Santandrea.

La voz del operador telefónico se activó con la retahíla del usuario ausente o fuera de cobertura.

Segunda llamada: Migliorino.

La señal pasó en un instante de libre a ocupado.

—¡Peroquécojones!

Qué curioso...

Las doce y cuarto.

Había pasado tiempo más que suficiente para darse una vuelta, echar un vistazo y oír las estupideces de Benetti que, si se pensaba mejor, apestaban a farol. No tenía ningún sentido que él, en su condición de policía, hiciera de mediador en la disputa sobre la donación al Ayuntamiento, eso era más bien cometido de abogados; Benetti estaba ocultando el verdadero motivo de su solicitud de reunión, o bien..., o bien se estaba cagando de miedo.

El comisario se sorprendió de sus propias conclusiones. Porque si Benetti estaba realmente jugando con la disentería, no solo había seguido mintiendo, sino que ocultaba algo que se les había escapado a todos. Se tachó de idiota, presionó la tecla del móvil y el estribillo del usuario fuera de cobertura se reanudó infatigable.

12.20 horas. Almacén Benetti

El hombre se vio lanzado contra los escalones, tuvo que girarse con una torsión del tronco para reducir el impacto de las piernas. Gruñó, intentó soltarse, pero Santandrea cerró los brazos y lo arrastró hacia abajo por un pie, se incorporó imponente y bajo la luz raquítica trató de agarrar al hombre por las solapas, darle la vuelta para colocarlo de espaldas y bloquearle un brazo haciendo palanca en el codo. Se inclinó para sujetarlo mejor y el hombre soltó un derechazo. Santandrea no tuvo tiempo de sorprenderse cuando llegó el golpe sucesivo, en pleno estómago. Bajo los párpados, la oscuridad se llenó de puntitos luminosos y se encontró jadeando. Permaneció en apnea un rato que le pareció eterno: hubiera querido gritar, pedir ayuda, pero, por mucho que se esforzaba, todo su sistema vital estaba ocupado buscando una ráfaga, un suspiro, un maldito hilillo de oxígeno; tosió, arrodillado con los puños apretados contra el suelo. En el momento en que sintió que su estómago se contraía repetidas veces y expulsaba el veneno empezó a forcejear, hasta que un estertor tan seco como un rebuzno de mula dejó pasar el aire, lo cual le bastó para darse cuenta de que era él, ahora, el que estaba boca abajo. Le resonaban los oídos con los latidos del corazón y le costaba recuperar la orientación. La bofetada de revés lo hizo caer hacia un lado.

—Dile a tu compadre que baje —dijo el hombre.

Santandrea negó con la cabeza y el otro se rio.

—¿Quieres morir, señor comisario? —sujetó al agente por el pelo y tiró tan fuerte que le arqueó la espalda—. ¿Quieres morir? —hizo chasquear un objeto y lo pasó con brusquedad por la nariz del policía; la sangre comenzó a manar al instante—. Llámalo, te lo digo por última vez.

Santandrea intentó tragar.

—Roberto —resopló en voz tan baja que el nombre salió como pastoso.

—Más fuerte, señorita.

Santandrea negó con la cabeza.

Desde la planta de arriba se oyó un teléfono sonando durante unos instantes y pasos apresurados.

—¿Sergio?

Santandrea intentó gritar. Notó un golpe que se abatía contra su cuello y los ojos que se le cerraban irremediablemente.

—¿Sergio? —Migliorino se detuvo a mitad de la escalera—. ¿Dónde estás? Gargiulo dice que la policía suiza ha respondido al aviso indicándonos... ¿Me oyes?

Un destello de luz iluminó el cuerpo de Santandrea al pie de los escalones.

El inspector se puso rígido y no tuvo tiempo de acabar de bajar cuando de la nada, por un lado de la escalera, una mano lo agarró para tirarlo abajo.

Sin embargo.

Casi cuarenta kilos de diferencia entre Santandrea y Migliorino fueron más que suficientes para complicar la maniobra. El inspector se encontró desequilibrado hacia delante, forzado a tropezar para no pisotear al subcomisario, se estrelló contra la pared y arrolló una de las obras de Paternostro; el otro estaba listo para golpearle, empuñaba un cuchillo, y cuando se lanzó con el puño cerrado, Migliorino apenas tuvo tiempo para esquivarlo. Por un momento se miraron el uno al otro y el inspector reconoció aquellos ojos infernales; se puso en guardia, saltó hacia un lado y paró la mano que estaba a punto de agarrarle de la cazadora, lanzó un zurdazo rápido que se estampó en el pómulo del desconocido. Trató de doblar el golpe y fue él quien recibió una serie en la cara y el pecho. El golpe con el dorso de la palma directamente sobre el corazón lo hizo tambalearse y tuvo que alejarse para recuperar el aliento.

El otro se mantenía a una distancia de seguridad, no quería un combate cuerpo a cuerpo. De repente, aceleró y con una patada golpeó la rodilla del inspector, que se tambaleó por segunda vez.

Migliorino reconoció esa manera de pelear, sabía que la única posibilidad de detenerlo era estrecharlo contra él y hacer valer la diferencia de masa. El otro empezó a girar a su alrededor, estaba listo para golpear, hacía una finta y retrocedía, parecía divertirse, lanzó la mano de canto y el inspector atacó para golpear en el vacío la primera vez y alcanzarle de refilón mientras se retiraba, con la mano abierta. Un golpe débil, que no tuvo otro resultado que encajar a su vez un revés que le hizo vibrar los dientes.

Santandrea se quejaba en el suelo, tenía la cara, la nariz y la boca ensangrentadas.

—Déjame salir, o serás tú el que no salga —dijo el hombre.

En ese momento, Migliorino vio por entero la silueta de su adversario: no era imponente y no se movía con la energía que hubiera esperado, había algo anormal en los gestos, hasta que le vio el muslo izquierdo. Tenía el pantalón manchado de sangre.

El inspector se lanzó hacia delante, el otro intentó escabullirse a un lado, pero la corpulencia del policía era tal que no le dejó escapatoria.

El hombre se encontró en el suelo, con el inspector encima, de costado. Hizo un gesto para girar sobre sí mismo cuando el golpe se abatió como un mazazo en la pierna lesionada y gritó con todo su aliento.

Migliorino se dio la vuelta para golpear por segunda vez.

12.40 horas

Vivacqua verificó la nota con la dirección de Benetti, giró hacia la plaza Bernini y se metió por la avenida Peschiera. En determinado punto, la sensación de alarma lo puso nervioso. El razonamiento le había salido de un tirón y era elemental en su lógica desalentadora.

¿Por qué trataba Benetti de llegar a un acuerdo de repente? Había estado en comisaría, le habían sometido a interrogatorios, detenido, ¿por qué no había aprovechado la oportunidad? ¿Qué le había llevado a replanteárselo? ¿Por qué ahora y no antes?

Porque lo que Benetti había pretendido no entender ahora era obvio: él también estaba en la lista de los muertos vivientes.

Vivacqua pasó el cruce de la avenida Racconigi en rojo y otro coche tuvo que dejarse las llantas sobre el asfalto para evitar el impacto.

Entonces, para cerrar el círculo, el asesino no había terminado su trabajo, no había vuelto a su condición de fantasma, y tal vez... Presionó la tecla de llamada en el móvil...

12.40 horas

Se utiliza lo regular para la contienda y se recurre a lo excepcional para consumar la victoria.

Migliorino tuvo que tirarse a un lado y soltar a su presa, la cuchilla desfiló por delante de sus ojos como un rayo, el otro estaba desfigurado por el dolor, pero parecía combativo y no dispuesto en absoluto a ceder. El inspector intentó abalanzarse sobre él, logró detener el segundo asalto de la hoja e hizo volar el cuchillo. El otro se giró en una verónica, le golpeó con la mano de canto en la garganta y, aunque no alcanzó su objetivo con toda la energía, Migliorino tuvo que apoyarse en una rodilla, su cuerpo encajó una serie violenta y solo con la fuerza de la desesperación consiguió aplacarlo, impidiéndole que le siguiera golpeando, deteniendo sobre todo los ataques que se volvían cada vez más precisos y destructivos; lo abrazó, trató de quebrarle la respiración, lo apretó hasta doblarlo hacia atrás, el otro gruñó, estaba sin aliento, pero cuando Migliorino escuchó el chisporroteo a un costado, pensó que había metido los dedos en un enchufe.

Todo el cuerpo se vio sacudido y la energía lo abandonó para derrumbarlo al suelo.

El hombre permaneció unos segundos recobrando el aliento, luego apuntó con el inmovilizador y se inclinó sobre Migliorino.

El inspector intentó levantarse, con los ojos vidriosos, hizo un esfuerzo por mover los brazos mientras el otro le quitaba la Beretta y le apuntaba a la frente.

—Tírala o disparo —gritó Vivacqua.

El hombre se volvió con una velocidad impresionante. Abrió fuego, luego se acercó a Santandrea, lo levantó y apuntó la pistola contra su cabeza.

—Quítate de en medio, gilipollas —gruñó.

El eco del disparo reverberaba en el sótano.

Vivacqua, que estaba en cuclillas, permanecía con el brazo extendido.

—Tira el arma o le arranco la cabeza —repitió el hombre.

—Hazle daño y te mataré —contestó glacial Vivacqua.

Santandrea abrió los ojos, el otro lo sostenía como un muñeco utilizándolo como escudo.

—Le dispararé a la de tres. Una...

—Detente, detente —Vivacqua bajó el arma—. Dentro de un momento aparecerán todos los policías de la ciudad, te conviene rendirte.

—Dos...

Santandrea parpadeó, parecía un becerro en el matadero.

—Está bien, está bien. Vamos a hacer una cosa. Tú no disparas a nadie, me aparto y te largas.

—¿Y por qué voy a aceptar?

—Porque si él muere, tú también morirás.

—Tira la pistola.

—Ni pensarlo, esto es todo lo que puedo ofrecerte —levantó las manos sin soltar el arma.

—Baja —gruñó el hombre—. Despacio, quédate a la izquierda, si haces un solo movimiento, disparo.

Vivacqua obedeció, moviéndose muy despacio.

El aire apestaba a cordita, sudor y miedo.

Cuando se vieron frente a frente, se miraron durante un largo momento, el comisario retrocedió con lentitud sin llegar a perder de vista a los dos que, muy despacio, subían las escaleras como cangrejos.

Vivacqua se acercó a Migliorino, que había perdido el conocimiento, se agachó, puso su mano sobre la yugular y cuando notó los latidos volvió a respirar.

—Suéltalo y vete —ordenó el comisario.

El otro sonreía, con la pistola todavía en la cabeza del adjunto. Vivacqua levantó su pistola y apuntó.

—Suéltalo te he dicho.

Santandrea miró, parecía esperar el disparo, pero en lo alto de la escalera el hombre apagó la luz. Vivacqua vio a Santandrea caer hacia un lado y disparó dos, tres veces.

El comisario se lanzó hacia la trampilla y tuvo que sudar para abrir una hendidura. Cuando por fin lo logró, el flipper cayó a un lado con un estruendo de hojalata y cristales rotos. Con la pistola sujeta con ambas manos recorrió en abanico el local, salió de allí y se lanzó en su persecución. No había nadie en el patio ni tampoco al fondo, por detrás de la verja; corrió hasta la calle empuñando la pistola, una pequeña familia que pasaba empezó a gritar y se escondió detrás de los coches aparcados.

No había ni rastro del hombre huido.

Sacó el teléfono y llamó a la central para que mandaran una ambulancia y a algunos de sus hombres.

12.55 horas

Cuando Vivacqua bajó al sótano, algunos focos dirigidos hacia los cuadros estaban encendidos. En el suelo había una alfombra de hojas de papel, fotografías, pinturas y, por todas partes, señales del combate. Santandrea estaba inclinado sobre Migliorino. El inspector trataba de recuperar el sentido, movía los párpados y al cabo de un momento volvía a perder el conocimiento; Santandrea había sacado un pañuelo de algún lado y trataba de revivir a su subordinado.

Vivacqua volvió a meterse el arma en la funda, el cañón todavía estaba tibio, de repente sintió que las piernas se le ponían rígidas, echó un vistazo a Santandrea, que asentía con pequeños gestos y los ojos entrecerrados.

—Me las apaño —dijo—. Has llegado justo a tiempo.

Hablaba de forma rara, como si los labios no siguieran a sus palabras.

Tampoco Vivacqua era capaz de hablar, en los oídos le retumbaba aún el grueso ruido de la Beretta, en los ojos aquel desastre. Se dejó caer sentado en los escalones, exhausto. Todo había ocurrido en cuestión de minutos, pero le había costado diez años de vida. Había trocado la fuga del asesino por dos de sus hombres, a toro pasado tenía que reconocer que, en una contabilidad miserable, había sido un intercambio más que aceptable.

—Se me ha escapado ante mis propias narices —dijo.

—No le des más vueltas —respondió Santandrea—, antes o después lo atraparemos —extendió su brazo hacia la zona menos iluminada—. ¿Lo has visto?

El comisario sintió que un escalofrío le sacudía la espalda, entrecerró los ojos para atravesar la penumbra.

—¡Virgen santísima!
La silueta estaba en el lado derecho, camuflada entre un cuadro y otro, también parecía una obra de arte, una versión pagana de la crucifixión. Con los brazos abiertos, la cabeza inclinada sobre el pecho, atado a los ganchos atornillados en la pared de ladrillos. Las tiras de plástico casi le habían cortado las muñecas. Estaba con el torso desnudo, y en su pecho una gran *y* trazada con el cuchillo alimentaba el charco de sangre que goteaba sobre sus pantalones y en el suelo.

Vivacqua se acercó para observar a un ser humano hecho pedazos, colgaba como un saco del revés. No respiraba.

—Hemos llegado tarde por un pelo —dijo el subcomisario.

—¿Un soplo? Lo dejamos libre tachándolo de mero ladrón de gallinas que no atañía a la investigación —sacudió la cabeza—. He puesto a Bignardi bajo vigilancia y el asesino mata a Benetti —se propinó una fuerte palmada en el muslo. Subió unos pocos pasos, verificó la cobertura y llamó a la comisaría.

—¿Meloni?

—Jefe, ¿qué ocurre?

—Consigue otra ambulancia, y di a los chicos que se den prisa, me he cansado de esperar.

—¿Hay alguno de los nuestros herido?

—Santandrea y Migliorino. Muévete, di a Carbone que avise al superintendente.

—¡Cristo! Carbone está ya en el coche, yendo hacia allí.

Colgó y volvió a llamar.

—¿Assu'? No me esperes, llegaré tarde.

Silencio.

—Tarde es ya. ¿Ha pasado algo? —preguntó recelosa.

—Nada serio.

—¿Te han hecho daño?

No había forma de dar gato por liebre a Assunta, por la razón que fuera siempre conseguía hacerse una idea de la situación por su tono de voz, por la cadencia, Dios sabría por qué. Era preferible...

—No, yo no. A Sergio y a Roberto les harán falta algunas tiritas —trató de minimizar.

—Sí, y una aspirina; vosotros y ese asco de trabajo que tenéis —interrumpió la comunicación.

—Menudo temperamento —susurró.

Santandrea le había oído, intentó sonreír y se bloqueó al instante, se llevó una mano al rostro y gimió.

—¿Tú qué crees, a que era mejor que me hubiese ido a Marengo con Meucci?

Cayó el silencio, el comisario siguió haciendo balance. Con la emoción, ni siquiera había dado instrucciones para la búsqueda del asesino. No es que fuera en realidad como para perder el sueño: con esa clase de criminales los puestos de control podían convertirse incluso en daños adicionales; echó a andar, sorteando caballetes y lienzos dispersos por la sala, además de fotografías sueltas y los restos de un álbum.

Precisamente por eso habían movido el culo, para recuperar la fotografía del legionario, ahora tenían un muerto más y dos policías que se habían salvado por los pelos.

Migliorino intentó incorporarse, comenzó a toser y a vomitar. Llevaba en la cara los signos del combate como marcas de pintura, rayas rojas en el pómulo y en el mentón, una de las cejas estaba hinchada y morada como la mandíbula, tenía los nudillos de las manos despellejados: se había defendido y, conociendo al inspector, el otro también tenía que haberse llevado lo suyo. Pero eso solo servía para poner un emplasto en su amor propio; por lo demás, no había nada de lo que regocijarse.

Santandrea se puso de pie, cojeando. Cuando en la habitación se oyó un jadeo débil como un suspiro los dos policías se volvieron de repente.

¿Benetti?

El comisario se precipitó a sostenerlo, le levantó la cabeza y con la ayuda de Santandrea lo soltó de sus ataduras.

El representante estaba agonizando, una flema sangrienta le salía de la boca, trató de hablar, con los ojos cerrados. La boca intentaba tomar aire y decir algo que parecía más importante que respirar.

—No estoy... —consiguió murmurar.

El coro de sirenas llegó desde afuera junto con el vocerío de los agentes.

—¿Qué? —preguntó Vivacqua.

—No he...

El inspector y Santandrea se miraron impotentes.

—Ya nos lo dirá con calma, ahora viene la ambulancia —agregó Vivacqua.

—Éramos ami... —dijo con un grito ahogado, y cerró los ojos.

Enfermeras, colegas y personal de servicio, superintendente incluido, deambulaban en pocos metros con las mandíbulas apretadas y los ojos bien abiertos.

Benetti no respiraba, el masaje cardíaco no daba resultados, el médico de la unidad de reanimación seguía bombeando aire, dando instrucciones a su gente: adrenalina directamente al corazón, desfibrilador, libre, adelante..., otra vez, libre, adelante...

El espectáculo de un moribundo los tenía a todos paralizados.

Con la quinta descarga, el corazón de Benetti volvió a arrancar, lo entubaron y empezaron las operaciones de traslado. Vivacqua daba instrucciones para desalojar la habitación, ordenó a Carbone que vigilara a Benetti durante el viaje en ambulancia y dio disposiciones para la vigilancia en el hospital.

El Dux observaba en silencio.

Mientras tanto, los engranajes de seguridad giraban con sus mecanismos.

Migliorino no quería saber nada de pasarse por urgencias; lo mismo le ocurría a Santandrea, quien, tras haberse limpiado lo más aparatoso, quería retomar la caza de inmediato.

Idea ridícula, dado que, a pesar del choque traumático y durísimo, la información relevante para la captura no experimentaba progreso alguno desde hacía casi una semana y, por lo tanto, no tenían una mierda para ir a por él. Un agente hacía todo lo posible para recoger y organizar el álbum de fotografías entre las cuales tal vez estuviera la imagen de Lelouche. Pero como ahora se habían visto a un palmo de distancia el uno al otro, una fotografía de hacía diez años no les iba a servir de nada: mucho mejor un retrato robot.

Una vez finalizada la ronda de los caídos, el Dux se acercó, en su mirada estaba la síntesis de todas las palabras de un hombre que, al igual que el comisario, se refería a la Brigada de Investigación como «sus chicos». La ira, la indignación, la percepción de haber esquivado por un pelo un desastre, la sensación de que Vivacqua por primera vez había dado un traspié y no quería admitirlo, con la consecuencia de que ahora por poco se dejaban el pellejo tres agentes.

El Dux se apartó con el comisario: se disponía a hablar cuando sonó el móvil de Vivacqua. Era Carbone.

—Dime, venga, rápido —cerró los ojos y agachó la cabeza—. ¿Cuándo? —tuvo un gesto de rabia—. ¿Estás seguro? —esperó un momento y colgó.

—¿Ha muerto?

—Sí, paro cardíaco.

—Y cuatro —dijo el superintendente.

14.50 horas

El patio se había convertido en un circo de coches patrulla, ambulancias, furgonetas de la Científica, automóviles sin distintivos. En la puerta, los agentes mantenían a raya a curiosos y periodistas. Un par de televisiones habían emplazado ya sus cámaras. Dentro de una ambulancia, Migliorino yacía en la camilla; Santandrea, a su lado, se sujetaba con una mano el apósito debajo de la nariz. El superintendente y Vivacqua, justo afuera, habían escuchado la reconstrucción de los hechos. El Dux no había dicho una sola palabra, se había limitado a menear la cabeza de vez en cuando, luego se había alejado, para pensar. Una breve reflexión, unos minutos, y cuando concluyó, llamó al comisario.

—Salvatore, no podemos seguir así. Debes reconocer que vuestros avances son mínimos, ya ha pasado demasiado tiempo y ha faltado poco para que nos lleváramos a casa el peor resultado posible. Mis responsabilidades requieren que tome una decisión. Pueden enviarnos especialistas desde Roma y el prefecto me presiona para que me incline por ello, lo siento, pero...

—Este caso vamos a resolverlo nosotros.

—Los tres principales investigadores del departamento se han visto contra las cuerdas. Los riesgos se han vuelto demasiado altos, está en juego incluso la reputación de la Brigada. Lo siento, pero no puedo.

—Te he dicho que vamos a resolverlo. Tres días más y traemos a la fiera a casa, palabra de Salvatore Vivacqua —afirmó el comisario sin posibilidad de réplica.

Santandrea y Migliorino se habían acercado, no se les había escapado el sonido de la campana de la última vuelta.

Vivacqua se dio la vuelta y se alejó a paso expedito.

15.50 horas

> *El estratega diestro se retira sin que puedan perseguirlo porque, gracias a su presteza, no puede ser alcanzado.*

El hombre entró en el complejo y se arrastró por los escombros para llegar a la puerta que en otros tiempos daba a las oficinas. Las heridas se le habían abierto, el pantalón estaba mojado y casi podía notar el chapoteo de la sangre en la bota. El muslo estaba ardiendo y le latía; abrió la entrada, se dejó caer sobre el camastro y agarró la mochila. Volcó su contenido sobre las sábanas y rebuscó hasta encontrar la jeringuilla y el último vial de analgésicos. Tardó un momento en cargar el cilindro e inyectar el contenido en el músculo, con los dientes apretados, soltando blasfemias.

17.10 horas

Los limpiaparabrisas se movían a la velocidad mínima necesaria para apartar la fina lluvia que caía sobre la ciudad. La radio de a bordo no paraba un segundo, henchida de intercambios entre la central y los coches patrulla. Voces que Vivacqua percibía en el área periférica del sistema nervioso, mientras que la película del tiroteo giraba para rebobinarse y comenzar de nuevo sin interrupciones.

«... si él muere, tú también morirás.»
«Tira la pistola.»
«Ni pensarlo, esto es todo lo que puedo ofrecerte.»
«... si haces un solo movimiento, disparo.»

Luego tres detonaciones, una tras otra, contra la trampilla, a ciegas.

¿Y si hubiera disparado primero? Siempre había sido un buen tirador. En el polígono de tiro seguía demostrando buen nivel a pesar de haber tenido siempre una mala relación con las armas.

Negó con la cabeza.

No habría disparado. Tirar contra un cartel o contra un cabronazo que se escuda con un rehén no es lo mismo. Especialmente si el rehén es uno de los tuyos.

Sonó el móvil. Era Santandrea.

—Vete a casa —dijo el comisario—. Nos vemos mañana por la mañana.

—No mandas hasta ese punto, no a las alturas a las que estamos. Escucha, un testigo ha visto a nuestro hombre mientras huía. Dice que iba cojeando, se subió a un Mercedes oscuro de gran cilindrada con matrícula extranjera. He dado órdenes de buscar el coche. Además, ha dejado bastantes manchas de sangre, Migliorino dice que tiene una herida en la pierna, estamos informando a los hospitales y las farmacias; si va a buscar medicamentos, lo localizaremos.

—Claro, claro, ¿y cómo te las vas a apañar con los supermercados? ¿Y si sale de la provincia? Bueno, ahora tengo cosas que hacer, ya hablamos más tarde.

—¿Adónde vas?

—A hacer una visita de cortesía.

Vivacqua aparcó y se bajó del coche. Caminó unos cien metros, y no le había dado tiempo a llamar al timbre de Bignardi cuando entrevió con el rabillo del ojo al agente Musso salir del vehículo de vigilancia. El comisario hizo un gesto y el joven volvió a ocultarse.

La puertecita de metal se abrió con un clic. En el umbral, al resguardo del pórtico, apareció la nuera.

—¿Qué ocurre? —dijo secamente.

—Solo quiero tener dos palabras con el señor Bignardi.

—Está descansando, si pudiera...

—No, no puedo.

Vivacqua avanzó decidido y la mujer lo precedió hasta el salón.

—Vuelvo enseguida —dijo.

En la habitación reinaba un silencio soporífero que unido a la penumbra de aquella hora de la tarde y a la caída de adrenalina le provocaban un sopor casi irrefrenable.

Barbara Di Maria regresó al salón y se sentó en el sofá, todavía llevaba la ropa de salir y, ya sin chándal, con el pelo arreglado y el maquillaje, su aspecto era el de una mujer de cincuenta años no desdeñable en absoluto. El cabello oscuro y ondulado enmarcaba un hermoso óvalo salpicado por ojos orgullosos y pequeñas arrugas de expresión en la tez olivácea. Un encanto mediterráneo apenas estropeado por una cierta tristeza en la curvatura de los labios.

El silencio resultaba embarazoso, Vivacqua lo interrumpió, señalando una de las fotografías de los estantes. Retrataba a un niño pequeño sonriente vestido como un hombrecito con una chaqueta azul, camisa y corbata.

—¿Es su hijo?

—Sí, Marco.

—Los mismos ojos —observó el comisario.

La mujer esbozó una sonrisa.

—Sí, todos lo dicen. Murió hace... mucho tiempo. De leucemia.

—Lo siento.

—¿Tiene usted hijos?

—Dos. La mayor tiene casi dieciséis años, el pequeño cumple trece dentro de un par de semanas.

La mujer asintió y volvió a su silencio.

Al cabo de unos segundos volvió a hablar.

—¿Puedo preguntarle por el motivo de su visita, comisario?

—Asuntos que conciernen a mi trabajo y que probablemente no le interesen a usted demasiado.

La mujer se ajustó un mechón de cabello e inclinó el busto.

—Todo lo contrario. Me interesan mucho —encendió un cigarrillo y resopló inquieta—. Perdí a mi hijo. Soy viuda. Lo único que me ha quedado es ese andrajo de hombre con sus angustias, su pierna postiza, la desazón de una vida echada a perder y la conciencia de que no hay remedio. Solo quedamos los dos, sujetos espalda contra espalda como figurillas de cristal; si uno cae, también el otro se hará pedazos. Han pasado muchos años, pero es como si las desgracias estuvieran guardadas en un cajón, basta con que alguien las toque inadvertidamente y todo lo que hemos tratado de olvidar reaparece vivo y doloroso. Usted ha reabierto heridas que nunca se cerrarán del todo, mientras fingimos estar curados —le ardió la mirada—. Su visita ha sido suficiente para hacernos perder el sueño. Han pasado muchos años, hubo un juicio, una absolución, tenemos derecho a vivir tranquilos. Déjennos en paz. Por favor, déjenos en paz, no vuelva por aquí, váyase o tendremos que tomar...

—Ya está bien, Barbara, déjanos a solas —dijo Bignardi. Avanzó ayudándose con el bastón para sentarse frente al comisario.

—Papá, basta ya, esta historia ha terminado. Basta.

—Déjanos a solas —repitió sin vacilación—. No estoy sorprendido de verle, señor...

—Vivacqua.

—Es verdad, Vivacqua. Le noto nervioso esta noche. ¿Ha venido a decirme que me ha puesto bajo vigilancia? No hacía ninguna falta: ya he visto a sus hombres en el coche a pocos metros de aquí. ¿Estoy siendo investigado? ¿O quiere arrestarme? ¿Qué es lo que quiere de mí, comisario? Supongo que ha ojeado los expedientes, que ha visto las grabaciones y ha sacado sus deducciones. ¿Qué le falta para dejarnos en paz?

—Su palabra.

—Ya se la di, ¿qué más necesita?

Vivacqua vaciló por un momento, se masajeó un costado y se puso de pie.

—Diré a los muchachos que se marchen. No es necesario que se moleste, ya conozco el camino —el comisario llegó al pasillo y se dio la vuelta—. Hace unas horas ha habido otra víctima: se llamaba Benetti. Un final horrendo, no pudimos llegar a tiempo. Él también creía que no tenía nada que decir. Buenas noches, señor Bignardi.

19.15 horas

Vivacqua condujo en silencio hasta perderse en sus pensamientos y en el tráfico que a esas horas coronaba el día. La concentración para sacar conclusiones se perdía continuamente bajo los disparos de la Beretta y las palabras del superintendente: nunca, en toda su carrera, le habían relevado de una misión. Quizá, de estar él mismo en el pellejo del Dux, habría tomado la misma decisión, pero solo con pensar en ello le hervía la sangre. Entró en la avenida Francia y al cabo de un centenar de metros se encontró en una fila: los carabineros habían formado una barrera que los coches cruzaban de uno en uno, a ritmo de tortuga. En la avenida Vittorio Emanuele pasaron dos coches patrulla zumbando como misiles a ras de agua. Otro puesto de control en la esquina con la avenida Sebastopol, esta vez de la policía. Todos estaban fuera, miles de personas en busca de un gilipollas del que aún no se sabía qué narices quería de la vida de los demás.

Cuando llegó a casa, casi había oscurecido. Tendría que estar en la oficina para que le pusieran al día, para dirigir el curso de las investigaciones. Pero ahora lo más importante era recuperar la lucidez.

Abrió la puerta de casa y lo primero que pensó fue que Tommy no había salido a recibirlo. Lo segundo, que la única voz era la del televisor. Se asomó a la cocina y vio a su familia frente a las noticias. Assunta tenía los ojos hinchados de lágrimas y tan pronto como lo vio corrió a abrazarlo.

No dijo nada y él también permaneció en silencio: hacer como si nada, minimizar, habría sido hipócrita.

21.25 horas. Brigada de Investigación

Vivacqua asomó la cabeza en el despacho justo cuando Migliorino estaba enseñando el hematoma en su costado, Gargiulo observaba sin comentar nada, Patanè permanecía por una vez callado en un rincón, Santandrea bebía de una lata, teniendo cuidado de no tocar el esparadrapo. Parecía la sala de espera de urgencias.

El comisario entró como un viento del norte, hizo girar su impermeable, lo arrojó sobre la silla y se dirigió al tablero. Había un nuevo mosaico de fotografías clavadas en un panel de corcho. Provenían del álbum de Benetti. Vivacqua se colocó frente a ellas y comenzó a estudiarlas. Nadie respiraba en la habitación. Todos sabían que era mejor no buscarse follones.

—¿Tú por qué no ibas armado? —soltó sin darse la vuelta. Santandrea levantó la vista hacia el techo—. ¿Y por qué no estabais juntos?

Migliorino intentó responder y el adjunto extendió su brazo.

—Fue culpa mía. Te escribiré un informe detallado mañana. Ahora estamos todos muy nerviosos, maltrechos, y tú demasiado cabreado.

Vivacqua permaneció frente al tablero, de espaldas, quizá en cualquier otro momento les habría dado lo suyo a ambos, pero esta vez no, no después de un tiroteo, un desgraciado muerto casi ante sus mismos ojos y más de quince horas de trabajo.

—No estoy cabreado, estoy decepcionado: estamos cometiendo un error tras otro, no hemos dado una a derechas desde el principio. Empiezo a entender cómo debía de sentirse De Lorenzo. El Dux me ha concedido tres días, después de lo cual, por primera vez desde que estoy al mando de esta horda de patanes, tendré que dejar paso a otros. Y aunque tenga que poner patas arriba esta comisaría, no tengo la menor intención de hacerlo —lanzó una mirada resuelta y concluyó—: ¡Ponedme al día!

—Acabamos de finalizar el retrato robot; en unos minutos estará disponible y se enviará a los periódicos. Continuamos la búsqueda del Mercedes con matrícula extranjera, sus datos se han difundido entre todas las fuerzas en acción.

—A menos que sea completamente idiota, a estas horas ya se habrá deshecho del coche. Y aunque apareciera, dudo que nuestro hombre se encuentre en los alrededores. A ese tío le importa una mierda dejar rastros, huellas o ADN, está convencido de saber apañárselas en cualquier situación y lo ha demostrado; hoy éramos tres y ha faltado poco para que nos diera una buena somanta a todos. En cualquier caso, ¿se ha encargado alguien de verificar las grabaciones de las cámaras en la zona del homicidio?

Santandrea escribió una nota.

—Mañana, a primera hora.

—¿Qué hemos sacado en limpio de estas fotografías?

—Solo he podido echarles una ojeada —respondió el subcomisario—. Es una selección del álbum que encontró Benetti; como puedes ver, está el propio Benetti, un montón de gente que no nos dice nada, Giò Paternostro con su novia de aquella época: Ivette Nemer, a su lado un chico joven que podría ser Lelouche, es decir, el rubito que siempre tiene cara de cabreo, pero, por lo que hemos visto, por más que hayan pasado casi diez años, no parece el mismo tío con el que nos hemos topado hoy.

—Que en cambio, para que conste, es el mismo al que alejé de la escena del crimen de Molteni; lo he reconocido inmediatamente —especificó Migliorino.

Vivacqua hizo un gesto de asentimiento cargado de significados.

—Una de las fotografías tiene algo escrito en el envés, la sacaron en el castillo las Navidades de hace quince años —dijo Santandrea—. La que parece más reciente es de hace unos diez años.

—¿Y eso qué significa, en tu opinión? —preguntó el comisario.

—Nada, era para decirte que, si de verdad quieres insistir con el teorema de la participación de este grupo en lo de Securplan, algo que no puedes probar, estamos en esa época.

—Hummm. Vosotros dos, a dormir —dijo Vivacqua a Gargiulo y Patanè—. Mañana os quiero revisando el listado telefónico de Benetti, todo el tráfico de los últimos tres meses.

El inspector Gargiulo dejó un papel e hizo ademán de marcharse.

—Es un informe de la policía de Verbania para tenernos al día, según les hemos solicitado. Dicen que no tienen nada que señalar, a excepción de una tontería sin importancia que ocurrió ayer por la mañana en Ascona.

Vivacqua enderezó las antenas.

—¿De qué se trata?

—En realidad, son dos cosas: un intento de robo en un chalé con un guarda gravemente herido, y al cabo de dos días, una explosión que hizo saltar por los aires otro chalecito. De esto último por ahora no pueden decirnos mucho más, parece ser que fue una fuga de gas, y hay también una víctima.

—¿Ascona queda muy lejos de Locarno? —preguntó Vivacqua.

—Están casi pegados.

Vivacqua colocó el informe junto con la pila de papeles y prosiguió.

—Decidme algo sobre ese cabronazo.

El adjunto y Migliorino se miraron.

—No es un cualquiera —arrancó el inspector—. Sé que parece una observación previsible, pero nos dimos el uno al otro a base de bien y por cómo un individuo pelea se conocen muchas cosas de él. Le gusta zurrar y sabe hacerlo, usa técnicas poco comunes, cosas que no aprendes asistiendo a un curso cualquiera en el gimnasio. Es alguien que sabe cómo matar con las manos desnudas, no golpea al azar, tiene automatismos en el cuerpo a cuerpo destinados a eliminar a su oponente. No golpea con ira, tiene su método: primero se ceba en las partes que pueden crearle dificultades, luego ahonda en sus golpes, y lo hace con complacencia, se divierte, hay en él algo de sadismo, de particular maldad. No sé si me explico. Creo que si hubiera estado en plena forma, yo no habría sido capaz de desarmarlo ni de plantarle cara.

—En resumen, que te enfrentaste con Rambo.

—Usted bromea, jefe, pero de no haber tenido una pierna inútil, no sé cómo hubieran ido las cosas esta mañana.

El comisario tomó la hoja de la investigación y comenzó a escribir.

Santandrea soltó una carcajada sarcástica.

—Así que he arrastrado a Rambo escaleras abajo como un trapo.

—Y le faltó poco para arrancarte la nariz —dijo Vivacqua—. Lo que estáis diciendo, en definitiva, es que este idiota pelea de una forma distinta, ¿es eso?

—No es un gorila o un macarra callejero, tiene una preparación específica.

—Pero también una pierna fuera de combate. Y como no le habéis herido vosotros, habrá que preguntarse cuándo y dónde se hizo daño. Tenemos un destornillador sucio de sangre, ¿podría haber sido durante el ataque a Molteni?

—De hecho, la idea no es mala —dijo Santandrea.

—Está bien, Rambo no es invulnerable. Y no se parece al rubito hijo de la actriz de tres al cuarto, es decir, al legionario.

—El legionario está muerto —resopló Santandrea.

—Si Lelouche está muerto, ¿quién carajo es este? —espetó Vivacqua.

—No sé si hiciste bien en prometer una solución en tres días —observó su adjunto—. Dejando a un lado el Mercedes, tendría que dar un paso en falso, como ir a un hospital para que le curen o alguna otra gilipollez. Seguimos yendo a ciegas y siempre un paso por detrás. Esta vez nos acercamos por casualidad...

—Por casualidad, una mierda, Santandre'. Benetti se estaba cagando encima: ¿no te habrás tragado la historia de la mediación con el Ayuntamiento? El intercambio con la fotografía de Lelouche era mentira: Benetti tenía algo que decir y quería negociar, me juego las criadillas.

Santandrea y Migliorino se miraron el uno al otro.

—¿Así que crees que era consciente de estar en la lista?

—Benetti buscaba protección. Estaba dispuesto a decirnos algo a cambio de impunidad, o algo así.

—Impunidad significa tratar de no recibir un castigo, irse de rositas, esquivar una condena —dijo Santandrea.

Vivacqua unió los pulgares y empezó a estirarse las arrugas de la frente. Transcurrió un momento y prosiguió.

—Este es un detalle interesante, habrá que profundizar en él: debe de haber un precedente del que no tenemos noticia. De todos modos, no creo que Benetti haya desempeñado papel alguno en la muerte de los otros tres. En particular de Paternostro.

—Estoy de acuerdo —añadió el subcomisario—. ¿Recuerdas lo que dijo antes de morir?

—Sí, farfulló «no soy», y luego dijo «éramos amigos». Sin duda se estaba refiriendo al pintor y no creo que mintiera a punto de morir. Y, otro detalle además... —se detuvo como para encuadrar la idea—: No dijo lo que cualquiera hubiera dicho en una situación extrema, después de haber sufrido semejante agresión y tortura...

—¡No dijo quién era! ¿Así que crees que no conocía al agresor?

—Es una posibilidad que hemos de considerar. El hecho es que Benetti tenía mala conciencia, mintió durante los interrogatorios, pero en algún momento debió de echar cuentas y llegar a la conclusión de que estaba en peligro. Es más... —se corrigió a sí mismo—, estaba seguro de ello: si realmente hay una lista en manos del asesino, él estaba en esa lista. Ahora debemos admitir que no hemos trabajado bien: ninguno de nosotros se dio cuenta de nada. ¿Qué se nos ha escapado?

Santandrea lanzó un bostezo leonino.

—No lo sé. Me duele todo el cuerpo, ha faltado un pelo para que me dispararan a la cara, no oigo por un oído, no he comido nada y estoy hasta las pelotas. Yo diría que para ser domingo ya he hecho lo suficiente. Mañana ya me veré tranquilamente todo el material.

—Te lo dije, tendrías que haberte ido de excursión a Marengo con Meucci.

Santandrea intentó sonreír, con la mano en el esparadrapo, Migliorino se alejó cojeando. En ese momento entró el agente Meloni con un fajo de papeles.

La cara del hombre más buscado estaba a toda página.

Vivacqua lo miró con los ojos entrecerrados: un corte de pelo militar, cejas gruesas y rectas sobre una mirada oscura. Nariz proporcionada, labios enjutos y dos profundas arrugas a los lados. Orejas pequeñas, mandíbula cuadrada, fuerte, como la expresión de conjunto, que transmitía autoridad y peligro.

El comisario asintió.

—¡Es él!

9.
Lunes, 14 de junio
Menos dos

00.50 horas

Solo intervenían si la situación respondía a sus intereses y desistían en el caso de que no fuera así.

El hombre se dirigió al baño arrastrando la pierna izquierda, estiró un brazo para apoyarse contra la pared y meó apretando los dientes mientras un líquido color púrpura, espeso y aceitoso, fluía en la taza. Los riñones hechos pedazos, consecuencia del abrazo con el gorila de la policía. Se giró hacia el espejo e hizo una mueca: en el pómulo el corte se había oscurecido, el moratón abarcaba la cavidad orbital y parte de la sien. Sentía toda la zona dolorida. Palpó la herida para expulsar el suero. El policía tenía las manos duras, tuvo que admitirlo, ese fue el único golpe que le había alcanzado. Sería divertido mantener una charla por segunda vez. Una conversación concluyente.

Le estallaba la cabeza, tenía hambre.

Volvió sobre sus pasos, hizo una yincana esquivando la ropa, la mochila, los medicamentos tirados al tuntún, encendió el televisor, abrió la nevera, que cerró de inmediato: no había nada; cogió pan de hacía varios días y comenzó a masticar gimiendo con cada bocado. En la cabeza le silbaban voces que lo asaeteaban enloquecidas, zumbando de un lado al otro del cerebro, un coro de molestos insectos que dialogaban entre ellos: el doctor con las pastillas rojas decía que se tomara dos cada día, el rugido de los helicópteros en vuelo rasante, otra voz que gritaba en el auricular, diciendo que la misión había sido cancelada.

El hombre barrió la mesa con un gesto.

En el televisor, la cara del periodista se desvaneció y apareció el retrato robot.

La visita al almacén de Benetti no había producido nada, ni siquiera un recuerdo gastronómico.

Tomó la libreta, la hojeó, pasando las páginas lentamente, como buscando una idea entre aquellas anotaciones, un modo de salir del callejón en el que se había metido. Punteó nombres, direcciones, repasó las preguntas, y al final empezó a rasgar las páginas haciendo recortes del tamaño de sellos, encerrándolos en el puño, arrojándolos al aire y mirándolos caer como una nevada en la bola de cristal. Quién sabe por qué razón la casualidad, las pequeñas y estúpidas adversidades se obstinaban en interponerse entre él y los objetivos que acabaría alcanzando de todos modos. La vida seguía caminos ilógicos, como la manía de salvar a los débiles de un destino inevitable, los esfuerzos de hombrecillos incapaces de aceptar las reglas más básicas del juego: los más fuertes ganan, los débiles sucumben. Nos lo dice la naturaleza, la experiencia, siglos de historia, el resto es hipocresía. ¿Se ha visto alguna vez a los conejos tomar el poder?

Lanzó lo que quedaba de la libreta.

A esas alturas no tenía sentido continuar, no le quedaba más que una sola elección.

«Perseguir al enemigo en la espesura es como comer sopa con un cuchillo. Cambiemos de táctica.»

07.50 horas. Brigada de Investigación, despacho del comisario jefe

Había arrancado la cuenta atrás. Vivacqua estaba del mismo color que el agujero del culo de una mosca. No había pegado ojo. Assunta, al oírle dar vueltas en la cama, había suspirado un: «Totò, ¿te encuentras bien?».

A las cinco y media se había levantado, más cansado que cuando se había ido a acostar. Le ardían la conciencia, el orgullo, el temor a haberse equivocado de pista, a haber provocado un desastre mientras aquel cabronazo mataba con la crueldad de un satanás. Sin mencionar el tiroteo en la bodega de Benetti.

Se había dado una ducha para salir corriendo, una ronda de control y listo.

Ahora estaba inclinado sobre el mapa de carreteras, con las gafas en la punta de la nariz. Mientras rodeaba con el bolígrafo la zona norte del lago Maggiore, pensaba. En lo cerca que estaban Ascona y Locarno, en el hecho de que la banda después del robo había huido de Locarno para naufragar entre las brumas, en el centro de la nada de una enorme y aburrida bañera.

El agente Esposito entró con las manos ocupadas, apoyó dos informes e inmediatamente después la tacita de café.

—Reserva personal, jefe. Directamente desde Nápoles: resucita a un muerto. Para ocasiones especiales —se dio la vuelta y desapareció.

Pedir a Esposito aclaraciones sobre las ocasiones especiales era perder el tiempo.

Los informes eran del inspector Gargiulo, que en la nota adjunta se disculpaba por su ausencia, pero es que se había acercado al operador de telefonía para obtener los listados de llamadas de Benetti.

El primero era una breve relación sobre el nieto de Bignardi.

Vivacqua dejó que sus ojos vagaran por el papel y, a medida que leía, iba sintiendo escalofríos que le azotaban la espalda. La ficha se refería a un niño de seis años enfermo de leucemia linfática crónica en estado inicial, muerto. En el hospital infantil, el Regina Margherita.

En pocas líneas, el diagnóstico, luego la quimioterapia, la radioterapia, el trasplante de médula ósea. Posible viaje esperanzador hacia Estados Unidos.

El comisario dejó caer la hoja como si pesara toneladas. Muerto en...

Meneó la cabeza. Aquella familia había pasado las penas del infierno en un abrir y cerrar de ojos: el pequeño Marco había sido hospitalizado poco después del secuestro exprés y se había ido en el plazo de dos meses, cuando su abuelo todavía estaba en el hospital con una pierna menos.

Tuvo que resistir el impulso de romperlo todo, volverse a casa y abrazar a sus hijos, hacía siglos que no lo hacía.

Se bebió el café, que ya estaba tibio, se estiró en la butaca y tomó el segundo informe.

Un listado de ocho páginas repleto de matrices, casillas, nombres, galerías y compradores que no le decían nada, dispersos por media Europa. Era el resultado de la investigación sobre la lista de clientes del pintor, que desde el principio olía a inutilidad; de hecho, ahora se confirmaba la plena y aburrida teoría de la infructuosidad del tiempo empleado: ninguna coincidencia positiva, aparte de la ya conocida de Molteni relacionado con Securplan.

En un combate por puntos, el superintendente y Santandrea cobraban ulterior ventaja.

Así pues, si el inspector había hecho bien su trabajo, todo lo que tenían a su disposición era la nada cósmica, el silencio sideral, el vacío. No había pistas que permitieran recorrer la locura que conducía al caníbal desde el asesinato de Paternostro, pasando por el de Kulikov y Aldo Benetti. Y, además, para no dejar nada a la obviedad, era un caníbal protegido por el alto secreto del Ministerio de Defensa.

Parecía grotesco.

Si bien...

A las alturas a las que se hallaban, conocer el nombre del asesino, a qué monstruo estaba alimentando, el laberinto de locura por el que se paseaba de un asesinato al sucesivo, no le servía una mierda. Y hasta tratar de entender el móvil parecía un ejercicio académico.

La hipótesis de estar ante un enfermo mental que mata porque una voz divina se lo dice no debía ser subestimada. En este caso, buscar un móvil de acuerdo con las reglas de la investigación convencional era una gilipollez hiperbólica.

Vivacqua colocó las manos juntas debajo de la nariz y asintió: no era posible que durante todos esos días de trabajo no hubieran encontrado un solo rastro útil para la captura; aunque solo fuera por pura estadística, entre todos los papeles acumulados, en los razonamientos realizados, en un ojete tan oscuro como para no distinguir la mano derecha de la izquierda, algo correcto tenían que haber hecho, a la fuerza. Así que tocaba empezar de nuevo.

Se levantó, cogió el tablero con las fotografías y se lo colocó frente al escritorio. Permaneció por un momento mirando las imágenes: si la razón de tanta escabechina era una venganza, Edmundo Dantés había vuelto para obtener justicia y entre esas imágenes, entre las viejas amistades, tal vez hubiera una conexión. Santandrea se estaba encargando de eso. Un trabajo muy coñazo que solo un investigador de escritorio podía afrontar sin morir a fuerza de bostezos.

El comisario hizo ademán de sentarse y por un momento permaneció suspendido en el aire, sorprendido por la idea que estaba cobrando forma.

Tomó la libreta y escribió: «¿Volver? ¿Volver de dónde? ¿De Montecristo?».

Lo subrayó casi hasta rasgar la página. Era una buena pregunta.

Se puso a clasificar los documentos separando relaciones, expedientes, registros, informes de autopsias, inspecciones. Echó a un lado la pila de monedadas, empujó el vaso de papel y, cuando el nuevo orden quedó establecido, cogió los dosieres uno a uno, con método, comparando los informes, las notas, las órdenes de servicio a partir del caso Paternostro.

Al cabo de más de una hora, ya no podía más. Introdujo el VHS del robo de Securplan, lo envió a la pantalla y lo miró una vez más con los ojos medio cerrados. Conocía ya tan bien la secuencia de los acontecimientos que se adelantaba a ellos: ahora sale el segundo. Ahora disparan al director. Ahora transportan las sacas. Ahora descargan el botín.

Cuando concluyó la primera ronda de revisión, no pudo dejar de reconocer que toda la historia lo estaba cabreando de verdad. Y, sin embargo...

—Cuando todo parece complicado, la solución es la más obvia, y por eso mismo parece invisible. *Amuninni*, vámonos.

Se puso el impermeable y salió.

09.30 horas

Vivacqua condujo con el pensamiento pegado a Benetti. Lo habían metido en chirona, interrogado, amenazado, pero no habían conseguido que se derrumbara. Ni siquiera en la segunda citación, cuando Molteni ya estaba muerto y en los periódicos circulaban las primeras sospechas acerca de un caníbal. Él no había hablado: quería quedarse con los cuadros, pensó que tenía tiempo para matar dos pájaros de un tiro, y por culpa de las ganancias el que acabó devorado fue él.

Vivacqua redujo al mínimo la velocidad, dio un par de vueltas a la manzana, amplió el giro al vecindario más próximo, y al final aparcó a algunos centenares de metros de la casa de Bignardi. No estaba lloviendo y, a excepción del polvillo de agua del día anterior, los paraguas llevaban casi veinticuatro horas secos. Se encaminó lentamente con la intención de echar un vistazo de cerca. La casa era la que ya había visto, pero su instinto lo había llevado una vez más ante el chalecito.

Cuando le pareció que su voz interior había quedado satisfecha se dispuso a marcharse. Pasó un momento y oyó el chasquido de la puerta, los engranajes del mecanismo que se ponían en movimiento. Al cabo de un momento llegó el rugido del coche.

Se dio la vuelta, dejó que el automóvil pasara con los dos Bignardi a bordo, se giró, los vio alejarse, oyó cómo la puerta revertía su sentido, y en ese momento se decidió.

Aceleró el paso para no quedarse a medias, se coló dentro y una vez allí fue directamente al amplio garaje. La puerta se había quedado levantada: lanzó una fugaz mirada al interior, luego recorrió el camino de grava bordeado de rosales y filas de tulipanes para dar la vuelta al edificio. Permaneció cerca de los árboles y abrió bien los ojos: ante él tenía el jardín privado, los altos setos que cubrían la tapia y el cenador casi completamente cubierto por enredaderas; a la izquierda, por detrás de la barbacoa, una hamaca tendida entre dos árboles. Era un lugar muy agradable para dejar transcurrir los días en paz, sin duda habría sido ideal para pasar tiempo con su nieto. Por lo demás, no tenía nada de especial. Permaneció de espaldas a la casa fotografiando con la mente un panorama que tenía todo el aspecto de ser irrelevante.

Cuando decidió que lo mejor era largarse de allí, divisó la entrada trasera del chalé, elevada por unos cuantos escalones.

Echar un vistazo a la casa habría marcado la diferencia entre la estupidez extemporánea y una genialidad improvisada.

Trató de girar la manivela y, como era fácil de suponer, la encontró cerrada. En ese momento, pensó que un verdadero investigador de Hollywood, alguien como Philip Marlowe, habría sacado sin duda una navajita y habría manipulado la cerradura.

No tuvo tiempo para felicitarse por los riesgos que estaba corriendo al explorar un jardín cuando divisó una pequeña escalera: llevaba al sótano. Desde la calle no se intuía la presencia de un nivel subterráneo; el acceso estaba parcialmente oculto por un par de robustos troncos de glicina. Comprobó que nadie le veía, bajó y se encontró frente a una puerta de metal. Giró la manivela, que sonó con un ruido tonto y casi se le quedó en las manos.

La puerta no estaba cerrada, solo algo deformada por la humedad y los años; Vivacqua se apoyó en ella con todo su peso, la sacudió un par de veces; por último, pegó el hombro, empujó con decisión y consiguió abrirla con un maullido de bisagras oxidadas.

Entró, encendió una luz que se extendía por un pequeño descenso, a través de un descansillo y otras puertas. El inspector comprobó la hora, se impuso un límite de quince minutos, quitó el sonido del teléfono y completó la bajada.

En el subterráneo, el aire olía a cerrado, reinaba un silencio casi antinatural. Al fondo, el descansillo tenía dos puertas a los lados y una de frente. Abrió con decisión la de la izquierda, buscó a tientas el interruptor, lo encendió y se encontró en la sala de calderas: por el suelo había material inutilizado, tubos, piezas pequeñas, nada de interés. La puerta del lado derecho llevaba a la lavandería; era una sala más grande, con olor a detergente y a ropa húmeda en el aire. Había una lavadora, cuerdas para tender la colada, lo necesario para planchar y, detrás de una fila de estantes con la ropa apilada, una rampa que subía a la planta superior: la conexión con la vivienda propiamente dicha. Vivacqua subió los escalones de dos en dos y se la encontró cerrada.

—Joder —murmuró.

Volvió sobre sus pasos, miró su reloj y consideró que, además del tiempo perdido, lo único que le faltaba era que los propietarios lo sorprendieran. Se enfrentó a la última de las tres puertas, la abrió y se encontró en la sala más grande; las paredes estaban empapeladas con carteles de películas para niños y personajes de Disney. En la entrada, dos cestas llenas de juguetes. En los estantes, algunos libros, patines, fotografías de un hombre de buen aspecto, una de las cuales estaba festoneada de negro, otras mostraban al pequeño Marco en todas las posturas posibles y en diferentes edades. Vivacqua se acercó y solo en ese momento se dio cuenta de que la estantería separaba la habitación en dos partes. La siguiente zona parecía una enfermería. Una cama como la de los hospitales, una percha para goteos, oxígeno y una vitrina repleta de fármacos.

Vivacqua sintió que el corazón se le encogía, respiró hondo, completó el recorrido y encontró la segunda puerta, la conexión con las plantas superiores. Giró el picaporte y la encontró abierta; una rampa conducía al...

Se detuvo de inmediato. Aguzó el oído y percibió el ruido de la verja con su traqueteo metálico.

—¡Joder!

09.30 horas. Finca de las Margaritas

Santandrea, el agente Patanè y un hombre delgado llamado Hermes se hallaban en el castillo, en la habitación donde se había encontrado el cadáver de Paternostro. El aire todavía estaba impregnado de humedad y violencia; en el suelo, en el centro de la habitación, todo había quedado como después del registro: objetos amontonados, lienzos rotos, colores, botellas de aceite de lino, hojas y mil otros fragmentos de origen irrelevante.

El hombre que se hacía llamar Hermes aparecía en el registro civil como Mauro Trinchero, nacido en Moncalieri, con diploma de perito industrial, tan delgado como para pasar por debajo de la puerta sin desollarse, de edad indefinible entre los sesenta y los ochenta años, vestido como un hippie superviviente del LSD, de Kerouac y de sí mismo. Llevaba un chaleco al estilo indio y una camisa transparente con enormes mangas abullonadas, pantalones muy coloridos y sandalias de tiras. Declaraba como oficio el de escritor. Antes había sido músico, profesor de yoga, de meditación y de cultura oriental. Llevaba el pelo banco muy largo y recogido en una coleta, perilla en una piel de color cuero y, justo por encima de dos gruesas lentes, el tercer ojo tatuado en mitad de la frente. Hablaba jadeando, con largas pausas que hacían pensar que se ausentaba por momentos. Santandrea lo había encontrado a través del listín telefónico de Paternostro. Era el primero de los cinco convocados en la finca.

—No acabo de comprender el motivo de este..., de esta... invitación, digamos —el hombre lanzó una mirada ansiosa a la sala.

—Solo es a título de colaboración. Si nos hace el favor, ¿le importa echar un vistazo a estas fotografías e identificar a los sujetos?

—Pero, es por la muerte de Giò, ¿no?

—Por el asesinato, más exactamente —dijo Santandrea.

Hermes parecía hechizado mirando al suelo.

—No sé si seré capaz —dijo consternado—. Hay una energía tan negativa que...

Patanè miró hacia el techo.

—Es indispensable, señor Trinchero.

—Hermes, llámame Hermes. Verá, yo estaba muy unido a Giò, a aquellos años heroicos, a nuestro colectivo. Después el tiempo pasa, cada uno emprende su propio camino, me mudé a la India para dedicarme al crecimiento espiritual, en busca de la verdad interior, no volví a tener la oportunidad de regresar a... —hizo un gesto en dirección al castillo— todo esto. Al verlo de nuevo hoy casi tengo la impresión de mirar tan atrás como para estar imaginando una vida anterior, hoy ya no podría..., con Giò ya no tuve más contacto. La última vez que nos vimos fue totalmente fortuita, yo me hallaba en Milán para dar una conferencia, él inauguraba una exposición en una galería elegante, densa de materialismo; me pasé a saludarlo y en todo aquel desastre casi no nos reconocíamos. No creo poder ayudarles —se abrazó a sí mismo, sacudiendo la cabeza—. Además, en esta casa hay una energía tan negativa.

—Sí, ya nos lo ha dicho. Será cuestión de un momento, haga el favor de concentrarse.

09.50 horas. Casa Bignardi

Vivacqua salió disparado por la rampa que conducía a la vivienda como un gato con la cola en llamas. Desembocó en un pasillo que le parecía reconocer, analizó en una fracción en segundo las posibles vías de escape: meterse en la primera habitación y saltar por la ventana; subir las escaleras y buscar una solución acrobática; ocultarse a la espera de una buena ocasión para escabullirse por la entrada principal que, en ese momento, quedó completamente oscurecida por la figura de Barbara Di Maria.

Dio media vuelta al instante.

Bajó las escaleras por donde había venido, saltando los escalones de dos en dos.

Puerta, sala de enfermería, zona de juguetes, puerta, descansillo. Apagó la luz que se había dejado encendida.

Y se quedó quieto un segundo.

No oía ningún ruido.

Subió para acercarse al jardín.

La cosa tenía su gracia: «Comisario de policía se cuela en la casa de un inválido al que ha retirado la vigilancia y no logra salir hasta la llegada de los propietarios, que presentan una denuncia».

El juez se mearía encima de las carcajadas. Los de la UIP le sacarían una foto y la enmarcarían para colgarla en la sala de reuniones.

Cuando llegó a la puerta de metal, giró la manilla y se quedó con ella en las manos.

—Mecagoentodoslosmuertosdesuputamadre...
Ahora sí que estaba con la mierda hasta el cuello.

10.00 horas. Finca de las Margaritas

Después de despedir a Hermes, Santandrea subió las escaleras, y cuando llegó al pasillo que llevaba a los dormitorios, se detuvo frente a la gran espiral formada por docenas de fotografías pegadas en forma de mosaico. Antonello Greco lo seguía un paso por detrás e, inmediatamente después, el agente Patanè.

Greco había sido uno de los pintores a los que representaba Benetti, un discípulo de Paternostro en los años dorados. Un hombre de aspecto vivaz, no muy alto, de mirada atenta y gestos ágiles. Había dejado de pintar, después de licenciarse se había puesto a trabajar como diseñador de mobiliario.

Santandrea hizo un gesto hacia la pared.

—¿Reconoce a alguien? —preguntó.

Greco se puso las gafas y recorrió el conjunto con los ojos.

—Estas son fotografías más recientes —dijo. Estudió bien algunas caras—. Creo que son de después de mi época —vaciló un momento más—. Esta es Ivette, la reconocería entre mil, aunque aquí esté vestida —se burló.

Santandrea asintió.

—¿Reconoce a la persona que está a su lado?

—Lo vi un par de veces: un gilipollas monumental. Es el hijo de Ivette, no recuerdo su nombre.

—¿Xavier Lelouche, por casualidad?

—El apellido no lo sé, pero su nombre era ese: Xavier, el rubito.

—¿Qué puede decirnos sobre él?

—Prácticamente nada. No era de nuestro círculo. Hablo del círculo fundador del taller —dio un paso hacia un lado y señaló una fotografía—. Este es el grupo de base. Yo, otros cuatro amigos y Giò, por supuesto. Años inolvidables.

—¿Y Benetti?

Greco frunció el ceño.

—Sé que ha muerto también. Lo oí en la radio. Por eso están ustedes como zorros al acecho —asintió—. Hablando de él como si estuviera vivo, Aldo era un hijo de la gran puta. Todavía me debe dinero. Durante un cierto período vendió también mis obras, pero sus verdaderas pasiones eran más bien las modelos, las cartas, el alcohol, los negocios, lo demás no le importaba en absoluto. ¿Creen que pudo ser él?

—Nos limitamos a hacer nuestro trabajo. No está entre los sospechosos. Eso sí que puedo decírselo.

—¿Están pensando en el rubito?

—No pensamos en nada, aún estamos investigando.

—Bueno, era un auténtico bicho, muy diferente a su madre. Se decía que iba por ahí armado. Una vez me lo encontré en Turín, en el centro, con gente de su calaña. Ni siquiera nos saludamos.

—¿No sabe qué ha sido de él? ¿Ha vuelto a verlo alguna vez?

—No, y no me interesa verlo.

—¿Se le ocurre algún asunto que terminase mal, una ofensa, un agravio que pudiera haber desencadenado una revancha en el grupo que formaban ustedes, alguna rivalidad con Paternostro?

—¿Con Giò? No me venga con bromas.

—¿Celos artísticos o asuntos sentimentales que acabaran mal?

—Creo que no van bien encaminados. Cada uno hacía lo que le apetecía, eran los años de «Haced el amor». Y vaya si lo hacíamos, créanme.

Santandrea le entregó una tarjeta de visita.

—Si se le ocurre algo, llámeme.

10.10 horas. Casa Bignardi

Vivacqua, en un intento de colocar la manilla, había empezado a trajinar cuando oyó unas pisadas en la grava del sendero y se detuvo. Aguardó un momento con las orejas en tensión, casi sin respirar, y también los pasos se detuvieron. Bignardi debía de haber pasado por el jardín por algún motivo. Siempre y cuando no tuviera intención de bajar al sótano, porque entonces la cosa sí que iba a ser de risa.

El comisario permaneció en la oscuridad, inmóvil como el tiempo, que parecía congelado en esos pasos repentinamente detenidos a un par de metros de la puertecita de metal; se estremeció de impaciencia en esos segundos de espera hasta que llegó la voz de Barbara desde la planta de arriba. Las pisadas renqueantes se reanudaron por fin, oyó los pasos ascender por la breve escalinata que conducía a la entrada y el ruido de la puerta al cerrarse.

Vivacqua estaba goteando, colocó la manilla, la sostuvo con cuidado para conseguir el suficiente agarre como para abrir una rendija, luego deslizó sus dedos en la ranura y abrió sin remilgos lo bastante como para deslizarse fuera.

Estaba empapado.

Casi en cuclillas, rodeó la casa pegado al edificio, llegó frente al amplio garaje que ahora estaba cerrado y se detuvo para controlar. Ni del chalé ni de los alrededores salía ruido alguno, era un buen momento para el siguiente paso. Identificó el botón de apertura de la verja, lo pulsó y apretó los dientes cuando el traqueteo comenzó a aumentar. Tan pronto como hubo espacio suficiente, se lanzó hacia la calle y se alejó con pasos enérgicos. Montó en el Alfa y se echó a reír. Había faltado poco.

Pero, sobre todo, al salir, le había venido una iluminación, una intuición que por sí sola merecía todos los peligros en los que se había enfangado.

10.25 horas

El comisario metió las marchas en rápida sucesión, agarró el móvil con la mano libre, restableció el sonido y vio las llamadas perdidas: dos de Migliorino, una de Meucci, una de la Brigada, una de su mujer. Empezó a presionar las teclas.

Assunta no contestaba.

Migliorino estableció la comunicación tras el primer timbrazo.

—Jefe, estamos en el sótano de Benetti, ¿qué va a hacer usted? ¿Viene también?

—No era esa precisamente la idea. ¿Qué habéis encontrado?

—Aparte de la riada de periodistas, poca cosa. Confirmaciones más que nada: las huellas dactilares corresponden a los crímenes anteriores. Los cuadros de las paredes están firmados en su mayoría por Giò Paternostro, podrían ser los que fueron sustraídos del castillo. Para tener la certeza habrá que hacer algunas comprobaciones, pero todo hace pensar que son los que se le prometieron al Ayuntamiento para la exposición permanente.

—¿Esas son todas las novedades?

—En los estantes del piso de arriba hemos encontrado varias cajas con documentos. Algunos son de tipo fiscal, material administrativo, otros se refieren a las actividades de Benetti. ¿Nos interesa?

—Mándalas a mi despacho —Vivacqua soltó un gruñido sordo—. ¿Algo más?

—Hay novedades de nuestros colegas de Verbania, juzgue usted mismo si sirven de algo: el asunto de ese edificio de Ascona que había explotado por una fuga de gas se ha liado un poco. Los bomberos han encontrado tres proyectiles, por lo que hay algunas dudas sobre la hipótesis del accidente. Además, la supuesta víctima, una mujer, parece ser que murió por causas ajenas a la explosión. La policía ha abierto una investigación sobre la víctima, trabajaba en un renombrado estudio legal de la ciudad, pero no han podido hablar con el titular, está ilocalizable, se ha marchado con su esposa, a Santo Domingo al parecer. Dicen que hay bastantes cosas poco claras en el asunto, nos tendrán al tanto. ¿Quiere hablar personalmente con ellos?

—Hummm, déjame que lo piense. Otra cosa, me están buscando los de la oficina, ¿qué quieren?

—Nos están llegando los primeros avisos sobre el retrato robot. Parece que alguien lo ha reconocido en la zona de San Paolo.

—Mira tú qué bien. ¿No le habrán pedido por casualidad una dirección, un número de teléfono? ¿Nos han dicho dónde podemos ir a detenerlo y si hay alguna hora en la que molestemos menos?

Migliorino no le dio importancia a la ironía, ya estaba acostumbrado.

—Dos de los nuestros han ido a comprobarlo.

—Vaya, conque dos, ¿eh? ¿Quiénes?

—Calabresi con Musso.

—No quiero más tiroteos. Manda dos coches patrulla de refuerzo y que nadie actúe por su cuenta. Al mínimo atisbo de problemas, antes de tomar cualquier decisión, que me avisen. ¡Pues no han ido dos…!

—A sus órdenes.

—Otra cosa, ¿tú qué estás haciendo allí?

—Lo de siempre, echar una mano.

—Déjaselo todo a Carbone y vete a echar un vistazo al lugar donde lo han visto. ¿Te sientes capaz?

—Por supuesto, qué pregunta.

El comisario dobló en la avenida Francia, se desvió por la vía lateral y se detuvo a tomar un café. Tenía que pensar. Había un par de temas que le zumbaban por la cabeza. Se puso cómodo en la terraza del local y esperó hasta que una chica con aspecto de una que pasaba por allí se le acercó y le tomó nota. La humedad reinante le doblaba las piernas.

En la avenida, los coches pasaban como balas, inquietos, con conductores de ciudad a bordo, siempre atentos para buscar el carril más rápido, para quemar los semáforos, para recoger el último fragmento de ámbar con tal de no ceder un segundo ante la neurosis de lo inminente.

El comisario se bebió el café de un trago, lo dejó en contacto con el paladar y se lo tragó. Se le había quedado en los ojos un fotograma robado en el chalé de Bignardi. Era solo una furgoneta aparcada en el amplio garaje. Un detalle. Una información incapaz de iluminar el cuadro general, que seguía allí, a la espera de que una buena idea hallara la forma de hacer algo al respecto. El cerebro gasta bromas de esas cuando está entre la espada y la pared. Sacó el móvil y llamó a la oficina para hablar con Meucci, casi lo había olvidado.

—Jefe —dijo Meloni.
—Búscame a Napoleón, espero al aparato.
—¿A quién?
—Al romano, Melo'.
—Ah, pensé que había dicho Napoleón. Enseguida.

El comisario se quedó mirando el flujo de tráfico pensando en la vida de quienes han elegido un oficio diferente: por más que, como mero espectador, tuviera que darle la razón a su mujer. Todos parecían estar en el mismo sitio que hace cinco mil años: cazadores en busca de una presa. Los hombres, tendiendo trampas para vender una aspiradora, una póliza, un detergente, a sí mismos; las mujeres, inventándose la manera de no ser madres para siempre. Él, por ejemplo, cazaba a los malos, acaso empleando armas, y eso, según Assunta, era el eslabón perdido con las cuevas.

Del móvil le llegaba el gorgoteo de la centralita telefónica. La espera se estaba volviendo pesada. Cogió un puñado de monedas, las dejó sobre la mesa y se encaminó hacia el coche. En el asiento del pasajero, un pedazo de papel garabateado unos días antes decía que, al juntar en un gráfico las tramas, las investigaciones de De Lorenzo y todas las chorradas que habían reunido en una semana, lo que salía era una tomadura de pelo gigantesca. Al verlo ahora, el resultado no cambiaba ni una mier...

—Jefe —dijo Meloni.

—*Sabbenedica,* pero ¿cuánto tiempo te hace falta?

—No lo encuentro. Estaba en una reunión con el superintendente, pero ya ha salido. Tenía que pasarse por Narcóticos y por ahora no lo han visto, debe de haberse ido. ¿Qué hago?

—Dispárale en cuanto lo veas.

—¿En qué sentido?

—Encuéntralo y llámame, ¿no?

—¿Le han contado lo del aviso en Borgo San Paolo?

—Lo sé todo. ¿Hay algo más?

—No dejan de llamar los periodistas, jefe.

—Déjales que llamen, ¿qué más te da a ti?

Vivacqua encendió el motor, puso la luz azul en el techo y se encaminó hacia el antiguo Securplan cuando le sonó el móvil. El comisario miró la pantalla, la llamada no era de ningún número conocido, quizá de un lugar público, uno de los pocos supervivientes. Qué raro.

—Soy Meucci.

Su tono de alta sociedad romana parecía haberse desvanecido.

Aire de pelotas hinchadas.

—Diga —soltó apresuradamente—. ¿Malas noticias?

—¿Por casualidad no estará usted libre esta noche alrededor de las nueve? —dijo Meucci.

El comisario hizo una mueca. No tenía ningunas ganas de acunar estadísticas europeas, Napoleón y caballos blancos.

Meucci interpretó la pausa como lo que era. Se apresuró a poner un remiendo.

—Si lo prefiere, hablaré con su adjunto.

—No, no estoy ocupado. La verdad es que en este período me están viendo poco por casa, y de vez en cuando convendría hacer acto de presencia por lo menos, aunque solo sea para evitar el abandono del techo conyugal. ¿Y si nos viéramos más tarde, en comisaría?

—No. No, eso no. Territorio neutral. Estaba a punto de proponerle un restaurante cerca de mi hotel, en el centro, pero si no le apetece...

Vivacqua contuvo un suspiro: velada familiar esfumada, por más que, con la ausencia de Tommy, no hubiera nada seguro ni siquiera en su propia casa. Le habría gustado preguntar por el motivo de la invitación, pero a esas alturas hubiera resultado grosero. Mejor apurar la copa de un trago.

—Deme la dirección.

17.50 horas. Zona de San Paolo

La victoria puede crearse, ya que, por muy numeroso que sea el enemigo, es posible neutralizarlo.

Faltaban pocos minutos para las seis de la tarde. El supermercado empezaba a llenarse de hombres, solos, solteros; no gente de carrera, demasiado pronto para los ejecutivos, en su mayoría caras del montón, divorciados lidiando con el subsidio de manutención y una cena que chapucear.

El hombre pagó en la caja de la perfumería, dejó la compra en el suelo e hizo una pirueta con el carro para superar los torniquetes del supermercado propiamente dicho.

Un poco más adelante se encontró cara a cara con el enemigo público número uno: el retrato robot se entreveía en primera página, encaramado bien a la vista en el estante de los periódicos. No le había dado tiempo de sonreír, cuando sintió una mano rozarle el brazo. El sistema de monitorización interno pasó al modo de combate al instante. Todos los músculos listos para el engranaje, con la mano en busca de la cuchilla en el bolsillo de los pantalones. En una fracción de segundo encuadró a su antagonista, un metro ochenta, sobrepeso, mirada bovina, pistola en la cartuchera sujeta por la correa de seguridad, le llevaría cinco minutos sacarla, uniforme verde botella: un banal guardia jurado, un antirrobo, un elemento de disuasión con el mismo peso específico que una nodriza.

El tipo extendió la mano para bloquearle el paso, soltó una risita infantil y señaló un aparatejo. Tenía que sellar el paquete con la compra de la perfumería. Fingió que le había dado un buen susto, entregó el paquete, devolvió la sonrisa y, una vez concluida la pantomima, cogió al vuelo un periódico, apoyó los codos en el carrito y se quedó mirando el retrato. Se le parecía, antes de raparse al cero.

Los altavoces interrumpieron la melodía para lanzar el anuncio de nuevas cajas abiertas, él levantó la vista y se dirigió a la sección de farmacia; una señora lo observó con curiosidad. Tenía que apresurarse. Le hacían falta gasas, una faja de contención para la pierna, medicamentos, desinfectantes, vendas, esparadrapo, analgésicos, algo para el dolor de cabeza que ya no le daba tregua y comida.

Avanzó cojeando como un deportista que se hubiera hecho un esguince, en la sección de bebidas alcohólicas cogió un ron añejo, una caja de cerveza y se encaminó hacia la sección de farmacia.

Un par de niños lo adelantaron a toda velocidad, ambos empujaban su propio minicarrito con banderín; por detrás, su madre se afanaba por alcanzarlos, la sensación de hastío le provocó un estremecimiento. Tal vez fuera la segunda vez en toda su vida que pisaba un centro comercial. Era incapaz de entender cómo la humanidad podía encontrar interesante vivir codo a codo en un edificio repleto de publicidad y aire acondicionado, y si todas esas personas se merecían realmente la libertad que hombres como él les habían proporcionado.

Cogió todo lo que le hacía falta de la sección de farmacia y volvió a meterse entre la gente. No veía el momento de alejarse de aquel alboroto. La pareja de niños volvió hacia él, empujando sus carros a toda velocidad; tras ellos, la madre sudaba como un san bernardo. Dobló para acercarse a las estanterías de alimentación, pasó por las cristaleras que daban al aparcamiento e interceptó con el rabillo del ojo un destello lívido. Al cabo de un momento, llegó el sonido del trueno. Pero lo que había entrevisto no podía ser un rayo.

Dos.

Tres.

Tres coches patrulla más un cuarto automóvil sin distintivos.

Visita poco grata de gente carente de sentido del humor.

Sacó la Glock del bolsillo interior y con un solo movimiento metió el proyectil en el cañón, desenganchó los dos seguros y la colocó en la bolsa de medicamentos, en lo más alto del carrito. Agarró un cargador extra y se lo metió en el bolsillo del pantalón.

Seis agentes de uniforme se bajaron de los coches patrulla, y tres de paisano del último vehículo que llegó. Los de uniforme empezaron a hacer una ronda entre los coches estacionados, con la mano en la cartuchera. Cuando acabaran, ya se habría hecho de noche. Otros dos se situaron en la salida del supermercado. Los que estaban vestidos de paisano se quedaron afuera charlando entre ellos.

No parecían ansiosos por meterse en líos.

Empujó el carro y siguió su camino. Cogió una lata de café y algunas galletas de los estantes y volvió a las cristaleras.

Los de paisano ya no estaban allí.

—Pero quééé gracioso.

Dio la vuelta y cambió de zona para encontrar un punto de observación mejor; cruzó por el lado largo el pasillo central con la mirada más inocua que era capaz de adoptar. La gente a su alrededor no se había percatado de nada y seguía deambulando en busca del negocio del siglo. Cuando llegó a la sección de electrodomésticos se detuvo frente a un televisor gigante, fingió contemplarlo y comenzó a girar a su alrededor: desde esa posición la perspectiva de la entrada era perfecta. Dos de los agentes de paisano caminaban en paralelo, alejándose. El tercero, a quien reconoció al instante, estaba parado cerca del quiosco y hablaba con la anciana que le había sonreído. La mujer hacía gestos con las manos: de esta altura, vestido así...

Se quitó la cazadora, la colgó retorcida en el carro y se quedó mirando: ahora el que era tan grande como un armario estaba hablando con el guardia, quien a su vez hablaba por un transmisor de radio.

El hombre contabilizó los daños colaterales y sonrió ante la idea de un tiroteo en medio de un supermercado tan abarrotado como un zoco. Se preguntó si los policías tendrían el valor de sacar las armas en aquel follón. La siguiente pregunta era igualmente obvia: ¿y él? ¿Se sentía capaz de provocar una matanza? Era pronto para responder.

Giró el carro y volvió sobre sus pasos. Recorrió un tramo, y cuando vio a uno de los agentes de paisano venir en su dirección, dobló hacia la farmacia, se detuvo frente al tótem de las gafas de sol, fingió estar escogiendo un modelo y verificó sus movimientos en el espejo. El policía se había alejado.

En la zona de cajas la gente comenzaba a mirar a su alrededor, ahora parecía claro: estaba sucediendo algo. Los policías uniformados que poco antes revisaban el aparcamiento se estaban apostando en las salidas.

El hombre tuvo apenas tiempo de sacar la bolsa del carro, darse la vuelta y meterse en un probador cuando, detrás de él, a pocos metros de distancia, apareció el policía con el que se había batido en la bodega de Benetti: se había reunido con los otros dos de paisano y confabulaban.

El hombre miró a su alrededor en la angosta cabina: estaba atrapado. Había sido una mala idea meterse en esa despensa: era como poner un pájaro en un cortacigarros de esos con mecanismo de guillotina y jugar a «da un saltito, da otro».

«La vulnerabilidad del enemigo depende de sus errores», pensó.

Y él acababa de cometer uno, enorme. Apartó la cortina y vio a uno de los policías dar vueltas al carro que se había dejado abandonado; al cabo de un momento lo vio mirando la cazadora, sacar el teléfono y presionar las teclas.

18.15 horas. Antigua sede de Securplan

El cielo se había vuelto tan oscuro como en ciertos días de noviembre. A pesar de ello, las corrientes de aire cálido aportaban colores y una profundidad que no se ven en otoño. Las nubes formaban torres, columnas salomónicas que se erigían majestuosas, catedrales de una plasticidad propia de un diseño de Gaudí. Una arquitectura de lo imposible, asimétrica, improbable, pintada en la atmósfera a despecho de la fuerza de gravedad.

El chaparrón llegó de repente, implacable, como si unas cuantas bañeras se hubieran volcado en sucesión, una detrás de otra. Sobre la hojalata causaban el efecto de mil botellas de agua de diez litros cada una.

La lluvia te tiene que gustar, de lo contrario, al cabo de un día estás hasta las pelotas, y no digamos al cabo de dos semanas.

Vivacqua se hallaba frente a aquel espectáculo, pero veía una película muy distinta, allí, en el aparcamiento de lo que en otros tiempos era el almacén de Securplan. Una película espectacular a su manera: trataba de un atraco violento y mordaz.

Una idea trataba de adquirir forma: quién sabe si ya se le habría pasado por la cabeza a De Lorenzo.

El comisario entrecerró los ojos, ahora el huracán parecía estar buscando el aplauso. En algún lugar, el director de orquesta estaba agitando la batuta y todos los instrumentos de la tormenta juntos sonaban majestuosos. Los árboles del fondo, hacia la campiña, se retorcían para aguantar las ráfagas, largas estelas de hojas y ramas volaban en círculos por la fuerza centrífuga, el cielo tocaba la tierra, los rayos zigzagueaban enloquecidos, el viento se aplastaba contra las ventanas del Alfa y aullaba levantando los charcos.

Dejó el esquema en el asiento y comenzó a repetir los pasos vistos en la grabación, una vez más, por enésima vez. Con una mano indicaba los movimientos, con la otra la planta superior, hacia abajo después, hacia la furgoneta, y por último sonó el teléfono.

—Migliori', ¿es que no puedes dejarme un momento en paz?, ¿qué pasa ahora?

—Estamos en un supermercado de la zona donde dicen haber localizado a nuestro amigo. Una mujer afirma haberlo visto hace apenas diez minutos.

—¿Es de fiar?

—Dice que tiene menos pelo. Lo describió bien, ropa, facciones. También podría haber hecho algunos cambios: sabe que vamos tras él.

—¿Un supermercado? ¿Hay mucha gente?

—Está lleno. Encontramos un carro abandonado con una cazadora que podría ser suya y...

—¡Joder! ¿Cuántos sois?

—Nueve, incluyéndome a mí, Musso y Galante.

—Ya voy, estoy cerca. No empleéis las armas bajo ningún concepto.

18.35 horas

El hombre salió del probador, se alejó un par de metros, fingió revolver en la pila de los vaqueros, eligió un par, lo sostuvo frente a él con los brazos extendidos en el momento en que Migliorino corría con brusquedad la cortina del vestidor.

El hombre se acercó a la siguiente estantería, la rodeó y cogió una chaqueta. Fingió ponérsela, dio un paso atrás como un cangrejo, con los ojos fijos en el policía hasta que pudo girar en el pasillo adyacente.

Migliorino asaeteó con la mirada la cabina, su sentido de alerta le decía a flor de piel que la presa estaba cerca y que al primer error se desencadenaría el infierno. Deambuló por la sección como un sabueso, se llevó la mano a la sobaquera, desenganchó la correa de seguridad y rezó para no tener que usar las armas. El agente Musso apareció al fondo, se acercó con expresión de no saber con qué carta quedarse.

—¿Qué hacemos? —le preguntó al inspector.

—Que alguien se ponga en las salidas de emergencia.

—¿Crees que es él?

—Lo que creo es que tienes que darte prisa. Avisa al guarda del supermercado, que esté disponible y que no se le ocurra tomar ninguna iniciativa si no quiere perder el pellejo, que se sitúe en una de las salidas sin protección y que no se mueva de allí, venga —ordenó Migliorino.

El hombre se puso la chaqueta, se metió la Glock debajo del polo y se alejó, sin apartar los ojos de Migliorino. Cuando estuvo a suficiente distancia, trató de hacer balance. La mayor parte de la gente estaba ajetreada con los carros y alimentaba el flujo desordenado que se movía en todas direcciones. Había un cierto jaleo en la zona de las cajas debido a la presencia de los policías y de los coches patrulla en el exterior, algunos miraban a su alrededor a la espera de ver lo que fuese a ocurrir. Dos agentes de paisano estaban en la sección de ropa y parecían ocupados en organizar la cacería. El tercero estaba fuera de alcance. El hombre se lanzó al pasillo que llevaba a las cajas haciendo un eslalon entre la gente en fila, sin prisas. Con el rabillo del ojo tomaba la medida a los policías que vigilaban el flujo de gente. Había uno cada dos o tres cajas; como era obvio no detenían a las mujeres, se concentraban en los hombres, en los solitarios, y cuando aparecía uno se acercaban a él en parejas. Resultaría casi imposible superar la barrera sin someterse a un control: lo estaban rodeando.

Eso era lo que ellos creían. También en Somalia los habían rodeado, a él y a sus muchachos. Los habrían abierto en canal con sus machetes si los hubieran atrapado. Él los sacó a todos, vivos, con solo dos heridos; había salido del asedio a fuerza de granadas y casi había borrado una aldea del mapa. Pero ese era un detalle discutible solo para quienes no poseen el sentido de la guerra.

Al final del pasillo memorizó las posiciones de vigilancia y continuó por el lado corto; lo que le hacía falta era sencillo y le bastó con doblar la esquina para encontrarlo. Se sentía bien, la acción había apaciguado incluso las molestias del muslo: la acción cura todo mal.

El inspector Migliorino divisó la silueta del hombre de espaldas. Estaba a veinte metros, justo por delante de él. A punto de girar. Lo habría reconocido incluso con una peluca rubia, disfrazado de payaso o de lámpara de salón. Era él. Vestía una chaqueta oscura y pantalones caqui, con zapatos de suela de caucho, llevaba algo en la mano, no se atrevía a jurarlo, pero podría ocultar un arma. Estaba claro que las maniobras de acorralamiento no le habían pasado desapercibas. Lo que significaba que debía de estar muy nervioso y dispuesto a cualquier cosa.

El inspector apresuró el paso, tenía que encontrar la manera de alcanzarlo sin ser visto y plantarle la Beretta en la cara antes de que pudiese tomar algún rehén: esta vez no habría pelea, por más que en un recoveco de su orgullo el deseo de venganza gritara.

En el bolsillo de los vaqueros, el móvil empezó a vibrar.

Las personas que hacían cola en la pescadería miraban la pantalla esperando su turno; la gran carpa de plástico de la parte de atrás estaba levantada para descargar hielo y nuevas cajas. Una vendedora se afanaba con las ofertas del día mientras otro dependiente iba y venía detrás del mostrador con un alboroto de mercado de barrio.

El hombre calculó las alternativas, hizo ademán de volverse, entrevió la enorme figura del policía y se metió en medio de la multitud que esperaba frente al mostrador de pescado, con la mano ya en la culata de la pistola. Ahora empezaba la diversión.

«Si deseo combatir, atacaré donde el adversario deba acudir al rescate.»

Se volvió hacia el policía y puso su mejor sonrisa de desafío. Sus ojos se encontraron por un momento.

Migliorino sacó su teléfono móvil del bolsillo de los vaqueros; si fuera Galante sería una sincronización perfecta ahora que necesitaba ayuda urgente. Se asomó sobre las estanterías, avanzó con cautela y plantó ambos pies en el suelo cuando vio el objetivo. Se movía con aparente lentitud, como si no supiera qué hacer, pero..., en un solo instante, su perspectiva cambió.

Para peor.

La idea de hacerle medir la profundidad del cañón se evaporó al instante.

El móvil siguió vibrando.

El cabronazo estaba prácticamente camuflado entre una pareja de adultos. La mujer tenía un bebé en los brazos, el marido, a su lado, estaba a punto de protestar cuando percibió el peligro y se quedó paralizado: los dos hombres se enfrentaban como en un duelo de película del oeste. Se miraron el uno al otro, listos para desencadenar la ira de Dios.

El inspector atendió la llamada.

—¿Dónde estás? —gruñó Vivacqua.
—En el supermercado.
—Situación.
—Lo tengo delante.

Migliorino se mantuvo frente al objetivo, la distancia entre los dos era de siete, ocho metros. El otro lo miró con arrogancia, con la mano derecha bajo el cinturón de sus pantalones, en un gesto evidente.

—¿Está solo?
—No. Está en medio de la multitud en el mostrador de pescado, se está escudando con las personas de su alrededor.
—Marchaos todos.
—Pero, jefe...
—Marchaos todos. Inmediatamente. ¡Es una orden! —repitió sin posibilidad de réplica.

El hombre que tenía enfrente sonrió con una mueca, levantó una mano y le mostró cinco dedos abiertos, luego encogió un dedo y dijo con los labios: cuatro. Pasó un momento, retiró otro dedo y dijo: tres...

—A sus órdenes.

El hombre entendió la situación de inmediato, dejó que el policía se alejara y echó a correr tras la cortina que comunicaba la sección de pescadería con las cámaras frigoríficas interiores. Un mozo de almacén conducía una carretilla elevadora y movía las pilas de cajas. En el lado derecho, un hombre delgado, de unos cuarenta años, estaba esperando para recoger el documento de transporte. A su lado, una mujer iba punteando una lista; el tipo tardó unos minutos en desenmarañar la burocracia, por último, se dirigió al aparcamiento de proveedores a retirar la sorpresa del día.

Montó en el Volvo Eurocargo con matrícula de Venecia y se quedó con la mandíbula desencajada. Ver una pistola por el lado del agujero de salida era algo que ya había vivido en su país cuando tenía dieciséis años, y no había olvidado el poder laxante del gesto.

La amenaza tenía al mismo tiempo algo de ridículo y de terrible. Ver a un hombre vestido a medias como un guardia jurado y a medias como alguien huido del infierno no dejaba de tener cierta comicidad. Pero no así la mirada, esa no tenía nada de risible en absoluto.

—Ve hacia el centro —ordenó.

—Yo no...

El hombre levantó la mirilla: no hubo necesidad de ulteriores explicaciones, el vehículo dio un trompicón hacia delante, tomó la rampa de salida y pasó por la fachada del supermercado. Un coche de la policía apenas visible más allá de la rotonda se alejaba con las sirenas apagadas: iba a situarse en algún lugar de los alrededores.

—No corras —dijo—. ¿Entiendes mi idioma?

El otro asintió con la cabeza. Con los ojos clavados en el salpicadero, donde el papa Wojtyla bendecía sonriendo.

—Mantente a la derecha, no te pares hasta que te lo diga yo. ¿Lo entiendes?

—Sí —repitió el camionero. Puso el limpiaparabrisas y comenzó a rezar. Habría querido preguntar si la orden también involucraba semáforos, coches en fila, precedencias, pero no dijo nada.

El hombre dejó la pistola entre las piernas y decidió que el uniforme ya no era necesario. Se quitó la gorra, se arrancó la camisa haciendo saltar los botones, la estrujó y la arrojó al suelo.

—¿De dónde eres? —preguntó como si estuvieran en el bar.

—¿Yo? De Chioggia.

—Menudo sitio de mierda: no hay más que niebla y mosquitos, muuuy aburrido. ¿También allí hace este tiempo de mierda?

—Ejem, no, sí. Un poco menos.

El hombre bajó la ventanilla, movió el espejo retrovisor y se quedó mirando el tráfico a sus espaldas. Se estaba formando un atasco.

El conductor también notó la situación y apretó un poco el pedal.

—¿Quién te ha dicho que aceleres?

Un rayo estalló a poca distancia y la lluvia comenzó de nuevo a rugir con determinación.

El hombre entrecerró los ojos y clavó la mirada hacia el frente, hasta donde podía distinguir las figuras, por más que la visibilidad se hubiera reducido mucho. Ahora el dolor de espalda y la jaqueca estaban campando por sus respetos, era necesario quitarse de encima a los polis, que estaban convirtiéndose en una molestia, a pesar de que la escenita con el gorila lo había divertido. En cualquier caso, era hora de planear el próximo paso, la espera se estaba poniendo empalagosa.

19.15 horas

La lluvia caía sesgada. Vivacqua se protegía bajo la marquesina de la parte trasera del supermercado, a un tiro de piedra de la ambulancia; con un oído en el teléfono escuchaba la central, con el otro, el parloteo inconexo del guardia jurado. La Brigada Móvil había salido en masa y dentro de una hora toda la provincia estaría en código rojo por segunda vez en tres días. Homicidios estaba patas arriba, el Dux había levantado las nalgas para ir a ver en persona qué nuevo follón de los cojones se disponía a acabar en primera página. El prefecto no había dado señales de vida por el momento, pero era de suponer que aparecería por la tarde.

—Ciertos días son como la blusita de un recién nacido... —susurró el comisario—, cortos y llenos de mierda.

Se había rozado la tragedia. Habría sido suficiente que ese hijo de la gran puta se hubiera atrincherado en un almacén, que hubiese tomado un grupo con rehenes o que Migliorino hubiera intentado forzar la situación. Vivacqua no se atrevió a pensar en el posible desenlace del asunto, porque ese tipo era capaz de cualquier cosa.

Las indagaciones realizadas hasta entonces aseguraban que el loco había puesto pies en polvorosa, lo que, en el marco del desastre general, era una vez más un mal menor.

Si este caso no acababa con él en el manicomio, podría encender una vela a santa Rosalia.

Quien había pasado cinco minutos con el culo en las ortigas era el guardia jurado, incapaz aún de entender cómo había salido volando contra el suelo para encontrarse inconsciente y medio desnudo.

Le había quedado en la nuca una señal de color rojo bastante marcada: un bastonazo, un golpe con la culata de la pistola. Recordaba haber visto deslizarse unos metros por delante de sus narices una caja que había cruzado el suelo de la salida en el lado este, dentro había una chaqueta, o algo parecido, todavía llevaba el dispositivo antirrobo, se había acercado con cautela y a partir de ese momento se le fundieron los plomos.

De modo que el capullo se había dado a la fuga, medio vestido de guardia, rapado como una bola de billar, cabreado como una abeja, herido probablemente. El retrato robot había funcionado y tal vez fuera ese el único movimiento acertado de toda la investigación. Vivacqua echó una ojeada al reloj, dictó las últimas instrucciones por teléfono, colgó y se volvió hacia Migliorino.

—¿Qué estás haciendo aquí?

—Jefe, no se cabree, quiero atraparlo.

—Robbe', lo mejor es que te quites de en medio. No acabo de entender cómo se te ha pasado por la cabeza rodear un supermercado con cuatro gatos para atrapar a un cabronazo como ese, la verdad, es inexplicable. Ya haremos cuentas en la oficina. Ahora ve a echar una mano con los interrogatorios, tratad de averiguar qué quería comprar, si lo ha visto alguien con un vehículo y todo lo que podáis sonsacar. Apuntad el nombre de todos los que salen, acompañadlos a sus coches, dejad que los abran, comprobad que todo esté en orden y solo entonces les permitís que se vayan. Si hay algo que os parece raro, paradlo todo y me llamáis. Dad prioridad a quienes tengan hijos y a las mujeres —el inspector empezó a alejarse y el comisario lo llamó de vuelta—. Los vehículos que queden aparcados a la hora de cerrar, verificadlos uno por uno, buscad a los dueños, los hacéis venir estén donde estén y que los abran. ¿Lo tienes? Debe haber terminado todo para medianoche.

—A sus órdenes, jefe.

El guardia de seguridad movía el pico como un pato mientras los enfermeros de la ambulancia trataban de ponerle un collarín de protección y lo subían a la camilla.

Vivacqua se acercó, hacía quince minutos que esperaba ese momento.

—Siento lo de su incidente —dijo—. ¿Podría contestar a algunas preguntas? —el pobrecillo balbuceó una respuesta incomprensible—. ¿Ha podido verlo? ¿Sabe hacia dónde ha ido? —insistió.

Negó con la cabeza, mientras apretaba los dientes.

—Ni siquiera le oí llegar —respondió al cabo de un rato—. No vi nada.

—¿Dónde están las llaves de su coche?

El guarda hizo mil muecas, se metió la mano en los pantalones y sacó un manojo.

—Aquí.

—Al diablo —resopló el comisario.

El estruendo de la tormenta se detuvo casi de repente, como si alguien hubiera cerrado el grifo con un mando a distancia. El calor empezó a subir en arcos de vapor que hacían vibrar el asfalto, parecía como si estuvieran en un arrozal.

Vivacqua se desplazó hacia un lado del aparcamiento, algunos coches patrulla empezaron de nuevo a asegurar el área, para ocuparse de un fugitivo que parecía haber perdido por completo la medida de sus propias acciones.

Lo increíble de todo el asunto era la aparente indolencia con la que se movía: siempre solo, sin precauciones ni protección y, lo que era peor, carente de un plan en apariencia. Tenía que sentirse muy fuerte y capaz de salir sin dificultad de las situaciones en las que se metía. Y, otra cosa: no tenía miedo. Como un vengador alentado por sus propias razones, parecía haber regresado del infierno para obtener justicia, tenía que ser así.

Había regresado.

¿Regresado de dónde?

¿Para vengar qué afrenta?

Sonó el móvil. Era Assunta.

—Totò, ¿qué ocurre? —preguntó con aprensión—. Son casi las ocho, virgen santa, me tienes preocupada.

—Lo siento. No ha ocurrido nada grave.

Assunta conocía ese tono. Cuando su marido se salía con evasivas, cuando tendía a minimizar, la cosa siempre era seria. Y no había necesidad de que se metiera en medio ella también para añadir nuevos quebraderos de cabeza. Le hubiera gustado contarle mil cosas, hablarle de los chicos, de la búsqueda desesperada de ese tercer hijo que se había escapado de casa, decirle que lo echaba de menos, pero no encontró las palabras.

—¿Te espero? ¿Cenamos juntos y me cuentas?

—Te lo contaré todo. Pero llegaré tarde.

—Atrápalo, Totò, acaba de una vez, no puede ser más inteligente que tú.

20.00 horas

El Eurocargo se balanceaba en el tráfico como un elefante cojo: primera, punto muerto, primera, punto muerto, parado; recorría la avenida Trapani por la zona del mercado al aire libre a paso de hombre. El aire apestaba a aceite malo, a pescado frito y a *arancini*. A esas horas, los vendedores ambulantes estaban recogiendo y en el ocaso la calle bullía de camionetas, motocarros, negros cargados de cajas y maldiciones: parecía el rodaje de *1997. Rescate en Nueva York*.

El polaco hacía malabarismos en los cuellos de botella y en las micropausas se enrollaba un cigarrillo. El hombre tenía los ojos muy abiertos, vigilando por delante y por detrás. Había dejado de llover. Para compensar, la migraña danzaba al ritmo de los tambores y los toques de trompeta.

Sin querer, se le vino otra vez a la cabeza Benetti y torció el gesto: hubo un momento, a su regreso de Suiza, en el que estaba convencido de que aquel podía ser el punto de inflexión, la solución del misterio, el cierre del círculo. Y probablemente lo era, igual que la visita a Molteni, ese pedazo de mierda que hacía el doble juego, o al pintor. La verdad era que todos juntos se habían puesto de acuerdo para ponerle trabas. Lo que, en el fondo, era la historia de su vida. Desde su nacimiento no había hecho nada más que luchar contra los mediocres, las personas de tres al cuarto incapaces de competir en igualdad de condiciones, miserables que para sobrevivir se aliaban para crear obstáculos: almas estrechas, como solía decir Nietzsche.

«Las almas estrechas me son odiosas; no tienen nada bueno y casi tampoco nada malo», recitó para sus adentros.

Quizá, si no hubieran llegado el comisario Santandrea y los otros, tal vez con unos minutos más de tiempo, Benetti habría hablado. Después de todo, el trabajo ya estaba muy avanzado.

De repente, en el carril opuesto, un par de coches patrulla con luces intermitentes se abrieron paso en el follón, recorrieron la avenida y fueron a instalarse en la intersección para filtrar los accesos en ambas direcciones.

Ahora no había salida por detrás.

En el sentido de un posible tránsito pacífico.

Si se trataba de arramblar con todo, en cambio, esa era ya otra historia: con un Eurocargo bajo el culo, aunque no fuera un Lince blindado, la cosa era muuuy sencilla.

El polaco observó la escena y cuando cruzó la mirada con la del pasajero tragó saliva: una demostración práctica de transmisión de pensamiento. Iba a ordenarle que los arrollara. El siguiente pensamiento fue que si se hubiera quedado en Varsovia, todos los sapos que se tragaba en Italia los habría visto en el televisor, sentado en el sofá con una cerveza fría, y, si no acababa con un disparo en la cara, tal vez aquello fuera lo mejor que podía hacer al día siguiente.

El hombre sacó el paquete de analgésicos de la bolsa, lo abrió y deslizó el contenido del sobre en la boca.

El camión se detuvo en la cola. El asfalto reluciente reflejaba hasta el infinito el rojo de las luces de parada. Arrancó el estruendo de los cláxones. Los siguientes treinta metros fueron interminables.

Claro.

El hombre levantó la vista y escudriñó el punto de control al final de la avenida. Los vehículos pasaban de uno en uno. Agarró la manilla y la giró.

—Idos todos a tomar por culo.

21.10 horas

Vivacqua aparcó el Alfa frente al restaurante y apagó la radio de a bordo; el hijo de su madre había salido por pies. Haberlo rozado dos veces y no haber podido detenerlo parecía una maldición. Ahora había mil personas dándole caza. En la jefatura, la Brigada de Investigación y él mismo se estaban convirtiendo en un chiste. Abrió la puerta con el peso de siete días infernales en la espalda. No debería estar allí, no habría debido abandonar su trabajo y dejar a sus hombres a merced del Dux, no hubiera querido escuchar el tono aprensivo de la voz de Assunta. Y, para ser del todo sincero, no le apetecía pasar la tarde de un día de mierda con un perfecto desconocido en un restaurante.

El comisario no iba de buena gana a comer fuera sin su familia y mucho menos por razones de trabajo. A Salvatore Vivacqua no le gustaban las formalidades en la mesa y si estaba allí era porque su sentido de la hospitalidad se lo exigía; no eran lo suficientemente íntimos para una cena en casa, pero si se hubiera tratado de Santandrea, Migliorino o de cualquier otro chico de la Brigada, no habrían quedado desde luego en un restaurante. Al comisario le gustaba invitar a sus chicos a casa, era una forma de conocerlos mejor y de hacer piña; además, su mujer estaba encantada de tener jóvenes a su alrededor.

El local no estaba muy lleno, Vivacqua lo conocía bien. Era un sitio de burguesía media-alta, bien decorado, cocina del Piamonte con alguna licencia de modernidad.

Meucci estaba en una mesa cerca del ventanal. Hablaba por teléfono, cuando lo vio hizo una señal con la mano y terminó la llamada.

—Mi mujer —dijo con desenvoltura. Inclinó la cabeza y se quedó mirándolo—. Un mal día, ¿verdad?

—Mejor que el ganchillo: a veces me aburre —respondió con una finta.

Meucci sonrió sardónico.

—Me imagino lo que está pasando. Estoy al tanto de las últimas noticias: menudo follón. Me alegro de no estar en su pellejo —cogió el menú y comenzó a hojearlo.

La dueña del local se pasó a saludar al comisario y se fue. Otros comensales hicieron lo mismo.

—Veo que es bastante conocido en este local, señor Vivacqua.

—Los he arrestado a todos alguna vez por lo menos.

—Por eso estamos aquí. Me informé acerca de sus gustos. Sin más, solo para que no se aburriera usted demasiado en mi compañía: está en su territorio. Ahora, si se ve capaz, puede aflojar sus defensas —fue Vivacqua quien sonrió—. Además, le prometo que no voy a hablar de Napoleón, ni de caballos ni de la República de Venecia —dejó el menú—. ¿Qué me recomienda?

Ordenaron, intercambiaron información sobre los vinos, eligieron, el comisario esperó el momento oportuno para desatar la sobaquera y se quedó en mangas de camisa.

—Le debo una disculpa —dijo Meucci.

—La acepto. ¿Por qué? —se rio.

—Por no haberme tratado como a un tocapelotas, para empezar —Vivacqua se esforzó por permanecer impasible—. Me había formado una idea diferente de su equipo. Tiene usted fama de tipo duro, de policía de la vieja guardia, con su currículum, además. Por lo general, a ese perfil suelen estar asociadas personas no muy hospitalarias.

—¿Ah, sí?

El camarero desplegó la explicación de los entrantes, se los sirvió y dio media vuelta.

—Nunca hubiera dicho, por ejemplo, que tendría acceso libre y directo a la información sobre los casos sin resolver.

—No es mérito mío, el diplomático de la banda es Santandrea.

—Y otra cosa: he encontrado una buena organización, le felicito.

—Eso también es gracias a mi adjunto, diga algo que dependa de mí.

Ambos se rieron. La noche, a despecho de los prejuicios del comisario, estaba adquiriendo un buen cariz, hasta el punto de que los hechos del día quedaban en segundo plano.

—En todo caso, nunca me había sucedido en todos mis años de trabajo. El guion es siempre el mismo. Llego y el responsable de las operaciones empieza a resoplar: ya está aquí el romano (nunca el colega: el romano, dicen), pero ¿quién se cree que es, metiendo la nariz por todas partes; ¡ha llegado Bonaparte! Hasta hay alguno que me llama Napoleón.

—No me diga —los ojos del comisario se agrandaron.

—Es muy libre de no creerme.

—¿Qué hace un mandamás del Ministerio en Roma, cuando no está trabajando? —Vivacqua cambió de tema.

—Lo mismo que un comisario de policía en Turín, supongo. Familia, la pasión por la historia; tengo un grupo de amigos con los que reconstruimos batallas famosas: casi como si fuéramos críos, ¿se da cuenta? Soldaditos de juguete, cañones, etcétera. Algo de lectura, me gusta la música, y cuando puedo, voy con mi mujer a clubes de música en vivo. Nuestro único hijo está estudiando en la Universidad de Bolonia, de modo que somos padres que casi han completado el ciclo, hemos vuelto a ser una pareja y nos tomamos las cosas como vienen, hay que superar el trauma del nido vacío. Algunos viajes de vez en cuando, pero nada especial.

Vivacqua asintió.

—Nosotros aún no hemos pasado la boya, los chicos aún van al colegio, de manera que por ahora siguen con nosotros, el nido está al completo. Por la noche hacen los deberes, hablan de las notas y son ellos los que viajan. Nosotros pagamos la hipoteca.

—Ya veo. ¿Y no tiene aficiones?

—Por supuesto. Jardinería en la terraza de casa: mi mujer me dice, mueve eso, levanta lo de más allá, corta esa rama, saca al perro, y yo lo hago.

Meucci sirvió el vino y dio un trago generoso, mientras tanto el camarero les trajo el segundo plato.

—¿No siente curiosidad por saber por qué le he pedido una reunión casi clandestina?

—Espero o, mejor dicho, creo saberlo. Se trata del hombre al que buscamos, supongo, ¿me va a dar malas noticias?

Meucci asintió con la cabeza. Apartó el plato, sacó una nota de su bolsillo y empezó.

—Tengo algo que contarle. Pero sepa que lo que va usted a oír es...

—Información reservada —se anticipó el comisario.

—Exacto. De modo que no puede usarla de manera oficial, recuérdelo. Con esto, vamos a las noticias. Una parte es segura, la otra es... confidencial. Limitémonos a las certezas: están ustedes persiguiendo a un oficial en la reserva. Las huellas que han detectado pertenecen al mayor Ascentiis. Para ser más precisos, al comandante Filiberto Ascentiis, a quien no hay que confundir con el general Ottone, padre del fugitivo, ni con su abuelo Umberto, este también militar de alto rango. Su nombre de batalla es Lobo Gris. Exótico, ¿verdad? —Meucci se llevó el tenedor a la boca, masticó y prosiguió—. Excoronel, degradado. Cuerpos especiales, incursiones militares. Una élite más o menos equivalente a los grupos especiales de la armada estadounidense. Unidades utilizadas para trabajos no convencionales, por así decirlo.

—¿Y eso qué significa?

—Operaciones encubiertas. Intervenciones no oficiales, por lo general de apoyo a otros países en territorios de guerra. Ascentiis es una especie de héroe, tiene un historial de cuatro páginas. Ha acumulado suficientes medallas como para tener que colgárselas también en la espalda. En su entorno, es una leyenda. Especialista en guerra asimétrica y guerrilla urbana, combate sin armas, gran experto en explosivos y estrategia.

—Experto en explosivos: Rambo. Mi inspector tenía razón —se burló.

—Ya lo sé, hace gracia. La gente corriente como nosotros solo ve ciertas cosas en las películas, pero existen de verdad. Este caballero ha estado presente en casi todas las misiones en las que hemos metido la nariz en los últimos veinte años, especialmente en operaciones no oficiales. No sé si me entiende.

Vivacqua se quedó unos instantes en silencio, dejando que le diera vueltas en la cabeza esa información que, admitió para sus adentros, no resultaba tan sorprendente.

—Ascentiis. Alias Lobo Gris. Muy pintoresco —comentó.

—Tiene cincuenta y tres años, es originario de Módena, soltero. No he encontrado direcciones, números o apartados postales. Oficialmente, en el Ministerio de Defensa, su ficha no está disponible.

Vivacqua estaba a punto de soltar una grosería cuando una pareja lo saludó y él les correspondió.

—¿Entonces no tenemos nada más?

—No oficialmente; además, no estoy en condiciones de verificar lo poco que sé. Tal vez sea mejor si es usted el que me hace alguna pregunta.

Vivacqua detuvo a un camarero y pidió dos whiskies.

—¿Me ha dicho que fue degradado?

—Sí. Aunque no sé mucho sobre ese asunto. Mi fuente habla de rumores, parece ser que, junto con un grupo de subordinados, de regreso de una serie de misiones durante la guerra de los Balcanes, trató de chantajear al Ministerio para recibir una gran indemnización, una solicitud desproporcionada. ¿Sabe usted a qué se denomina API en los círculos militares?

—No.

—Armor Piercing Incendiary. Munición perforadora incendiaria. Contiene uranio empobrecido. Ascentiis afirmaba que había contraído un tumor cerebral a causa del uranio. Él y otro grupo exigieron dinero, amenazando con ventilar ante la prensa secretos militares a propósito de ciertas operaciones no exactamente cristalinas.

—¿Y es verdad? ¿Tiene un tumor?

Meucci le dio la vuelta a la hoja con apuntes.

—Hasta donde yo sé, los exámenes médicos no lo han demostrado. Ascentiis ya había tenido serios problemas debido a una herida en la cabeza que sufrió en Somalia, pero, en definitiva, el asunto no está nada claro, o por lo menos yo no sé más. En cualquier caso, la medida disciplinaria fue tomada por insubordinación grave.

El camarero sirvió el licor y se fue.

—Y él se licenció.

—No exactamente. Lo licenciaron, aparentemente había otras cosas pendientes.

—Ya lo supongo. Ese tío está completamente loco, se come a sus vícti... —Vivacqua se tapó la boca—. No me obligue a entrar en detalles, por favor.

—No hace ninguna falta. Lo sé. Ya me lo han contado, entre los apodos que se ha ganado está el sobrenombre de Chef, que mucho me temo que habla a las claras sobre ciertas inclinaciones suyas. Ascentiis fue juzgado, sentenciado y enviado a la prisión de Santa Maria Capua Vetere, donde debió de liar algo grave, o simplemente lo trasladaron a un centro de tratamiento psiquiátrico obligatorio, porque ese era su destino final. Los motivos están bajo secreto.

Vivacqua dejó circular la información y reconoció que sus impresiones iniciales eran correctas: ¡todo giraba en torno a la locura!

—Conque en un manicomio. ¿Y cuándo salió?

—Hace veinte días.

—¡Joder! —vació su vaso—. Ha vuelto de Montecristo.

—¿Cómo dice?

—Nada, estaba pensando en voz alta. ¿Qué puede decirme sobre el grupo de subordinados que exigió dinero al Ministerio? Esos que se involucraron con Ascentiis, por así decirlo.

Meucci hizo girar el whisky en el vaso.

—Nada, también se trata de información inaccesible.

—Lo hubiera jurado.

Vivacqua consultó su reloj: las once pasadas. El restaurante empezaba a vaciarse, los camareros deambulaban desmontando las mesas, la jornada concluía cargada de cansancio y frustración. Encendió el móvil y recibió los avisos de las llamadas, Meucci sonrió.

—Espero haberle sido útil —dijo.

El comisario asintió.

—Por lo menos ahora sabemos quién nos está tocando los mismísimos y por qué nos estamos volviendo locos para atraparlo. Ha sido de gran ayuda. Esta noche invita la Brigada. ¿Puedo acercarle al hotel?

—No, gracias, prefiero dar un paseo.

Los dos policías salieron juntos. Vivacqua volvió inmediatamente al modo operativo, todavía tenía un par de cosas que hacer, la primera de las cuales era pasarse por jefatura para ponerse al corriente, pero, casi al instante, se le vino a la cabeza que faltaba un detalle, un punto crítico que había quedado en penumbra.

—Señor Meucci...

—¿Sí?

—Voy a hacerle una pregunta molesta, la última: necesito conocer la fecha en la que fue arrestado Ascentiis. ¿Cree que podría pedir este favor a su fuente?

—No lo sé. Creo, o más bien estoy seguro, que Defensa está al corriente de lo que está pasando, y supongo que tomarán alguna decisión al respecto, en los pisos superiores estarán con los ojos abiertos.

—Es muy importante.

—Lo intentaré.

23.50 horas. Brigada de Investigación

Vivacqua entró en su despacho a grandes zancadas. Miró a su alrededor y bufó. Había bastado con que se ausentara un día para no reconocer la habitación. Había dos grandes cajas repletas de hojas al lado de la mesa, el panel de fotografías estaba cargado con nuevas y preciosas instantáneas de Benetti, sobre el escritorio se habían acumulado un haz de informes y papeleo de todo tipo. Por no mencionar el ambiente: todos estaban alterados a causa de las últimas noticias. Santandrea entró como un rayo, con un vistoso esparadrapo entre la nariz y el labio superior.

—Acabará haciendo alguna gilipollez irremediable, te lo digo yo, Salvatore, acabará haciéndola —dijo de un tirón. Estaba alegre, desaliñado, parecía un jirafón excitado.

—¿Eso es porque habéis encontrado el Mercedes? —respondió el comisario, que en cambio parecía un náufrago.

—No, mi querido señor Vivacqua, no. Ya te lo he dicho al teléfono: mientras su señoría se dedicaba a hacer de relaciones públicas, hemos descubierto lo siguiente. Uno: que el coche tiene matrícula de Ascona, en Suiza; dos: que pertenece a un abogado, un tal Gian Maria Reynard; tres... —Vivacqua no dejaba de revisar su libreta—. ¿Me estás siguiendo?

—Pegado a tu culo —respondió sin levantar la vista.

—Tres: la policía local ha determinado que por el chalé que explotó, donde se encontró una víctima, casi con total certeza pasó nuestro amigo...

—Ascentiis.

—¿Qué?

—Coronel, o mejor dicho, mayor Filiberto Ascentiis, o Lobo Gris, o Chef: tú eliges.

—Ah, ¿se llama así?

—Lo descubrí mientras hacía de relaciones públicas. Muy bien, tienes la confirmación de que ha montado un buen lío en Suiza también, pero para qué fue allí, eso no lo sabes, ¿verdad?

—Por ahora no lo sabemos.

—Bien, después robó un Mercedes, regresó y se cargó a Benetti. ¿Qué parte de lo que me cuentas, exactamente, nos permitirá capturarlo?

—No he terminado, cuatro: debajo de uno de los asientos encontramos unas llaves y una dirección, también de Ascona —Santandrea se sentó, complacido—. Están yendo a inspeccionarla.

—La pregunta sigue en pie —Vivacqua se estiró en la butaca.

—Bueno, así de pronto...

—Desde luego, eres un polizonte: te envío a buscar respuestas y vuelves con más preguntas.

—De acuerdo, pero el hecho de que se nos escape de nuestras mismas narices no significa que podamos desatender lo que ha hecho e irnos a dormir. Estamos obligados a excavar; además, nunca se sabe lo que acaba saliendo. También el asunto del camionero polaco, aparte del hecho de que se haya entregado espontáneamente, y menos mal, pues de lo contrario habrían pasado días antes de que descubriéramos cómo se había largado, no servirá para atrapar a esa fiera, no nos ha dicho nada que no supiéramos, pero nos ayudó a encontrar el Mercedes, porque estaba claro que la zona donde bajó estaba cerca de su escondrijo. Además, está herido, el automóvil ya no puede usarlo, así que eligió un supermercado cercano: la fruta nunca cae lejos del árbol, querido comisario jefe.

—Cuánta sabiduría y qué intuiciones más brillantes: no lejos del árbol... —asintió con firmeza el comisario.

—Venga, recochinéate. Adelante.

—No me recochineo, solo constato: su escondrijo estará cerca, no lo dudo, pero no lo hemos encontrado. Y si, como dices, no habéis tocado el Mercedes, solo hay que esperar a que vaya a recogerlo. Dicho entre nosotros: ese tío está loco, pero no es idiota. Me sorprendería mucho si lo hiciera.

—En todo caso, dos de los nuestros están allí justo para eso, con la esperanza de que no tengas razón. Y, para responder a tu pregunta, no puedes descartar que la reconstrucción de sus pasos no conduzca a las razones por las que mata, porque después de tantos días de caza todavía no hemos entendido qué cojones quiere.

—¿Tú crees? Yo no sería tan pesimista. Por ejemplo, ahora estamos seguros de su identidad, tiene nombre y apellido y, sobre todo, podemos pasar página sobre una sospecha maliciosa: el tío a quien buscamos no es Lelouche; qué haya podido ser de él me importa un bledo, pero una cierta idea de lo que busca Ascentiis, en mi opinión, sí que podemos formarnos —Santandrea se palpó el esparadrapo de debajo de la nariz e hizo una mueca.

—Es verdad, que tú tienes tus teorías: Securplan, Suiza, la tomadura de pelo, etcétera —se puso de pie y señaló con el dedo—. Pero la verdad es que tú tampoco tienes información útil para atraparlo. De hecho, tu teoría no está respaldada por ninguna prueba. No puedes demostrar las conexiones con el pintor, la rusa, Molteni y Benetti, para ser precisos. Estamos empatados.

—Es cierto. Dime lo que habéis hecho hoy.

—Día inútil —cogió sus gafas y las miró al trasluz—. Entre los amigos de Paternostro no hay nadie que tenga ninguna idea que pueda valer algo. Tenemos un mapa bastante bueno de los asiduos al castillo, nombres, profesiones, gilipolleces y nada para trabajar: seguimos perdidos en el bosque. Hemos completado los registros en casa de Benetti y de su hermana sin encontrar material interesante; aparte de la documentación que sacamos del sótano, que habría que analizar, estamos arrodillados ante las puertas del paraíso invocando un milagro.

—Déjame ver esos documentos —Vivacqua se levantó y se puso la chaqueta—. De modo que ha pasado otro día sin sacar nada en claro. ¿Y el Dux?

Santandrea silbó.

—Parece Shrek, le salen llamas de la nariz, te ahorro sus juramentos. Creo que está muy arrepentido de haberte dado estos tres días de gracia, está contando los minutos.

—¡Cornudo, hediondo y apaleado!

—¿De quién has sacado esa información sobre el cabronazo?

—Secreto de Estado.

—¿Nuestro amigo Napoleón, el romano?

—Muy bien, Jirafón. Pero no lo llames así, que se nos pone triste. Me voy.

—Puedes dormir aquí, Assunta lleva dos semanas sin verte, ya ha presentado una denuncia por desaparición. En el peor de los casos pedirá el divorcio.

—Seguro, esa podrá matarme pero no se divorcia. Tengo que hacer una cosa antes de irme a dormir. *Sabbenedica*.

10.
Martes, 15 de junio
Menos uno

08.15 horas

> *Obtener cien victorias en cien combates no es lo mejor; el culmen de la pericia militar consiste en someter al enemigo sin librar batalla con él.*

Puede ocurrir que, en el barullo de una acción, los equilibrios sufran un vuelco: son los imponderables. No hay un manual de estrategia que acuda en tu rescate.

Ascentiis bajó sus prismáticos y volvió a sus asuntos en el diminuto baño.

Vas a sacudir y de repente el viento ha cambiado, tienes que moverte si no quieres recibir. Un error, un descuido, una orden mal obedecida y en vez de ir a por lana sales trasquilado. Ya le había sucedido en Somalia, una batida de avanzadilla: casi un paseo que, además, no le correspondía a él. La misión era muy sencilla: rodear un pueblo que dos días antes había sido examinado a fondo, las fuerzas rebeldes lo habían abandonado batiéndose en retirada, ahora se trataba de avanzar y tomar posesión del lugar. Nada de particular.

Él por el sur con ocho asaltantes, los holandeses por el este con doce hombres; a los tulipanes les tocaba permanecer allí y ocupar el área hasta nuevo aviso.

Un trabajillo de reclutas: ir, mirar, comprobar que no hay follones que te caigan encima, abrir paso para que los trabajadores entren y luego regresar.

Y así, con las precauciones que exigía el caso, se habían acercado lo suficiente como para observar la absoluta falta de vida en el pueblo: menuda sorpresa. No era lo que esperaban. El asombro duró lo suficiente como para que creciera en él la decisión de que era muuucho mejor echar un vistazo de cerca, con la máxima prudencia.

No volaba un pájaro, y eso era una mala señal. Igual que no le había gustado la colina del norte, a quinientos metros del pueblo: un lugar ideal para un ataque. Detrás, el arroyuelo estaba seco, pero a su alrededor todo estaba casi completamente expuesto. Un terreno pésimo para luchar.

El sol caía a pico. Debía de hacer cincuenta grados, uno sudaba solo con parpadear. El único pensamiento era acabar con esa historia tan pronto como fuera posible y regresar al campamento base para quitarse el polvo bajo la ducha; de todo lo demás ya se encargarían los tulipanes.

Estaba a punto de llamar al capitán de las holandesitas por radio para decirles que esperaran, que iban a hacer una inspección de cerca. Cuestión de media hora, una hora como máximo.

No tuvo tiempo de pedir la conexión con el sargento mayor Piero Barilà porque llegó la primera explosión: una mina antitanque. Dos del contingente holandés volaron por los aires, mejor dicho, algunos trozos de ellos, jirones. En un instante, toda la banalidad de una ridícula misión se convirtió en mierda y ráfagas de Kaláshnikov. Los primeros disparos de mortero llegaron desde la colina y se desencadenó el infierno. Tardaron medio día en desalojar a los rebeldes. Él se trajo de vuelta a su equipo intacto, seis de los holandeses quedaron hechos trizas entre las palmeras y el barro. Los rebeldes fueron exterminados al son de granadas y helicópteros Apaches.

Tal vez en ese caso no fueran los imponderables realmente los responsables del desastre, pero lo cierto es que la guerra tiene sus propias reglas; si te quedas dormido, corres el riesgo de no despertar; tienes que estar atento y adelantarte a la jugada.

Dejó la navaja de afeitar, se miró en el espejo, revisó el rasurado, el corte en el pómulo y el aspecto general. Se felicitó: parecía más joven. El dolor en la pierna se había calmado y ya no meaba sangre.

Cogió los prismáticos y los dirigió hacia la ventana. Desde esa posición, el panorama de la plaza era excelente. Encuadró la fila de coches aparcados y sonrió.

El Fiat Stilo con los policías de paisano seguía allí, vigilando el Mercedes. Chicos inexpertos, se habían pasado la noche en el automóvil, probablemente se hubieran quedado dormidos los dos. Le habría gustado ir a saludarlos y esperar sus muestras de agradecimiento: estáis vivos porque he decidido dejaros vivir, les hubiera dicho, porque no sois mis soldados, pero vuestro jefe es un cabeza de chorlito, pronto se lo diré en persona. Pongamos en escena los imponderables.

08.15 horas. Casa Vivacqua

Vivacqua estaba en la cocina, los chicos se habían ido a echar un vistazo al colegio, las notas no se expondrían en los paneles hasta el viernes y no había motivos para preocuparse, ambos lo aprobarían todo sin dificultad. Fabrizio, sobre todo, que había salido a su madre, estaba muy por encima de cualquier inquietud. Con toda probabilidad, el asunto se refería a Tommy, o a la organización de un equipo de exploradores para realizar expediciones con fuerzas renovadas. Todo el vecindario estaba empapelado con nuevos carteles de notificación y fotografías con números de teléfono, Facebook, correo electrónico, móviles, y todos los días llegaban avisos que se revelaban infructuosos. A esas alturas, la casa era un ir y venir incesante, parecía la central de un comité electoral.

Assunta pasó de la terraza a la cocina con el teléfono sujeto entre el hombro y la oreja. Estaba buscando un piso de alquiler para las vacaciones de agosto, en la costa, en el sur, y refunfuñaba porque la ropa no acababa de secarse.

Fuera no estaba lloviendo, pero tampoco se abría y parecía como si el castigo del diluvio universal solo hubiera sido pospuesto. El ruido del tráfico subía desde la plaza Santa Rita y el cercano mercado al aire libre.

La segunda cafetera de la mañana gorgoteaba en el fuego.

Vivacqua vertió el café en la taza ya utilizada y volvió a sentarse. Había dormido poco y mal. Otra vez sueños de muerte. El tiroteo del sótano de Benetti se había deformado en un carrusel surrealista: Paternostro y la rusa tenían a raya a Migliorino y a Santandrea, después hacía su irrupción Ascentiis y abría fuego sin ton ni son, él aparecía más tarde, cuando todo había concluido, los agresores huían en coche a pocos pasos de él, en la bodega Migliorino atendía a un Santandrea moribundo.

Se estremeció.

Sergio Santandrea era su adjunto casi desde el principio, cuando acababa de llegar a Turín después de un ascenso obtenido en Bérgamo. Se cayeron bien de inmediato, y buena parte del mérito de los muchos casos resueltos pertenecía precisamente a su adjunto, con su capacidad para analizar los hechos en abstracto, su intuición con los detalles, su terquedad para trabajar en los pormenores. Su fuerza como pareja de investigadores radicaba en tener casi siempre puntos de vista distintos, como estaba sucediendo con el caso Paternostro. Esa visión diferente aportaba riqueza: dos opiniones son dos opiniones, cuando se comparte una misma idea solo se tiene una. Si se revela errónea, no hay nada sobre lo que trabajar.

El comisario abrió la ficha de la investigación, la extendió sobre la mesa y se quedó mirándola. Flechas, notas, llamadas. Subrayados con asterisco. Fue cuestión de un par de minutos, luego, apartó la hoja.

Quedaban pocas horas para que expirara la tregua con el superintendente. ¿Qué pasaría después? ¿Llegarían nuevos cazadores? ¿Desde Roma? ¿Para lanzar trampas a un criminal atípico que se escabullía como una anguila? ¿Cuándo llegarían? ¿Mañana, pasado? ¿Y mientras tanto?

Vivacqua meneó la cabeza, un gruñido sordo salía de su estómago y vibraba por todo su cuerpo. No quería pensar en ello, pero lo cierto era que todos sus razonamientos acababan chocando contra esa espina de la cuenta atrás. La concentración duraba un momento y luego, como una transmisión pirata, se introducía la voz del orgullo.

Peor que un dolor de muelas.

Assunta pasó en ese momento y frunció el ceño. Era la primera vez en muchos años de matrimonio que a esas horas su marido aún no se había ido y, sobre todo, que se ponía a trabajar en casa. En casa, no en su adorado despacho, con su adorado equipo; tomó una taza, se sirvió un café, se sentó con él y lo miró a los ojos.

Salvatore esbozó una sonrisa y dijo:

—¿Sabes que la persona que está a tu lado cuando te despiertas es la que tiene mayores posibilidades de matarte? Lo dicen las estadísticas.

—Así que también hoy te has librado.

—Parece que tengo suerte.

—Más que nada, es que no sé cómo usar las armas, pero no bajes la guardia —se acercó y le estampó un beso en los labios—. ¿Qué ocurre, Totò, te has perdido en el camino?

Vivacqua meneó la cabeza.

—A medianoche expira el plazo.

La mujer se bebió el café con la expresión de quien no acaba de tener claro el significado de lo que ha oído.

—¿Y qué pasa después?

—El caso pasará a otro equipo, supongo.

—¿Que te quitan el caso? —dijo estupefacta—. ¿Y lo sabe el superintendente?

—La decisión es suya.

En un momento todo le quedó claro. Habría querido decirle que eso no cambiaba nada para ella, que en el fondo el trabajo es un medio, no un fin, que para ella seguía siendo el mejor del mundo. En cambio, dijo:

—Entonces deberías estar de caza, amor, ¿qué estás haciendo todavía aquí?

—¿Conoces esa sensación de cuando crees que entiendes algo pero no puedes establecer los vínculos?

—Tal vez te falte algo.

Vivacqua buscó una sonrisa, le salió una mueca.

—No, la persecución ha terminado, la solución está en la cabeza, solo tiene que posarse, pero...

—Pero tienes prisa —se anticipó Assunta—. Y no te gusta que te sometan a presión.

—Sí.

—¿Sabes lo que hacemos las mujeres en estos casos? —dijo con fingida superioridad.

—Llamar a vuestro marido.

—Nunca permitas que los hombres se enteren de estas cosas. Volvemos a empezar desde el principio, lo resolvemos, luego cuando llegáis hacemos como si nada, total, no os dais nunca cuenta de lo que pasa.

El comisario asintió.

—Entonces volvamos a empezar desde el principio. Una vez más —cerró la ficha, se puso la chaqueta y se dispuso a marcharse.

—¿Y Tommy? ¿Qué hacemos? Los chicos se están volviendo locos. ¿Tú qué crees? Ya han pasado muchos días; lleva la plaquita con la dirección, el tatuaje, quien se lo haya encontrado se ha quedado con él, o bien le han...

—¿Atropellado?

—No quería decirlo, pero a estas alturas es una posibilidad que hay que tomar en cuenta. Démosles una sorpresa, vámonos a la perrera con Antonella y adoptemos otro.

—Ya te dije que me he puesto de acuerdo con él: cuando haya terminado con sus cosas, volverá.
—¿Y no estás preocupado?
—Qué va.
—¡Tú no eres un siciliano, eres de Oslo!

12.15 horas. Jefatura de policía.

Santandrea apoyaba su peso en un pie y en otro mientras Meucci vaciaba la taza de café.

—... fue un verdadero espectáculo, de verdad. La recreación de este año pasará a los anales. Saqué una cantidad impresionante de fotografías —se echó la mano al bolsillo y con unos cuantos gestos extrajo las imágenes de su teléfono móvil—: Mira, esta es la caída del general Desaix —hizo una pausa y apareció la siguiente foto—. Conoces la historia, ¿verdad?

—¿La del general? No en detalle —intentó escabullirse.

—Ah, es un hecho ejemplar que encaja perfectamente en el contexto de Marengo. Porque esa batalla no solo significó el trampolín de lanzamiento del cónsul Bonaparte, sino que por encima de todo es una parábola de la vida, de cómo los imponderables tienen un papel decisivo en el futuro de un individuo.

—Ya, ya —dijo intentando alejarse, pero Meucci lo detuvo.

—Marengo es el arranque del imparable éxito de Napoleón: en Marengo derrota a los austríacos gracias a su audacia y, admitámoslo, a la suerte. Los austríacos son más numerosos, están mejor preparados, mejor armados, tienen caballos espectaculares. Napoleón los derrota porque el campo de batalla es el peor posible para un atacante: está empapado de agua, surcado por un canal que impide que los austríacos arrollen a los franceses, pero, sobre todo, el adversario está cegado por la ira. Von Melas está tan cabreado que pierde la luz de la razón: sus hombres están exhaustos, ha sufrido pérdidas en los enfrentamientos de Montebello y quiere revancha, se lanza de cabeza al ataque y comete una enorme cantidad de errores. Manda a sus mejores unidades de caballería a la retaguardia, una zona tan alejada de la batalla que los dejará completamente fuera de juego, mientras que Napoleón tiene la suerte de ver cómo acude en su ayuda su mejor general, Desaix, justo cuando está a punto de retirarse, a punto de capitular. Aparece Desaix: el hombre que realiza el milagro y, en el culmen de la mala suerte, no podrá disfrutar de un solo segundo de gloria porque morirá durante el combate. ¿Entiendes?

—Eh, claro, por supuesto, pero...

—La paradoja de todo esto es que Napoleón gana porque los imponderables han invertido el destino: le han dado una letra de cambio que tarde o temprano tendrá que reembolsar; él no lo sabe, pero el plazo es exactamente de quince años, el cobro queda fijado para el 18 de junio de 1815, en un rincón olvidado de Bélgica, en Waterloo. Si crees en lo sobrenatural, no te costará pensar en un pacto con el diablo: se le conceden quince años para completar el trabajo, crear un imperio y colocar a sus hermanos y, una vez expirados, lo que los imponderables le han otorgado deberá saldarlo sin ayudas extraordinarias. En efecto, se encontrará en las mismas condiciones que en Marengo, pero esa vez será él quien tenga prisa por concluir. No puede usar los cañones como había previsto, aguarda a un tercio de su ejército que tarda en llegar, está en inferioridad numérica, el terreno le es adverso. Comete errores de valoración; cuando todo está perdido, su último baluarte, la vieja guardia, hace de tripas corazón para defender lo indefendible y se lanza hacia la masacre, pero los imponderables ya han decidido su destino, han dado por concluido el banquete y se han ido: los refuerzos no llegarán. Es una derrota, el emperador ha caído. Napoleón abandona la escena, listo para su exilio definitivo —Meucci concluyó con un gesto dramático y se metió el teléfono en el bolsillo.

Santandrea se ajustó el esparadrapo bajo la nariz.

—Mmmm, ¿y ve una enseñanza especial en todo ello?

—¿Quién sabe? Tal vez el hombre al que perseguís, el que se os escabulle a causa de los imponderables, se haya quedado sin crédito, y tal vez haya llegado el momento de ir a por él. ¿No crees?

Vivacqua pasó entre los dos como un rompehielos para entrar en su despacho.

Meucci reconoció al instante el olor acre de los líos, permaneció indeciso sobre si desmarcarse en una zona apartada o volverse invisible.

—¿Qué es todo ese follón que hay ahí? —gruñó el comisario.

Santandrea abrió las palmas de las manos.

—¿Cómo que qué es? La gente que estaba en el supermercado, estamos cribando...

—Agua es lo que estáis cribando. Que se vayan todos a casa.

—No hay quien te entienda, válgame Dios. Son órdenes tuyas, ¿o ya no te acuerdas?

—Ah, ¿sí? Bueno, pues no sirve una mierda. Que se larguen. Ese tío está loco, no hay nadie que lo ayude. Es una pelea entre miles de nosotros y él. ¿El camionero?

—Le hemos soltado, por supuesto. Y dado que los mandas a todos a casa, he de pensar que tienes los ojos puestos en otra cosa; ¿puede saberse lo que te ronda por la cabeza?

—Ya conoces mi teoría. Esta otra cataplasma ¿qué narices es? —señaló la caja al lado de la butaca.

—Te has despertado de mal humor, ya veo. Eso también forma parte de las instrucciones de su excelencia, es la documentación encontrada en la bodega de Benetti, dijiste que querías verla. Además, si la memoria no se te ha jodido con los últimos líos, hoy expira la tregua, y después todos se...

—¿La has inspeccionado?

—Solo por encima. Facturas, catálogos, papelujos. ¿Me lo llevo?

—Más tarde, si acaso —el comisario levantó la caja para sacar su contenido y dejarlo sobre el escritorio—. Aquí está... —hizo un gesto hacia la montaña de papeles— ahora no nos falta nada, la solución está... —sonó el teléfono—. Encárgate tú —le dijo a Santandrea.

Meucci miraba a su alrededor como buscando una elegante manera de despedirse.

Fue Vivacqua quien lo sacó del apuro.

—¿Cuánto tiempo va a quedarse en Turín?

—Con ustedes prácticamente ya he terminado, así que si quisiera podría volver mañana incluso; es más, probablemente lo haga.

Mientras tanto, Santandrea empezó a levantar la voz.

—¿Dónde? —dijo de repente. Tanto el comisario como Meucci se giraron al mismo tiempo—. ¿Ya has pedido refuerzos? —esperó la respuesta y presionó el botón de silencio—. Galante dice que sospecha algo, está de guardia en...

—Sé dónde está Galante. ¿Cuál es el problema?

—Dice que habría que entrar a inspeccionar, le ha parecido que desde una ventana a unas cuantas manzanas alguien los está espiando con unos prismáticos.

—Que salgan enseguida dos coches patrulla. Avisa a Carboni, que coja a un par de los suyos y vayan a echar un vistazo. Informa a la Brigada Móvil, podríamos necesitar ayuda.

—¿No sería mejor que fuera yo también?

—¿Para una inspección? No, me haces más falta aquí.

Santandrea se apresuró a dar instrucciones, dictó las órdenes y salió al pasillo en busca de Carbone.

—Aquí están los imponderables —dijo Meucci.

—¿Cómo dice?

—Es una teoría mía. Tiene que ver con la indeterminación, la casualidad. Contiene algo de la teoría del caos, cierta confianza en el destino y un poco de sabiduría popular.

—En este caso específico, ¿cómo influye?

—Estaba hablando con Sergio hace un momento. Le decía que los imponderables siempre están al acecho. Quizá esta vez el escurridizo Lobo Gris no encuentre un camión para librarse por los pelos.

—Es algo así como decir que la buena y la mala suerte acaban equilibrándose al final con un valor medio.

—Tiene usted don de síntesis. Y de cierto cinismo descorazonador. Muy bien. Me quedan cosas por hacer —dijo; se metió una mano en el bolsillo de los pantalones y sacó un papel—. Eche un vistazo. Por supuesto, yo no sé nada sobre ese atraco suyo. Mis respetos.

—*Sabbenedica,* señor Meucci, recuerdos al ministro.

Vivacqua giró la nota entre los dedos y empleó un segundo para comprender de qué se trataba: era una fecha. La colocó en medio del escritorio y le lanzó un puñetazo con todo su sentimiento.

—Enero de hace nueve años: ¡pedazo de cornudo! —se acercó al tablero, se cruzó de brazos y comenzó a balancearse entre la punta y el talón.

Santandrea regresó en ese momento.

—¿Te estás regodeando?

—Mmm..., no hay motivo, aún quedan algunas cositas —señaló la nota.

—¿Te la ha dado Meucci? Qué es... —el adjunto se ajustó las gafas y abrió de par en par las pupilas—: Joder, ¿es esto lo que yo creo?

—No sé lo que crees, pero es la fecha en la que el Ministerio de Defensa decidió que era mejor colocar una bonita jaula alrededor del lobo.

—Un mes antes del robo. Esta sí que es buena, tanto que se merece un brindis —Santandrea se asomó al pasillo y le gritó a Meloni que trajera dos cafés—. Está bien, ¿adónde quieres ir a parar? Sé que no se te quita de la cabeza el teorema de todo-conectado-a-Securplan, pero aún no lo puedes demostrar y, sobre todo, no puedes explicar qué es lo que quiere Ascentiis. ¿El botín?

—¿Por qué no? —comentó el comisario.

—Porque podría estar en cualquier sitio: incluso en el lago Maggiore. En cualquier caso, soy de la opinión de que el dinero se ha volatilizado, y no me digas que él sabe cosas que nosotros no sabemos, porque de lo contrario no se explica por qué pone patas arriba los lugares de las ejecuciones: tampoco él sabe nada, te lo digo yo.

Meloni entró como un gato, dejó los cafés, hizo además de dar media vuelta, pero dijo:

—Jefe, abajo está lleno de periodistas.

Vivacqua extendió sus brazos para estirarse.

—Diles que la máquina de café se ha estropeado, que si van al bar de enfrente todo corre por cuenta del prefecto. Tan pronto como salgan, cierra la puerta. ¿Decías?

—Qué estás de coña.

Vivacqua disimuló una sonrisa.

—No sé cómo Assunta te aguanta, tarde o temprano te tira el secador en la bañera.

—No la pierdo nunca de vista. Y he guardado el secador en el sótano.

Sonó el teléfono fijo: llamaban de la centralita.

—El inspector Carbone para usted, jefe.

—Gavino, pero ¿cuánto tiempo te hace falta? ¿Qué pasa?

Vivacqua escuchó con atención, centró la vista en el techo como si buscara una mancha de humedad y esperó a escuchar las conclusiones.

—Así que nadie lo ha visto ni siquiera de refilón. ¿Y tú me pides permiso para echar la puerta abajo? ¿Y esa manía que os ha entrado de romperlo todo? Daos una vuelta por los alrededores con el retrato robot, sacad información, no abandonéis la zona, mantened los ojos abiertos y no toméis iniciativas —hizo ademán de colgar—. ¿Has preguntado de quién es el inmueble? —el inspector masculló una sucesión de incertezas—. No importa que sea una fábrica abandonada, ponte en contacto con Gargiulo, buscad a un vigilante o a alguien que tenga las llaves y después, si acaso, entráis, pero no sin que Santandrea o yo lo autoricemos —colgó. Tomó la taza y la vació de un solo trago—. ¿Dónde nos habíamos quedado?

—En el botín —Santandrea midió la habitación con sus zancadas de jirafón—. Si está buscando un botín, obviamente está al tanto del atraco —dijo como si pensara en voz alta—. No tomó parte en él, pero... —se giró—. ¿Lo que quieres decir es que hubiera debido participar? ¿Dirigir el asalto? —lo soltó todo a la vez.

—Tenía miedo de que no llegaras por tu cuenta —silbó—. La respuesta es: ¡no-lo-sé! Es una posibilidad —el comisario se levantó para acercarse a la ventana. El cielo estaba oscuro otra vez, se estaba levantando viento, en la lejanía las nubes ya no se distinguían bien, formaban un denso tejido de sábanas compactas—. No sé lo que anda buscando, estoy pensando en el dinero, pero como alternativa no excluyo la venganza. Murieron chicos que tal vez representaban algo para él. Ha estado en un manicomio, se ha pasado años pensando en el asunto, los días se hacen muy largos, hizo como que se portaba bien, pero en cuanto le sacaron de la jaula, se lanzó a mil por hora. La venganza es un móvil plausible. En ciertos aspectos, una cosa no excluye la otra.

Vivacqua se giró, metió el VHS del robo en el lector y presionó el botón de arranque.

Santandrea no dejaba de darle vueltas.

—No me convence. Estos son militares, gente acostumbrada a misiones, armas, medallas, honor patrio y señor sí señor; en su entorno son profesionales, pero un atraco es algo muy distinto, ¿cómo consiguieron montar una cosa así? No tienen competencia suficiente.

—Y, efectivamente, el resultado fue un desastre. Intenta responder a estas preguntas: ¿cómo se enteraron de que existía Securplan? ¿De la caja fuerte repleta? ¿De Molteni? ¿Y de que el director tiene un nieto? Sin mencionar el paseíto por Suiza de nuestro hijo de la gran puta: ¿te parece posible que se vaya de excursión justo a Ascona y Locarno? ¿Justo a los lugares de los que salieron antes de matarse? Tú qué crees, ¿casualidad o es que conocía el plan?

Santandrea pareció volver de una hipnosis. Eran todas observaciones lógicas que él no había tenido en cuenta, pero ahora estaba llegando a las mismas conclusiones que Vivacqua.

—¿Quién fue el enlace para organizar el robo, Lelouche?

—*Vossabbenedica*, señor Santandrea, bienvenido —fingió que aplaudía—. Ahora, si no te importa, me gustaría pensar, yo so...

Sonó el teléfono fijo. Era un número interno. El Dux.

El pájaro Padulo vuela a la altura del culo.

—Comisario Vivacqua —dijo formalmente—, le informo de que mañana la unidad de Roma se agregará a su departamento para proseguir con la investigación del caso Paternostro. No creo que sea necesario tener que explicarle que son colegas; esperamos grandes resultados de esta colaboración y de su disponibilidad. Nada de personalismos. Le espero mañana por la mañana a las nueve en punto para las presentaciones y la reunión de puesta al día.

Fin del comunicado.

El comisario se quedó unos instantes con el auricular a media altura. Colgó y dejó que su mirada se posara en el pequeño televisor.

—¿Nos quitan el caso? —preguntó Santandrea.

—Nooo, llegan los refuerzos. Nada personal, colaboración, disponibilidad, reunión a las nueve. ¡Que los follen!

—Te entran ganas de dejarlos a todos plantados. Sería una broma de lo más original —hizo un gesto hacia el panel con las fotografías, extendió el brazo y abarcó todo el material acumulado en las investigaciones—. Solo para reconstruir las conexiones emplearían una semana. ¿Qué hacemos, Totò?

Vivacqua detuvo la grabación.

—El día no ha terminado aún. Y tal vez haya una broma mejor que dejarlos plantados a todos. Encuentra algo que hacer, tengo una idea que no puede esperar para obtener el premio a los más agilipollados.

—A veces me gustaría que veas lo que veo.

—¿Qué?

—Un marciano.

17.05 horas

La inscripción en la placa grande decía F.LLI PANERO SRL - MOLDEADO DE MATERIALES PLÁSTICOS. Un edificio industrial de los años cincuenta que debía de llevar bastante tiempo abandonado, a juzgar por su deterioro. Ocupaba toda la manzana. En la planta de la calle, la parte inferior de las ventanas por detrás del enrejado estaba tapada con paneles de madera, mientras que la zona superior permanecía libre, con los cristales rotos. El edificio de dos pisos debió de estar a la vanguardia del diseño industrial de su época: vigas metálicas que se elevaban en vertical desde el suelo pintadas de azul eléctrico, marcos de aluminio dorado, cemento y cristal en el segundo piso. A la entrada que conducía a las oficinas se accedía por una escalera de mármol barato y, a los lados, estaban las entradas de los talleres. Alrededor, todo eran edificios recientes, titanes de ocho plantas y tiendas.

El inspector Carbone estaba estacionado con dos patrullas, esperando recibir el permiso para echar la puerta abajo.

La ronda para recopilar información se había revelado hasta ese momento como una pérdida de tiempo, al igual que las indagaciones realizadas por Gargiulo. No había forma de localizar a los dueños, y según los únicos datos obtenidos la empresa había quebrado hacía casi diez años; desde entonces, todo su contenido, equipamiento y maquinaria, había salido a subasta.

17.25 horas. Despacho del comisario

El vídeo de Securplan avanzaba por su cuenta, Vivacqua estaba inclinado hacia delante con una monedita de veinte céntimos en la mano derecha sobre la vertical del vaso lleno hasta el borde. En el fondo, dos monedas esperaban que el juego continuara; bajó el brazo hasta que vio el estriado de la moneda adherirse a la superficie del agua.

No la horadaba.

Se giró e hizo avanzar la cinta hasta el momento en el que uno de los asaltantes dispara sobre Bignardi; pulsó el botón de reproducción: dos asaltantes entran apresuradamente en la sala blindada, cogen las sacas y vuelan al montacargas. En el semisótano aparece un tercer cómplice. Cargan y...

Asintió. Era como lo recordaba.

Volvió a coger la monedita y la devolvió a la posición anterior, fue ganando porciones infinitesimales de profundidad a base de paciencia. El agua ocupaba el borde hasta cubrir el rizo exterior del vaso. Ese era el momento.

La soltó, pero la moneda se escoró ligeramente hacia un lado, unas gotas chorrearon fuera mientras la moneda golpeaba contra la pared de plástico y la base del vaso quedaba mojada en el escritorio.

En la pantalla, la furgoneta de los asaltantes se alejaba con su carga de locura.

—A tomar por culo.

Dio un manotazo a una pila de documentos que cayeron desperdigados entre la butaquita y la cesta. Las ganas de tirarlo todo por el váter se estaban volviendo irresistibles: la peor manera de lidiar con una crisis. Lanzó un vistazo al reloj y apretó las mandíbulas. Ya no podía seguir sentado. Arrancó la chaqueta del sillón y se marchó.

19.55 horas

Vivacqua detuvo el coche frente al castillo, que ya estaba a oscuras. En la verja, los carteles de prohibición de acceso a la propiedad confiscada estaban casi completamente cubiertos por pancartas. Una decía NO ESPERAREMOS. TENDRÉIS QUE PASAR SOBRE NUESTROS CUERPOS.

El comisario abrió la ficha de la investigación, sacó un bolígrafo y golpeteó una nota.

Incluso considerando a Ascentiis como jefe de la misión, seguía faltando un vínculo con las personas asesinadas de los últimos días y la respuesta a una de las preguntas fundamentales: ¿por qué mató Ascentiis a Paternostro?

¿Habría participado él también en el plan? ¿Y Benetti?

¿O tal vez era solo que estaban al corriente de lo que había sucedido?

Después de todo, también podía valer la hipótesis de que toda la banda se hubiera reunido más de una vez en la finca para organizar el atraco. Así pues, ¿estaban al tanto de todo el artista y su representante?

Era una reconstrucción bastante buena para sustentar la hipótesis de la venganza.

Encendió el motor y se marchó a toda velocidad con las luces encendidas.

Condujo como en un tiovivo de caballitos, dando vueltas, con las preguntas que le desfilaban por delante una y otra vez. Una parte de sus pensamientos permaneció adherida al sentido del presente: la solución estaba al alcance de la mano, pero otra parte, malévola, le decía que reunir todas las piezas exigía más trabajo, tal vez un par de días, es decir, justo el tiempo necesario para entregar a los cornudos de los refuerzos procedentes de Roma el acertijo perfectamente resuelto.

Y eso le tocaba las pelotas.

Más que el tiovivo con los caballitos.

Sin pensarlo, se desvió y se encontró en Strada delle Cacce. El escenario seguía teniendo un aspecto lunar, con el vallado color naranja de las obras, las grúas bloqueadas, los esqueletos de una colonia de aparceros definitivamente expulsada del mundo campesino y lista para convertirse en una ridícula urbanización campestre. Se detuvo frente a la que había sido la vivienda de Kulikov.

Un segundo, un momento, el tiempo de una despedida.

Sin decir una palabra, con los labios apretados.

Y así siguió durante todo su recorrido a toda mecha, con el Alfa que piafaba inquieto en los cruces, en los semáforos, en los cambios de marchas. La radio de servicio de fondo con la voz monocorde de la central, los pitidos digitales de la señal de transmisión.

Cuando llegó a la entrada del antiguo Securplan la verja estaba cerrada. *Game over.*

Completar el peregrinaje por las siete iglesias no le había servido de una mierda. Igual que alargar el viaje para pasar a ver a Bignardi. No había nada más que pudiera hacer para evitar la humillación.

Llamó a su mujer. Un par de palabras para decirle:

—Llegaré tarde, no me esperes.

—¿Nada?

—Nada.

—Sigues siendo mi policía favorito.

—¿Más que Maigret?

—Por supuesto.

—Mmm. ¿Más que Montalbano?

—Qué pregunta, Totò —colgó.

Vivacqua dio la vuelta con el coche para volver a comisaría. Sonó el móvil. Era Santandrea.

—Dime.

—Un notición: la fábrica a la que estamos intentando entrar se llama...

—¿Esa es la noticia?

—Nerviosete, ¿eh? De acuerdo, uno de los propietarios se llamaba Cantarelli. ¿Te suena?

—Uno de los asaltantes se llamaba Cantarelli.

—¿Entramos?

—Primero habla con el juez y que te dé la autorización, luego echáis abajo la puerta. Mantenme informado.

El cabronazo maneja sus itinerarios, no se mueve al azar. Conoce la ciudad y, aunque no haya recibido ayuda, tiene los conocimientos necesarios para esconderse. Además, para escapar de la persecución de los últimos días, debía de contar a la fuerza con un centro de gravedad.

Vivacqua conducía con los automatismos de quien está acostumbrado a hacer varias cosas al mismo tiempo, pero, cuando estaba a escasos cientos de metros de la casa de Bignardi, no pudo evitar acordarse del adjetivo utilizado por Meucci: «imponderable».

Un acontecimiento inesperado: un imponderable. Y tal vez aquello quisiera decir algo, al menos eso es lo que uno quiere creer cuando la racionalidad ya no tiene nada más que decirle.

En el vecindario todo estaba tranquilo, poco tráfico de vehículos, e incluso el movimiento de los bípedos parecía muy reducido. En ese momento todos estaban sentados a la mesa y él, a fuerza de tacitas, llevaba un litro de café en el estómago del día anterior.

Por los cristales coloreados de las ventanas que daban a la calle se intuían las luces interiores, lejos del salón. Bignardi estaba en casa. Vivacqua bajó del coche más para estirar las piernas que para hacer una inspección de cerca. Se dirigió con pasos desganados hacia el edificio, dio unas cuantas vueltas por la acera y se detuvo frente a la verja. Entre un enrejado y el siguiente observó el interior que había visitado furtivamente el día anterior y la idea habitual volvió a aguijonearle, tanto que le hizo dudar: ¿en el expediente de Securplan estaban los informes de los registros?

Se encaminó hacia el coche. Entró e intentó concentrarse con todas sus fuerzas. Visualizó la montaña de papeles y recorrió el contenido de las carpetas.

La primera. No. ¿La segunda? Autopsias, informes, balística, notas de la Científica, la reconstrucción. La tercera, la más voluminosa: interrogatorios.

La cuarta.

Por supuesto, la cuarta contenía los registros. Si hasta había hojeado los informes.

Pero tenía que haber uno en particular. ¿Por qué no lo había verificado?

Olvido gravísimo.

Se dio una fuerte palmada en la frente.

—¡Salvatore, eres un capullo!

22.10 horas. Jefatura de policía

Vivacqua pasó por delante de la centralita, cogió todas las monedas que llevaba en el bolsillo y las introdujo en la ranura. Presionó el botón y dos cruasanes envueltos en celofán salieron por la abertura. Tenían todo el aspecto del cartón mojado. El pasillo era un ir y venir de agentes. Migliorino pasaba de un despacho a otro como un náufrago.

—Tú —dijo el comisario—, ¿adónde vas?

—A echar una mano a Santandrea. Un tío corpulento siempre viene bien, por si hay que levantar alguna viga... —intentó bromear.

—Ya ha ido Carbone y la mitad de la comisaría. Te necesito aquí.

Migliorino puso una expresión abatida.

—Jefe, se me escapó de las manos, fui yo el que cometí el error, déjeme arreglarlo. Es una cuestión personal.

—Por eso mismo te vas a quedar aquí. Despídete de todos y vente a mi despacho —desenvolvió el primer cruasán y dio un bocado—. ¡Qué asco, mierda! —dio unos pasos y se volvió—. Vamos, joven, a mi oficina, *amuninni*.

Migliorino entró y se sentó con la delicadeza de un buey.

—Tengo que hacer un par de comprobaciones, a ti en cambio te toca trabajar como archivista —hizo un gesto señalando el escritorio—. Mañana vienen unos prestigiosos investigadores que pondrán a nuestra disposición su muy especial olfato para resolver el caso. ¿A que te alegras? —era una pregunta retórica, el inspector no se molestó en responder—. No querrás hacer que tu jefe quede como un gilipollas, ¿a que no? Empieza por la izquierda, échale un vistazo a todo, ordénalo por temas, lo que no pertenezca a ninguna familia lo apartas, me lo enseñas y si no sirve de nada, lo pones en la G.

—¿La G?

—Gilipolleces, Migliori'. Para que lo tiremos. Y date prisa, que no tenemos toda la noche.

El inspector resopló, se quitó la chaqueta y comenzó.

Vivacqua tomó la carpeta número cuatro y conteniendo la respiración se lanzó de cabeza. Docenas de informes. De Lorenzo se había desmelenado poniendo patas arriba a todo aquel que había tenido a tiro. Molteni sufrió cuatro registros, contando a sus padres, a sus suegros y una casa en las montañas. Lo mismo con los atracadores: todo bajo lupa hasta la quinta generación, incluidas novias, esposas y afines. Incluso el funcionario de aduanas recibió varias visitas. Todos los empleados de Securplan, dos agencias que colaboraban con Securplan. Tres antiguos empleados. La empresa de diseño de software en la que trabajaba Molteni. Y había más, a docenas. No habían encontrado nada.

Bignardi, dos registros.

Ahí estaba el meollo del asunto.

Migliorino gruñía al otro lado del escritorio con la cabeza gacha.

El comisario tomó los informes y los leyó a toda velocidad, con hormigueo en las manos, confiando en obtener una confirmación, porque ese cotejo era su último asidero.

Ambos se referían al chalé. El primero se llevó a cabo al día siguiente del robo. El siguiente, dos días más tarde; la brigada de élite de los de inspección tecnológica se dejó caer por allí para dar otra pasada con detectores de metales y fonendoscopios. Poco faltó para que desmontaran el edificio. Pasaron por el tamiz todas las habitaciones, garaje y jardín incluidos. Y sin embargo...

Vivacqua sonrió.

La teoría de la tomadura de pelo aguantaba. Aunque pareciera una locura. El verdadero problema era demostrar que el juego de las tres cartas, el más estúpido y pícaro de los trucos, se las había dado con queso a todos durante casi diez años. Y había acumulado demasiados ataúdes.

El comisario miró la hora: era casi medianoche.

Con el material disponible, solo podía intentar un jueguecito. El del gato y el ratón. No resolvería el asunto ni haría reaparecer el botín. Porque el botín seguía por ahí. Sin duda.

Migliorino se inclinó para recoger la pila de papeles de la mesa del teléfono.

—¿Esto sigue haciendo falta?

Vivacqua lo miró a regañadientes. Estaba agotado.

—Déjame el listado, quiero echarle un vistazo. Lo demás métclo en la caja de Benetti.

El agente Meloni asomó la cabeza en el despacho.

—¿Molesto? He hecho café, ¿se lo dejo aquí?

Nunca rechaces un café.

El comisario se lo tomó, mientras leía en diagonal el listado. Recorrió las primeras páginas con cierta hilaridad al leer el nombre de las obras: «*Metafísica de lo no soñado,* 2002, óleo sobre lienzo, 70 x 20; comprado por un francés de Lyon por cuarenta mil euros». Quién sabe qué querrá decir eso de «no soñado», se preguntó.

Iconos andróginos, 2002, técnica mixta, 70 x 70; un galerista de Stuttgart había pagado doce mil euros.

—¿Tú te comprarías un cuadro que se llama *Iconos andróginos*? Ocho meses a pan y agua y te das un capricho. Pero luego tienes un Paternostro, que no es ninguna tontería.

Migliorino hizo una mueca.

Vivacqua vació la taza. De repente, la curiosidad tomó forma. Cogió el listado correspondiente a este que habían encontrado en el taller de Paternostro, al cabo de un momento encontró las obras y rio entre dientes.

—Qué hijo de mala madre.

Los precios eran diferentes. Benetti robaba. A Paternostro le declaraba ingresos más bajos, además le descontaba sus propias comisiones y se reía en su cara.

A esas alturas, el descubrimiento no revestía mayor importancia, pero demostraba que las sospechas que había tenido no estaban traídas por los pelos. El comisario hizo ademán de levantarse, vio la siguiente obra y se quedó intrigado, más por el título que por interés real.

Porvenir esquizofrénico, óleo sobre lienzo, 100 x 140; vendido a...

Vivacqua casi se cae de la butaca, Migliorino lo miró con los ojos desorbitados a causa de la sorpresa.

—Joder.

Los imponderables estaban lanzando sus dardos a mansalva y ahora solo quedaba concluir la partida con...

Meloni entró dando gritos como si estuvieran cayendo bombas.

—Jefe, jefe, menudo follón. Nos han llamado por una emergencia, andan de por medio los nuestros.

Vivacqua sintió erizársele los pelos de los brazos: el registro de Santandrea. Migliorino se había levantado y se estaba poniendo la cazadora.

—Calma, calma, siéntate —le dijo al inspector—. Explícate mejor.

—Van para allá los bomberos y las ambulancias. Parece que ha habido una explosión en la fábrica a la que ha ido Santandrea. Hay heridos.

—Mecagoentodoslosmuertosdesuputamadre... —cogió el móvil y presionó el número corto del adjunto. La conexión duró un momento, Vivacqua no tuvo tiempo de decir nada porque al otro lado colgaron.

—Quécojon... Sergio, voy para allí y os... os... —cerró el móvil—. Vamos a ver qué pasa. Démonos prisa.

En el patio de la jefatura los remolinos de viento parecían a punto de levantar los vehículos del suelo, las banderas enloquecían zarandeadas en sus astas, las hojas y las ramitas formaban círculos que huían en todas direcciones. El aire había cambiado, el barrunto de África, de calor húmedo y de siroco se había ido para ser reemplazado por una tensa brisa que anunciaba cambios.

Migliorino se puso al volante y pisó el acelerador como un delincuente. Faros puestos, sirena, cuentarrevoluciones siempre pegado a la zona roja, curvas al límite y pedales a fondo en los semáforos. La radio seguía a los coches patrulla que acudían a la zona y daba instrucciones.

La avenida Vittorio Emanuele estaba tan abarrotado como en hora punta, el tráfico de todo el jaleo iba en sentido opuesto, el que lleva hacia el centro, al paseo del Po y a la zona universitaria. Los coches se apartaban de su camino casi horrorizados por la irrupción de ese relámpago.

La central se puso en contacto con un hospital para preguntar por la situación de las ambulancias. El comisario se propinó una fuerte palmada en el muslo, tomó el micrófono y habló.

—Soy Vivacqua. ¿Hay heridos entre los nuestros?

Silencio e interferencias.

—Central, ¿quiénes han resultado heridos, civiles o agentes? —repitió.

—No disponemos de esa información, comisario. ¿Le hace falta?

Migliorino giró sobre dos ruedas y Vivacqua casi sale despedido por la ventanilla. Al final de la calle Monginevro, las luces parpadeantes horadaban la noche. Una multitud de personas llenaba las aceras, algunos agentes desviaban el tráfico hacia los carriles laterales. Dos coches de bomberos, tres ambulancias, una columna de humo mezclado con polvo que se elevaba del edificio y anticipaba malas noticias. Una patrulla de motocicletas abrió paso al Alfa.

—No importa, ya hemos llegado —dijo a la radio.

Vivacqua salió e inhaló la primera bocanada agria. Una mezcla de trilita, ladrillos quemados y adrenalina. La suya.

Dejaron el coche detrás de un camión cisterna, los bomberos se desgañitaban; se abrieron paso entre el alboroto justo en el momento en el que una ambulancia pasaba a toda velocidad con las sirenas encendidas. Una pareja de enfermeros apareció con una camilla encaminándose hacia la segunda ambulancia. Vivacqua se apresuró a comprobar quién era el herido. Tuvo tiempo de entrever el cuerpo, las botas, el uniforme manchado de sangre y sintió un leve alivio en su corazón, no era de los suyos. Se acercó al catre y vio a uno de los muchachos de la Móvil, tendría unos veinticinco años, estaba consciente. Tenía el rostro, el pecho y las piernas llenos de cortes pequeños y profundos; estaba cubierto por todos lados de polvo, fragmentos de cristal, metal, con sangre goteando de la frente, una ceja desgarrada. El comisario se le acercó y lo aferró de un brazo.

Intercambiaron una mirada, ni una palabra siquiera. El agente hizo un pequeño gesto de asentimiento con la cabeza, apretando los labios, Vivacqua le correspondió con un simple golpecito.

Migliorino se había adelantado.

Un agente le salió al encuentro.

—¿Quién es el otro herido? —preguntó.

—Se han llevado a dos. Uno es de los vuestros: Galante. Era el más grave. Pero parece que su vida no corre peligro.

—Galante —repitió. No pudo evitar pensar que llevaba casado un año apenas, que estaba esperando su primer hijo. Un arrebato de rabia le surgió de las entrañas, el precio de la investigación se había vuelto insostenible y parecía no tener fin. Se acercó al foco del estallido y, tras subir los escalones que conducían a la entrada del edificio, vio los signos de la deflagración: la puerta de metal, la mitad de la pared y del suelo habían saltado por los aires. El interior estaba casi completamente a oscuras, los bomberos colocaban luces para iluminar los puntos clave. Al fondo de la planta, a la izquierda, había otra pared arrancada. Parte del muro que daba a la calle interior se había desplomado sobre el asfalto y debía de haberse desatado un conato de incendio. En el suelo había un charco tan grande como una piscina. Olía a aceite, retardantes y trilita.

A la derecha, una rampa de escaleras conducía al piso superior, por la que bomberos y policías con linternas subían y bajaban sin cesar. Carbone se asomó en ese momento con Migliorino y se detuvo en la entrada.

—¿Dónde está Santandrea? —preguntó el inspector.

—Tal vez en el otro lado, o puede que se haya ido al hospital —echó un vistazo hacia fuera y dijo—: Su coche no está, debe de haber acompañado a Galante, está vivo de milagro.

—¿Y el cabronazo?

Carbone negó con la cabeza.

—Esta es su guarida. En el primer piso hay muchas pistas, ropa, medicamentos, armas incluso, pero ni lo hemos visto.

—¿Qué ha pasado?

—Estábamos en la puerta, Galante la estaba forzando para abrirla cuando hubo una explosión. La mitad del vestíbulo saltó por los aires, embistiéndonos en pleno. No tuvimos tiempo de darnos cuenta de nada. Por suerte no era una carga muy potente, de lo contrario nos habría hecho añicos. Santandrea, yo y otros dos entramos, no se podía ver nada a causa del polvo y el desorden, dimos la alarma, pedimos ayuda, nos separamos, yo estaba a punto de subir las escaleras cuando llegaron la segunda y la tercera explosión casi al mismo tiempo —hizo un gesto hacia el edificio—. Y tal vez saliera por ese lado, no lo sé, no se veía nada. Fue una acción de guerrillero, con bombas.

—Os atrajo dentro, esperó a que todos acudieran a este lado, cuando pensó que la vía de escape estaba despejada activó las explosiones posteriores —concluyó Migliorino.

Vivacqua escuchaba con la cabeza ligeramente inclinada hacia un lado.

—¿Qué pasa, jefe? —preguntó Carbone.

—No me cuadra. Pero, llegados a este punto, no nos queda otra que cortarle el paso.

Migliorino y Carbone se miraron el uno al otro.

—¿Cómo dice? —dijo Migliorino.

—Carbone, aquí apáñatelas tú, pon un par de equipos de vigilancia y asegúrate de que no revuelvan la guarida, no creo que el cabronazo dé señales de vida, pero, de todos modos, mantén los ojos abiertos. Si hay algún problema, llámame —después se dirigió a Migliorino—: Tú te vienes conmigo.

11.
Miércoles, 16 de junio
Tiempo cumplido

01.40 horas

Vivacqua se revolvía en el asiento como sobre un colchón de clavos, observando la calle discurrir a toda prisa por la ventanilla. Asentía, con los pies apoyados con fuerza en la alfombrilla. La radio estaba apagada. Migliorino no ahorraba caballos, con las sirenas a todo volumen, a ciento sesenta por la avenida Francia contra el viento que soplaba entre las junturas de los cristales. De vez en cuando se volvía hacia el jefe, le hubiera gustado preguntarle qué quería decir con «cortarle el paso». Pero no era el momento, parecía en trance, colgado de hilos que solo él veía.

El móvil de Vivacqua sonó. Era el Dux. Rechazó la llamada, tiempo vencido, la historia había llegado al final del trayecto. La tentación de contarle cómo estaban las cosas de verdad le subía por las costillas, junto con un «A tomar por culo» lanzado a pleno pulmón, pero era mejor quedarse callado, al menos para salvar su puesto de trabajo..., por más que...

Cuando llegaron a las cercanías de la plaza Massaua, el comisario volvió a tomar el control.

—Apaga la sirena, apaga las luces, ve despacio. Vamos a tener una charlita con el guindilla.

—¿En casa de Bignardi? —preguntó Migliorino.

—En casa de Bignardi. ¿Vas armado?

Migliorino hizo un gesto señalando la cazadora.

Dejaron el automóvil cruzado en la salida de vehículos del chalé. Las luces exteriores se reducían a los farolillos de los parterres que punteaban el frontal hasta el jardín trasero. Los cristales del salón amortiguaban los destellos de luz, alguien seguía aún despierto frente al televisor. En el vecindario todo estaba tranquilo, los ruidos de la avenida llegaban apagados; aparte del viento tenso, era un buen momento para dejar en tablas la doble partida a la que estaban jugando. Vivacqua presionó el timbre con decisión.

Durante unos momentos no ocurrió nada. Hasta que hubo un pequeño movimiento en una cortina al otro lado de la casa.

Segundo timbrazo, muy largo.

Se oyó el crujido del intercomunicador.

—¿Quién es? —dijo la mujer.

—Policía, comisario Vivacqua, abra, por favor.

—¿A estas horas? —dijo al cabo de un rato.

—Puede elegir: si lo prefiere, les doy tres minutos para que se vistan y vengan con nosotros a la comisaría. No me haga repetírselo, por favor.

La cerradura de la puerta hizo clic con un sonido metálico.

Vivacqua y el inspector subieron los escalones de dos en dos. En un instante estuvieron dentro, en una penumbra que una tenue luz proveniente del salón aclaraba. La mujer tiró de la cortina que servía de separación y se dejó ver, despeinada, sin arreglar. Llevaba un cárdigan que le llegaba hasta la rodilla abierto por delante, sobre un chándal y zapatillas de deporte. La expresión de su rostro no precisaba mayores explicaciones.

—¿Qué diablos se les pasa por la cabeza? ¿Es que no se dan cuenta de que a estas horas la gente tiene derecho a estar tranquila en su casa? No podría...

—Encienda las luces, haga el favor, y llame a su suegro —dijo Vivacqua.

—Ni pensarlo. Si tienen algo que comunicarnos que no pueda esperar, los escucho, pero lo que no voy a hacer, desde luego, es molestar a ese pobre hombre.

—¿Vas tú? —le dijo el comisario a Migliorino—. En el piso de arriba —la mujer se puso en medio con el fin de obstruir el paso.

—Cuánta arrogancia. Pienso decírselo a nuestro abogado, escribiré a los periódicos —se giró y desapareció por el pasillo.

—Dos minutos. Luego subimos —dijo el comisario al tiempo que encendía las luces en el salón. Migliorino se había quedado atrás ligeramente inclinado y apoyado de espaldas contra la pared. Miraba a su jefe sin entender lo que estaba a punto de ocurrir. Vivacqua se sentó en un sillón, sacó la ficha de la investigación y respiró profundamente. No había preparado la conversación, se veía obligado a improvisar.

El inspector golpeteó su reloj como para indicar que se lo estaban tomando con demasiada calma.

—Sube —dijo el inspector—. No te excedas.

No hubo necesidad. La mujer reapareció, se había peinado y arreglado, y unos pasos por detrás venía el exdirector, quien, sin levantar la vista, avanzó cojeando hacia la butaca y se dejó caer. Alzó los ojos como queriendo decir que no veía la hora de volver a hacer en santa paz lo que estuviera haciendo. La nuera se sentó en el sofá frente al inspector.

—Tengo la mitad de una historia muy fea... —hizo ondear el papel—, con muchos muertos. Una masacre que tiene que terminar esta noche. Un atraco feroz, un hombre en busca de venganza, que me sorprende que todavía no se haya pasado por aquí para reclamar su parte —sonrió—. La verdad es que no sé por qué no ha venido todavía, pero créanme, es solo cuestión de horas, luego vendrá y hará una escabechina. Les aseguro que es un mal cliente, debería usted saberlo, y sin duda sabrá que no hay forma de detenerlo. Usted tiene la otra mitad de la historia, he venido a escucharla.

El anciano apretó sus mandíbulas y lanzó una fugaz mirada a su nuera.

—¿Conque por eso ha venido? —preguntó glacialmente. Vivacqua se puso cómodo, cruzó las piernas y esperó—. Ya podía haberse quedado en el cuartelillo. No tengo ninguna mitad que contar, no sé de lo que me está hablando.

—Me está entrando la tentación de marcharme y leer su obituario en el periódico. Pero también me pagan para salvar la vida de dos... animales como ustedes.

La mujer se levantó de un salto y Migliorino la sentó sin contemplaciones.

—No pueden hacer esto. Es abuso de poder, es...

—Entonces les contaré yo la historia. Sean tan amables de corregirme en el momento oportuno. Todo empieza más o menos cuando la señora Di Maria aquí presente, viuda, descubre que la luz de sus ojos, el pequeño Marco, empieza a no sentirse bien. No les costará mucho obtener un diagnóstico y saber que le queda poco de vida. Para tener algo de esperanza, sería necesario llevarlo al extranjero. Hace falta mucho dinero. Y no lo tienen. Porque la única fuente potencial es usted, señor Bignardi, quien a su vez ya ha perdido a su único hijo y está inmerso en las deudas que ha contraído para crear una empresa a la vanguardia que su hijo estaba destinado a gestionar. Y ahora los problemas se acumulan en la casa, sin mencionar el hecho de que el anciano padre no tiene ningunas ganas de tirar solo del carro: no ha hecho toda esa inversión para sí mismo. El peor de los problemas sigue siendo el dinero, el tratamiento del pequeño cuesta mucho, las visitas médicas, las terapias: Marco no mejora, harían falta médicos más experimentados, medicamentos diferentes —Vivacqua se volvió, Barbara Di Maria se enjugaba los ojos—. De modo que Barbara, corríjame si me equivoco, vende todo lo que tiene y se viene a vivir aquí. Con el dinero obtenido recurre a médicos mejores, con los nuevos tratamientos se obtienen pequeñas mejoras. Lamentablemente, el dinero vuela y al cabo de no mucho tiempo surge de nuevo la necesidad de llevar al niño al extranjero. Imposible con el dinero que les queda, pero los imponderables entran en juego —el comisario hizo un gesto teatral, Migliorino estaba boquiabierto—. Aparece de pronto, o bien Barbara va a buscarlo para vender algún cuadro, un viejo conocido, un tipo jovial, un chanchullero muy seguro de sí mismo. Un señor que se muestra compasivo, que escucha, que conoce la empresa del suegro y a quien se le ocurre una idea para conseguir el dinero. Que podría suponer la salvación.

Bignardi negaba con la cabeza. Encendió un cigarrillo y soltó una nube de humo.

—¿Y quién se supone que es ese fenómeno?

—Un charlatán provinciano, se llamaba Benetti.

—No creo conocerlo.

—Ah, pues su nuera lo conocía, con toda seguridad.

—No es verdad. Se lo está inventando todo. Es falso —espetó la mujer.

—Todo lo contrario. Puedo probarlo. ¿No le dice nada *Porvenir esquizofrénico*? Debería recordarlo, es un cuadro de Giò Paternostro que usted le compró a Benetti. Y usted también lo conocía, señor Bignardi; este es el error que les costará a ambos la cadena perpetua. Confiaron en un ladrón de gallinas que olvidó borrar las huellas de su complicidad. Ahora, ha llegado el momento de que me cuente usted su mitad.

Bignardi aplastó el cigarrillo en el cenicero con un gesto seco.

—Su reconstrucción es pura fantasía. Hablaré con mis abogados, creo que no les va a costar mucho resolver el problema. Mañana, lo primero que haré... —hizo ademán de levantarse—. Es tarde, me voy a la cama.

Vivacqua no tenía la menor intención de regresar a casa sin presas en el zurrón.

—Siga sentado, señor Bignardi, ya le cuento yo la mitad que falta, verá cómo sus abogados le aconsejan que se lo piense mejor —el comisario se puso de pie en medio de la habitación—. La idea de Benetti es muy sencilla: un bonito robo en Securplan. Habrá que afinar algunos detalles, pero no debería resultar difícil, él tiene al alcance de la mano a la persona adecuada para el caso, un idiota sin cerebro, la boca más grande que el estómago y la billetera siempre vacía: se llamaba Lelouche. Lo conoció en la finca de Paternostro. Este Lelouche es un tipejo interesante: sabe cómo usar las armas, tiene amigos que son perfectos para esa clase de trabajillo y no ve la hora de ponerse manos a la obra. Todo será fácil, según Benetti.

Migliorino parecía hipnotizado: todo encajaba a la perfección.

Bignardi dijo que no.

—Está haciendo el ridículo —resopló.

Barbara, en el lado opuesto, no respiraba, pegada al sofá con los ojos en el suelo.

—Para dar como es debido un golpe así se requiere una astucia extraordinaria, y es ahí donde interviene usted. Porque cualquier plan para desvalijar la agencia debe respetar un punto inamovible: los verdaderos organizadores deben permanecer invisibles e intocables frente a la investigación policial. Para cumplir con este requisito, se necesita otro idiota hambriento que cargue con todos los rayos que lancen los investigadores: un topo. Y usted sabe perfectamente a quién dirigirse: Molteni, el diseñador del software de seguridad. Es perfecto para montar la versión de unos astutos ladrones que nada tienen que ver con usted. Cualquiera pensaría que son gente con pelotas, que encontraron la información y llevaron a cabo el asalto. Profesionales de mil pares de cojones.

—No son más que estupideces. Estoy vivo de milagro, me dispararon, perdí una pierna, ¿cómo cree usted que pude haber planeado algo así? ¿Y el secuestro de mi nieto? ¿Habría expuesto a Marco a un riesgo tan aterrador? Usted delira, De Lorenzo era un mastín, usted es un incompetente.

Barbara gimió en un llanto silencioso.

—Sus heridas pusieron fuera de combate a los investigadores. También lo del secuestro fue genial, lo reconozco. Pero todo es falso, o casi —dijo Vivacqua.

—Mire la grabación del atraco. Después ya me dirá dónde ve tantas falsedades. Y de todos modos, si quiere llevarme ante el juez acabaré humillándole. Me aseguraré de que lo trasladen a un lugar en el que ya no pueda hacer más daño. Usted también, joven, llévese a su jefe antes de que sea demasiado tarde.

Migliorino tosió.

—Le demostraré cómo se ganará la cadena perpetua —sonrió sarcástico Vivacqua—. Barbara está desesperada, el pequeño Marco debe someterse a un nuevo tratamiento urgente o será demasiado tarde, el dinero debe llegar lo más rápido posible. Benetti deja a Lelouche el plan de acción y la tarea de formar el equipo de asalto, mientras que usted, Bignardi, se pone en contacto con Molteni manteniendo su anonimato. Le paga un anticipo y hace que le entregue el software de seguridad; no le hubiera hecho falta, porque bastaba con extraer el programa del ordenador, pero de esa forma el plan resultaba tan sólido como una plancha de acero: nadie sospecharía de usted.

Bignardi encendió un nuevo cigarrillo y comenzó a mirar el vacío.

—Pero hay un pequeño problema que Benetti no es capaz de resolver: la banda de ladrones pierde su mejor pieza: el jefe. Se llama Ascentiis, un verdadero fuera de serie. Está loco, pero no debería causar problemas, al fin y al cabo que las cosas salgan bien redunda en su propio beneficio. Pero lo arrestan, lo meten en un manicomio y ahora el pastelón se complica, porque los asaltantes, que con Ascentiis trabajarían como robots, ahora son tigres sin domador. Unos drogados, militares que han huido del sistema, a la deriva, gente peligrosa. Tanto es así que al llevar a cabo el plan van mucho más allá de lo planeado. De hecho, disparan y matan, aunque no había necesidad alguna. Pierden la cabeza, están nerviosos, casi acaban con su principal cómplice: a usted me refiero, señor Bignardi, que intenta calmarlos, limitar los daños, pero que por poco no se deja el pellejo.

—No son más que estupideces —repitió el exdirector con una bocanada de humo—. No puede probar nada. Son conjeturas de aficionado.

—Está usted aterrado —continuó Vivacqua—. Se ve muy bien en la grabación. No esperaba tanta violencia, ni que mataran a uno de sus colaboradores; no solo eso, por poco matan también a la empleada. En ese momento, su primer pensamiento es para su nieto. Sí, porque, para mantener según lo previsto la credibilidad del asalto, la inocencia de los Bignardi, han aceptado el secuestro simulado del pequeño.

Barbara se tapó la cara con ambas manos.

—Estos están hasta arriba de anfetaminas, son capaces de todo. Incluso de transformar en tragedia lo que para el niño tenía que ser casi como un juego o, en el peor de los casos, un mal cuarto de hora. ¿Y qué es un mal momento ante la perspectiva de salvar la vida, de ir a ver a médicos preparados que curarán su enfermedad? Habrá tiempo para borrar un pequeño e insignificante mal recuerdo. Pero a usted, señor Bignardi, le entra el pánico, esos locos podrían desencadenar una matanza. Se mete en medio para calmarlos y recibe una descarga. Esto no estaba previsto.

Migliorino disimuló una sonrisa. Hubiera querido aplaudir. Era todo perfecto.

Un momento de silencio cayó en el salón.

—¿Eso es todo? —preguntó Bignardi—. Fui sometido a juicio, a tres operaciones, estuve entre la vida y la muerte, lo perdí todo. En su opinión, ¿debería temer esta reconstrucción suya? Pues adelante. ¿Ha venido a arrestarme? Saldré en dos días. Y entonces empezarán los problemas para usted.

—No, no lo creo —dijo el comisario—. No creo que el juez le permita irse a su casa cuando escuche el resto de la historia. Porque lo mejor aún está por llegar. ¿Le importa? —Vivacqua cogió un cigarrillo del paquete de Bignardi. Hacía años que lo había dejado. Lo encendió, tomó una bocanada ligera y resopló—. ¿No quiere ayudarme a continuar, señor Bignardi?

No hubo respuesta.

—Y usted, Barbara, que es una mujer, una madre, ¿no le remuerden la conciencia los muertos que ha provocado? —dio otra bocanada sin mandar el humo a los pulmones, soltó una nube densa, casi palpable—. Una lástima, porque ahora llega su turno. En el depósito constaban cuatro coma cuatro millones de euros. Un montón de dinero, pero lo cierto es que repartido entre seis cómplices, más la ayuda del oficial de aduanas, más el pago a Molteni, les dejaba alrededor de setecientos mil euros. Demasiado poco. Hasta un niño de pecho lo habría entendido. Usted fue la primera en darse cuenta de que no les bastaría. Se imponía un cambio de planes.

Vivacqua miró a Bignardi y a la mujer.

—¿A quién se le ocurrió la idea de joderlo todo y de paso a todos? ¿A usted, Bignardi? ¿A Barbara? ¿O fue una decisión tomada antes de que se produjera el robo? Porque la llamada para denunciar a sus cómplices la hicieron ustedes. Mejor dicho... —Vivacqua se jugó un farol—: Usted, Barbara, la voz es la suya.

Bignardi estalló.

—¿Y todo esto lo ha descubierto usted? ¿Di Lorenzo no se dio cuenta? ¿Años de investigaciones para nada? Está improvisando, es todo falso. Ahora salga de esta casa de inmediato o llamaré...

—¿A la policía? —sonrió sarcástico el comisario—. No podían prever que sus amigos se matarían en el camino de vuelta, mejor dicho, entre las olas del lago Maggiore. Pero contaban con el hecho de que ustedes dos quedarían limpios, después de todo solo Benetti conocía al verdadero instigador. Ese fue su plan desde el principio.

—¿Y ese tal Lelouche? ¿Y Molteni? ¿Se quedaron con las manos cruzadas?

—Molteni no sabía a quién culpar, era un peón. Benetti, que en paz descanse, era un idiota, un listillo muy poco idóneo para un juego de tanto nivel. Ya lo engatusarían en un segundo momento diciéndole que no sabían nada al respecto, que una vez que saliera de la cárcel recibiría una generosa compensación: después de todo, no fue él quien disparó, tal vez le cayeran dos o tres años como máximo. Les quedan los muertos sobre la conciencia, si es que la tienen —Vivacqua apagó el cigarrillo—. Y ahora el triunfo de toda esta historia podrida: ¿dónde ha escondido el dinero, señor Bignardi?

—En el fondo del lago, o en Suiza. Di Lorenzo estuvo a punto de encontrarlo, según afirmaba —dijo el exdirector.

Vivacqua negó con la cabeza.

—No. El botín está aquí. Siempre ha estado aquí. El colmo de toda esta mierda de asunto es que ni siquiera sirvió para salvar la vida de Marco. Sangre a borbotones y cuatro millones y medio de euros en efectivo, inútiles e inservibles.

—Piense lo que quiera. No sé de qué está hablando. Debe de estar usted muy cansado, no sabe lo que está diciendo.

—Estoy diciendo que el botín nunca se movió de Turín. Los ladrones, sus cómplices, lo que se llevaron... ¿Qué metieron en las sacas? ¿Dinero falso? ¿Periódicos? ¿Una mezcla de ambos? Me costó un poco darme cuenta, pero en el fondo no es más que el juego de las tres cartas, una majestuosa tomadura de pelo. Hubo un momento en el que pensé que la clave de todo era un detalle aparentemente irrelevante. En las imágenes del atraco se ve la furgoneta que usarán los ladrones para escapar. Es fácil de reconocer, tiene letreros a ambos lados. La cámara que la encuadra está colocada en una posición muy poco funcional, porque no muestra nada más, el resto del garaje no se ve. Al principio pensé que, si la cámara hubiera estado colocada mejor, el truco no habría funcionado; creí, en definitiva, que había sido colocada en el lugar equivocado a propósito, para que no se viera la furgoneta con la que se llevaron el fruto del robo. Era una idea que me despistó, me costó unos días de trabajo en vano. No entendía cómo habían sido capaces de llevarse el dinero de verdad, porque después del robo en el depósito resultaba realmente difícil sacar un alfiler, con toda esa policía por ahí. ¿Quiere decirnos usted, señor Bignardi, cómo lo hizo?

El exdirector se había vuelto amarillo como un esputo de flemas. Cambió de posición en el sofá y se puso a mirar por una ventana.

—Estaba en el hospital, a punto de morir, y Barbara estaba conmigo. Está usted loco, no me cabe la menor duda.

—Se ve que tengo que hacerlo todo yo esta noche. El dinero, el de verdad, se lo llevaron la noche anterior al robo. Con otra furgoneta, no visible por la cámara: no me equivoqué del todo. Estoy hablando de la misma furgoneta que trataron de abandonar cuando vendieron la compañía, y que ahora está aquí afuera, en su garaje. De manera que los ladrones no se llevaron ni un mísero céntimo de dinero de verdad. Una estafa magistral.

—Esto es una pura locura. ¿Y dónde se supone que lo escondí? ¿Es capaz de decírmelo? ¿En casa? La registraron a fondo, ¿es que no lo sabe?

—Ese fue otro golpe de genialidad, lo reconozco —asintió—. La furgoneta es un escondite molesto, porque les obligó a trasladar el dinero dos o tres veces en los primeros días, pero valiente, inteligente, perfectamente alineado con el juego de las tres cartas. ¿En qué lugar no mirará nadie? Muy sencillo: delante de sus propias narices. Y, de hecho, nadie registró en el doble fondo de la furgoneta que tiene en el garaje. Nadie la inspeccionó, y ¿sabe por qué? Porque no buscaban el dinero, convencidos de que se hallaba en Suiza. Esperaban encontrar una cueva de ladrones, armas, dibujos, los planos de Securplan. Usted estaba anestesiado, pero Barbara debió de rezar horas y horas para que nadie tocara esa furgoneta durante la inspección, ¿verdad, señora Di Maria? Migliorino, vete a echar un vistazo a la furgoneta del garaje, mira a ver si hay un doble fondo.

El inspector se alejó a paso ligero. El telón estaba cayendo, Vivacqua sintió que ya podía ponerse la palabra fin al caso Paternostro. Hizo ademán de sacar su teléfono móvil para llamar a Santandrea, quería noticias de los heridos y pedir ayuda para llevarse a los Bignardi a la jefatura.

No tuvo tiempo de felicitarse porque Migliorino entró, descompuesto, caminando mal, tropezando casi con sus propios pies. Vivacqua entrecerró los ojos y entendió al instante.

02.50 horas

El estratega diestro en el ataque logra que el enemigo no sepa dónde defender. Puede decirse entonces que la victoria es segura.

Al principio parecía que Migliorino estaba solo. Porque Ascentiis estaba completamente oculto, detrás del inspector, vestido con ropa de camuflaje oscura, la cara pintada con rayas negras y grises, parecía una serpiente, solo los ojos de fuego se asomaron al cabo de un momento. Una mirada que Vivacqua no había olvidado, solo que ahora las pupilas estaban abiertas como parasoles.

—Buenas noooches —dijo, se giró ligeramente hacia un lado y dejó a la vista la pistola que apuntaba a Migliorino. Parecía una escopeta recortada, pero era un Colt con silenciador, y en la otra mano, la Beretta del inspector—. Me ha gustado muuucho su reconstrucción, ¿señor...?

El comisario no abrió la boca.

Bignardi había intentado un movimiento y se detuvo al instante cuando el hombre se quedó mirándole. Barbara parecía hipnotizada, se llevó ambas manos a la boca, pero su mirada se había endurecido de repente.

—Te estoy hablando a ti, poli. Detesto que no se me responda —apartó a Migliorino, estiró un brazo y apuntó con el Colt al comisario.

—Vivacqua. Ya nos conocemos.

—Eres el de la bodega. Me disparaste tres veces. Pésima puntería, hubieras muerto en la primera misión.

Barbara se movió apenas.

Ascentiis abrió fuego.

El ruido del relleno del sofá al retumbar resultó ridículo, justo por debajo del disparo, que sonó como un estornudo.

Abanicó la habitación con la pistola, apuntando a Vivacqua, a Bignardi, luego volvió a Migliorino.

Barbara estaba paralizada, conteniendo la respiración, la bala se había hincado un palmo a la izquierda de su brazo, el agujero en el sofá marcaba un círculo chamuscado casi cubierto por filamentos de tela.

Migliorino miró consternado a Vivacqua. La acción había sido tan rápida que ni siquiera había tenido tiempo de pensar en una reacción.

Ascentiis prosiguió con el mismo tono cantarín, como si no hubiera ocurrido nada:

—¿Vivacqua has dicho? Ah, sí, Santandrea me dice que eres tú el jefe. Un buen hombre, Santandrea —dijo, remarcando el «buen»—. Un muchacho muy dulce. Tengo que felicitarte, comisario, una explicación estupenda, expuesta con cuidado, incluso en los detalles, de verdad. Y por una vez llegaste antes que yo: un hombre de rara inteligencia. Espero que uses bien tu cerebro, porque si mueves un solo dedo eres hombre muerto. Vosotros también, si parpadeáis os mato, me tienta hacerlo de inmediato, pero tal vez me contenga, si me dais el dinero. Y os recomiendo que me hagáis caso. ¿Dónde está?

Silencio.

—¿Nadie se ofrece como voluntario? Bueno, pues entonces...

Disparó contra Bignardi.

El ruido de la prótesis se oyó mucho más. La extremidad salió volando, como si le hubieran pegado un tirón con un hilo invisible. La pernera del pantalón, repentinamente vacía, se agitó por un momento y el exdirector se encontró en el suelo, con el bastón a un lado y la pierna buena alcanzada de refilón y manchada de sangre.

Barbara soltó un grito espantoso, inclinándose hacia delante.

Ascentiis regresó a la posición anterior con la velocidad de un robot, sin dejar de apuntar con la pistola al costado de Migliorino. Vivacqua estaba tan rígido como un poste. Además, las frases sobre Santandrea le habían dejado aturdido. Recordó la conversación con Carbone de hacía poco, frente a la fábrica, cuando se suponía que las dos explosiones sucesivas habían servido para desviar la atención y permitir que el fugitivo escapara. No era esa la razón, se había dado cuenta enseguida. Ascentiis los estaba esperando, no necesitaba esa estratagema para huir: el motivo era otro.

—Anda, miiira, si le he dado en la pierna buena. Ya no tengo la puntería de antes —se rio, extendió el brazo y apuntó a Barbara—. Vas a ver, abuelo, añadamos otro inválido a la familia, piensa en los estupendos paseos que daréis juntos, uno apoyado contra el otro como dos borrachos; vas a ver.

Bignardi gritó como pudo, con la boca pastosa, los ojos fuera de las órbitas. Con una mano se taponaba la herida, con la otra se esforzaba por volver a su asiento.

—No —dijo—, te daremos todo lo que nos queda, te lo daremos todo, no dispares.

Vivacqua apretó los puños, su primer pensamiento fue que Ascentiis estaba drogado, dispuesto a lo que fuera: tan pronto como obtuviese el dinero los aplastaría como a insectos. Si estaba allí era a causa de la venganza, llevaba diez años esperándola, no dejaría a nadie con vida.

—Qué maaajos, qué bonita decisión tan espontánea. Muuuy bien. A ver, ¿quién se encarga de traer la dote? —Barbara levantó las manos muy despacio como si pidiera permiso para moverse—. Espero que el dinero esté en la casa, porque te doy tres minutos, después empezaré a disparar. Si pides ayuda, si alguien intenta entrar, si me huelo un engaño, hago añicos al abuelito —señaló a su suegro—. ¿Lo has entendido? —se rio entre dientes. Barbara se apresuró a asentir repetidamente. Ascentiis hizo un gesto con la cabeza y la mujer se fue.

Un tenso silencio cayó en la habitación. Vivacqua no se había movido del centro, Bignardi estaba en el sillón con una mano ensangrentada taponando la herida del muslo, Migliorino bloqueado, de pie.

—Tienes un arma, ¿verdad? —dijo el comandante—. Sácala con dos dedos y tírala al suelo.

Vivacqua se abrió la chaqueta con una lentitud exasperante, descubrió la sobaquera, desenganchó la cintura despacio, como si temiera hacerla sangrar, pellizcó la pistola entre los dedos, la dejó delante de sus pies y le dio una patada.

—Un minuto y medio —dijo—, luego empezaré por Maguila. A ver, dime, comisario, ¿cómo supiste que el soplo lo dio esa furcia?

—Lo dije por decir —contestó Vivacqua.

—Yo en cambio llegué a ello por exclusión. Estos dos gusanos fueron los causantes de la muerte de mis chicos. ¿Sabes lo que les hacíamos en Somalia a los gusanos traidores? Los desollábamos con papel de lija, luego los dejábamos al sol; es una muerte interesante, al cabo de una hora la sangre empieza a formar espuma, hay quienes resisten cuatro horas incluso, secos como un bacalao envuelto en su costra. Si tienes suerte, llega una leona y se da un banquete: animales sensibles, se lanzan de inmediato a la garganta, odian el sufrimiento y los gritos —miró su reloj—. Medio minuto —apuntó con el Colt a la cabeza de Migliorino.

Vivacqua sintió que el corazón le latía en el pecho como si quisiera salírsele.

—Tú fíjate, poli, uno de mis chicos me presenta una mañana al mierdecilla del francés: Lelouche. Ese, la legión extranjera ni siquiera sabía dónde estaba. Quería dar el golpe de su vida, ¿y sabes qué? Ya lo había planeado todo en su propio beneficio. Vamos, nos llevamos el dinero, nos largamos a Suiza y si te he visto no me acuerdo, nos quedamos con todo —soltó una carcajada chabacana—. En cambio, estos dos pedazos de mierda ya lo tenían todo previsto para darnos por el culo, y se salieron con la suya. Hasta hace cinco minutos. De acuerdo, ya es hora de pasar a cosas más prácticas: el plazo ha vencido.

Vivacqua dio un paso adelante.

—No lo hagas —dijo el comisario. Ascentiis le apuntó con la segunda pistola, levantó el cañón hasta que la cara del comisario estuvo en el punto de mira—. No cambia nada si esperas un poco más, está aterrorizada, solo tardará un momento.

—Detente, madero, o cambia el orden de la ejecución. He dado mi palabra, no sería profesional esperar. Pero si lo prefieres, te mato a ti primero.

Vivacqua sentía los músculos tensos y doloridos, el instinto de lanzarse contra él era tan violento que no podía contenerse.

Ascentiis cargó la Beretta y comenzó a contraer el dedo índice.

—Esperad, por favor, esperad —exclamó Bignardi—. Solo será un momento. ¿Barbara? —gritó de nuevo con toda su voz.

Y en ese momento apareció la mujer, arrastrando dos sacas de tela por el suelo y resoplando. Ya no tenía el suéter y los pantalones eran diferentes.

Se acercó rápidamente para dejar las sacas a los pies del comandante. Se incorporó con lentitud.

—Aquí está —dijo— todo lo que queda, que es todavía mucho —dio un paso atrás y observó al hombre.

—Ábrelas —ordenó el comandante.

Barbara no dejó que se lo repitiera, esparció el contenido por el suelo y retrocedió un metro. Vivacqua hizo una señal a Migliorino.

El hombre agachó la mirada, con la punta de su pie removió la pila de billetes.

Y Barbara abrió fuego.

No llegó a darle de lleno, y fue un pésimo error. La segunda vez dispararon al mismo tiempo, Barbara lo alcanzó, aunque no tuvo tiempo de ver el efecto porque murió al instante. Ascentiis cayó hacia atrás, había recibido dos balazos a un metro y no estaba muerto, parecía un escarabajo boca arriba, agitando las piernas suspendidas en el aire, braceando como un nadador de espalda, gruñía de dolor. Se puso de costado y empezó a disparar. Pero Migliorino se dejó caer sobre él con todo su peso, sin temor a las armas empezó a propinarle golpes en la cara, una serie violenta: derecha, izquierda, derecha, izquierda. El otro intentó apuntar, disparaba a ciegas, hasta que comenzó a babear sangre, moco, saliva. Su rostro estaba lleno de marcas y el inspector no se detenía. Vivacqua recogió su arma, los rodeó a los dos y apoyó el cañón en la frente de Ascentiis, quitó el seguro listo para disparar, el otro tenía los ojos muy abiertos, consciente de que iba a morir. Detuvo los brazos y dejó que Migliorino lo desarmara.

Bignardi estaba inclinado sobre Barbara, dislocado, la sostenía sobre su única pierna y la abrazaba, con los ojos henchidos de lágrimas, sacudido por los sollozos y mascullando palabras incomprensibles.

Migliorino se levantó.

Ascentiis permaneció en el suelo, la ropa de camuflaje perforada a la altura del pulmón. No salía sangre.

Vivacqua se recompuso como pudo. Sin dejar de empuñar la Beretta. Ante sus ojos fluían las imágenes soñadas de Paternostro, de la rusa, de los desgraciados que habían muerto en la espiral de locura desatada por la venganza del hombre que tenía ante él.

—¿Dónde está Santandrea? —preguntó.

El otro trató de reírse con los dientes rotos. La sangre que le manaba de la boca y de la nariz lo había transformado en una máscara extravagante.

—¿Dónde está Santandrea? —gritó tan fuerte que el propio Migliorino quedó impresionado, nunca había visto a Vivacqua tan fuera de sí, y entendió, él también, demasiado tarde.

—Me lo he...

—¿Qué? —gruñó el comisario.

—Comido.

Migliorino cerró los ojos por un momento, luego se colocó al lado de su jefe.

Vivacqua cogió el móvil, con los ojos fijos en Ascentiis, marcó el número abreviado y esperó. Un instante, lo suficiente para oír el timbrazo que venía del bolsillo del comandante.

El inspector se cubrió la cara con las manos, Vivacqua se dejó caer sobre el hombre tendido en el suelo, a horcajadas. Con la mano izquierda lo agarró por la carótida, se inclinó con todo su peso y apretó, con la otra mano colocó la Beretta en la boca de Ascentiis. Apretó con su mano izquierda, el otro trató de liberarse de la presa mientras tuvo lucidez suficiente, pero Vivacqua no dejaba de apretar y el hombre empezó a toser, a retorcerse, a pestañear. Al principio muy rápido, poco después casi a cámara lenta, se estaba ahogando; se arqueó para robar un soplo de aire, le salió un jadeo estrangulado. Y Migliorino intentó detener al comisario.

Gritando.

—Jefe. Jefe, que lo mata.

Quién sabe cuánto se esforzaba por que le oyera. Pero Vivacqua no estaba allí, estaba en algún lugar de sus recuerdos, en el sueño, en las pesadillas de diez días de infierno y autopsias.

—Jefe, que lo mata. No lo haga, jefe —hasta que se vio obligado a apartarle con sus manos.

—Te pregunto por última vez: ¿dónde está Santandrea? —silbó el comisario.

El otro se rio.

Y Vivacqua apretó el gatillo.

De la calle llegaban los lamentos de las primeras sirenas.

03.35 horas

El comisario conducía y Migliorino estaba a su lado. Ambos en silencio, atontados por los disparos, por la pelea, por la sobrecarga de adrenalina y corticoides. Por el miedo. Por la necesidad de vomitar. Pero el trabajo no había acabado, faltaba un hombre de la lista, uno de la Brigada, uno de la familia.

El 3 de junio empezó el infierno, con el asesinato del pintor; habían pasado casi dos semanas, las peores tal vez para el comisario desde que asumió el control del departamento. No tanto por miedo a sufrir la humillación de perder el mando de las investigaciones, sino por la sensación de impotencia al afrontar la locura. Desde ese maldito jueves habían muerto cinco personas. Las dolorosas imágenes de Aleksandra con sus ojos sorprendidos e incrédulos se le volvieron a la cabeza junto con las de Paternostro, Molteni, Benetti, con la desesperación de haber llegado media hora más tarde de lo necesario: un carrusel despiadado que por el momento no dejaba de darle vueltas en la cabeza sin concederle tregua.

Y ahora iban corriendo en busca de uno del equipo para conjurar la posibilidad de que la cuenta aumentara.

La calle estaba despejada, las ráfagas de viento arremetían contra el coche, periódicos viejos y bolsas de plástico revoloteaban por los bordillos, quedaban enredados en las ramas de los árboles verdes por fin y cargados de vida nueva.

El inspector rompió el silencio.

—¿Adónde vamos?

—¿Qué pregunta es esa? —respondió con una brutalidad que no pretendía—. ¿No has visto el coche de Sergio aparcado fuera de la casa de Bignardi?

—Claro que lo he visto. Pero yo habría ido primero a comprobar su casa...

—No está en casa. ¿Has visto las botas del cabronazo?

Migliorino se quedó pensando un momento.

—Sí, de militar, parecidas a las botas de agua. No veo nada de particular —admitió.

—Qué investigador de mierda. Robbe', a veces no sé qué hacer contigo. El dibujo de las suelas estaba lleno de tierra roja, y solo conozco un lugar donde pueda haber recogido esa tierra, el más obvio para un fugitivo que tiene que buscar a toda prisa un nuevo refugio.

—¡El castillo, en casa de Paternostro!

—Menos mal —respiró—. Nos ha tomado el pelo como ha querido, desde el principio. Hoy nos ha dado la enésima demostración de lo que es capaz. Nos atrajo a su guarida, en esa fábrica en desuso que había decidido abandonar.

—¿Para qué, perdone?

—No estoy seguro, pero quería atrapar a Sergio, o quizá a mí. Quería obtener información. Según creo yo, había perdido la pista y buscaba noticias de primera mano. Atrajo a los nuestros con el truco de los prismáticos, esperó a que apareciéramos, mientras tanto se fue organizando, cuando llegó el momento hizo saltar las puertas, pero con delicadeza, no quería matar a nadie, necesitaba a uno de los jefes, vivo. Por lo demás, es un experto en explosivos, sabía cómo dosificar el estallido, y el jueguecito le salió a la perfección: se llevó a Santandrea, que, pobre hombre, no sabía casi nada de los últimos acontecimientos.

Migliorino bajó la cabeza.

—¿Lo habrá matado? —preguntó.

Vivacqua apretó los labios y aceleró.

—No lo sé. Prefiero no pensarlo. Si lo ha matado, vuelvo y me lo cargo de verdad.

—Dios santo. Cuando he visto que le apuntaba con la pistola a la cara me di cuenta de que iba a disparar, creí que me moría. Pensé que..., de verdad, pensé...

—Pero no lo he hecho, eso es lo que importa. No faltó mucho, luego pensé que tenía que probar la experiencia de verse a sí mismo muerto. Estoy seguro de que montó ese mismo número con Paternostro: le disparó desde un metro para rozarlo, para quemarle el cráneo con la bala. Ahora sabe lo que se siente, cada vez que se mire al espejo verá la cicatriz y lo recordará.

—Si es por eso, tampoco yo lo olvidaré, incluso sin cicatriz. Tengo las imágenes grabadas en el cerebro.

—Si quieres elevar un informe, no te culparé, quiero que lo sepas.

Migliorino abrió los ojos de par en par. Luego puso una sonrisa oblicua.

—Jefe, no deja usted de bromear hasta en momentos como este.

—Tú, más bien, casi lo matas a golpes, ¿eres consciente? Le rompiste los dientes, la nariz... ¿Te das cuenta de por qué te ha llamado Maguila, como el gorila?

—El gorila lila —rio entre dientes—. Y hasta me he hecho daño —se apretó las manos, una contra otra—. Todavía estaba aturdido por el hecho de haber recibido un pistoletazo a un metro sin terminar muerto. El cabrón llevaba un chaleco antibalas: ¿quién se lo esperaba? Además, tenía una cuenta pendiente, bueno, más de una: desde que lo dejé escapar frente a la casa de Molteni.

Vivacqua redujo una marcha, cruzó el centro de Villanova y activó la sirena.

Migliorino se puso serio, unos minutos más y tendrían que entrar otra vez en acción. Miró su reloj, las cuatro y pico.

—Y no es cierto que no sea observador —prosiguió el inspector—. Me he dado cuenta enseguida de lo de Barbara. Al ver que se había cambiado, lo primero que pensé fue que se había quitado el chándal, y que no podía ser por una cuestión estética.

Vivacqua sonrió.

—No podía ocultarla en su pantalón de chándal.

—¿Se refiere a la pistola?

—No, al arco y a las flechas. De eso estamos hablando, ¿verdad? La pistola se le habría caído, o el chándal: ¿te lo imaginas? En bragas con un paquete de millones en el suelo y la pistola que rueda sobre la alfombra; para matarlo de risa.

Ambos se echaron a reír.

—¿Y la cara que puso el cabronazo cuando recibió el primer tiro? —dijo Migliorino—. En un momento dado vi aparecer la pistola en las manos de la mujer, el otro tenía los ojos como platos, él tampoco se lo esperaba. Afortunadamente.

—Pues sí.

—Comisario, ¿qué escribimos en el informe?

—La verdad: que hemos resuelto un caso de casi diez años de antigüedad y que tuvimos que defendernos. Lo demás no le interesa a nadie. Ahora llevémonos a Santandrea a casa.

El comisario apagó la sirena, los dos bajaron del coche, se acercaron a la verja y permanecieron un momento mirando a su alrededor. Un perro ladraba a lo lejos, en las granjas cercanas. Amanecía, el cielo empezaba a teñirse de los colores de un día tranquilo, el viento se había atenuado, solo de vez en cuando arrancaba una ráfaga que azotaba los árboles. No había nadie en las inmediaciones. Las luces del sendero de entrada estaban apagadas, el campanario del castillo descollaba como una advertencia fantasmal sin sombra, sin reflejos, que cohibía. Un pájaro nocturno lanzó sus gorjeos y todo volvió a quedarse silencioso.

Los precintos de la verja habían sido levantados y vueltos a colocar de cualquier modo.

Vivacqua tomó aliento, la empujó y se encaminó por la grava. Los dos cruzaron el tramo que llevaba a la entrada del cuerpo central sin hablarse.

Los precintos de la entrada estaban rotos.

Se miraron el uno al otro, casi como habrían hecho un segundo antes de lanzarse por el tobogán que lleva al infierno, abrieron la puerta y metieron la cabeza.

Oscuridad por todas partes.

—¿La linterna? —susurró Vivacqua.

—En mi coche, en jefatura.

—Cojones —el comisario avanzó unos pasos hasta que tropezó. Debía de ser la pila de basura que había encontrado la primera vez en medio de la habitación—. ¿Sergio? —llamó—. Estoy con Migliorino. Lo hemos cogido, todo ha terminado. ¿Dónde estás?

El inspector apareció por detrás de él. Un resplandor de luz entró desde arriba dándoles un microscópico alivio.

Vivacqua escuchó los pasos de su subordinado alejándose hacia la pared, al cabo de un momento escuchó el clic del interruptor subir y bajar varias veces, pero no pasó nada.

—Déjalo, los restos de la lámpara de araña deben de estar por ahí en medio, en el suelo. ¿Tienes un encendedor?

—No fumo.

—Putamierda, Migliori': ¡eres como una bola de petanca! Si ese cabronazo ha cortado la corriente, estamos jodidos. ¿Sergio? —gritó.

Silencio total.

Ninguno de los dos hacía ningún comentario, pero ambos estaban pensando lo mismo.

Entraron en el pasillo que llevaba a la sala de las columnas y después hacia el mirador arrastrando los pies, las manos contra la pared de ladrillo, los ojos bien abiertos.

Cuando se acercaron al arco se detuvieron, allí debía haber unos escalones para bajar un metro más o menos.

—¿Has oído? —preguntó Vivacqua de repente.

Migliorino aguzó el oído.

—No, ¿qué era?

Vivacqua no respondió, extendió el pie, afrontó los primeros escalones y apoyándose contra la pared bajó para acercarse al arco que precedía a la sala de columnas.

Les llegó un gemido sordo y ambos se detuvieron.

—¿Sergio?

El gemido se hizo más intenso.

El inspector no sabía si soltar un suspiro de alivio o temer una fea sorpresa.

Dio un par de pasos y el lamento se volvió histérico.

—Aquí hay algo raro —exclamó. El estupor le duró un momento, porque Migliorino encendió la luz, un farolillo iluminó parte de la habitación y pudieron ver.

Más allá del arco de piedra, en la habitación contigua, Santandrea se hallaba en el suelo entre la penumbra, casi reclinado, con las manos hacia atrás abrazando una de las gigantescas columnas milenarias. Estaba atado y amordazado, entre los dientes tenía algo parecido a una pelota de goma.

Migliorino, que le había adelantado, avanzó con firmeza. Estaba impaciente por acabar de una vez.

Vivacqua se quedó quieto, con los ojos entrecerrados.

—Detente —dijo.

El inspector aminoró el paso y Vivacqua vio a Santandrea apretar los ojos con tanta fuerza que se le saltaron las lágrimas.

—¡Detente! —ordenó cuando escuchó berrear a su adjunto. Agarró a Migliorino de la cazadora y tiró de él con todas sus fuerzas. El inspector tropezó y cayó hacia atrás.

—Pero qué coño...

—No te muevas.

El comisario se acercó al borde del arco y se quedó mirando. Santandrea estaba exhausto, abría y cerraba los ojos a cámara lenta, respiraba mal, tal vez estuviera terminando una plegaria o drogado, desde luego no parecía demostrar la alegría que cabía esperar.

Vivacqua se quedó a este lado del cruce, receloso como un gato a orillas de una bañera llena hasta el borde.

El inspector, en el suelo, conservaba una mirada perpleja.

—¿Qué pasa? —preguntó con candor.

—Esto no me convence. ¿Sergio? —llamó. Santandrea hacía gestos de que no con la cabeza—. Robbe', mira a ver si puedes iluminar mejor —se puso a cuatro patas y avanzando muy despacio llegó al límite para pasar a la habitación contigua.

—Jefe, el pulsador debe de estar...

—Chiiis —Vivacqua se levantó con mucha cautela, extendió un brazo y tocó un hilo—. Qué hijo de la gran puta. Qué mal he hecho en no desparramarle los sesos por las paredes.

Migliorino se acercó y se quedó con la boca abierta.

Había un hilo tendido a treinta centímetros del suelo, otros dos, a media altura y arriba del todo, cortaban el marco de entrada, convergían hacia la derecha para reunirse en un solo hilo que rodeaba la habitación por detrás de los muebles y de la columna e iba a terminar en Santandrea.

Un truco de viejo militar abyecto. Hilos de nailon y granadas de mano, un jueguecito sencillo y mortal. Bastaba con tirar del hilo y la palanca accionaba la espoleta.

Una sorpresita para despedirse del escenario digna del diablo que Ascentiis llevaba en el cuerpo.

Vivacqua observó muy atento la disposición de los hilos y de la bomba que estaba encajada en la entrepierna de Santandrea, dentro de los pantalones.

Si se limitaba a cortar un hilo, lo más probable fuera que los dos restantes hicieran de goma elástica, el seguro saltaría y adiós muy buenas, señor subcomisario.

—Encuéntrame una silla o un mueble bajo —dijo sin apartar los ojos de la telaraña.

—Vaya puta mierda, jefe, ¿y si la cagamos?, ¿no sería mejor llamar a la central?

—Date prisa.

El inspector empleó unos minutos para volver, empujando un viejo aparador y con una silla bajo el brazo.

—Yo digo que si llamamos a alguien será mejor, ¿qué cree usted?

—Que hablas demasiado —el comisario atrajo hacia él el mueble, lo acercó al borde de la habitación, cogió la silla y se subió al aparador—. Sujétame.

Migliorino sudaba como en una sauna. Se quitó la cazadora y se colocó en posición. Vivacqua hizo los cálculos y se decidió, se quitó los zapatos, la chaqueta y la sobaquera, después optó por la esquina derecha, pasó una pierna entre los hilos intermedios, luego la otra, después rodó sobre sí mismo y se dejó caer.

Cuando llegó al otro lado, él también estaba empapado de la cabeza a los pies. Se acercó a Santandrea y soltó una carcajada. Le temblaban las manos. Le quitó la mordaza a su adjunto y se miraron como dos niños que han montado una buena. Migliorino, detrás de él, resoplaba como un jabalí.

Vivacqua se inclinó para observar el trabajito. Los tres hilos convertidos en uno solo terminaban en los pantalones, y ahí estaba la granada.

—He oído la sirena —dijo Santandrea—. Pensé que un coche patrulla había entrado para hacer un control: ya me veía hecho confeti. ¿Llamamos a los artificieros?

—¿No te fías de mí?

—Ya sabes, mejor los expertos...

—En el peor de los casos te quedarás sin tus joyitas.

—Eso es, cuanto más lo pienso, más convencido estoy de que es mejor llamar a alguien que entienda de esto. El hijo de puta la ha manipulado, ha quitado la anilla, aunque cortes el hilo, seguiré teniéndola entre los mismísimos, en cuanto se mueva salta la espoleta y... ¿entiendes?

—Sí, es muy peligroso. Quizá sea mejor que me aleje. ¿Quieres que le diga algo a Antonella? ¿Un último deseo?

—Totò, estás bromeando con cosas muy delicadas.

Vivacqua llamó a Migliorino, recurrieron al mismo procedimiento para cruzar, sujetó el hilo para evitar que se rompiera y lo mantuvo tenso hasta que el inspector atravesó la red y se puso a su lado.

—Migliori': enciende todas las luces, abre la puerta que da al exterior, mira a tu alrededor, y luego dime si hay espacio suficiente para lanzar este bicho.

El inspector siguió las instrucciones y regresó como un cohete.

—Poder, puede hacerse —dijo—, pero no entiendo cómo pretende conseguirlo, porque tan pronto como trate de tirarla estallará, no esperará a que nos alejemos.

—Hombres de poca fe. No es tan difícil, os lo voy a enseñar.

—¿Salvatore? —gimoteó Santandrea.

—Si sigues así, me vas a poner nervioso —con la ayuda del inspector, desató al subcomisario de la columna, le dejó unos momentos para que se estirara y se colocara la tirita bajo la nariz, y luego le ordenó—: Sergio, tú coge la granada con ambas manos, sujetando la espoleta con los dedos; cuando estés listo, dímelo.

Santandrea estaba goteando.

—Hecho.

—Ahora quédate quieto, pase lo que pase. Migliori', corta el hilo —los dos se miraron por un momento, luego el inspector obedeció—. Ahora, querido Sergio, puedes sacártela de los pantalones, si se te cae, problema tuyo, para hacer la autopsia tendrán que recogerte con una esponja, hará falta un buen estómago para limpiarlo todo.

—No me hagas reír.

Santandrea cogió la granada con delicadeza, empleando ambas manos, parecía sostener una burbuja de jabón, pero mucho más frágil.

—Ahora la atamos a base de bien, nos deseamos feliz año nuevo y lanzamos el petardo. Migliori', envuélvela con el hilo con tranquilidad, incluye la palanca para que no se mueva.

Hicieron falta un par de minutos, luego Vivacqua vio cómo le entregaban el artículo envuelto como un paquete de regalo. Lo cogió, empezó a caminar como un autómata hasta la salida que daba al invernadero, abrió la puerta de cristal, la tiró como pudo, y se lanzó detrás de la antiquísima pared.

Al cabo de un momento llegó la explosión, una parte del cristal se hizo añicos y al comisario le rozó la granizada.

Eran las cuatro y cincuenta y cinco. Vivacqua se dejó caer exhausto.

—¡Vaya día de mierda! —suspiró.

Santandrea, en cambio, después de haber conjurado el peligro, se había repuesto y parecía un jirafón parlanchín, no se callaba ni un solo momento. Quería explicar cómo el cabronazo lo había sacado de la fábrica. Quería noticias de Galante, que había recibido en plena cara media puerta de metal. ¿Cómo habían llegado a la conclusión de que Ascentiis lo había llevado al castillo de Paternostro y qué habían hecho ellos?

Vivacqua y Migliorino se miraron y el comisario frunció el ceño. La vida de Galante no corría peligro, dijo, pero Ascentiis los había tenido en vilo durante un buen rato; había intentado escapar con el coche de Santandrea. Lo habían perseguido por la ciudad con media jefatura detrás a toda velocidad. Por desgracia, había habido varios accidentes. Santandrea se mordisqueaba el labio inferior.

—En la avenida Italia intentó tomar la circunvalación, le embestimos y... —hizo una pausa.
—¿Y...? —les apremió.
—Nada..., que se cayó puente abajo, en el paso elevado.
—Qué dices, joder, serán más de veinte metros... Con mi...
—Desafortunadamente, sí, con tu coche. Y todavía has tenido la suerte de que tu móvil no se haya roto. Toma... —lo sacó de la chaqueta y se lo entregó—. Deberías ser más selectivo cuando prestas objetos de valor.
Santandrea abrió los brazos, empezó a caminar en círculos con los ojos puestos en el aparato.
—Así que se estrelló contra el suelo desde esa altura. El coche quedó destrozado. Él estará muerto...
—No me preguntes cómo, pero sobrevivió al accidente —los ojos de Santandrea se abrieron de par en par—. Lo sé, parece increíble: gracias a Dios, Meucci estaba debajo a caballo con la espada desenvainada y...
—¡Que os den a los dos!
El inspector y el comisario se echaron a reír.
Vivacqua cogió el móvil y escribió un mensaje a su mujer.
«Ya se acabó todo. Todo. Los buenos hemos ganado. Un beso.»
—Chicos, llevadme a casa, a vosotros no sé, pero a mí salvar el mundo me deja agotado. Ah, Migliori', te has portado muy bien: quedas nombrado viceprefecto absoluto mundial, mejor dicho, presidente del Parlamento, ministro de lo que quieras, a partir de ahora. ¿Estás contento?
—¿Y eso qué implica?
—Dentro de tres horas, una reunión con el Dux y los romanos, Santandrea y yo, en nuestra condición de subordinados tuyos... Nos vamos a dormir.

12.
Jueves, 17 de junio

08.45 horas

Un cálido sol brillaba en el cielo, azul por fin, mientras el aire vibrante de un verano tardío empezaba a esparcir sus aromas cargados de promesas. En el parque, el viento de la noche había secado los senderos de tierra batida, pero en el interior, en los espacios verdes, en los prados rodeados por robles y castaños de Indias, el panorama era el de los arrozales camboyanos. Assunta y los chicos llegaron hasta las proximidades del estadio y se separaron, con una sombra de melancolía en los ojos; ninguno quería traducir en palabras lo que en sus ánimos rugía como una condena. Diez días de ausencia eran un veredicto inapelable: Tommy no volvería. Todos en casa eran conscientes. Grazia y Fabrizio llevaban días dejando que madurase, en silencio, la amargura del abandono. Quedaba la esperanza tácita de que alguien lo hubiera encontrado y se lo hubiese llevado a su casa, muy lejos tal vez, en otra ciudad o en el campo. Alguien que lo quisiera como ellos y que, quizá, lo llevara al bosque, para perseguir liebres y faisanes: a Tommy le encantaría.

Albergaban cierta sensación de ofensa: ¿cómo podía ese animalejo haber desaparecido sin despedirse, sin un último aullido? Pero antes que pensar que lo había atropellado un coche, incluso el abandono era un adiós soportable. Quizá algún día, como por arte de magia, volvieran a verse de nuevo. Quién sabe.

Grazia estaba hecha polvo, era incapaz de perdonarse. Volvía a pensar en aquel día y no podía entender la superficialidad de aquella tarde: ¿cómo había podido ser tan estúpida? Tampoco Fabrizio dejaba de darle vueltas, pero cargaba con un peso más ligero: no era él el responsable de la pérdida.

Assunta estaba un poco apartada, hablando por teléfono con la novia de Santandrea. Caminaba y hablaba, de la cena que tenían planeada desde hacía mucho tiempo y que habían ido posponiendo a causa de los compromisos de sus respectivos consortes. Hablaban de las vacaciones, de Tommy, ese ingrato gamberro que se había volatilizado en la nada. De perreras, de los acontecimientos de unas pocas horas antes. Con la diferencia de que Santandrea había vuelto hacía una hora con un ojo morado, cortes en las muñecas, la nariz vendada, no había soltado una sola palabra, se había arrojado a la cama y roncaba como un jabalí, pero por lo menos había regresado, a diferencia de ese otro gamberro que era Totò, que aún no había dado señales de vida. Solo un mensaje.

—Pero cuándo lo... —Assunta aguzó su mirada de miope y continuó—: Perdona, ahora te llamo.

Recorrió los últimos cincuenta metros a ritmo vacilante, con la cabeza inclinada hacia un lado.

—Tommy —llamó.

Estaba a los pies de un banco, inmóvil, sin hacer nada, simplemente tumbado con el hocico entre las patas, como si estuviera en contemplación canina; como cuando...

Como cuando su marido estaba cerca.

Se acercó al banco, lo rodeó y sonrió. Salvatore Vivacqua estaba allí, con su cara de boxeador, dormido de costado.

Se inclinó y le estampó un sonoro beso.

—¿Eres tú? —masculló el comisario.

—¿Ahora dejarás de una vez de volver a casa con los pantalones mojados?

—¿Yo? Pero ¿cuándo he hecho yo eso?

Assunta se limitó a menear la cabeza, se agachó para acariciar al setter y recibió una serie de lengüetazos a traición. Tommy dio rienda suelta a sus desaforados ladridos, comenzó a saltar y a dar vueltas sobre sí mismo como loco, había perdido peso, pero rebosaba felicidad.

—¿No podías volver a casa a dormir en tu cama como cualquier cristiano? —dijo su mujer.

—Tenía una cita.

—¿Con Tommy?

—Ya te había dicho que cuando acabara sus cosas volvería. En eso habíamos quedado.

Al otro lado del césped, no muy lejos, una pareja corría levantando salpicaduras de agua como a orillas del mar. Eran los chicos, habían reconocido los ladridos y Tommy, tan pronto como percibió el movimiento, salió disparado.

Assunta y Salvatore se rieron, felices. La familia al completo, como a ellos les gustaba.

Agradecimientos

Sé que soy afortunado, cualquiera lo sería con amigos como los que tengo. Son muchos y aquí el lector solo encontrará a aquellos que, sin ningún orden en particular, contribuyeron a mi felicidad durante el proceso de escritura. ¿Y los demás? Hay sitio en mi corazón para ellos también, pero acabaría saliendo una lista en la que correrían el riesgo de dispersarse. Cada uno de ellos sabe que me dirijo a ella, a él. Les envío mi afecto y el ruego de que sigamos siendo amigos.

Mi reverencia personal a:

Annina Cerruti, West Egg (o lo que es lo mismo, por orden alfabético, Christian Soddu, Fabrizio Patriarca y Francesca Magni), Beppe y Gioele (es decir, Giorgia y Elena), Elena De Luigi (crítica casi feroz) y Valter Loverier (más conocido como Birripedia), Maria Cristina Guerra (a quien es mejor tener como amiga), Stefano Tettamanti (no conviene hacerlo enfadar porque cuando hace falta, muerde), Grandi & Associati. Silvia y Dorella, bibliotecarias, el clan de los king (Roby y compañía), Renata (que se lo toma todo Con Calma), Maria Grazia y Orlando (gerundio favorito), Antonella, Roberta (maquillaje y peluquería), Sandra y Viola, Fabrizio Russo (criminólogo y psicoterapeuta), Anna y su hermana Giuliana, Stefano Gobbi.

Carlo Carabba y Marilena Rossi, que escriben cartas preciosas y me quisieron a su lado. A Barbara Gatti (menos mal que existe), escorpión exigente que por suerte no pica.

A mis padres.

Un abrazo especial a los Lectores, a quienes han cogido simpatía a mi arisco Vivacqua con todos sus defectos, a su extraordinaria familia, a Tommy, al equipo de investigación, a las benditas y santas nimiedades que lo atormentan mientras, de una manera u otra, no ha recogido las suficientes.

A aquellos que han elegido esta novela. Gracias a todos.

Este libro se terminó
de imprimir en
Móstoles, Madrid,
en el mes de
febrero de 2019